ハヤカワ・ミステリ

STEVE HAMILTON

解錠師

THE LOCK ARTIST

スティーヴ・ハミルトン

越前敏弥訳

TOKYO HAYAKAWA BOOKS

A HAYAKAWA POCKET MYSTERY BOOK

装幀／水戸部 功

アレン一家に

謝辞

金庫破りという題材について惜しみなく助力してくれた、正真正銘のその道の達人デイヴ・マコーミーに感謝を捧げる。おかげでこの本の信頼性はじゅうぶんなものになり、鍵あけの手引書ではないと言い張れなくなってしまった。また、錠の話を書くきっかけをくれた最適な名前の持ち主ジム・ロック、アメリカ手話に関して協力してくれたデビー・ノール、バイクの知識を授けてくれたジョージ・グリフィンにも謝意を伝えたい。

ビル・マッシーとピーター・ジョーゼフは、人一倍きつい仕事に付きあってくれてありがとう。ふたりにはどれほど世話になったか、とうてい言いつくせない。

ビル・ケラーとフランク・ヘイズ、ジェーン・シェリウス、セント・マーティンズ・プレスとイギリスのオライオン出版の皆さん、マギー・グリフィン、ニック・チャイルズ、エリザベス・コジン、ロバート・ランディージはじめアメリカ私立探偵作家クラブ、そしてボブ・コーザックとＩＢＭの皆さん、ジェフ・アレン、ロブ・ブレナー。以上の人たちにいつもどおり深謝する。

ミシガン州のミルフォードとリバー・ルージュにお住まいのかたがたに申しあげたい。作中における両地の記述は、熱にうなされた夢と言ってよいほどの混沌たる記憶に基づいている。そこにあるのは現実と大きくちがう世界である。

恐ろしい体験が人の心に与える影響については、ドナルド・カルシェッド著『トラウマの内なる世界　セルフケア防衛のはたらきと臨床』（ブラナー－ルートレッジ社　一九九六年）をすぐれた洞察の書としてお勧めする。

最後に、この作品ができあがるまでまちがいなく夫を支えてきたジュリア、もうじき車で出かけてしまうニコラス、わたしが蛸を出してきたので大喜びのアントニア。これまで以上に、何もかもがきみたちのおかげだ。

解錠師

登場人物

マイクル……………………………………………主人公
リート………………………………………………マイクルの伯父
グリフィン…………………………………………マイクルの親友
アメリア……………………………………………マイクルの恋人
マーシュ……………………………………………アメリアの父
ジュリアン
ガナー
ラモーナ
ルーシー
……………………………………犯罪者
ゴースト……………………………………………金庫破り

1　固く閉ざされたなかで、その日を待って

たぶん、きみはぼくを覚えているだろう。思いだしてもらいたい。一九九〇年の夏のことだ。ずいぶん前だけど、各通信社が事件を取りあげたから、国じゅうのどの新聞にもぼくのことが載った。記事を読まなかったとしても、噂は聞いたはずだ。近所の人か、職場の同僚か、もっと若ければ学校のだれかから。ぼくは〝奇跡の少年〟と呼ばれた。ほかにもいくつかの呼び名を、編集者やニュースキャスターが競いあって考えだした。古い切り抜きで〝驚異の少年〟というのを見たことがある。そのころ八歳だったのに、〝恐怖の童子〟とも呼ばれた。でも、根づいたのは〝奇跡の少年〟だった。

ニュースに出たのは二、三日だけど、カメラや記者がよそへ移ったあとも、この手の話はみんなの記憶にこびりついた。だれもがぼくを憐れんだ。当然だろう？　幼い子を持つ親なら、ふだんより少し強くその子を抱きしめた。自分が子供なら、よく眠れない日が一週間つづいたはずだ。

つまるところ、人々にできるのはぼくの幸せを願うことだけだった。どこかで新たな人生を見つけているといい。まだ幼いから、それが幸いして、ひどい目に遭っていないといい。苦しみを乗り越え、いっそ何もかも忘れ去っているといい。子供は大人とちがって、順応性が高く柔軟でたくましいんだから。そんなところだ。仮にぼくの現実の姿によく考えをめぐらせて、ニュースで見たあの子供とはもうちがうと理解したとしても、そんなふうに願ったことに変わりはないだろ

う。

　あのころ、いろんな人からカードや手紙が届いた。子供の描いた絵が添えてあるのも何通かあった。元気でいてね。幸せになってね。移り住んだ家まで訪ねてこようとする人々さえいた。ミシガン州ミルフォードまで来て、道でだれかれとなく居場所を尋ねればいいと考えたらしい。でも、なんのために？　きっと、六月のあの日を生き抜いたからには、何か特別な力があると考えたんだろう。それがどんな力で、何をしてやれるとその連中が思っているのか、ぼくには想像もつかなかった。

　その後の年月に何が起こったかって？　ぼくは成長した。ひと目惚れというものを信じるようになった。いくつかのことに挑戦し、うまくできたものもあるけれど、どれもまったくの無駄か、まったくの違法かのどちらかだった。なぜいまこの小粋なオレンジ色のつなぎ服を着ているのか、なぜこの九年間、それを一日と欠かさず着つづけているのかは、それで何もかも説明できる。

　ここにいることが何かに役立っているとは思えない。自分にとっても、ほかのだれにとっても。ただ、皮肉な話ではあるけれど、ぼくがした最悪のこと、少なくとも表向きは最悪とされることは、後悔していないただひとつのことでもある。ぼくは少しも悔やんでいない。

　ともあれ、ここにいる以上どうにもならないから、過去のあれこれを振り返ろう。すべてを書き留めよう。書くことは、実のところ、ぼくがこの話を伝える唯一の方法だ。ほかに手立てはない。きみは知っているかどうかわからないが、これまでぼくがいろいろやってきたなかで、していないことがひとつだけある。ぼくは一語もことばを口から発していない。

　もちろん、そこにはこみ入った事情がある。だからこそ、ぼくは長年にわたって沈黙している。あの日からずっと、自分のなかに閉じこめられたままだ。ぼくはそこから逃れられない。だから話せない。声を出せない。

だけど、こうやって紙の上でなら……どこかのバーで肩を並べて、ふたりきりで長話をしているような気分になれる。そうだ、それがいい。ふたりでバーにいて、話をする。というより、ぼくが話して、きみが聞く。ふだんと比べて、なんて大きなちがいだろう。きみがほんとうに聞いているところがだ。何しろ、たいがいの連中は話の聞き方を知らない。それは嘘じゃない。ほとんどの場合、人は自分がまた話すために、相手がだまるのを待っているだけだ。でもきみは……そう、聞き上手ということではぼくに劣らない。そこにすわって、一語一語に耳を傾けている。つらい話のときは、ただそばにいて最後まで話を引きだす。ぼくをすぐに裁いたりしない。もっとも、こちらだって何もかも許してくれとは言っていない。そんなことは自分でもぜったいに無理だ。ただ、せめて最後まで話を聞き、そのうえでぼくのことを理解しようとつとめてもらいたい。頼めるのはそのくらいだろう？

問題はどこからはじめるかだ。最初から哀れを誘う話をしたら、さっそく言いわけを並べ立てる感じになる。いきなり荒っぽい話をしたら、生まれつきの犯罪者だと思われかねない。それでは言いたいことを言いきる前に見かぎられてしまう。

だから、話があちこちへ飛ぶのを許してもらいたい。はじめてかかわった本格的な仕事の顛末。奇跡の少年として育った気持ち。何もかもがいっぺんに訪れたあの夏のこと。アメリアとの出会い。自分の許されざる才能に気づいたいきさつ。なぜ道を踏みはずすことになったか。それを聞いたら、ぼくに選ぶ道がほとんどなかったときみも思うかもしれない。自分もまったく同じことをしたと思うかもしれない。

ただし、一九九〇年六月のあの日から話をはじめることはどうしてもできない。それはまだ無理だ。周囲の人たちは懸命にそれを促したし、その人数も熱心さもすさまじかったけれど……あそこから語りだすことはできない。いま、ここにいるだけでも、閉ざされる恐怖をじゅうぶんに味わっているからだ。息をするだけで精いっぱいの日もある。それでも、書いていればいずれ慣れてきて、よし、きょうこそはと思うかもしれない。そう、きょうなら向きあえる。心の準備などは要らない。ただあの日にもどって解き放てばいい。おまえは八歳。ドアの外から物音が聞こえる。そして──

だめだ、思ったよりずっと手ごわい。

ひと息入れるために、立ちあがってあたりを少し歩くことにした。といっても、ここではたいした距離じゃない。監房を出て共同通路を進み、中央洗面所で用を足して歯を磨いた。そこに、ぼくのことをまだ知らない新顔の男がいた。やあ、と言われたとき、用心が必要なのはわかっていた。塀の外では、挨拶を返さないのは無作法とされる。ここでは、ひどい侮蔑と受けとられかねない。ほんとうに性質《たち》の悪い場所にいたら、ぼくはいまごろ生きてはいないだろう。ここにいてさえ、毎日が試練だ。

ぼくはいつもと同じことをした。右手の指二本を自分の喉に向けてから、切るしぐさをする。実は、声が出なくてね。ばかにするつもりはないんだよ、と。いまもこうして書いているんだから、どうやら生還できたわけだ。

さあ、きみの準備ができたら、ぼくの物語をはじめよう。その昔、ぼくは〝奇跡の少年〟だった。やがて、〝ミルフォードの声なし〟となった。金の卵。若きゴースト。小僧。金庫破り。解錠師《ロック・アーティスト》。どれもぼくのことだ。

でも、きみはマイクと呼んでくれればいい。

2　フィラデルフィア郊外　一九九九年九月

そんなわけで、はじめての本物の仕事に向かったときの話だ。家を出てからまる二日、ぼくはぶっとおしで移動をつづけた。ちょうど州境を越えてペンシルヴェニアにはいったとき、長く使っていたバイクが故障した。道端に置き去りにするのは忍びなかった。これまで数々のものを与えてくれたからだ。自由を。これに跳び乗れば何もかも一瞬で振りきれるという思いを。だけど、ほかにどうしようもないだろう?

ぼくはバイクの後ろからバッグをおろし、親指を突き立てた。話ができないのにヒッチハイクなんて。きみもいつか試してみるといい。車を停めた最初の三人は途方に暮れていた。ぼくが感じのいい顔をしていようと、長く孤独な旅でくたびれて見えようと、そんなことは関係ない。ひたすらだまっている人間に会うとだれもがひどく怖じ気づくことに、ぼくは実はいまも驚かずにいられない。

だから、たどり着くのにずいぶんかかった。呼びだしから二日、苦難の連続だ。ようやく相手の前に姿を見せたときは、疲れて空腹で不潔だった。第一印象としてはこの上ない。

会うのは青のチームだった。堅実で信頼できるとゴーストが評した連中だ。最高峰とまではいかないが、仕事ぶりはプロ。ただし、少々雑なときもある。ニューヨークによくいるタイプ。この相手について聞いた話はそれだけだ。あとはもうすぐ自分の目でたしかめる。

こもっていたのは、ペンシルヴェニア州マルヴァーンのはずれにある小さな平屋建てのモーテルだった。これまでに見た最低最悪の場所とは言わないまでも、そこにあと一、二日閉じこめられたら、だれでも気が変になるだろう。しかも、できるかぎり人目を避け、外食はせずにピザのデリバリーを頼み、近所のバーをのぞきもせずに一本の酒をまわし飲みしているとなると、なおさらだ。理由はどうあれ、ぼくがようやく顔を出したとき、そいつらは上機嫌ではなかった。

そこにいたのはふたりだけだった。そんなに少ないとは思わなかったけれど、たしかにふたりで同じ部屋に泊まっていた。いっしょにいて互いの気分がまぎれたようには見えない。ドアをあけた男がリーダー格らしかった。禿げ頭で、たぶん二十ポンドは肉がつきすぎだが、窓の外へぼくを突き飛ばせるぐらいの力はありそうだ。はっきりとしたニューヨークの訛りがあった。

「だれだ、おまえ」五秒間ぼくを見つめたあと、気づいたらしい。「そうか、おまえなのか、おれたちが待ってたのは。はいれ！」

ぼくを引きずりこんでドアを閉めた。

「ばかにするなよ。これは冗談か？」

もうひとりの男はテーブルの前にいて、トランプでジンラミーをしているさなかだったらしい。「そのガキがどうした」

「お待ちかねの金庫破りだよ。わからないのか」

「なんだそいつは、十二歳ぐらいか」

「いくつだ、おまえ」

ぼくは指を十本立ててから、さらに八本見せた。十八歳になるまで四カ月あったが、かまうものかと思った。大差はない。

「あまりしゃべらないとは聞いてたよ。ほんとの話らしいな」

「えらく遅かったじゃねえか」テーブルのそばの男が言った。もうひとりよりも訛りがずっと強い。まるでブルックリンの街角に立っているみたいだ。頭のなかでそいつにブルックリンとあだ名をつけた。どうせ本名を知ることはない。

ぼくは右手の親指を突き立てて、ゆっくりと左右に動かした。

「ヒッチハイクしてきたって？　冗談だろ」

ぼくは両手をあげた。しかたがなかったんだ。

「くそみたいに汚いな」ひとり目の男が言った。「シャワーでも浴びるか」

大賛成だった。さっそくシャワーを浴び、バッグを引っ掻きまわしてきれいな服を探す。着替えがすんで、生き返った心地になった。部屋へもどると、ふたりがぼくの話をしていたのがわかった。

「今夜が最後のチャンスだ」マンハッタンが言った。「リーダー格の男につけたあだ名だ。仲間があと三人いたら、五区全部を集められたのに。「覚悟はできてるのか」

「やつはあすの朝帰ってくる」ブルックリンが言った。「いまやらわえと、無駄足を踏んじまったことになる」

ぼくはうなずいた。わかってるよ。ほかの返事を期待していたとでも？

「ほんとにしゃべらないな」マンハッタンが言った。「かつがれたわけじゃなかったんだな。正真正銘、ひとこともロをきかないとは」

ぼくはうなずいた。

「金庫をあけられるのか」

もう一度うなずいた。

「それさえわかりゃいい」

ブルックリンはあまり納得がいかない様子だったが、そうは言ってもどうにもならない。ふたりは金庫破りを待っていた。そして、金庫破りはこのぼくだった。

およそ三時間後、日が暮れたあと、ぼくは〈エリート・リノベーションズ〉と記されたバンの後ろのシートにすわっていた。運転はマンハッタン。ブルックリンが助手席にいて、何分かおきにぼくを振り返った。この手のことには慣れていくしかない。ゴーストが言っていたが、こういう連中はあらかじめ入念に下調べをし、獲物を見つけだし、そのあらゆる動きを監視し、何から何まで段取りを決めておく。ぼくはと言うと、大詰めの直前に呼ばれてつとめを果たす技術屋にすぎない。まだひげを剃りはじめてすらいないように見えようと、そのうえ、ひとことも声を出さない突然変異の珍種だろうと、大目に見てはもらえない。
というわけだ。ふたりが少しばかり疑い深いのは無理もなかった。

フロントガラス越しに見た感じでは、車はどこかの高級住宅地へ向かっているようだった。ここが噂に聞くメイン・ラインにちがいない。フィラデルフィアの西にある、古くからの金持ちが多く住む郊外地区だ。みごとな石造りのアーチが正門を守る私立学校をいくつも通り過ぎた。丘の上にそびえ立つヴィラノーヴァ大学の前も通っていく。ふと、ここにいい芸術学部はあるだろうかと思った。何かのパーティーのために線状の電飾と白い家具で飾られた、なだらかな広い芝地の前を通っていく。どれもこれも、法にかなったまともな道筋ではお目にかかれない世界の光景だ。

車はブリンマーの町まで走りつづけ、名前はわからないが別の大学の前を過ぎたあと、ようやく大通りから右折した。あたりの家がますます大きくなってきたけれど、車の行く手を阻む者はいなかった。ブリキのバッジをつけてクリップボードを手にし、身分証の呈示を求める制服姿の男はどこにも見あたらない。それがこうした由緒ある屋敷町の特徴だ。これらの邸宅は、〝ゲートつき居住区〟なんてものをだれひとり思いつかなかった時代に建てられている。

マンハッタンはバンを長い私道に乗り入れると、正面玄関へ通じる車寄せの脇を通り過ぎ、屋敷の裏手へ向かった。舗装された広い敷地と、車が五台はいりそうなガレージがある。ふたりは手術用の手袋をはめた。ぼくは自分のを受けとり、ポケットにしまった。これまで手袋をして作業をしたことは一度もないし、いま試すつもりもない。マンハッタンはぼくが素手なのを気に留めたようだが、それについては何も言わなかった。

ぼくたちはバンからおり、広いポーチを突っ切って裏口のドアへ向かった。マツの並木が裏庭を囲むように生い茂っている。建物に近づいたとたん、動きに反応するセンサーライトが光ったが、だれもひるまなかった。ライトはぼくたちを歓迎しただけだ。こちらへどうぞ、お客さま。行き先をご案内いたしましょう。

ふたりはドアの前で立ち止まり、ぼくが腕前を初披露するのを待っていた。ぼくは尻のポケットから革のケースを出して仕事をはじめた。テンションレンチを抜きとって、鍵穴の底へ滑りこませる。それから細いダイヤモンドピックを出してピンに取りかかった。奥から順にピンの感触を探り、上下のピンの境目でかろうじて引っかかるようにそれぞれのピンを押しあげる。こうした屋敷の錠には、最低でもマッシュルームピンが使われているはずだ。あるいは鋸歯ピンかもしれない。すべてのピンの仮のセットがすんだら、テンションレンチで適度なひねりを保ちながら、もう一度順番に、さらに何十分の一インチかずつピンを押しあげていく。ほかのことはいっさい頭から締めだしている。そばに立つ男たちのことも。自分がいまここで何をしているかという単純な事実も。夜そのものも。あるのは小さな金具五個と自分だけだ。

一本完了。二本完了。三本。四本。五本。

そして、シリンダー全体が屈するのを感じる。テンションレンチにかける力を強くすると、シリンダーが回転した。ふたりからどんな疑いをかけられていたにしろ、いまぼくは最初のテストに合格した。

マンハッタンがぼくを押しのけて中へ進み、まっすぐ警報機器へ向かった。それはふたりがあらかじめ準備しておくべき対策の一部だ。電子警報システムにも付け入る隙がたくさんある。ドアや窓の磁気センサーに迂回路をつけて無効にする。システムそのものを停止させるか、使われている電話回線との接続を遮断する。いや、警備会社の制御室にすわっている人間を買収したっていい。生身の人間が輪にはいったとたん、事は一気にたやすくなる。特に、その生身の人間が時給六ドル五十セントで働かされていれば。

どういうわけか、このふたりはすでに暗証番号を知っていた。何より簡単な方法だ。屋敷に出入りする内通者がいたんだろう。家政婦か、修理業者か。あるいは、この家の主人をていねいに監視して、ボタンを押すところを高倍率で見たのかもしれない。どんな手を使ったにせよ、ふたりは番号を知っていて、マンハッタンが全システムを解除するのにかかった時間は五秒だった。

マンハッタンが親指をあげてみせると、ブルックリンは自分の役割である見張りか何かをするためにすばやく立ち去った。それがいつもの手順らしい。快適に事を進められるんだろう。ぼくは？　自分だけのささやかな世界にいた。あの生あたたかく低いうなり。例によって心拍がどんどん速まり、ついには頭のなかで絶えず鳴り響くベースドラムの音と同調する。毎日毎秒付きまとう恐怖がようやく消えていく。この貴重な数分間だけは、何もかもが安らかで自然でしっくりと調和する。

ついてこい、とマンハッタンがぼくに小さく手招きをした。奥へと進んだが、ここまで非の打ちどころのない家を見たのははじめてだった。見映えより快適さを重んじた装飾がされている。巨大なテレビに、全身がすっぽり隠れそうな椅子数脚。バーカウンターにはラックに吊りさげられたグラスが並び、鏡やスツールなど、何もかもがそろっている。階段をのぼって廊下を進み、主寝室にはいった。どこへ向かうべきか、マンハッタンは正確に知っているようだ。大きなウォークイン・クロゼットがふたつあり、その一方のなかで立ち止まった。片側には高価なダークスーツの列、反対側には高価なふだん着の列がある。傾斜のある専用台に靴が整然と並んでいる。ベルトとネクタイは電動装置らしきものにさげてある。ボタンを押すと回転し、徐々に見えてくるというからくりだ。

もちろん、ここに来たのはベルトやネクタイが目当てじゃない。マンハッタンは何着かのスーツを注意深く横へずらした。奥の壁に四角い輪郭がうっすらと見える。マンハッタンが手で押すと、その部分が飛びだした。扉の奥に金庫がある。

マンハッタンが脇へのいた。ここでまた、ぼくの出番だ。

いまこの瞬間こそ、ぼくが必要とされている。その気になれば、裏口のドアを突破することはこのふたりにもできただろう。多少は手間どったかもしれないが、りこうで知恵の働く連中だから、どうにかやってのけたと思う。でも金庫は？　これは話が別だ。家の警報システムの暗証番号を突き止めるならともかく、主寝室のクロゼットに隠された金庫の解錠番号は？　それは持ち主の頭のなかにだけある。妻の頭のなかにもあるかもしれない。場合によっては、万が一に備えて、親友や顧問弁護士といった他人の頭のなかにも。そのほかには……まあ、いっそのこと持ち主をつかまえて椅子に縛りつけ、口に銃を突っこんでもいいけれど、その場合はまったく別の種類の仕事になる。きれいに事を運びたいなら、金庫破りにあけさせるしかない。

三流の金庫破りは、壁をぶち破って金庫を引っ張りだすのが落ちだ。二流の金庫破りは、壁のなかに残したままドリルを使う。一流の金庫破りは……そう、それをまさにこれから実演しようというわけだ。

問題は、さいわいマンハッタンは知らなかったが、未熟なぼくにはこの時点で壁金庫をあけた経験が一度もなかったことだ。原理が同じなのはわかっていた。ふつうの金庫が壁のなかにあるだけだろう？　でも、ぼくが身につけたのは独立型の金庫のあけ方で、その場合は体を密着させて自分の動きを感じることができた。技を伝えながらゴーストが何度となく言ったものだが、それは女を落とすのに似ている。絶妙の加減で体にふれる。相手のなかで何が起こっているかを感じとる。顔を除く全身が壁の向こうに隠れていたら、どうやってそれをやれというんだ？　ぼくは両手をぶらぶらと振ってダイヤルへ歩み寄った。まずは取っ手を握り、施錠がされているかどうかを確認した。されている。

〈シカゴ〉という商標名が見えたので、ダイヤルをまわしてふた組の〝仮番号〟を試した。金庫の出荷時に設定された解錠番号だ。それを変更しない持ち主がどれほど多いかには驚かされる。

あいにく、どちらもはずれだった。持ち主は自分で番号を変えた用心深い人物だ。では、そろそろ仕事をはじめよう。

壁に身を寄せて、金庫の前面に頬を押しつけた。ディスクは三枚だと見当がついていたが、やはり初回なのでたしかめたかった。ぼくは接触域を探りだした。接触域というのは、レバーの鼻先がドライブカムの切れこみにおさまるダイヤル上の範囲だ。接触域を突き止めたら、ディスクをダイヤル上の正反対の位置に合わせ、そこから逆向きにまわしながら、ドライブカムがディスクを引っかける回数を感じとる。

一。二。三。まちがいない。ディスクは三枚だ。反対にまわして、すべてのディスクを0の位置に合わせる。そして接触域にもどしていく。

ここからがむずかしい。不可能に近く、不可能であるべき部分だ。どのディスクも正確な円ではありえず、どのディスクも厳密には同じ大きさではないという事実のせいで、それぞれのディスクの切れこみが上にあるときには、接触のしかたが不完全になる。いかに精巧に作られた金庫だろうと、それは避けられない。だから、どれかのディスクの切れこみが上にあるときに接触域にさしかかると、感触がわずかにちがう。レバーの鼻先がドライブカムへやや深く沈むので、ほんの少しだけ短く感じられる。

安物の金庫では？　そのちがいは平坦な道にあいた穴のように感じられる。上等な金庫では？　この屋敷の所有者ほどの人物が自分のクロゼットに据えつけた、高価で上等な金庫では？

その差はほんのわずか。実に微々たるものだ。

ぼくはダイヤルを3に合わせた。つぎは6。そのつぎは9。まずは三つずつ進めて、そのつど確認する。ちがった感触が得られるのを待つ。接触域がほんの少し短く感じられる瞬間が訪れるのを。あまりに微妙な差なので、ふつうの人間には感知できない。千年かかっても、ぜったいに無理だ。

12。おや。近いぞ。

よし、つづけよう。15、18、21。

速くてもよいところは速く、百万分の一インチ刻みで感触を知りたいところはゆっくりと、ダイヤルをまわしていく。後ろでマンハッタンがそわそわと体を動かす気配がする。ぼくが片手をあげると、また静かになった。

24。27。そう。ここだ。

どうしてわかるかって？

わかるからわかる。短いときは短い。ただそう感じる。

実のところ、感覚を超えた何かかもしれない。硬い金属の小片が前回よりも髪の毛ひと筋ぶんだけ早く切れこみの部分にふれると、ぼくはそれを感じ、聞き、心で見ることができる。

ダイヤル一周を終えたときには、頭のなかにおおよその数が三つ浮かんでいる。もう一度、こんどは三つではなくひとつずつダイヤルを進めて、正確な数を決定する。それがすむと、解錠番号の三つの数が判明する。13、26、72だ。

仕上げは少しばかり退屈な作業だ。要はひとつひとつ試みるしかない。13－26－72からはじめて、まずは一番目と二番目の数を入れ替え、つぎに二番目と三番目を入れ替えるというふうに、六通りの可能性すべてを順に試していく。どの数もわからない場合の百万通りに比べたら、六通りはずいぶんましだ。

この日の正解は26－72－13だった。全部でかかった時間は？　約二十五分だ。

取っ手をまわして扉を引きあけた。マンハッタンの顔から目を離さずに。

「まいったな」マンハッタンが言った。「やってくれるじゃないか」

ぼくは脇へどいて、マンハッタンに仕事をさせた。

金庫のなかの何が目当てなのかはまったくわからない。宝石？　現金？　封筒を十枚ほど取りだすのが見えた。ビジネスサイズよりもやや大きい茶封筒だ。

「よし、これでいい。引きあげよう」

ぼくは金庫を閉めてダイヤルをまわした。真後ろに来たマンハッタンが、白い布で隅々まで拭いていく。それから外側の扉を閉め、スーツをもとの位置へもどした。

マンハッタンは明かりを消した。ふたりでさっきの階段をおりた。ブルックリンが居間にいて、正面の窓から外を見ていた。

「おい、まさか」ブルックリンが言った。

「いただきだ」マンハッタンが言い、封筒を掲げた。

「冗談だろ」ブルックリンは奇妙な薄笑いを浮かべてぼくを見た。「この坊やは天才か何かかい」

「そうかもな。ずらかるぞ」

マンハッタンは暗証番号を打ちこんで、警報システムを復活させた。それから裏口のドアを閉めてノブをぬぐった。

これこそが、ふたりがぼくを呼び寄せた理由だ。見知らぬ若造がはるばる遠方から来るのを待ち受けていた理由だ。ぼくと組めば、なんの痕跡も残さないからだ。あくる日、家主は帰宅して玄関のドアをあけ、何もかも出かけたときのままだと思う。二階へあがり、クロゼットから服を出して、もとどおりに明かりを消す。金庫をあける機会が訪れてはじめて、ダイヤルを合わせ、扉を開くと、中は……

空っぽだ。

それでも、何があったのかを理解できないだろう。すぐには無理だ。しばらくあちこち探しまわり、自分がまちがっていると考える。頭がどうかしてしまったんじゃないか、と。つぎに妻を責める。番号を知ってるのはこの世でおまえひとりだ！　あるいは顧問弁護士に電話をしてきびしく追及する。わが家は一週間留守だったろう？　ちょっと遊びにくることにしたのか？

そしてようやく気づく。ほかの何者かがここにいたんだと。そのころには、マンハッタンとブルックリンはとうに安全なところに帰っていて、ぼくは……

ぼくは、どこであれ、つぎの場所にいる。

封筒の中身はわからずじまいだった。こちらもまったく興味がない。ひと仕事いくらの決まりだからだ。モーテルにもどると、マンハッタンが現金をくれ、仕事ぶりが見られて楽しかったと言った。

これで手持ちの金がいくらか増えた。しばらくは食いつなげるし、寝泊まりの場所を落ち着いて考えられる。だけど、いつまでこの金が持つだろう？

マンハッタンはバンの車体の両側から〈エリート・リノベーションズ〉と記されたマグネットを剝がし、後部シートに置いた。ドライバーを取りだし、ペンシルヴェニアのナンバープレートをはずしてニューヨークのものをつける。運転席に乗りこもうとするところを、ぼくが引き留めた。

「どうした」

ぼくは尻のポケットから財布を出す真似をし、それをあけるしぐさをした。

「なんだ、財布を失くしたのか？　新しいのを買えよ。いまは金持ちなんだから」

かぶりを振り、財布からカードを取りだすしぐさをした。

「身分証をなくしたのか？　地元に帰れよ。再発行してくれる」

またかぶりを振った。手のなかの見えないカードを指さす。

「おまえがほしいのは……」

ようやく電球がともったらしい。

「新しい身分証か。まったくの別人の」

ぼくはうなずいた。

「なんだと？　そいつはまた別の話だぜ」

車のなかへ身を乗りだすようにして、マンハッタンの肩に手を置いた。頼むよ、相棒。助けてくれ。

「よく聞け」マンハッタンは言った。「おまえがだれの下で仕事をしてるかは知ってる。で、おれたちはそいつに分け前を差しだすわけだろ？　そういう決まりだ。裏切るわけにはいかない。だから、おまえがそういう問題をかかえてるなら、自分の巣に帰ってけりをつけたらどうだ？」

どう説明すればいいんだろう。たとえ話せたとしてもどうか。いまの妙に宙ぶらりんな状態を。ぼくは家に帰れない犬で、飼い主の家の床に居場所がない。裏庭にさえも。あちこちをうろついて、ごみ入れの食べ残しを漁るしかない。

そして、いつかお呼びがかかる。飼い主がドアから顔を出してぼくの名前を呼んだら、たぶん駆けもどるほかない。

「まあ、ある男を知っていなくもない」マンハッタンが言った。「もしほんとに困ってるならな」

マンハッタンは自分の財布を取りだし、名刺を一枚とペンを抜きとった。名刺を裏返して何やら書きはじめる。

「ここに電話をすれば――」

手を止めてぼくの顔を見た。

「なるほど。そいつはむずかしそうだ。じかに会いにいくほうがいいだろうな」

ぼくは受けとったばかりの現金を取りだして、紙幣をめくりはじめた。

「おいおい。よせって」

マンハッタンはブルックリンを振り返った。何度か肩をすくめあう。

「ボスには言わないと約束しろよ」マンハッタンは言った。「でもまあ、その心配はなさそうだが」

ぼくはバンの後ろに乗った。こうしてニューヨークへ向かった。

3　ミシガン州　一九九一年

話は少しさかのぼる。最初へじゃない。ぼくが九歳だったころ。あのことがあったすぐあとだ。そのころには体はおおよそ快復したと診断されていたけれど、説明のつかない小さな異常がひとつだけあった。そう、口をきかないことだ。いくつかの病院をたらいまわしにされたあと、ついには伯父のリートと暮らすことを許可された。伯父の名前はいかにもイタリアの伊達男だが、実物はおよそかけ離れていた。髪はたしかに黒いものの、いつも散髪に行きそびれてひと月経っているように見えた。そして、長いもみあげもあった。そこには白いものが交じりはじめていたけれど、鏡に向かっていじりまわす時間の長さから考えると、本人はそこにいちばんの魅力があると思っていたにちがいない。いま振り返ると、あの服装といい、あのもみあげといい、あの取りあわせは伯父が一度でも結婚していればありえなかっただろう。世界じゅうのどんな女だろうと、叱り飛ばして一から身なりを直させたにちがいない。

リートはぼくの父の兄だ。父とはまるで似ていない。まるっきりだ。兄弟のどちらか、あるいは両方とも養子なのかと尋ねたことは一度もない。訊かれたら気まずい思いをしたにちがいない。伯父ひとりが生き残ったんだから、なおさらだ。伯父が住んでいたのは、デトロイトの北西、オークランド郡の北部にあるミルフォードという小さな町だ。幼いころのぼくは伯父とともに過ごしたことはあまりなく、会ってもたいして関心を向けられた記憶はない。しかし、直接かかわってはいないものの、一連のことがあってから、伯父は明らかに変わった。なんと言っても、自分の弟の話だ。

弟と義妹。そして、ぼくがいる……八歳で正式に家なし子になった甥が。あのままいけば、ミシガン州当局がぼくを連れ去って、見知らぬ地の見知らぬだれかへ里子に出しただろう。そうなったらぼくの人生がどうなっていたかは、想像すらむずかしい。いまごろ模範市民だったかもしれない。あるいは死んでいたかもしれない。そんなこと、だれがわかるものか。現実には、ヴィクトリア・ストリートの煉瓦造りの小さな家、短い人生が終わるはずだったあの家から五十マイル離れたミルフォードの自宅へぼくを連れていったのは、伯父のリートだった。試しに数カ月いっしょに暮らしたあと、伯父は書類に署名し、ぼくの法定後見人になった。

伯父にそんな義務がなかったのはわかっている。ぼくのために何かをする義務などひとつもなかった。もしぼくが伯父について不平を言ったとしても、その点だけは忘れないでもらいたい。だけど、ここに最初の問題がある。人生をやりなおしたければ、五十マイルより遠くへ行かなくてはならない。かつての人生から逃れるには、かつての自分だとみんなに気づかれずにすむには、五十マイルでは物足りない。

自分の名前が知れ渡っていて、その原因となったことを永遠に忘れてしまいたい場合は、それではとうてい足りない。

さらに、ミルフォードの町そのものが……まあ、いまでは若いエリート層の住むちょっとした〝準郊外〟になったのは知っているけれど、そのころは労働者階級の住む小さな田舎町にすぎず、メイン・ストリートが鉄道橋の下をくねるように走っていた。点滅灯や大きな黄色い標識をいくつ掲げても、平均してたぶん月に二、三件は事故が起こった。コンクリートの橋脚すれすれを走る道路で、ちょっとした急カーブを曲がりきれない飲んだくれどものせいだ。いや、伯父の客のせいだと言いきってもいい……というのも、伯父の営む酒店は橋のすぐ脇にあったからだ。店の名はそのまま〈リートの酒店〉。向かいには〈炎《フレイム》〉というレストランがあった。〈デニーズ〉で食事をしたことがあるなら、それと同じものが食べられて、味は半分程度だと思ってもらえばいい。そんな店へは二度と行くまいとだれもが思うだろうが、〈フレイム〉は酒店からとても近く、そのうえ伯父が熱をあげているウェイトレスがひとりいた。ともあれ、使い古しのジョークみたいに聞こえるけれど、仮にぼくに声を出させるものがあるとしたら、それは〈フレイム〉の料理だっただろう。

そのほか、メイン・ストリートの先には公園があり、破傷風の予防注射をせずにさわる気にはなれない錆びた古いぶらんこと雲梯があった。公園はヒューロン川へと傾斜し、川べりには古いタイヤやショッピングカートや束ねたままの新聞紙の山が散らばっていた。鉄道線路が架かったあたりの岸には堤防があり、夜になるとそこで高校生がたむろして、カーラジオを騒々しく鳴らし、ビールを飲み、マリファナを吸い、好き勝手に過ごしていた。

何を大げさな、と言われてもしかたがない。いまのミルフォードを見たら、だれでもぼくの頭がいかれていると思うだろう。金持ち向けの住宅団地が造られ、メイン・ストリートにはアンティーク・ショップや健康志向のラップサンドイッチの店や各種サロンが並んでいる。公園には白く大きなあずまやがある。夏にはその公園でコンサートが開かれる。鉄橋の下でマリファナを吸おうとしたら警官が三秒でやってくる。

ぼくが言いたいのは、当時はいまとちがう場所だったということだ。とりわけ、九歳になったばかりの子供にとっては、さびしい場所だった。親がなく、ろくに知らない大人と奇妙な家で暮らしていた子供にとってはだ。その平屋建ての小さな住まいはリート伯父の店の裏手にあった。ミントグリーンのアルミ板で囲まれたわびしい小屋だ。伯父は奥の部屋からポーカー用のテーブルを運びだし、そこをぼくの寝室にした。「ここでポーカーをすることはもうないだろう」そのうと、部屋をはじめて見せたとき、伯父は言った。「実を言うと、たいがいふんだくられてたんだよ。だから、おまえに感謝しなきゃいけないかもな」

そして、こちらへ手を伸ばした。その後なじみ深くなったしぐさだ。ふざけて人を叩いたり親友の肩を小突いたりに似ているかもしれない。よくある男同士のちょっとした悪ふざけだが、もっと遠慮がちだった。あまり乱暴にふれたくなかったのか。それとも、ぼくが一歩近づいたときに、横からぎこちなく抱き寄せる余地を残していたのか。

甥にどう接したらいいかを懸命に考えているのはわかった。「おれたちはひとり者同士」伯父は何度か言ったものだ。「贅沢三昧だろ？　おい、〈フレイム〉へ行って何か軽く食わないか」まるで〈フレイム〉の料理が贅沢とでも言いたげだった。ボックス席に腰かけて、伯父は一日を事細かに振り返ったものだ。あの酒やこの酒が何本売れたとか、何を追加注文しなきゃいけないとか。ぼくはひとことも言わずにすわっていた。あたりまえだ。こちらがしっかり耳を傾けているかどうかは、あまり重要じゃなかったらしい。起きているあいだはほぼずっと、一方通行の問いかけがつづいた。

「どうだい、マイク。きょうは洗濯をしなきゃまずいかな」

「仕事に出る時間だ、マイク。きょうも稼がないとな。掃除をするあいだ、おまえは裏で暇をつぶすか」

「買い置きが少なくなってるぞ、マイク。店へ買いだしに行かないとな。ついでにかわいい女の子を何人か引っかけるのはどうだ？　ここへ呼んで、パーティーでもするか」

こんなふうに延々としゃべりつづける癖……どこへ

行っても、そういう癖の持ち主にはよく出くわしたものだ。もともと話し好きな連中は、ぼくに慣れるにはしばらくかかるけれど、ひとたびスイッチがはいるとけっして切れることはない。神は一瞬の沈黙も許さない。

反対に、無口な人たちは……ぼくのせいでひどく落ち着きを失うことが多い。張りあっても勝てないのがわかるから。どんな条件で戦おうと、寡黙さでぼくに勝てる者はいない。口をつぐんで家具のようにただそこにいることにかけては、ぼくは文句なしのチャンピオンだ。

ああ、少しだけ自分を憐れまずにはいられなかった。ペンを置き、寝台に横になる。天井を見つめる。そうすればいつも落ち着く。信じられないなら、いつか試してみるといい。きみが何年か塀のなかで暮らすことになったらね。それはさておき、話の本筋にもどろう。

ぼくが耐え抜いた治療の話に延々と付きあわせるつもりはない。言語療法士、カウンセラー、臨床心理士……。いま思うと、ぼくはあの連中にとって究極の淫夢だったにちがいない。だれにとっても、ぼくは悲しげで無口ですっかり途方に暮れた、ぼさぼさの髪と大きな茶色い目を持つ少年だった。死を免れた運命の日からひとことも話をしていない奇跡の少年だ。正しい処置、正しい指導、正しい理解と適度な励ましによって……そうした医者やら言語療法士やらカウンセラーやら臨床心理士やらは、ぼくの傷ついた心を開く魔法の鍵を見つけだし、ついには腕のなかで何やら泣き叫ぶぼくの髪をなでながら、これからは何もかもうまくいくよと告げることになる。

あの連中がぼくに望んだのはそういう筋書きだった。ひとり残らずそうだ。けれども、その願いがかなうことはなかった。

新たな診察室をあとにするたび、伯父は帰り道で初耳の病名を口にした。〝選択性緘黙症〟。〝心因性失声症〟。〝心的外傷による喉頭麻痺〟。つまるところ、どれもまったく同じことだった。理由はどうあれ、ぼくはただ話すのをやめてしまった。

ぼくが酒店の裏で育ったことを知った人がまず尋ねるのは、何回強盗に遭ったかということだ。ひとり残らずと言っていい。最初の質問はそれだ。答は？　一度きりだ。

リート伯父の家へ移った一年目だった。暑くなりはじめの夏の夜のことだ。駐車場は空で、伯父の年代物の車、後ろのバンパーが大きくへこんだツートーンカラーのグランドマーキーがあるだけだった。ひとりの男がやってきて、店内をすばやく一周し、ほんとうに見かけどおり客がいないのかをたしかめた。店の奥へ通じる戸口に立つぼくを見て、男ははたと足を止めた。

建前としては、ぼくはその場にけっしていないはずだった。そのころは九歳で、そこは酒店だ。とはいえ、伯父にはあれこれ選ぶ余地がなく、特に夜はほかにどうにもならなかった。ぼくは夜になるとたいがい店の奥のささやかな隠れ場にいた。伯父がぼくの〝オフィス〟と呼んだその空間は、五フィートの高さに積んだ空き箱の壁に囲まれて、読書灯があった。ぼくは毎晩そこにこもって読書をした。自分の部屋に帰って寝る時間になるまで、通りの先の店で買った漫画本を読んでいることがほとんどだった。

ぼくがそこにいるのが、しかも毎晩いるのがよいことではないとわかっていても、それを密告する者などいなかった。町の人たちはみなぼくの過去を知っていた。伯父がだれの助けも借りず、精いっぱいぼくの面倒を見ていることも知っていた。だから、なんの口出しもしなかった。

その男は長々とそこに立ったまま、ぼくを見おろしていた。そばかすと明るい赤毛の目立つ男だった。

「お客さん、どうかしたかい」店頭から伯父の声がした。

男は何も言わなかった。こちらに小さくうなずいて、離れていった。ちょうどそのとき、男が銃を持っているとぼくは確信した。

それについては、ぼくの言い分を信じてもらうしかない。九歳だったけれど、なぜかそう確信した。都合よく過去を振り返っているだけじゃないか、つぎに何が起こるかを知る直前のことだから、細かいことを頭のなかで補っているんじゃないかとふつうは思うだろう。記憶にその部分を付け足しているんじゃないか、と。だが、神に誓ってもいい。そこで時が止まったとしても、何が起ころうとしているかをぼくは正確に知っていた。男が店頭へもどり、右手で銃を出し、伯父の頭に突きつけて、レジの有り金をよこせと言うことを。漫画本で読んだのと同じように。

男が背を向けるや、ぼくはドアを閉めた。奥の部屋には電話がある。受話器を手にとって九一一をダイヤルした。呼びだし音が二度鳴り、女の人の声がした。

「もしもし。緊急事態ですか？」

緊急事態。たぶん自分にとって必要なのはそれだろう。話すべきときが来たら、どうしても話さなくてはいけないときが来たら……ことばが出てくるはずだ。

「もしもし。聞こえますか？　何かお困りですか？」

ぼくは受話器をきつく握りしめた。ことばは出なかった。そんなことは起こらない。ぼくにはわかった。少しの疑いもなく確信し、同時にほかのことにも気づいた。いつもの気分の悪さが……来る日も来る日もつねに感じていた、脈々と息づく恐怖が……消え去っている。まったく跡形もなかった。少なくとも、その瞬間は。それから数分間の、あの体験に身をまかせたあいだは。まったく恐怖を感じないのは、六月のあの日以来はじめてのことだった。

電話交換手はしゃべりつづけていたが、ぼくが落とした受話器がコードの先で揺れはじめると、その声は遠くからかすかに響くだけになった。もっとも、警察を呼ぶにはそれでじゅうぶんだ。九一一に電話をかけてそんなふうに回線をつながったままにすれば、向こうは確認のために出向かざるをえない。でもその夜は、強盗を阻止できるほど早くは来なかった。

ぼくはドアをあけて店内へ出ていった。瓶の並ぶ長い通路を進んでいく。男が早口の大声で言うのが聞こえた。

「そうだよ。有り金全部だ。さっさとしな」

そして、伯父の一オクターブ低い小声が耳にはいった。「まあ、落ち着くんだ。いいか？　ばかなことをするものじゃない」

「あのガキは奥で何してる。どこへ行った」

「心配するな。あの子はなんの関係もない」

「ここへ呼んだらどうだ。なんだか頭にくるな。あんたもそれはいやだろ」

「呼んだって聞こえやしない。あの子は聾唖なんだよ。巻き添えにしないでやってくれ」

角を曲がってふたりの姿が見えたのはちょうどそのときだった。いまもその様子は細かな点まですべて思いだせる。紙袋を片手に、開いたレジから取りだした紙幣数枚を反対の手に持った伯父。背後の壁に並ぶ見本の酒瓶。カウンターに置かれたコーヒーの缶、へりにテープで留められたぼくの写真、その上方に貼られた奇跡の少年への救援募金案内。

そしてあの男。強盗。犯罪者。右手に銃を握りしめて立つその姿。蛍光灯の明かりに輝くリボルバー。

男は怯えていた。顔に書いてあるも同然だった。手のなかの銃は、恐怖を取り除き、この場を支配するためにある。ところが、このときは正反対の効果をもたらしていた。男を怖じ気づかせ、冷静に物を考えられなくしている。九歳のぼくにも一瞬でわかることだった。この教訓は永遠に忘れないだろう。

強盗はぼくを二秒見つめ、三秒目にこちらへ銃を振り向けた。

「マイクル！」伯父が言った。「ここから逃げろ！」

「耳が聞こえないと言ったはずだな」強盗が言った。

こちらへやってきて、シャツをつかむ。そして、ぼくの頭のてっぺんに銃を押しつけた。

「何をしてる」伯父が言った。「なんでも望みどおりにしてやると言ったろう」

ぼくには強盗の手が震えているのがわかった。伯父は顔面蒼白で、ぼくにふれようと両手を伸ばしている。男から引き離すためだ。このとき、ふたりのどちらがより強く恐怖を感じているのか、ぼくにはわからなかった。でも、さっきも言ったとおり、ぼく自身はこわくなかった。ほんの少しもだ。これこそが四六時中怯えている人間の唯一の強みなのかもしれない。真に怯えるべきとき、当然怯えるはずのときがいきなり訪れても……平気でいられる。

伯父はぎこちない手つきで紙幣をすべて袋に詰めこもうとした。「この金をやる。頼むから、これを持って出ていってくれ」

強盗はぼくを押しのけて左手で袋をつかみ、そのあいだも右手に持った銃をぼくたちへ交互に向けていた。ぼくへ、伯父へ、またぼくへ。それから、ぼくのすぐそばを通って店の出口へとあとずさりした。ぼくは動かなかった。二フィート離れたところで、男はこちらをすばやく見た。

ぼくは男を止めようとしなかった。金を取り返そうとも、銃を奪おうともしなかった。銃口に指を入れて微笑みかけたりもしなかった。ただその場に立って、水族館の魚をながめるように男を見ていた。

「気味の悪いガキだな」男は左肘でドアを押しあけ、その拍子に金のはいった紙袋を落としかけた。体勢を立てなおして自分の車まで駆けていき、それからタイヤを鳴らしてメイン・ストリートを走り去った。

伯父がレジの向こうから這い出て、ドアへ向かった。着いたときには車は見えなくなっていた。

伯父はぼくを振り返った。大量のアドレナリンが全身を駆けめぐっているのか、見るからに体が小刻みに震えているのがわかった。

「おまえはいったいどうしたんだ」伯父は言った。「いったいどうして……」

伯父はそのまま床にすわりこみ、荒い息をした。警察が来るまでそこを動かなかった。ずっとぼくを見つめていたけれど、ほかには何も言わなかった。数多くの疑問が頭で渦巻いていたはずだが、答を得られないとわかっていて、どうしてわざわざ尋ねるだろう。

ぼくは伯父に付きあって隣にすわった。背中にためらいがちに手が置かれるのがわかった。ぼくたちは沈黙を分かちあいながら、その場で待ちつづけた。

4　ニューヨーク・シティ　一九九九年末

百二十八丁目の八階建てビルの一階にあるその小さなチャイニーズ・レストランは、この世の果てのような場所だった。店を切りまわす一家が借りているのは一階だけで、それより上階は表向きは厳重に閉ざされ、ビルの所有者によるいつともわからない改修計画が立てられていた。だから当然の成り行きで、階段をふさぐ板が取りはずされ、上の階に何人もが住むようになった。最初の住人はその一家の親族で、母国から来てそのレストランで週に九十時間働く従兄妹や又従兄妹たちだった。その後、まちがいなく口が堅く、毎月ある程度の金を一家に払えるよそ者もときどき住みついた。もちろん、現金払いだ。

ぼくがその一家に紹介されたのは、新しい身分証を売ってくれた男から知りあいを紹介され、その知りあいからまた別の知りあいを紹介されたあとだった。部屋は三階に決まった。三階までなら悪くない。それより高いと、一階の厨房の熱がほとんど届かなくなる。おまけに、四階まで届く延長コードなんか、だれも持っていない。だから、四階から上は暗くて凍えそうで、そのうえネズミたちがすでに居住権を主張していた。

ぼくはまだ自分の外見を変えようとは考えていなかった。それはもっとあとのことだ。でも、公的にはミシガン州から逃亡中で、保護観察の条件違反者であるのはたしかで、しかも、はじめての儲け仕事に手を出したとなると……。もうあともどりはできまい？　そんなわけで、ニューヨーク州の運転免許証には、ウィリアム・マイクル・スミスという偽名と、二十一歳という偽の年齢が載っていた。だけど、これを使ってバーにはいったりはしていない。ほんとうだ。警官を見かけるたびに、ぼくを捜している気がしてならなかったから、外出はなるべく避けた。真夜中であっても、通りからサイレンの音が聞こえると、ついに嗅ぎつけられたと思ったものだ。

一週ごとに寒くなっていった。ぼくは部屋にこもって絵を描き、持ち運びできる金庫錠で練習を重ねた。食事は中国人一家からレストランの料理をもらってすませた。家主ではないけれど、その一家に月二百ドルの部屋代を現金で支払い、厨房の裏のトイレとシャワーを使った。部屋には電気スタンドがひとつあり、延長コードにプラグを差しこんで用いた。絵を描く用具と紙を持っていた。バイク用のバッグもまだあって、そこに衣類を全部入れておいた。金庫錠とピッキングの器具も持っていた。

そして、ポケットベルも。

全部で五個あり、古びた靴箱におさまっていた。ひとつのポケットベルには白いテープ、ひとつは黄色、ひとつは緑、ひとつは青のテープが貼られていた。そして最後のひとつが赤いテープだった。ゴーストはこう言ったものだ。最初の四つのポケットベルのどれかが鳴ったら、小さい画面に出た番号に電話をかけて、相手の話を聞け。おまえさんがしゃべれないのを向こうは知っている。もしそれがわからないようなら、まちがった人間が電話に出ているということだから、受話器を置けばいい。正しい相手のときは話を聞き、指示された場所まで会いにいけ。おかしなところがないと感じたら、そいつらと仕事に出かけろ。仕事がうまくいけば、何もかもまるくおさまる。そいつらはおまえさんを大切にする。そうしないと、つぎに呼びだすときにポケットベルを手にとってもらえないからだ。

そいつらは、十パーセントの〝使用料〟をデトロイトの男に払うことも忘れない。生きていたいからだ。

最初の四つについては以上だ。最後のひとつ、赤いテープのポケットベルは……その男自身からだ。デトロイトの男。すぐに電話をかけろ。指示に従え。来いと言われた時刻に、正確にその場所を訪ねろ。

「この男にだけは刃向かうな」ゴーストの言ったとおりのことばだ。「刃向かうくらいなら、さっさと自殺したほうがましだ。面倒を起こすなよ」

ゴーストの話に偽りがないのはわかった。これがぜったいに忘れてはいけない教えだとわかる程度の経験は、自分でも積んできた。でも、つぎの仕事を待つあいだ、何をすればいいのか。だれかに呼ばれてまたいくらかを稼ぐまで、百二十八丁目のチャイニーズ・レストランの上にあるわびしい部屋に、どれだけ隠れていなくてはいけないのか。

餓死が先か。それとも凍死か。

ゴーストからその説明はなかった。

クリスマスが近づくころ、ようやく少し外出するようになった。よく数ブロック南の公園へ行って、ベンチに腰かけたものだ。さすがに新しい服を買わざるをえなかった。まだ一文なしだったわけじゃない。ペンシルヴェニアの仕事でしっかり稼いである。ただ、それがいつまでもつのかは、計算すればわかった。

さらに少し悪いことに、レストランで働いていたある男が、これからも食べ物をもらいたいなら力を貸せと言ってきた。メニューの分厚い束をぼくに渡し、あたり一帯のビルになんとかもぐりこんで各部屋のドアの下に一部ずつ置いてこいという。入口にドアマンがいるビルもあるし、ほかのビルでも、中の住人にロックを解除してもらわなくてはならない。だから、どうやったらメニューを配れるのかがわからなかった。そう、たいがいのビルには裏口があるだろうし、その錠をピッキングすることはできるけれど、そこまでする価値がほんとうにあるのか？

「おまえ、きれいな顔あるから」男は言った。英語がまだたどたどしい。「みんな入れてくれる」

そこでぼくはきれいな顔とメニューの束を携えて、一軒一軒ビルをまわっていった。何をするか隠したりせずに、正面切ってありのままに知らせようと思った。メニューを見せ、ドアの下に差しこむ身ぶりをした。ちょっとした手話もたまに交えた。それが効いたらしい。ずいぶんたくさんのビルにはいることができた。

ある日、配り物をしながら長い廊下を進んでいったとき、メニューを差しこもうとするなりドアがあいた。立ちあがりもできないまま、両手で肩をつかまれる。突き押されて背後の壁に激しく押しつけられ、息が止まりそうになった。

ぼくは顔をあげ、相手の男の顔を見た。九歳のときに伯父の店を襲った男の記憶がよみがえった。その目には、あのときと同じ獣じみた恐怖の色がある。汚れた服と尿と、それにおそらく恐怖そのものが放つすさまじいにおいが一気に押し寄せる。ぼくが膝を蹴りあげると、男は手を離してあとずさった。それから廊下を駆けていった。勢いよくドアをあけ、階段のほうへ姿を消した。

ぼくは体を起こして肩をさすった。あいたドアから部屋をのぞくと、荒れ果てたさまが目にはいった。あの男は金目のものを探して部屋を荒らしていた。ドラッグをもっと買うために。あるいは、なんであれ、ほしくてたまらないものを手に入れるために。冷蔵庫があけっぱなしで、中の食べ物まで漁られて台なしになっているのが見えた。ぼくは部屋のドアを閉めて立ち去った。

下へおりて通りに出てから、その部屋番号をメニューの裏に書いてドアマンに渡した。そしてレストランへもどった。

自分の部屋へあがった。残りの持ち金を数える。ここで与えられた時間もあとわずかだと思った。ああいう空き巣に身を落とすまでに、あとどれくらいかかるんだろう。


ますます寒くなってきた。その夜は雪が降った。はじめは白かったけれど、朝には汚れていた。

目覚めると、ポケットベルの音が鳴り響いていた。

その男たちとはブロンクスの食堂で会った。ハドソン川をタクシーで渡るだけだった。呼びだしが来たのは黄色のポケットベルだ。そう、ゴーストが黄色のポケットベルについて言ったことは覚えていた。その番号は一般向けで、どんなまぬけでもたいがいそこから呼びだしができる。だから、しっかり警戒して事にあたれ。だけど、こちらはやる気満々だった。というわけで、その寒い午後、食堂へはいって何分か立っていると、厨房のドアのすぐ隣にある奥のボックス席で手招きする者がいて、ぼくはそちらへ向かった。三人の男がすわっている。ひとりが立ちあがってぼくの右手を握り、半ば抱擁するようにぼくを引き寄せた。

「おまえが例の小僧だな」その男が言った。ニューヨーク・ジェッツの派手な緑色のジャケットと金のチェーンを身につけている。髪型は、セットにずいぶん時間がかかりそうな、短く刈ったシーザーカットだ。口の両側に走る細いひげの線が完璧に整えられ、唇の下の小さなひげとつながっている。白人とはかけ離れた外見になりたがる白人というやつだ。

「おれの仲間だ」男はそう言って、あとのふたりを手で示す。「ヘッケルとジャッケル（喜劇アニメのキャラクターである二羽の鳥）さ」

少なくともニックネームを考える手間は省けた。男はボックス席の奥へ動き、ぼくに場所をあけた。

「何か食うか。おれたちは注文したところだ」男はか細いひげのせいか口が大きく見えたうえ、何かひとこと言わずには一分と過ごせないのがわかった。いや、ひとことじゃすまない。そこで、ぼくはすぐさま〝減らず口〟と命名した。減らず口がウェイトレスを呼んで、メニューを持ってこさせた。ぼくはハンバーガーを指さした。

「あら、しゃべれないの？」ウェイトレスが言った。

「ああ」減らず口が言う。「しゃべれない。何か問題でも？」

ウェイトレスはメニューをとって、ひとことも言わずに立ち去った。

「おまえの噂は聞いてる」声の届かない距離までウェイトレスが離れてから、減らず口は言った。「おれの仲間の仲間と組んで、ちょっとしたことをやったそうじゃないか」

はじめの疑問に答が出た。電話をかけたとき、この街にいることを相手に知られているらしいのが腑に落ちなかった。うさんくさい連中があと千人はいて、全員に四六時中こちらの居場所を知られている気がしてならなかった。

「やるな、おまえ」と減らず口。「見かけはひよっこだが、凄腕だと聞いたよ」

ヘッケルとジャッケルはだまっていた。目の前にそれぞれチョコレート味とバニラ味らしいミルクシェイクが置かれていて、ふたりともそのストローにおとなしく吸いつきながら、減らず口のひとことひとことにうなずいている。

「まず、状況はこうだ」減らず口が声を落とす。「ダチがひとりいるんだが、実は……」

ほんとうにこんな場所で言うのか、と思った。計画の全容を食堂で打ち明けるなんて。

「そいつはアップタウンのバーで働いてる。二階に豪勢な部屋があって、パーティーやでかい催しなんかをやるんだ。何週間か前、そこでクリスマス・パーティーがあった。ダイヤモンド街のユダヤの連中の集まりだ。いや、待てよ、おれはいま、ユダヤの連中がクリスマス・パーティーを開いてたって言ったか？」

それを聞いてヘッケルとジャッケルがミルクシェイクを噴きだした。ぼくはその瞬間に立ちあがって出ていくべきだった。

「祭日のパーティーって意味さ！　ハヌカーの祭り、とかなんとか。とにかくそのパーティーで、ひとりの男がべろべろに酔っぱらってな。まったく、びくともしない。そこで、その酔っぱらいを下まで連れてくのにおれのダチが手を貸したわけだ。そのあいだにだれかがタクシーを呼べるようにな。みんなは酔っぱらいをクロークへ連れていき、そこにすわらせた。そうすりゃコートやら何やらを探せるからな。おれのダチがコートを探しにそこを離れると、酔っぱらいが仲間のやつらに話しかけた。ほかにだれもいないからな。で、ちょっとした内輪話になったんだ。酔っぱらいは、ためこんだダイヤモンドをコネチカットのわが家にどんなふうに隠したかをしゃべりだした。ざっと百万ドル相当が金庫にあるんだと。仲間のやつらは言う。ことばに気をつけろ、そんなふうにべらべらしゃべって、悪いやつが聞きつけたらどうする。酔っぱらいは言う。

なに、きみたちは長年の仕事仲間だから信じてるさ。とまあ、そんなわけだ。でも、話のあいだ、おれのダチはクロークの角をまわったすぐのところにいて、やりとりを残らず耳にしたってわけだ」

　ちょうどそのときウェイトレスが料理を持ってきたので、立ち去るまで、減らず口は減らない口を閉じた。話のつづきは食事をしながらだった。簡単に言うと、減らず口の仲間は招待客リストでその男の名前を見つけだし、コネチカット州の自宅の住所を調べあげた。州境をまたいですぐのグリニッジにある。男の仕事先に電話をかけると、フロリダに出張中で、年が明けるまで帰らないと言われた。

　なんとまあ、こいつらはその家に侵入して、隠してある百万ドル相当のダイヤモンドを盗もうというわけだ。もちろん、ぼくの協力が必要だ。そのあとようやくヘッケルとジャッケルの出番となり、そのダイヤモンドががっちり現金に変わる。ふたりとも宝飾業界にコネがあるらしく、仮に宝石にレーザーで識別番号が刻まれていたとしても、売りさばくのに支障はないという。

　この三人には会った瞬間にいやな予感がしていたが、その後の様子を見ても何から何までいっそう不安にさせられるばかりだった。こういうときの処し方について、ゴーストのことばを思いだした。本能が命じるなら、すぐにその場を立ち去るべきだ。

　だけど、だめだった。なんと言っても、もう少し稼がなきゃいけないだろう？　とんでもない大金だし、手抜かりもなさそうだ。

　だから、ぼくはいっしょに車に乗った。わかるだろう？　とにかく乗ったんだ。

　運転は減らず口がしていた。ヘッケルとジャッケルは後ろのシートにいる。ぼくは生まれてはじめて助手席にすわった。「貴賓席だ」減らず口がぼくにドアをあけて大げさに言った。「いまをときめく男のためのな」

大晦日のことだった。それはもう言ったかな？　一年の最後の日に、ぼくたちは例の男の家へ車で向かっていた。

「おれのダチはニューロシェルに住んでる」減らず口は言った。「途中で拾っていく。ちょうど五人だ。悪くないだろう」

減らず口はぼくのほうを見た。州間高速九十五号線を飛ばして、まっすぐコネチカットをめざしている。たいがいのニューヨーカーと同じく、月に一度かそこらしか運転しないと見たが、やはりそうらしい。

「で、おまえの仕事だがな。金庫破りだろう？　最高だよ。何がきっかけではじめたんだ」

ぼくは肩をすくめた。手話のわかる相手とは思えなかった。

「おっと、ほんとうにひとことしゃべれないんだったな。ひとことも！　めちゃくちゃかっこいいじゃないか、なあ、おまえら」

ヘッケルとジャッケルが、めちゃくちゃかっこいいことに賛成した。

「静かなる暗殺者ってとこだ。ただし、手にかけるのは人間じゃなくて金庫だけどな」

ゴーストの言うとおりだ、と思った。立ち去れ。どれほど大儲けができそうでも、手応えがよくなかったら、その場で背を向けて立ち去れ。

「ところで、例の野郎は家にダイヤモンドをためこんでどうするつもりなんだろうな。おれの頭がいかれてるのか？　どうぞ持ってってくださいと頼んでるわけじゃないよな」

だけど、いまさらどうすればいい？　車を停めろとも、道端にほうりだしてくれとも、ぼくには言えない。

「つまり、そいつがただの大ばか野郎ってことだな。宝石のことを人前でしゃべるなんてさ。あきれた話だろ？　こっちは常識に従って動きゃいいだけじゃないか」

後ろの席でまたふたりがうなずく。窓の外へ目をやると、右車線の車がどんどん抜かれていくのが見えた。

ニューロシェルへは三十分足らずで着いた。ロングアイランド海峡にほど近い小さな家の前に車をつける。減らず口の仲間が出てきて、ヘッケルとジャッケルのいる後部シートに体を押しこんだ。その男を見て、ぼくはミルフォード高校にいたフットボール選手の半数を思いだした。白人の中流階級の大男で、雄牛並みに屈強だが、たぶん雄牛並みに足が遅い。

「こいつが例の小僧だ」減らず口が言った。「握手しろよ」

雄牛はシートの背もたれ越しに右手を出し、ぼくの手を握った。「ほんとうにガキなんだな。おい、ちゃんとやれるのか」

「こいつはしゃべれないいんだ。金庫をあけるだけだよ。それしかやらない」

ぼくたちは高速道路へもどった。ママロネックとハリスンを抜け、冬季閉鎖中のゴルフ場半ダースの横を通り過ぎる。めざすはコネチカットの州境だ。

「さて、説明するぜ」雄牛が言った。「金庫は例の男の仕事部屋にある。一階だ。その部屋の窓はあいてて、いつでもはいれる」

「ヴィニーがちょっとした下準備をしたんだ」なんと減らず口は仲間の名前を明かした。「例の野郎の家へ行って窓をいくつか調べたら、鍵のかかってないのがひとつ見つかったんだったな。で、窓をあけて走った。そして待った。警報は鳴るか。おまわりは来るか。ひたすら待ったけど、だれも来ない。そこで、もどって中へ物を投げこんだ。でかい石だったたっけか」

「枝だよ」雄牛は言った。

「そう、枝だ。でかい枝を投げ入れた。人感センサーとやらが仕掛けてあるかもしれないからな。また逃げて、隠れた。だれか来ないかと目を光らせてな。だれも来ない。だからまたもどったんだ。で、窓から中へはいったんだろ？　歩きまわったり、飛び跳ねたりした。窓から逃げて、また隠れた。だれも来ない」

「で、ようやく、警報システムが作動してないのがわかった」雄牛は言った。「こんどはあがりこんで見てまわったんだよ。まず仕事部屋の壁の絵が目にはいって……大あたりだ！　絵をどけると金庫があった」

「金庫がそこで待ち受けてた」減らず口は言った。「いただきに行くんだよ。新年おめでとう」

「おれの分け前は少し多くしてくれるんだろうな」雄牛が言う。「準備を全部やったんだから。危ねえ目に遭いながら家にはいったんだぜ。それに、はじめにこの男に狙いをつけたのも、もちろんおれだ」

この時点で、ぼくは連中のことを頭から締めだすことにした。分け前をめぐって言い争いがつづくのを聞きながら、失敗の可能性をあれこれ考えた。実のところ、あまりにも簡単な話に聞こえる。雄牛の言っていたことが全部ほんとうなら、家に侵入し、金庫からダイヤモンドを盗んで逃げ去るまで、三十分かそこらだ。せいぜい四十五分。あとは自分の取り分の心配だが、わけがわからなくなっていた。もしやめたら、当然ゼロだ。きょうはゼロになるともう覚悟はしている。もしやるなら、大金を拝むチャンスはある。

どうも煮えきらないのはわかってる。こんなふうに考えちゃまずい。わかってるって！

車は州境を越えてコネチカットへはいった。そこからその家まで、ほんの数分だった。たとえ州はちがっても、金があればあるほどニューヨークの近くに住めるんだろう。

雄牛の道案内で、減らず口はその家まで車を走らせた。煉瓦造りのテューダー様式の大邸宅が広々とした芝生の丘に建っている。半マイルほど行き過ぎてから巡回し、裏庭に接する公園に着いた。家の裏手からの視線が気になったが、外の気温はマイナス一度で、日が沈みかけ、公園には人っ子ひとりいなかった。

減らず口は車を道路脇に寄せ、エンジンを切った。しばらくのあいだ、全員がすわったまま、だれかが何かを言うのを待っていた。

「ほんとうにやるんだな」減らず口がついに言った。

「信じられるか」

「どうってことねえ」雄牛が言う。「何をぐずぐずしてる」

「おまえは専門家だ」減らず口はぼくに言った。「どう思う。いますぐ行くか、少し様子を見るか」

素人の真似事だとこちらが思っていることには気づいていないらしい。ぼくは首を縦に振って、ドアをあけた。全員がつづく。車から出ると、ぼくは両手をあげて全員を止めた。

「なんだ。どうした」

ぼくは指を一本立てた。自分の目を指さし、全方向を見まわすふりをする。つぎに、車のハンドルを指さし、クラクションを叩くしぐさをした。

「だれかがここに残って見張りをしろってことか。そう言いたいんだな」

ぼくは親指をあげた。ヘッケルだかジャッケルだかがその役に選ばれた。そして、ほかの全員が屋敷へ向かった。裏庭のへりに沿って進んでいく。ぼくはずっと周囲に目を光らせ、不審なものを探した。なんの問題もなさそうだった。

屋敷の裏に着くと、ぼくはまたみんなを止めて目を指さした。ついてきたほうのヘッケルだかジャッケルだかが建物の角に立った。一方に車が、反対側に通りが見える場所だ。残りの三人、減らず口と雄牛とぼくは中へはいった。

少しあけてあった窓を、雄牛が注意深く押しあげた。ぼくはもう一度全員をしばらく待たせたほうがいいと思いながら、もういい、ここはさっさと進もう、とも思った。こいつが言ったとおりのことをすべてやったのなら、警報システムはほんとうに電源が切れているはずだ。金持ちが休暇でフロリダへ行くのに、なぜ切ったままにするのかって？　それは減らず口が言うように、本物のまぬけもたまにいるからで、そういうやつらはどんな目に遭ってもおかしくない。減らず口がこの日口にした唯一の正論だ。

最初に雄牛が、しなやかさにかけてはほぼ予想どおりの動きで窓から忍びこんだ。つぎにぼくがはいった。その後ろから減らず口が来た。そこはもう仕事部屋だった。雄牛は向かいの壁に掛かったいちばん近い絵の前へ直行した。帆船が波に揉まれている、よくある高級ながらくただ。雄牛はもったいぶったしぐさで指を額縁にあて、絵を壁からはずした。たしかにそこに金庫があり、壁から数インチ奥まった場所におさまっていた。

「さあ、頼む」減らず口はぼくに言った。「で、時間はどのくらいかかる」

ぼくは金庫へ近づいた。雄牛が脇へどく。ふたりの視線を背中に感じながら、ダイヤルに指でふれた。見たことのない商標だ。ヨーロッパの名前だろう。小さな疑念の光が脳裏でまたたきはじめた。いままでにあけたどの金庫ともちがっていたら、どうすればいいのか。もちろん初期設定の解錠番号も知らないから、最初にそれを試すこともできない。警報システムを切っておくような人間は、金庫を買っても番号を変えたりしないものだから、これはもったいない。

とにかく、すべきことを順番にするしかない。まずは取っ手にさわり、施錠されているかどうかをたしかめる。そこに手を置き、軽くひねった。ほんとうに動くとは思っていない。可能性を排除するために、最初に試すだけだ。

取っ手はまわった。

ぼくはその場で凍りついた。二秒のうちに、頭のなかで何もかもがひろがった。最初に雄牛がここに来て金庫を見つけたとき、取っ手にさわろうとさえしなかった。仮にいますぐ扉をあけ、施錠されていなかったことを示したら、ぼくがまったく無用の人間だったと知られてしまう。そう、裏口をあけてやったわけでもない。あのいまいましい窓からはいってきたんだから。じゃあ、このあとどうなるか。ふたりはここに突進してきて、ダイヤモンドをつかみとる。ぼくをニューヨークまで連れ帰るくらいはするだろう。そう願いたい。それから、どこかの街角でぼくをおろして言う。何もしてくれなくてありがとうよ。このふたりが一流の泥棒だったら、もちろん話は別だ。その見こみはほとんどない。あるいは、もう一度ぼくと組みたいと思っている場合。それもほとんどない。こうした連中は、これが一生に一度の幸運とは思わないものだ。

かんぬきがすでに扉のなかへおさまりつつあるのがわかった。少し引くだけで扉はあくだろう。ぼくは取っ手をゆっくりともどした。それから振り向いて、減らず口と雄牛の様子をうかがった。

「やっかいな金庫なのか」減らず口が言った。「やれそうか」

これから不可能なことに挑戦するかのように、ぼくは両手を振って首をまわした。自分の目を指さし、それから部屋の一方を指さす。目をもう一度指し示し、こんどは別の方向を指す。あんたたちはこの部屋を出ていって、見張りをしてくれ。

ふたりともこの場を離れたくなさそうだったが、ぼくは譲らなかった。出ていくまでは指一本動かさなかった。そのあとで、大きく息を吐いた。

あらためて金庫に手をふれ、扉をあけた。中には黒いベルベットの袋がひとつあった。映画でよく見る、いかにも百万ドルのダイヤモンドがはいっていそうな袋だ。口に小さな絞り紐までついている。完璧だ。

ぼくは紐をゆるめて中をのぞいた。二十個か三十個ほどの輝く石がある。予想したほど多くはないけれど、ぼくにダイヤモンドの何がわかる？　二、三個手にとったあと、いくつか自分のものにしようかと思った。すぐに、ばかばかしいと思いなおした。持っていてもどうにもできないだろうし、全体の儲けを減らすことになる。そこで袋の口を閉じて床に置いた。それからまた金庫と向きあった。数分のあいだ時間つぶしをする必要があったので、錠の構造を調べることにした。ダイヤルを数回まわし、施錠されていると想定して解錠を試みた。ダイヤルを所定の位置に合わせ、三枚のディスクをとらえる。いまのところ、ありきたりの錠だ。ダイヤルをリセットし、番号を順にたどりながら接触域を探っていく。かなり感触がはっきりしている。接触時間の短さを最初に感じたとき、ちがいは歴然としていた。特にやっかいな金庫じゃない。自分で解錠しなかったのが残念なほどだ。

まあいいさ、と思った。もう一度同じものに出くわしたら、こんどは平気だ。ともあれ、必要以上に時間をとっても意味がない。あの連中にはぼくがとんでもない早技の持ち主だと思わせよう。

ぼくはダイヤルを拭いて扉を閉めた。そして壁の絵をもとにもどした。部屋を出て、玄関に近い小窓から外をながめている減らず口を見つけた。ぼくが肩を叩くと、天井を突き抜けそうなほど跳びあがった。相手が落ち着いてから、ぼくは袋を渡した。

「なんだと？　嘘だろ？　もうあけちまったのか」

減らず口は袋のなかを見た。ことばを失っている。こんなことははじめてかもしれない。

「新年おめでとう」ようやく言う。「めでたいなんてものじゃない」

全員が集まり、車にもどった。ぼくはまた助手席に乗った。高速道路にはいると、こんどは減らず口の腕に手を置いて、スピードを落とせと伝えた。だれもがちょっと浮かれすぎている。帰り道で全員死亡はごめんだ。

「こいつがやってくれたぜ！」減らず口が叫んだ。これで三度目か四度目だ。「かかったのは四分か？　五分か？　この小僧は天才だ！」

「すげえ」雄牛が言った。「認めてやるしかねえな。はじめは頼りねえ気がしたけど、すげえ切れ者だよ」

「なあ、ちょっと思ったんだが」減らず口は道路からぼくへ目を移した。「ひとりであの部屋にいたとき、あのダイヤモンドをいくつかポケットにほうりこんだりしなかったろうな」

「調べてやってもいいぞ」雄牛が言う。「そうするか」

「いや。言ってみただけだ。こいつがおれの目をまっすぐ見て、ポケットにダイヤモンドをほうりこまなかったと伝えてくれるだけでいい。それできれいさっぱりだ」

車内は静かになった。全員がこっちを見ている。ぼくは両手をあげた。おい、なんだよ、みんな。どうすりゃいいんだよ、と。

そこでみんな笑いだした。緊張の瞬間は去った。ラジオの音が流れる。シュナップスのボトルがまわされる。ぼくはことわった。相変わらず減らず口はスピードの出しすぎで、ぼくはその腕に何度も何度も手を置いて、のんびり行こうと促した。ニューロシェルを通ったが、雄牛はおりなかった。今夜はいっしょに過ごし、日がのぼるまで祝いつづけるんだろう。

ニューヨーク市内にもどると、ぼくはハミルトン・ブリッジの標識を指さした。一同はぼくのために何かせずにはいられないらしく、わざわざ橋を越えて百二十八丁目まで送ってくれ、チャイニーズ・レストランの向かいにぼくをおろした。

「もっといいところに住まなきゃ」ぼくが車から出るとき、減らず口が言った。

今夜の最後の切り札が残っていた。やむをえない。この仕事でありつけるのはこれだけかもしれない。ぼくは歩道に立ったまま、両側のポケットをひっくり返した。

「こいつは驚いた。なぜ言わなかったんだ」減らず口は財布を取りだし、車内の仲間たちにも同じことをさせた。全部で三百ドルほどを集めてぼくに渡す。それでもまだ気がすまないらしく、駐車してから全員を引き連れて通りの角にある銀行へ向かった。

「限度額がいくらか知らないが」減らず口は言った。「いいか、きっちり自分の限度額ぎりぎりまで引きだすんだ。せめてそのぐらいはしてやらないとな」

四人でさらに千ドル引きだせた。

「これは前金だ。ダイヤモンドを売りさばくまで待ってろよ。分け前が決まったら連絡する。約束するぞ！金ができたらすぐに呼ぶ」

抱擁と握手と大騒ぎがしばらくつづいた。それから四人は車におさまり、去っていった。

車が見えなくなると、ぼくは通りを渡ってレストランへはいった。その月の家賃二百ドルを一家に支払う。それから階上へ行き、空っぽの自分の部屋で年越しを祝った。伯父のことを考えずにはいられなかった。ミシガンでどうしているんだろう。今夜はシャンパンを売るのに大忙しかもしれない。

アメリアのことを考えた。あたりまえだ。

それから、紙と鉛筆を出して絵を描きはじめた。アメリアがあとで全部わかるように、一日の出来事を何コマかの絵にしている。ぼくが何をしてきたかを教えたいからだ。ほぼ毎日つづけているのは、自分の正気を保つためと、ささやかな望みを託すためだった。いつの日か、これらの絵が彼女のもとへたどり着くかもしれない。これを見れば、なぜぼくが離れざるをえなかったのかをわかってくれるだろう。

最後のひとコマを描き終えて全体を見なおすと、何

「やあ」減らず口の声だ。「起こしちまったかな。調子はどうだ」

返事ができないことを相手が思いだすまで、ぼくは待った。

「すまん、二日酔いらしい。頭が働かないんだ。とにかく、あの食堂までまた来てくれるか。なるべく早くな。ちょっと問題が起こった」

もかもがひどく滑稽に感じられた。考えれば考えるほど、あの連中が二度と連絡をよこすはずがない気がしてくる。ぼくの分け前のことで向こうから接触してくるなんて、ありえないだろう？

素人はもう相手にしない、と自分に言い聞かせた。二度と組むものか。きょうのところは千三百ドルせしめたけれど。

明かりを消し、すぐにまたアメリアのことを考えながら、ほこりだらけの冷たい床の上で寝袋にくるまって、目を閉じた。アメリアといっしょにいられるなら、なんだってする。たった一時間でいい。そのためなら命を投げだしてもいい。

新年おめでとう。

翌朝、ぼくは黄色のポケットベルに起こされた。階下へおりて公衆電話の受話器をとり、その番号をダイヤルした。きのうかけたのと同じ番号だった。

5

ミシガン州　一九九一年から一九九六年

強盗事件のあと、リート伯父は銃を買ってきた。拳銃だったが、強盗が持っていたものとはずいぶんちがっていた。強盗のものはリボルバーで、銃身が光沢のある金属からなり、西部劇に出てくる旧式の六連発式拳銃に似ていた。リート伯父の銃はセミオートマティックだ。回転弾倉がない。光沢もない。鈍く光る黒で、なんとなく二倍の殺傷力がありそうだった。

伯父は銃をレジの奥に隠したが、それはぼくにけっして気づかれまいと考えたからだろう。気づかなかったのは五分ぐらいだ。伯父はその銃の話をしなかった。あの強盗事件についても何も言わなかった。それでも、考えているのはわかった。あれから数週間、伯父が静かなときには、いつもあの一部始終を反芻しているのがわかった。事件そのものだけでなく、ぼくの奇妙な反応までも。

いま振り返ると、伯父には少し気の毒だったと言わざるをえない。ぼくのことを相談できる相手はまったくいなかったと思う。州から派遣されてぼくの様子を見にくる女の人がひとりいたが、現われるのは月に一度かそこらで、最初の一年が過ぎてからはまったく訪れなくなった。来つづけたところで、ぼくをどうすることもできまい？　どこからどう見ても、ぼくはうまくいっていた。絶好調じゃないにせよ、順調だった。〈フレイム〉での外食が半分ぐらいだったけれど、食事はしっかりとっていた。睡眠についても問題はない。そう、そして、ぼくはついにまた学校へかよいはじめた。

それはヒギンズ特別学校という施設だった。かよっているのは聴覚障碍の子供たちがほとんどだ。ただし、比較的裕福な家の聴覚障碍児にかぎる。そのほかに、なんらかの原因で、聞くか、話すか、またはその両方ができないという、いわゆる〝コミュニケーション障碍〟をかかえた子供も少数いた。ぼくはその部類に入れられた。〝障碍〟を持ったというわけだ。

ぼくが九歳だったことを思いだしてもらいたい。それまで一年半、学校へかよっていなかった。ただ転校生になるだけでもじゅうぶんつらいものだ。話したくても話せない生徒ばかりの学校へ転校してみるといい。おまけに、こちらも返事ができないときている。

何よりまず、それが解決すべき課題だった。残る人生のあいだ、ずっとメモ帳とペンを持ち歩くよりもましな伝達手段を、ぼくは身につける必要があった。そこで、アメリカ手話を学びはじめた。

簡単に身につくものじゃなかった。ひとつには、必要に迫られなかったからだ。帰宅後に使うことはなく、学校にいるとき以外は練習しなかった。一方、耳の不自由な子たちは、みな手話にどっぷり浸かっていた。手話は彼らの文化そのものだ。自分たちだけの特別な暗号だ。だから、ぼくはただの〝みんなとちがう〟子ではなかった。ことばをほとんど知らない異国からの侵入者だった。

そして何よりも、臨床心理士やカウンセラーがここにも山ほどいて、ぼくをあれこれつついた。それは休むことなくつづいた。毎日少なくとも四十五分かそこら、ぼくはだれかの診察室にすわっていた。そこにはセーターとジーンズといういでたちの大人がいた。少し休もうか、マイクル。ここでのんびりして、お互いのことを知ろうじゃないか。話をしたい気分なら……字を書いてもいいし、絵にしてもいい。好きなようにすればいいんだ、マイク。

ぼくの望みはほうっておいてもらうことだった。みな、ひとつ大きなまちがいを犯していたからだ。幼いせいで心的外傷を〝処理〟できず、小さな心の裏庭にそれを埋めておくしかないが、やがてだれかが手を貸してそれを掘り起こす、とかなんとか——そんな言い草を思いだすだけで、ぼくはいまも気分が悪くなる。そこにあるのは恩着せがましさと、驚くほどの無知だった。

あの出来事があったとき、ぼくは八歳だった。二歳じゃない。三歳でもない。ぼくは八歳で、同年齢のほかの子供と同じく、自分の身に何が起こっているかを正確に理解できた。一秒も、一刻も漏らさずにだ。何が起こっていて、いつすっかり終わったのか、ぼくは振り返って頭のなかで再生できた。一秒も、一刻も漏らさずに。つぎの日もまだ再生できた。一週間後もできた。一年後も。五年後も。十年後も。ぼくはそれでも六月のあの日へもどることができた。手放したことがないという単純な理由からだ。

抑えつけていたわけじゃない。掘り起こして見つける必要はなかった。いつもそこにあった。ぼくの忠実な友。ぼくの片腕。目覚めているときはいつでも、眠っているときも二、三時間は……これまでも、これからも、ぼくは六月のあの日へと、いつでもすぐに帰る。だれもそれをわかっていなかった。だれひとり。

いま思うと、ぼくは人にきびしすぎるのかもしれない。向こうはぼくをまちがいなく助けようとしていたけれど、こちらは協力していたとは言えない。問題は、彼らがぼくを助けることができたわけがない、ということだった。ぜったいに無理だ。ぼくのせいで不快になるのが落ちだったと思う。ぼくの身に起こったことや、それについて自分たちが考えたときに湧き起こる感情のせいで、ぼくを許せなかったらしい。だから、自分自身の気分を直したくて、ぼくを助けようとした。

そう、まさにそうだった。何年ものあいだ、ずっと。長いあいだぼくはそう思っていた。彼らはぼくの身に起こったことに怖じ気立ち、少しはまともな気分になりたくてがんばっただけだ。だからこそ、やがて匙を投げたんだろう。ヒギンズ特別学校に五年いてもじゅうぶんな〝反応〟を示していないという理由で。そもそもここへ来させたのがまちがいだったかもしれない、と。話すことのできる子供たちのなかで過ごさせるべきだったのかもしれない、と。そうすれば……いつの日か……

彼らはそう言ったものだ。そのあとすぐ、ぼくはそこから追いだされてミルフォード高校へ移った。

あの夏がどんなものだったかって？ 九月まであと何日かを数えてばかりいた。特別学校でもぼくは変わり者だった。公立高校の廊下を歩いていたら、どれほど珍妙に見えただろうか。

あの夏、気晴らしになるものがひとつだけあった。店の奥の部屋には金属のドアがある。それは駐車場に面していた。配送トラックが来たときには、そこから荷物を運び入れた。ドアはたいてい施錠されていたが、トラックが来ると、リート伯父が錠としばし格闘してからようやくドアをあけた。解錠するにはこつがあった。つまみを反対方向に九十度まわした状態で取っ手を強く引き、それからつまみを本来の向きへそっともどす。そこでようやく、いまいましい錠が言うことを聞く。外から鍵を使ってあける場合については、とりあえず考えまい。ある日、伯父はこれにうんざりして、新しい錠を買ってきた。ぼくが見る前で古い錠を取りはずし、ふたつに分かれた部品をごみ缶へ捨てた。新しい錠が取りつけられ、つまみは一回で気持ちよくまわった。

「やってみろ」伯父は言った。「バターみたいだ」

でも、ぼくが興味を持ったのは古い錠のほうだった。ぼくはそれをごみ缶から拾って、ふたつをもとどおりにつなげた。仕組みはすぐにわかった。とても単純な原理だ。シリンダーの回転とともにディスクが動き、かんぬきが引っこむ。シリンダーが逆にまわると、かんぬきがまた出てくる。その後、シリンダーを分解し、中に小さな五本のピンが並んでいるのがわかった。それらのピンをちょうどいい位置にそろえるだけで、シリンダーは自由に回転した。ほこりと粘りを拭きとって、オイルを少しスプレーしたら、なめらかに動くようになった。伯父がこの錠をつけなおしたら、快適に使えただろう。だけど新品を買ったいま、手でいじりまわし、鍵が中にはいってそれぞれのピンを過不足なく正確に押しあげるさまを観察する以外に、この錠の使い道はなかった。そして、話はここからおもしろくなってくる。ぼくはこれにすっかり心を奪われ、何よりも満ち足りた気分になれた。まず、シリンダーに紙クリップ程度の簡単なもので軽くつっかいをし、たとえば定規のへりからとった薄い金属片を使って、ひとつずつピンを押しあげていく。クリップでそのままの位置を保ちながらつぎへ進み、最後には五本のピンを一直線上にきれいにそろえる。すると、鍵を使わなくても錠はなめらかに動き、魔法のようにあく。

あの裏のドアの古い錠がなかったら、ぼくの人生はどうなっていたんだろうかと、ときどき考える。仮に錠の具合がたいして悪くなかったら、仮にリート伯父がずぼらで錠を交換しなかったら……ぼくはあの瞬間に出会えただろうか。けっして動かぬように考え抜かれた、硬く揺るぎない金属の部品の数々……。それでも、力加減をまちがえなければ、何もかもが正しい位置に並び、その瞬間にドアは開く。なめらかに、突然解放される金属の動き。回転する音。手に感じる反応。逆に、金属の箱のなかで何かがしっかり閉ざされて、動かせずにいる感触。

ついにそれを解き放ったとき……

ついにその錠のあけ方を知ったとき……

どんな気分だったか、想像できるかい？

6　コネチカット州　二〇〇〇年一月一日

ぼくはこの日、例の食堂へ行かずにすますこともできた。それはわかっている。だけど行った。正直なところ、若さゆえの無知とか、そんなことではなかったと思う。まあ、単なる好奇心だったかもしれない。もうダイヤモンドを屋敷から盗みだしたんだろう？　だったら、何が問題なんだ。現金に換えるときにまずいことでもあったんだろうか。そうかもしれないが、だとしても、なぜぼくを呼びだすのか。しばらく分け前はお預けだと言うためだけに？　それとも分け前がずいぶん少なくなりそうだと？　なんにせよ、いくらかの金をもらえるのはたしかだし、向こうにはぼくをだますつもりがないはずだ。

それともまさか、ぼくに報酬を支払わなくてはと思ったのか。いや、そうでもないのか？　そもそもあの連中がぼくを見つけたということは、おそらくデトロイトの男についても知っているはずだ。ぼくはポケットベルを持たされているただの小僧じゃない。別のポケットベルを持たされている別の人間もおおぜいいるから、へたをすれば自分たちが足をコンクリート漬けにされてハドソン川へ投げこまれかねない、とでも考えたんだろうか。そう、たぶんそうだ。この小僧をなめちゃいけない。そう思わせておこう。

ともあれ、冷たく澄み渡った新年初日の朝、ぼくはまたタクシーに乗って橋を渡った。運転手には、ブロンクスの同じ所番地を書いた紙を渡してある。運転手は道中ずっと二〇〇〇年問題について語っていた。二〇〇〇年の最初の日のきょう、何もかもの機能が停止するという噂なのに、すべて順調に動いているようだ、と。ぼくは後ろのシートでうなずいた。やがて食堂に着き、料金を払って車をおりた。店内へはいる。ぼくの新たな友四人がいっしょにすわっていた。きのうより大きめのテーブルについているのは、きょうは五人組になるからだ。ぼくは近づいて、ヘッケルとジャッケルの隣にすわった。減らず口と雄牛の向かいだ。四人ともひどい顔だった。

同じウェイトレスがやってきた。ぼくの顔を覚えているようだ。ぼくはウェスタン・オムレツを指さした。ほかの連中は食べ終えたらしいが、かまうものか。またここから連れだされるなら、朝食ぐらいはおごらせよう。

「で、問題というのはな」ようやく減らず口が言った。きのうと同じニューヨーク・ジェッツのジャケットを着ている。

「ここじゃまずい」雄牛が言った。

「ざっと教えるだけだ」

「おい、おれたちがきのうやったことを、この店の全員に知らせようってのか？　やめとけよ、いいな」

きのうはかまうことなく話したのに、と思った。とはいえ、雄牛はきのうここにいなかった。どうやら分別を少しでも持ちあわせているのはこの男だけらしい。

ぼくの朝食が来ると、張りつめた静けさがテーブルに訪れた。張りつめた静けさにかけては、ぼくは一生ぶんの免疫を持っているけれど、減らず口は寿命を何年か縮めたと思う。減らず口はすわったまま両手で支えて体を揺らしながら、窓の外をながめていた。雄牛はそれを横目で見ている。ヘッケルとジャッケルはいまにも吐きそうだった。

ぼくが食べ終えると、減らず口は金を叩きつけるように置き、全員を急き立てて外へ出た。車の運転席に乗りこむ。きょうは雄牛が助手席だ。ヘッケルとジャッケルはぼくが後ろに乗るかどうかと待っている。

「さあ、安全な場所へ移るから、そこで話そう」減らず口が言った。「解決できる問題だ。ほんとにな。分け前がほしいんだろう?」

ぼくは後ろに乗った。ヘッケルとジャッケルが両側から乗ってきたので、真ん中に押しこめられた。それはたいしたことじゃないけれど、ぼくはもう、こんなことなら来なければよかったと思いはじめていた。

減らず口はギアを入れて車を発進させた。数分後、九十五号線に乗った。東のコネチカット方面へ向かう。ぼくは運転席の背を叩いて両手をあげた。いったいどうなってるんだよ。

「わかった。実はこうだ」減らず口は言った。「おれたちが盗んだあの石は全部偽物だった。キュービック・ジルコニアでさえない。ただのがらくたなんだよ。ここにいる専門家ふたりは三秒で見抜いた。酔いが覚めてからだが」

ヘッケルもジャッケルも無言だった。右側のやつが首をゆっくりと左右に振った。

「わけがわからねえんだ」雄牛が言った。「あいつはいつも本物のダイヤモンドを売買してる。なんだって、まがいものの石なんか金庫に入れておくんだよ」

「だから、おれたちが思うに――」減らず口が言いかけた。

「おれが思うに」雄牛がさえぎった。「きょう、このまぬけどもにも言ったんだが、あの屋敷にもうひとつ別の金庫があるんじゃねえかな。ずっと見つかりにくい場所にあって、そっちに本物のダイヤモンドがはいってるんだよ。どういうことかわかるか?」

ぼくは数秒考えた。そして何もかも納得した。雄牛の言うとおりだ。あの金庫は見えやすい場所にあった。あまりにも簡単な、ひと目でわかる場所に。そのうえ、もちろんこの連中は知るはずもないけれど、金庫は最初からあいていた。取っ手を引くと、そこにあったのは……非の打ちどころのない黒く美しいベルベットの小袋で、そのなかに――

まったく、なぜ見破れなかったのか。みごとな最後の砦だ。ほかのずさんさをすべて帳消しにするほどの完璧な砦だと言える。さあ、くれてやる！　百万ドルのダイヤモンドだぞ！　全部おまえらのだ！　帰りに頭をぶつけるなよ！

「そこで考えたんだが」減らず口は言った。「できればもう一度行って……」

「あいつはまだ帰ってないはずだ」雄牛が言った。「休暇で出かけたんだからな。だれが新年初日にもどってくるものか」

頭のなかでゴーストの声が聞こえた。立ち去れ、仕事人。背を向けて立ち去るしかない。

高速道路をぶっ飛ばしているから、いますぐってわけにはいかない。

だけど、同じ場所で二度盗めるのか？　災難を招くだけでは？

それとも、一度目は勘定に入れないのか？　実のところ、まだ何も手に入れていないんだから。

コネチカットのあの屋敷へふたたび向かう途中、そんなばかげた考えがぼくの脳裏を行き来していた。苦い経験から学ぶしかない物事もあるんだ。

車は建物の裏にある公園にまた停まった。屋敷はきょうもまたひっそりしている。その点では雄牛の考えが正しいんだろう。きのう家主がいなかったなら、たぶんきょうもいまい。

今回はだれも車内に残らなかった。「なんとしても第二の金庫を見つける」減らず口は言った。「全員の目が必要だ」

もちろん、それもまちがいだ。こういうときこそ、ずさんな行動をとっちゃいけない。だけど、そのことでひと悶着起こすつもりもなかった。そこで、五人全員で木々に沿って建物へ近づいた。例の窓の鍵はかかっていない。雄牛が窓をあけ、減らず口が中へ進む。つぎにぼくがはいる。せめてだれかが外で見張りに立つんだろうと思った。いくらなんでも、それをしないほどまぬけじゃあるまい？　推して知るべしだったんだが、このときのぼくは、儲けを手にして退散するためにも、ただただ早く第二の金庫を見つけたかった。

仕事部屋にないのは言うまでもなかった。ぼくは玄関広間へ行き、そこから二階へあがった。こうした屋敷のつねとして、弧を描く階段と、天井からさがる十二フィートものシャンデリアがあったが、目を奪われている暇はない。部屋をひとつひとつのぞきながら、長い廊下を突き進んだ。寝室、寝室、寝室、バスルーム。どこも美術館並みの豪華さで、まだだれも住んでいない家のように見える。ついに、主寝室と思われる部屋に着いた。ウォークイン・クロゼットへ直行して衣類を脇へ押しやり、取り囲む壁をていねいに調べる。何も見つからなかった。

ぼくがクロゼットから出ると、減らず口が絵の裏を調べているさなかで、ひとつずつ壁からはずしてはもとの場所にもどしていた。探し物は見つかるまいという気がした。そんなことをしても無駄だ。囮が絵の裏にあるなら、本物はちがう場所に眠っている。

減らず口は探すうちにいよいよ落ち着きを失い、ついに壁際から家具をどけはじめた。女性用の化粧台に取りかかったとき、五十本はある瓶をひっくり返し、そのほとんどが硬い木の床に落ちて砕け散った。数秒後、何万ドルもの高級な香水のにおいがぼくの鼻を襲った。

「どこにあるってんだ」減らず口は言った。「おまえが金持ちのユダヤ人なら、金庫をどこに隠す？」

減らず口が興奮すればするほど、ぼくはますます冷静になった。机に置かれた手紙類をざっと調べる。そこから五、六通を選びだして減らず口に渡した。

「はあ？　なんだ、これは」

ぼくはどの封筒にも記された宛名を指さした。ロバート・A・ウォード。

「そいつの名前はウォードだ。それがどうした」

減らず口の頭のなかで、やっとコインが落ちる。

「ああ、なんだ。こんなのはユダヤ人の名前じゃないって？　そう言いたいのか。はいはい、失礼したよ。金持ちのユダヤ人じゃない。ユダヤ人じゃない金持ちだ。これで満足かい。ふざけるのをやめて、金庫を見つけるのを手伝う気はあるのか」

ぼくはベッドを指さした。キングサイズで、下にペルシャ絨毯が敷いてある。この部屋の敷物はこれだけだった。

「なんだと？　ダイヤモンドがマットレスのなかに隠されてるって？　またからかう気か」

絨毯の片隅をつかみ、減らず口がもう一方の隅をつかむのを待った。ふたりで引っ張ったとたん、絨毯とその上のベッドがなめらかな硬材の床を滑った。引っ張れるだけ引っ張ってから、ぼくはまわりこみ、あらわになった床を見た。

あった。自分にとって世界一貴重なものなら、ふだん思いだそうと思いだすまいと、眠るときは自分の真下に置きたいものだ。

床に埋めこみ式の取っ手があり、昔風の跳ねあげ戸のように、まわりに鉄の輪がはめこまれている。ぼくは輪を引いて跳ねあげ戸をあけた。金庫の扉は円形で、直径はわずか六インチほどだ。金庫が床板の下に深々と埋めこまれているさまを想像すると……。妙に聞こえそうだが、そのせいでまぎれもない閉所恐怖を覚えた。きょうに至っても、金庫は独立型であるべきだという思いをぼくはいまだに持っている。全体の形を見て、表面の隅々まで手を這わせることができるからだ。

でも、このときは床にひざまずいて、顔を可能なかぎり金庫に近づけるしかなかった。そのあと、ダイヤルに指を置く。取っ手の代わりに簡単な握りがあり、ダイヤルを正しい解錠番号に合わせたときに持ちあがるようになっていた。すばやく引いたものの、今回はあくはずがない。

「魔法を頼むよ」減らず口は言った。「こいつをきのうよりずっと速くあけられるか」

無理だよ、相棒。ぼくはダイヤルをまわしはじめ、ディスクを接触域の反対側に合わせてから、反転させた。ディスクをひとつとらえた。それからもうひとつ。またひとつ。またひとつ。

それからまたひとつ。

ディスクは五枚だ！　ディスクが五枚ある金庫は見るのさえはじめてだった。となると、これは簡単にいくはずがない。

接触域を探って目盛りを0に合わせ、例の作業をはじめた。接触域にもどり、3に合わせ、接触域にもどる。

ひとつ目はここか？

こんどは6に合わせた。ちくしょう、かなりやっかいだ。井戸のなかへ手を伸ばしている気分だ。

「どれくらいかかりそうだ」減らず口が言った。「半分ぐらいしてもニックネームに恥じない発言だ。「また進んだのか。四分の一か」

ぼくはいっとき身を起こし、両手を振った。

「あいたのか」すっかり興奮している。

ぼくは首を横に振って両手をあげ、追い払うしぐさをした。

「わかった、わかった。ここにいるよ。ネズミみたいにひっそりとな」

あてになるものか。とにかく、あんたがいないと全力で思いこむことにするよ。

ダイヤルにふたたび集中し、作業をつづける。接触域はかなりはっきりわかるが、短くなる瞬間が判別しづらい。ある程度近寄るには、右腕に全体重をかけ、首を不自然な角度に曲げたままにするしかない。しじゅう腕の感覚がなくなるので、ぼくはそのたびに中断して手を振らざるをえなかった。

「おれたちはこうして大仕事をしてるけどな」減らず口はいまやベッドに腰かけている。「外の連中はきっといらつきはじめてるぞ」

顔をあげると、減らず口はすでにジャケットを脱いでいた。ベルトの内側に銃が差してある。これでまちがいない。ゴーストがぼくの頭に叩きこんだチェックリストには……組んだ相手がとんでもないど素人で、監獄送りや処刑の道連れにしてくれる連中だと判別できるチェック項目がいくつかあった。そう、こいつらはひとつ残らずその項目に該当する。

ぼくは深く息をつき、作業にもどった。いまこそ真剣に集中しよう。はいって、出て、逃げろ。そして、けっして振り向くな。

ようやく一連の作業を終え、どうやら四つの数はわかった。残るはひとつだ。解錠番号を決める場合、同じ数を二度使ってもかまわないが、そんなことをする者はほとんどいない。

はじめの手順にもどり、数の範囲を絞りこんでいく。27のあたりに来たとき、26に確定できるのがわかった。そして、28にも。やった、これで決まりだ。結局、突き止めた五つは1、11、26、28、59。百二十通りの並び方が考えられるけれど、きっとここには本人と妻の誕生日が使われている。それにたぶん、結婚した年だろう。誕生日が先にふたつ並ぶとしたら、百二十通りではなく、たった四通りになる。ありがたいかぎりだ。

最初の配列を試した。1‐26‐11‐28‐59。五つすべてを試すのにはかなり時間がかかる。一番目に合わせるのは、そこを四回通過してからになるからだ。二番目は三回通過、三番目は二回通過、四番目は一回通過してから、そして五番目はそのまま合わせ、そこでようやく反対方向にもどってレバーを作動させる。すべてを終えて、握りを引いた。あかない。

減らず口の立ちあがる音が聞こえた。こんどは室内を歩きまわっている。ぼくは気にせず作業をつづけた。

第二の配列は1-28-11-26-59だ。四回通過、三回、二回、一回、そのまま、反転。だめだ。

減らず口が何か言っている。いまは耳に届きもしない。ぼくは深い深い海の底にいる。あと少しで宝の箱があく。

第三の配列は11-26-1-28-59だ。四回通過、三回、二回、一回、そのまま、反転。だめだ。

パン、パン、パン。そんな音がした。水面のどこかから、ざわめきがひろがる。

「くそっ」減らず口の声が割ってはいる。「まずい、最低だ」

減らず口の足が床を打ち鳴らしている。ぼくは一気に水面へ引きもどされ、まばたきしつつ空気を求めてあえいだ。第四の配列を奥底に残したままだ。減らず口のいる窓辺へすばやく這い進んだ。家の正面に黒いバンが無造作に停められ、両側のフロントドアが大きくあいているのが見える。

また音が響く。前よりも大きな音が、閉じた窓から伝わってくる。パン、パン、パン。

どうにか立ちあがったぼくの目に、私道を走っていく男の姿が見える。ヘッケルだかジャッケルだかの一方だが、どちらにしても、今後は相方がふたりぶんの名前を引き継ぐだろう。ひとつの名を墓石に刻もうと、別の男が背後に迫っている。大男だが動きが俊敏だ。背に白い文字のはいった灰色のジャケットを着ている。こちらがその文字を読みとる間もなく、男は身をかがめ、豊富な経験を感じさせるしぐさで銃を構える。同じことを何度となく実行してきたんだろう。撃ったのは紙の標的かもしれないが、形はまったく同じだ。さらに二発撃つ。標的は男から五十フィート離れているが、ヘッケルだかジャッケルだかの背に小さな黒っぽい円が現われる。スワン・ダイブのように両腕を真横にひろげ、硬い地面に倒れる。

灰色のジャケットを着た男がもうひとり視界に現わ

れる。その男は地面に転がった死体を見据え、撃った男は向きを変えて正面玄関へ走る。つぎの瞬間、すぐ下でドアの開く音がする。なら、ぼくもそろそろ動いたほうがいい。

主寝室を出て、できるだけ静かにすばやく廊下を進む。突きあたりまで行くと、玄関広間が見える。玄関の扉があいている。姿は見えないが、遠くないところで足音が聞こえる。まだ逃げだしたくない。階段があまりにも長く、だれであれ、下にいる人間は楽々と狙撃できる。撃つ前に椅子を引き寄せる時間だってあるだろう。

この感覚を知っている。じっとすわって待つ。ひたすら沈黙を守る。ぼくの慣れ親しんだ世界だ。

階下から別の音が聞こえる。よどみなく動く機械音。金属がふれあう音。そして足音。ゆっくり動いている。

衝突。叫び。床を這い進む足音。そして、轟音が地上のすべての音を掻き消す。ようやく耳鳴りが消えると、人間のものとは思えない、動物のものとすら思えない、痛みの次元を超えた絶叫が聞こえる。

廊下を引き返しても、その叫びは延々とつづく。足音が階段をあがってくる。決断のときだ。窓から飛びおりるか？　両脚を折ってまで？　ほかの逃げ道があるはずだ。別の部屋に通じる別のドアか、別の階段か。逃げ場のない長い廊下つきの家など建てるはずがないけれど、その別のドアを見つける余裕がない。

まず動いて、成功を祈るしかない。バスルームのドアをあけ、そこから寝室へ通じるドアをあける。寝室へはいってドアをそっと閉める。ここにも高窓があって、屋敷の横が見渡せる。高さ三十フィートはある。

よし、考えよう。こちらの仲間が邸内に何人いるのか、向こうは知らない。その点は有利だ。でも、待てよ……減らず口はもう下にいるんだろうか。いま下で叫んでいるのは減らず口か？

ドアまで行って、聞き耳を立てる。一分経過。二分。

敵がこのドアをあけたら、ドアの陰から不意打ちしよう。それしか勝ち目はない。

さらに一分。ついに声が聞こえる。

「おれの負けだ！」減らず口の声。どこか廊下の先だ。「撃たないでくれ、いいな。銃は持ってない！」

返事がない。

「いまから出ていく！　両手をあげていくからな。おれを撃つ理由はないぞ！」

ドアがあく。廊下に足音が響く。

「わかるだろ？　丸腰なんだよ！　全面降伏する。まいったよ」

もっと重い足音が廊下の反対側から近づいてくる。

「おい、待てよ。おい。待てったら。ばかな真似はやめようぜ。なんだよ、いったい」

足音がさらに近づいて大きくなる。減らず口の声はパニックに陥る寸前だ。

「だめだ！　やめろ！　待ってくれ！」

ぼくはドアの後ろに立っていたが、つぎの瞬間、そのドアが吹っ飛んで、仰向けに倒される。減らず口がぼくの上にのしかかる。楯にするつもりなのか、しがみついてくる。ぼくにその手を振り払われ、減らず口は立ちあがる。ドアのほうへもどりかけて止まる。真正面にショットガンを持ったあの男がいるからだ。灰色のジャケットに銀のバッジをつけている。だけど、警官じゃない。民間の警備員だ。だとしたら、ここからの行動にはなんの制約もない。両手にかかえた二連式の怪物が減らず口の胸を真っ向から狙っている。

そいつの顔を見るぐらいの余裕はぼくにもある。醜く、赤い。ようやく生身の人間に銃を使う資格を得た男の、不気味な薄笑いが浮かぶ。

そのつぎの瞬間……減らず口がベルトへ手を伸ばす。そして轟音が、ただの音ではない金属質の重い爆音が耳に突き刺さる。減らず口の側頭部がなくなる。吹っ飛ぶのでも落ちるのでもなく、ただ……消え去る。血と骨と汚物が、壁に、窓に、カーテンに、そしてぼくの目に飛び散る。減らずロの体は立ったままで、何が起こったかに気づいてすらいない。やがて横にかしいで、街灯にもたれる男のように整理棚に倒れかかり、それからくずおれていく。膝が折れ、生きている人間にはけっしてありえない恰好で上半身が後ろへ倒れる。

ショットガンの男はそのありさまを見守っていた。何もかも終わり、はじめてぼくに気づいたらしい。ぼくは奥の壁際にうずくまっていた。男は動かずに、しばらくぼくを見ていた。

「まだガキじゃないか」男は言った。

見逃してやるという意味かどうか、わからなかった。すると、その疑問に答えるかのように、男はショットガンの銃身を折って薬室をあけ、左手でポケットを探った。体じゅうの力を掻き集め、ぼくは壁を思いきり蹴って男に跳びついた。

男はショットガンの銃床で振り払おうとしたが、銃身が折れているせいで力がはいらず、うまく動かない。最後の瞬間、ぼくは身をかがめて下から一撃を加え、相手の両膝を突かせた。そのまま転がって逃げるつもりだったが、男は空いている手でぼくをつかみ、両脚ではさんで押さえつけようとした。

ぼくは男を蹴りつづけ、どうにか身を振りほどいた。立ちあがって廊下を駆け抜けながらも、弾薬をつかんで再装塡する男の姿が脳裏をよぎった。ひと足ごとに転げ落ちそうになりつつ、階段をくだっていく。階下には大きな血だまりがあり、その真ん中にずたずたになった雄牛の死体が見えた。またも心を打ち砕く轟音が響き、シャンデリアが吹っ飛んでガラスの雨がそこらじゅうに降ってきた。

ぼくはあいているドアから外へ出た。冷気に迎えられる。そのとき、視界の外から何かが襲ってきた。灰色のジャケットを着たもうひとりの男の腕が、遠くに見える木々のひとつが枝を伸ばしたように、首に一撃を加えた。

ぼくは地面に倒れた。見あげると、空が反時計まわりに回転している。それを見て、過去に一度だけこんなふうに捕まったことを思いだした。もっとも、あのときは命の心配をする理由はなかった。壁際に立たされて、ショットガンで体を引き裂かれるんじゃないかと怯えたりしなかった。

体をひっくり返され、手錠が手首に食いこむのを感じた。

「捕まえたぞ」声が聞こえる。「もう逃げられない」

7 ミシガン州 一九九六年から一九九九年

酒店から数ブロック離れたところに骨董屋が一軒あり、古い錠を何点か置いていた。老店主はぼくのことを前から知っているらしく、お決まりのパントマイムをはじめる面倒はなかった。鍵つきと鍵なしの錠をいくつか見つけてカウンターに持っていくと、店主はざっと見て、全部で五ドルだと言った。

ぼくは錠を分解し、また組み立てた。間に合わせの道具を使って錠をあける練習をした。すでにピックを四本とテンションレンチを二本作ってある。どれも薄く細長いだけの金属片だが、やすりで削ってさまざまなサイズに加工し、消しゴムに刺してそれを握りにしてある。試行錯誤を繰り返してしばらくすると、すべてが感触の問題だとわかった。錠にどの程度の力を加えるか、ひとつひとつのタンブラーをどんなふうにあげるかを体得できれば、何もかもうまくいく。

ものすごく上達した。嘘じゃない。これはぼくの夏だった。ぼくと、錆びついた古い屑鉄の山と。

そして、その日が来た。労働者の日《レイバーデイ》（九月の第一月曜日）のあとの水曜日だ。高校の改修工事がはじまるほんの少し前のことで、ここからの説明についてはぼくを信用してもらうしかない。まずは、それまで四、五十年手つかずだった本館の校舎からはじめよう。灰色の煉瓦がくたびれていて、窓があまりにも小さく、あまりにも少なかった。校舎全体がコンクリートと柵と高い照明灯に囲まれていた。そして、でたらめに落とされたかのように散らばった一ダースのトレーラーハウスにも。トレーラーハウスはあふれ出た生徒たちをおさめる仮の教室だった。

いや、別の言い方をしよう。いまいるこの刑務所に来た日、矯正省のバンからおりて入所手続きセンターの列に並んだ日、ぼくの心の準備はできていた。以前にもそっくりの経験をしていたからだ。あの日の学校がそうだった。魂を押しつぶす陰鬱な場所だ。何よりもまず、この場から出られずに果てしなく過ごすと考えただけで胃がよじれた。

そう、ぼくはそこにいた。レイバーデイのあとの水曜日、ぼくはバスをおり、ミルフォード高校の新入生として教室にいた。

はじめに気になったのは騒音だった。特別学校で五年過ごしたあと、健やかなふつうの声を持つ二千人以上の生徒に囲まれていることに、突然気づかされた。入学した初日とあって、全員が話したり叫んだりで、中央廊下の騒がしさはジェットエンジン並みだ。男子生徒の何人かは、押しあいながら先を争ってロッカールームへ駆けこみ、肩へ強烈なパンチの応酬をしている。精神科の施設へ足を踏み入れた気がした。

もちろん、そうじゃない新入生もたくさんいた。そのほとんどが、ぼくに劣らずびくついていて、ぼくに劣らず無口だっただろう。それでも、ぼくが目立つまで長くはかからなかった。どの授業でも、教師は大げさにぼくを紹介し、ぼくの置かれている〝特異な状況〟と、勇敢に立ち向かっている〝試練〟について全員に伝えた。みんな、マイクをよろしくな。ただし、ありがとうの返事は期待するなよ。はっはっは。

最初の日をどう乗りきったのか、自分でもよくわからない。いま思い起こすと、何もかもがかすんでいる。昼食をとらなかったことだけはたしかだ。廊下を歩きつづけ、やがて自分のロッカーの前にもどっていた。ただひとり途方に暮れて立ちつくし、ロッカーのダイヤルを何度も何度もまわしていた。

翌朝、実を言うと、ふたたび学校へ出かける支度をしながら……ぼくは自殺を考えはじめた。バスに乗り、ほかの生徒が騒ぐなかで、沈黙の小さな繭にこもっていた。

つぎの日、学校から帰ったあと、何か薬はないかと本気で探しはじめた。リート伯父には専用のバスルームがあった。ふだんはそんなところに用はないけれど、その日の夕方、伯父が店番をしているあいだに、ぼくは伯父の薬戸棚を調べた。アスピリンやら、咳止めシロップやら、二日酔いの薬やら、たむし用の軟膏やら、ほかにも山ほどあったが、計画を実行できるほど強い薬はなかった。

そのころはまだ運転をしなかったけれど、それでも、伯父の車に乗ってスピードをあげ、木に激突する手もあるなと思った。あるいは、鉄道高架下にあるコンクリートの橋脚にでもいい。まさに死の突撃だ。いちばんの心配は、スピードを出しきれなかったり、手前で別のものにぶつかったりし、怪我を負ってとんでもないことになりながらも、命に別状はないという事態に陥ることだった。

ぼくのささやかな身の上話は、ここでずいぶん明るいほうへ転じていくんだが、いま言ったことは高校に入学した初学期にずっと考えていた課題だった。だれも話しかけてこなかった。ほんとうにだれひとり。学期が進むにつれて、少しずつ寒くなり、日が短くなっていった。ぼくはまだ真っ暗な朝六時に起きて、六時四十分のバスに乗り、七時十五分には学校に着いた。いやでたまらない場所へ、太陽が姿を現わそうとさえしないうちに向かっていった。

人生のあの時期を思い返すだけで、胸が痛くなる。どれほどさびしかったことか。毎日毎秒、どれほどの疎外感を味わっていたことか。

二学期がはじまって学校へもどると、新しい教室と新しい顔ぶれに向きあい、教室の後ろにひっそりとすわる自分の姿にあらためて慣れてもらうことになった。そして、唐突に新しい授業がはじまった。「一年生の美術」、いや、そうじゃない、「美術の基礎」だ。担当はマーティー先生。校内の大半の教師よりも若かった。ひげを生やし、目をいつも充血させ、はじめての授業では、自分の頭痛の大きさと形と色について、しきりにひとりごとをつぶやいていた。

「初日はあまり張りきらずにいこうな」美術室の机のあいだを歩きながら、大判のスケッチブックから画用紙を剥ぎとっていく。ぼくのところにも来て一枚剥ぎとったが、渡されたのはその八十パーセントぐらいで、一角の大半がまだスケッチブックに残っていた。「きょうはただ何かを描くだけでいい。なんでもかまわないぞ」

マーティーは特別ぼくに注目せずに通り過ぎた。ほかのたいがいの教師がするように、立ち止まって記憶に刻みこんだりしない。すでに自分のなかで受け流しているということだ。うまくいけば、ぼくはこのクラスでは壁紙のなかにすっかり消えていられるかもしれない。

マーティーは教卓にもどり、天を仰いだ。「たったはいま、一本の煙草のために人を殺せるな」そう言って目を閉じた。

それぞれの机に、備品のはいった小さなかごがあった。ぼくの前のものには、木炭に似たクレヨンのかけらが数個と、鉛筆が何本かはいっている。ぼくは鉛筆を一本抜きとって、空白の画用紙を見つめた。四隅のうち三つが直角で、一ヵ所が中途半端にちぎれている。

「課題を言ってもらわないと」最前列の女生徒が、いかにも全員の意思を代弁するような口ぶりで言った。

「何を描いていいのかわかりません」

「課題なんかどうでもいい」マーティーは言った。

「景観を描きなさい」

「景観?」

マーティーは顔をあげて、その女生徒を見た。マーティーの顔には一生ぶんの後悔が浮かんでいる。長年にわたって美術を学んだあげく、まだ暗く日の出まで三十分はある一月の朝に、この教室にいなくてはならないことへの後悔だ。「そう。景観だ。景色だよ。ある場所の景色を描くんだ。きみが世界でいちばん好きな場所を描きなさい」

「前にいた学校では、美術の先生ははっきりした絵の題材をかならず用意してくださいました。目の前に置いて見ることができるものを。記憶だけで描くなんて無理です」

マーティーはため息をついて立ちあがり、戸棚の前まで行って、無造作にふたつのものを取りだした。高さ一フィートぐらいの灰色の円柱と、ほぼ同じ高さの灰色の三角柱だ。前の列の空き机へ行って円柱を置き、そのすぐ隣に三角柱を置いた。

「静物画を描きたい者はこれを……」マーティーは席へもどってすわり、また目を閉じた。「ほかの者は自分の好きな絵を」

最前列の女生徒がもう一度手をあげたが、マーティーは質問者に気づくという同じ過ちを犯しそうもなかった。ついに女生徒はあきらめて絵を描きはじめた。どうやら三角柱の隣の円柱と対決しているらしい。

その一方で、ぼくの隣の生徒は、すでにどこかの家の絵を描きはじめていた。長方形のなかに、窓とドアらしき小さな長方形がいくつか見える。上のほうに、もくもくと煙の出ている煙突を描いた。

ぼくは鉛筆を持って、何を描こうかと考えた。そこにある魅力たっぷりの静物を選ぶのも悪くない。でも、それはやめ、町の中心にある鉄道高架橋からのながめを描きはじめた。酒店から遠く離れた、橋の向こう側に立っている自分を想像する。そこからは、レストランとその大きな看板が見える。活字体で〝THE FLAME〟とあり、すぐ下に小さな字で〝24HOURS〟と記されている。心に思い描くうちに、さらにくわしい光景がよみがえる。橋脚に取りつけられた点滅灯、アーチ越しにかろうじて見える酒店のドア、正面の窓の鉄格子。

愛すべき美術教師が提案したとおりの、世界でいちばん好きな場所とまではいかないけれど、ぼくにはとてもなじみ深いところだった。そこではほかのどこよりも心が休まる。カーブがあり、くたびれた鉄道橋の向こうで、くたびれた酒店が待ち受けている。ぼくは暗い部分の陰影に取りかかり、鉄道橋の影がレストランのドアにかかるさまを描いた。新聞の販売機が外に並んでいる。ごみも描かなくてはいけない。駐車場に散らばる缶や瓶を。そして、土と、ほこりと、汚れと、惨めさを。その日の残りを費やして、かごのなかの鉛筆を使い果たしたとしても、すべてを表せるとは思えなかった。

そのとき、ぼくは絵にすっかり没頭し、まわりで何が起こっているのかに気づかなかった。マーティーが立ちあがり、ちょっと席をはずす間《ま》に重罪を犯すなよとみんなに言った。そのあとも気づかず、マーティーがぼくの後ろを通って外へ出ていったのもわからなかった。やがて、背後にマーティーがふたたび現われた。肩越しにのぞかれている前で、ぼくは脳裏の映像と同じものを描こうと苦闘していた。しばらく経ってようやく、教師がそこに立っているのを知った。

マーティーは何も言わなかった。ぼくの肩に手を置いてそっと押しのけ、もっとよく絵を見た。

そして、ぼくの人生でただひとつの健全でまともな章がはじまった。

二年半にわたって、それはつづいた。あんなふうに、人生がひとつのことで変わるというのはほんとうにおもしろい。自分が持っているとは知りもしなかったひとつの才能のせいで。

その週の終わりには、ぼくの時間割は変わった。一時間目のその一年生の授業には出ずに、昼休み後に二時間つづく「美術演習上級」を受けることにした。それはぼくのオアシスとなった。一日のなかでその時間だけは、息をひそめずに過ごしていた。

友達さえできた。そう、本物の、生きている人間の友達だ。名前はグリフィン・キング。美術の上級クラスにいる十二人の生徒のひとりだ。一年生はぼくだけで、二年生はグリフィンだけだった。髪が長く、いつの日か芸術家になることのほかはこの世の出来事にあまり関心がないふうだった。ミシガン州のミルフォードにいてそう考えるのは、実は大変なことだ。二回目の授業のとき、グリフィンはぼくのところに来て隣にすわった。ぼくが描いている絵を見た。はじめての肖像画だ。そう、リート伯父の絵。相手が目を離さないので、ぼくはついに手を止めた。

「悪くないな」グリフィンが言った。「こういうのをたくさん描いてるのか」

ぼくは首を横に振った。

「この人は？　モデルになってくれたのかい」

また首を横に振る。

「じゃあ、思いだして描いてるのか」

うなずいた。

「すごいな」

グリフィンは身を乗りだしてじっくり見た。

「でも、ちょっと平板だな。特徴を引きだすにはもっと陰影を入れないと」

ぼくは目をあげた。

「言ってみただけさ。簡単じゃないのはわかってる」

鉛筆を置いた。

「ところで、この学校はどうだい」

ぼくはまたグリフィンを見て、ぼくのことを何も知らないのか、と伝えようと両手をあげた。

「話せないのは知ってる。それって、すごくかっこいいと思うけど」

えっ？

「ほんとうさ。おれはしゃべりすぎる。自分にもできたらいいと思うよ。その……だんまりをさ。きみみたいに」

ぼくはかぶりを振った。壁時計を見やり、授業時間がどれだけ残っているかをたしかめる。

「ところで、おれはグリフィンだ」グリフィンは右手を差しだした。ぼくはそれを握った。

「で、こんにちはって言うときは？」

ぼくはグリフィンを見た。

「つまりさ、手話を知ってるんだろ。こんにちはってときはどうしたらいい？」

ぼくは右手をゆっくりとあげ、敬礼の動作をした。

「ああ、なるほど。よくわかった」

手をおろす。

「じゃあこれは？　〝この町と、この町の何もかもが大きらいだ。みんなくたばっちまえ〟」

昔からぼくはあまり手話が得意じゃなかったけれど、

毎日少しずつグリフィンに教えるうちに記憶がよみがえってきた。やがて、いくつかの手話がグリフィンのお気に入りとなった。ぼくと廊下ですれちがうときは、秘密の暗号のようにそれをちらつかせた。親指を反対の手で握って、握られたほうの手を開いてみせる〝無能〟。鼻の横に指を置いて二回ひねる〝とても退屈〟。一部の女子がそばを通れば、片手を口もとから離して、〝熱い〟。あるいはグリフィン自身の作ったサインで、両手を口から離して、〝熱い熱い〟。

ぼくたちは毎日昼食をいっしょに食べ、そのあと美術の教室へ行った。自分と友達。ぼくにとってそれがどういう意味かをわかってもらいたい。はじめての経験だった。グリフィンとともに過ごし、一心に絵を描くこと——そう、本物の人生を取りもどしたと言ってもいい。ほかのやつらのぼくへの態度も少しだけ変わっていった。もちろん、ぼくが急にスター選手か何かになったわけじゃない。美術や音楽の得意な生徒はトーテムポールの下側にいるものだけど、少なくともこのときのぼくはトーテムポールの一部だった。もう奇跡の少年じゃないし、過去の不可解なトラウマをかかえた声なしの男の子でもない。ぼくはただの、絵を描く静かな少年だった。

さっきも言ったとおり、これはぼくの人生のなかでは例外と言うべき時期だった。ある意味では、もう話したくないとすら思っている。きっぱり話を打ち切って、きみにこう思わせられたらいい。そうか、こいつはいい方向へ進んだんだ。はじめはひどかったけれど、人生の目標を見つけた、万事うまくいった、と。

もちろん、ほんとうのところはちがう。大ちがいだ。

二年生まで話を飛ばそう。グリフィンは三年生だ。そのころぼくは十六歳半だった。伸び放題に伸びた髪をようやく切り、どうにか目の前が見える程度の長さにした。学校の女子たちがこれまでとちがう見方をしてきたのがわかった。当時の自分には驚きだったけれど、ぼくはなかなか見映えがよいと噂されていたらしい。たしかに、謎めいた部分があることを考えあわせれば、自分に一見の価値があるというのもわからなくはない。デートの見通しについて考えたりもした。美術クラスに新入りの女子がいた。名前はナディーン。金髪の美人で、テニス部にはいっているらしかった。美術クラスのほかの女子とはまるでちがう。廊下で会うたび、はにかんだ笑みをぼくに向けた。

「なあ、おまえに気があるんだぜ」ある日グリフィンが耳打ちした。「デートに誘ってみろよ。なんならおれにまかせとけ。伝えてやるから」

　このころ、ぼくはもう車の運転をしていた。リート伯父の古びたツートーンカラーのグランドマーキーだ。それでドライブに行って、いっしょに映画や何かを観てもいい。ただ……映画の前にレストランでどうしたらいいのか。帰りに家まで送るときもだ。もちろん、話に耳を傾ける。彼女のほうから話すしかないんだから、しっかり聞いてやる。で、それから？　向こうも永遠にしゃべりつづけられるわけじゃない。そんなことは、アメリカの女子高生だろうがだれだろうが無理だ。ついに沈黙が訪れたとき、どうすればいい？　筆談をしろって？

　そういう場面の心構えは、たぶんまだできていなかった。だけど、あきらめていたわけじゃない。ナディーンはどこへも逃げないし、その一方で、何人かが廊下ですれちがうときに声をかけてくるようになった。学校の正面入口では、大きな展示ケースにぼくの絵が飾られていた。ぼくはまだ鉛筆画と木炭画ばかりをたくさん描いていた。グリフィンの油絵も展示されていて、そこから異様なほどの色彩があふれていた。来年ぼくが三年生になり、グリフィンが卒業して美術学校へ去ったら、どうすればいいのかわからないけれど、まだその心配はしていなかった。

その学期に、ぼくたちは体育の授業を受けていた。ぼくの全人生が大きく変わりはじめたのはまさにこのとき……授業の初日に、小さな体育用ロッカーの南京錠をあけていたときだった。ダイヤルをまわしながら錠を引っ張ると、十二カ所で手応えを感じ、そのひとつが偶然ながら解錠番号の最後の数だった。そこがほかの十一カ所とほんの少し感触がちがったのは気のせいだろうか？

その夜帰宅したときも、ぼくは頭のなかでまだ南京錠のダイヤルをまわし、中の仕組みについて考えていた。そのころ、手にはいるかぎりの鍵穴式の錠は経験ずみだった。つまり、どんなものもあける自信がある。けれどもこの新たな挑戦は、はじめて錠に惹かれたときの記憶をよみがえらせた。ダイヤルを一方へまわし、それから逆方向へまわしたとき、別々のディスクか何かが中で回転しているのが感じとれた。解錠番号を知らずにあれをあけるのはどれくらい大変だろう、と考えた。

そこでまたあの骨董屋へ行き、ダイヤル錠を何個か買って分解した。それがぼくの学び方だった。

その同じ学期だった。十一月のことで、その週にはレイクランド高校とのフットボールの試合があった。レイクランド高校は数マイル東にあり、この学区では比較的新しい学校だ。ミルフォード高校はフットボールが昔から強く、レイクランド高校が新設されてからも大きな試合を制してきた。校舎が古くてみすぼらしいから、何事につけてもレイクランドの尻を蹴飛ばすのがよい気晴らしになったにちがいない。ところが様子が変わり、前年にレイクランドがついに初勝利をおさめていた。代表メンバーはふつう二年間しか出場できず、ミルフォードの三年生の選手にとっては最後のチャンスだった。

わが校最強の選手は三年生のブライアン・ハウザー、

また の名を〝ハウス〟と言った。ブライアンとぼくは交友範囲が似ているわけじゃないが、その週は学校にいてもずいぶん落ち着かない様子で、高校生活最後の試合に向けて緊張しているのがぼくにもわかった。グリフィンとぼくはこのときも体育の授業を受けていて、それが最後の時間にあったので、こちらが私服に着替えるころにはたいがいフットボール選手が練習の準備をしていた。そこでいつもグリフィンが近づいて、ロッカールームの奥で交わされる選手たちの騒がしい会話を盗み聞きした。グリフィンは話の内容をかならずぼくにその場で報告し、どれほどお上品な会話か、異性に対してどれほど多感であるかなどを伝えてくる。ロッカーに押しこまれる羽目にはなりたくないので、声はひそめていた。けれども、きょうはほんとうに揉めているのが聞こえてきた。中でもブライアン・ハウザーがものすごい剣幕で、ひどく取り乱してロッカーを叩いている。

「くそったれ野郎！　あほの売女のオカマンゲロめ！」

それから仲間の声。

「オカマンゲロ？　なんだよ、オカマンゲロって」

「新語かよ、ハウス」

「知ってるさ、オカマンゲロってのは――」

「やめねえか。もういいって。オカマンゲロがなんだろうと」

「最高に気のきいた連中だと思ってたら」グリフィンがぼくに言った。「記録を更新したな」

さらに叩く音が聞こえ、笑い声がつづいた。そのとき、なぜ見にいく気になったのかわからないが、グリフィンがシャツのボタンをかけながら、ロッカーの列の端へまわった。ぼくはあとを追った。

端からのぞくと、ブライアンがこぶしをロッカーに打ちつけているのが見えた。すでにはっきりしたくぼみができている。ほかの全員はほぼ着替え終わっていたが、ブライアンはまだ私服姿だった。

「どうしたんだよ」チームメイトが訊いた。「番号を忘れたのか」

「番号は全部で三つだからな」ほかのだれかが言う。

「こいつは大事《おおごと》だよ」

「ああそうとも、くたばっちまえ」ブライアンが言う。

「番号を忘れたんじゃない。新品の錠なんだ」

「裏に小さなステッカーがついてたろ。最初にそれを見りゃいいんだよ」

だれかが錠へ手を伸ばしてたしかめようとしたが、ブライアンがその手を払った。

「そこにはないんだよ、天才少年。家に置いてきちまってな。古いのが使い物にならないから、新しく買ったんだ。けさはその番号が頭のなかにあったのに、いまは……くそっ」

「どうするんだよ。弓のこでも使うか」

「親に電話したらどうだ。番号を書いたステッカーが見つかるかもしれねえ」

「ひとつは17だった」ブライアンが言った。「ちくしょう。ほかは……どうも……」

「考えろよ。さあ、考えろ」

「だまってろよ。集中できないじゃないか」

グリフィンがときどき突拍子もないことをするのは知っていたが、まさかこのとき、ほんとうにロッカーの角をまわってフットボールのチームのど真ん中へ進み出るとは思わなかった。頭のなかに何が浮かんでいたのか、ぼくにはまったく想像できなかった……グリフィンが話しはじめて、ぼくをそばに引き寄せるまでは。

「やあ、ブライアン」グリフィンは言った。「助けが要るのか」

ブライアン・ハウザーの身長はおよそ六フィート四インチ、体重は少なくとも二百五十ポンドはあるだろう。無駄に〝ハウス〟と呼ばれているわけではない。

巨漢とは言っても、なんとなくやわな感じがし、成長期のおかげで数年は運動選手になれるものの、三十歳までには永遠に勝ち目がなくなる肥満児のたぐいだ。

「なんだよ、おまえは」

「よかったら、おれの相棒がその錠をあけてやれるぞ」グリフィンは言った。

「相棒？」

もう想像がついたと思うが……そう、ぼくはあの骨董屋で買った南京錠をあけて仕組みを理解すると、だれかにそれを教えずにはいられなかった。そこで、ある日グリフィンの錠を手にとって、あけてやった。かかったのは約二分だった。

そんなことをしたのはどう考えても失敗だった。その場に立ちつくして、自分の鍵あけの技術がブライアン・ハウザーに提供されつつあるのを見守りながら、ぼくはそのつけを払わされるのを待っていた。

「こっちへ来いよ」グリフィンはぼくに言った。「やり方を見せてやれ」

フットボール・チームの全員の視線がぼくに集まっていた。選べる道は多くない。ぼくはグリフィンへ顔を向け、見えない銃を自分の頭に向けて引き金を引く真似をした。

「だいじょうぶだよ。みんな仲間だ」

鼻を明かすつもりだな、と思った。からかってやろうというわけだが、相手はそんなことに気づいてすらいない。

「いったいどうしようってんだ」ブライアンが言った。「千通りもある並べ方を全部試すのか」

実際には六万四千通りだ、と思ったけれど、それはどうでもいい。ぼくはブライアンのロッカーの前へ行って南京錠をつかんだ。引っ張ってダイヤルをまわし、偽の場所をいくつか通り過ぎて、本物の〝引っかかり〟の位置を探った。

全部を説明するつもりはないけれど、基本原理はこうだ。ぼくのロッカーについている錠の解錠番号は30－12－26で、骨董屋で買ったふたつの錠は16－26－20と23－33－15だった。まず、どの数列もすべて偶数か、すべて奇数だ。つぎに、最初と最後の数が同じグループに属し、真ん中の数だけはもうひとつのグループに属すことに気づくだろうか。つまり、0、4、8、12、16、20などがひとつのグループで、2、6、10、14、18などが別のグループだ。そこで、手の感触によって、十二カ所の〝引っかかり〟から正しい最後の数がわかったら、そこからさかのぼり、第一のグループの数、第二のグループの数、そして第一のグループに属する数、という順にすべての可能な数列を試していく。二番目の候補となる数を調べるときは、二枚目のディスクで立てつづけに切れこみの位置をずらす方法を身につければ、〝連続技〟を使って知ることができ、毎度一番目の数から繰り返す必要はない。少し練習すれば、工具入れに転がっているダイヤル錠のほとんどは、手にしてからほんの数分であけることができる。

わかったかな？

ブライアンの錠については、最後の数が23だとわかった。ここまではよし。ダイヤルをリセットして、一番目を3に合わせ、ここから連続技を使う。

「だれか弓のこを持ってこいよ」ブライアンは言った。

「これじゃあ一日かかる」

「やらせてみろって」チームメイトのひとりが言った。

「超能力か何かの持ち主かもよ」

「何言ってやがる。こんなの、超能力と関係ねえ」

全員だまれ、とぼくは念じた。二、三分でいいから、どこかへ行ってひとりきりにしてくれ。9へ行ってから23にし、13－23、さらに17－23と進む。ダイヤルをまわして、二番目のディスクを探りあて、一定の間隔を保ちながら、ずれが生じないようになめらかに反転を繰り返していく。

バン！　ブライアンが隣のロッカーにこぶしを叩き

つけた。「本気でこの錠をあけようって？　そう言いたいのか」

「こいつは何も言わないさ」グリフィンが言った。

「ひょっとしたら気づいてないかもしれないが……」

「いや、だいじょうぶだ。わかってる。こいつは声なし男だ」

ぼくは目をあげて一秒間ブライアンをながめ、それから作業へもどった。つぎの数列に取りかかる。二番目でダイヤルを延々とまわさなくてもすむようにと、神に祈る。とにかくうまくいくようにと、神に祈る。それにしても、グリフィンは何を考えているのか。なぜぼくはみんなの前でこんなことをしなくてはいけないのか。

7に合わせる。7-13-23と進める。またもどして、つぎへ行く。

ドアのあく音がした。

「やべえ、コーチだ！」

フットボールのコーチであるベイリー先生がはいってきた。「ここで何をしてる」コーチが言う。「ブライアン、なぜ着替えてないんだ」

ぼくは7-17-23とダイヤルした。

錠があいた。

「何をしてるんだね」コーチはぼくに言った。「きみはブライアンの使用人か？　こいつは自分のロッカーをあけることもできないと？」

コーチは片手に作戦ノートをかかえている。ぼくは字を書く真似をした。コーチはノートから白紙のページを破りとって渡した。そしてポケットからペンを取りだす。ぼくは紙に7-17-23と書いてブライアンに渡した。それからコーチにペンを返した。ほかのやつらは無言だった。

「みんなは外へ出て、ブライアンは着替えろ」コーチは言った。「今週がどういう週か忘れたのか？」

これが発端だった。とてもよく覚えている。この先起こるさまざまなことの原点を探っていくと、この数分間に行き着くんだから。もしあのとき、もう少しわかっていたら……

いや、よそう。ぼくはまだ学んでいなかった。特技には許されざるものもあるということを学んでいなかった。

少しも。

8　コネチカット州　二〇〇〇年一月

手錠をされるのは人生で二度目だった。その男はぼくを立ちあがらせ、屋敷のなかへと押していった。シャンデリアの破片を踏んで進み、大きな血だまりと雄牛の死体の残骸のそばを通り過ぎていく。

「ひどいな」男は言った。「信じられん」

男の相棒が玄関広間に立っていた。二階からおりてきたところで、ショットガンをまだ構えている。銃口をぼくの胸に向けている。

「銃をおろせ」最初の男が言った。

相棒は動かない。ぼくを見る目が何かに取り憑かれたかのようだ。気味の悪い薄笑いがまだ顔に張りついている。

「ロン、銃をおろすんだ！」

その声でわれに返ったらしい。目の焦点が合い、銃を持った手をおろした。

「ロン、いまは何も言うことはない。警察へは連絡したのか」

ロンは首を横に振った。

「来い」最初の男はぼくに言った。キッチンへぼくを連れていき、アイランド型カウンターのそばに並ぶ丈高のスツールのひとつにすわらせた。電話の受話器をとって番号を押す。ぼくの場所から、玄関広間に立つロンの姿が見えた。床を見ている。自分が生みだした虐殺の現場を。

男は警察に通報して住所を伝え、凄惨な現場だと覚悟して来てくれと言った。ただし、生き残った容疑者ひとりを捕らえてある、とも。その声を聞きながら、ぼくは冷たい鋼鉄の手錠が手首に食いこむのを感じていた。

男は受話器を置いた。「ロン、警察が来るぞ！」

男はぼくのほうへ歩いてきた。両手で顔をぬぐい、カウンターに組みこまれた小さなシンクへかがみこむ。一瞬、吐くかと思ったが、体を起こしてぼくを見た。

「いったい何があったんだ。あいつは何人殺した？四人か」

男は冷蔵庫の前へ行って扉をあけた。コーラの缶を出してタブを引く。一気に半分を空けた。

「ロン、そっちで何をしてる。だいじょうぶか」

男は返事を待って耳を澄ました。数秒後、何か言う声が聞こえたが、ずいぶん遠くにいる気がした。

「こっちへ来ないか。どこにいるんだ」

だんだんことばが聞きとれるようになった。こんなことを言っている。「容疑者は武装していた銃が見えた容疑者は武装していた銃が見えた容疑者は武装していた銃が見えた」その繰り返しだ。

「どうしようもないな」男が言った。そしてこちらへ近づき、カウンターの上の、ぼくのすぐ前にコーラの缶を置いた。背後にまわって片方の手錠をはずす。どういうつもりかわからずにいると、男ははずした手錠を蛇口の取っ手の下に固定した。

「ここにいるんだぞ。すぐにもどる」

それから男はキッチンを出て、相棒の様子を見にいった。残されたのはぼくひとり。ぼくと手錠だけだ。じっくりそれを観察した。以前手錠をかけられたとき、どう感じたかを覚えている。なんと単純な作りだろう。輪についた歯と歯止めが嚙みあっているだけだ。歯止めだけで留まっているらしいが……

男が相棒を呼ぶ声が聞こえる。残された時間はどれだけだろう。

カウンターの向こう端に鋏が見えた。両手を伸ばせば届くだろうか？　立ちあがって試した。

届け。くそっ。あと数インチだ。

左の手首に手錠が食いこんでいたが、もう一度勢いをつけて手を伸ばし、鋏の柄に指を一本ふれさせることができた。鋏を引き寄せて近くに置く。それからコーラの缶をつかんで、手錠のついた手で持ち替える。また鋏をとり、とがった先端で柔らかなアルミ缶を突いた。

こんどは切る。そこらじゅうにコーラがこぼれたが、別にかまわない。長さ約二インチ、幅約四分の一インチの薄い金属片を切り抜くと、缶を置き、手錠の歯止めの部分へ金属片の先端を入れた。

これを滑りこませて歯にかぶせたら、たぶん歯止めがもう嚙みあわなくなる。輪は滑ってはずれるはずだ。

金属片はあまりにも薄くて頼りなかった。時間ばかりかかって、うまくいかない。ちくしょう！　遠くからサイレンの音が聞こえる。もうじきここに着くだろう。

落ち着け。集中しろ。無理に力を入れるな。正しい位置へ滑りこませろ。歯の上にぴったりと。そうだ。

もう少し。もう少し。あと一個刻み目を――

パン！　はずれた。

と同時に、キッチンへ引き返す男の顔が見えた。その目が大きく見開かれるのを横目に、ぼくはスツールを押し倒して裏口へ向かった。ドアを押しあけて冷気のなかに踏みだし、木立のほうへ走っていく。背後で男が叫んだ。

四人組最後の死人、ヘッケルかジャッケルの片割れが庭の端で仰向けに倒れているのが見えた。その体を跳び越えるとき、生気のない目がぼくをまっすぐ見据えた。止まれという怒声がまだ聞こえる。森へ逃げこむと、小枝が顔を打った。力のかぎり走り、苦しさの限界を超えて、ついに息もできなくなる。だれもついてきていないと確信できるまで、ぼくは後ろを見なかった。

森のなかを進むうちに日が暮れた。全力で駆けつづけ、数分ごとに振り返った。小川を見つけ、顔と手についた血を洗い落としていると、水の冷たさで肌が疼いた。ジャケットには減らず口の頭蓋骨の中身がこびりついていて、ぬぐい去るのはむずかしい。だから、寒いのはわかっていたが、脱ぐしかなかった。もっとも、これほど長く森をうろつくには寒すぎる。

よろめきながら進み、遠くでサイレンの音が聞こえると木の陰に隠れた。頭のなかでは、吠える猟犬の群れに先導されて、追跡班が藪のなかを突き進んでいた。

やがて駅にたどり着いた。駅前に数台のタクシーが停まり、運転手がたむろして煙草を吸っている。ぼくはまわり道をして線路側から駅にはいった。列車は見あたらないけれど、もう一度運に恵まれてニューヨーク・シティ行きに乗れることを祈った。

待合室のドアをあけようとしたが、鍵がかかっていた。案内板には、待合室は九時に閉まり、切符をまだ買っていなければ車内で購入できると書いてある。壁の時計を見ると、もうすぐ十時だ。つぎの列車がいつ来るのかはわからない。寒風に打たれて体が震えだした。

タクシーの運転手たちを見やった。近づくのはもってのほかだ。コートも着ずに髪を濡らした十七歳の少年なんて。警察はわずかな拘束時間に得た人相書きを持って、ぼくを捜しているにちがいない。列車に乗るのも危険だが、ほかにどんな手がある？

腰をおろして、冷たい煉瓦の壁に背を預け、列車の音が聞こえるのを待った。体は震えたままで、何よりもまず空腹だった。そこでしばらく、うたた寝をしたらしい。つぎに覚えているのは、エアブレーキを解除する列車の音に驚いて目覚めたことだった。低いうなりを立てる巨大な列車が目の前にある。のろのろと立ちあがったぼくは、九十歳の老人並みに体がこわばっているのを感じた。ドアがあき、乗客がおりはじめた。ほとんどが身なりのよい男で、ほかに女が何人かいる。ニューヨーク・シティから夜遅く帰ってきたんだろう。家族とのあたたかい食事が待っている。その光景の隅に、ぼくは野良犬のようにとどまっていた。

そのとき、この列車がニューヨーク・シティから来て、このまま東へ進んでコネチカットのさらに奥へ行くことに気づいた。それでも乗ったほうがいい、と思った。とにかく、ここから出なくては。

いや、ちがう。そんなのはいやだ。わが家に帰りたい。たとえそれがチャイニーズ・レストランの上のひと間にすぎなくても。ぼくには世界じゅうでそれしかない。そこへ帰れるなら、すべてを投げ捨ててもかまわなかった。

おりた乗客の大半が自分の車に乗りこんでいた。エンジンをかけ、ライトをつけて走り去る。何人かはタクシーに乗るところだ。選べる道はふたつあった。西行きの列車を待つか、下車したばかりの客を装うか。つまり、人ごみにまぎれてタクシーに乗り、料金を払ってここからニューヨークへもどるか。

たしか四十マイルもないはずだ。途方もない距離じゃないし、運転手に前金を見せれば問題はないだろう。ゆうべ減らず口から渡された金のうち、二百ドルほどが手もとにある。ぼくは二十ドル札を五枚出し、タクシー待ちの客の最後尾についた。ぼくの番で、ちょうど最後の一台だった。幸先がいい。運転手は客にありつけてうれしいはずだ。

「どちらまで?」肌の黒い運転手で、カリブ海の訛りが少しあった。たぶんジャマイカ人だ。

ぼくは書くしぐさをした。運転手はとまどいながら見ていたが、ようやく意味を理解した。ペンを取りだし、前のシートに置いてあった手帳から紙を一枚破りとる。ぼくが紙に字を書くのを見守っていた。なんとなく楽しげな顔つきだ。おかしな野郎だなあ、言いたいことを書いて伝えるなんて、つぎは何が起こるんだ? こういう場面にはいつもうんざりだが、今夜はとにかく早く用件を伝えたかった。

〝ニューヨーク・シティへ行きたい〟と書いた。〝料金が高いのはわかってる〟

ぼくは運転手にペンと紙を渡してから、持っていた二十ドル札を見せた。

「そんなに遠くまで行きたいのかい」声にリズミカルな抑揚がある。「往復料金をもらうことになるがね」

ぼくはうなずいた。かまわないよ、親切にどうも。さあ、行こう。

運転手はまだ動かなかった。上から下までじろじろと見る。

「だいじょうぶかい、にいちゃん。気分が悪そうだが」

ぼくは両手をあげた。気分は最高で、まったく問題ないさ。心配してくれてありがとう。

「濡れて寒いだろう。さあ、乗んな」

ああ、喜んで。乗りこんで何秒かすると、運転手はようやくギアを入れて駅を出た。ショットガンの轟音のせいで、まだ耳鳴りがしている。血のにおいもする。運転手にも嗅ぎとれるのか、自分だけなのか、よくわからなかった。このにおいは一生消えないのかもしれない。

運転手が無線機を手にとった。さあ、来たぞ。ぼくは自分に言い聞かせた。配車係は逃走中の五番目の男が手配されているのを知っている。運転手は振り向いてぼくを見、瞬時に納得する。運がよければ、車を発進させずにこう言うだけだ。おかしな真似をせずにじっとしてろ、と。何しろ、方向転換してぼくを警察署へ連れていかなきゃいけないんだから。

けれども、なぜか配車係はそんな話を聞いていなかった。捜査当局と公共交通機関との連絡の悪さに感謝しよう。車は走りつづけた。それでも安心はできない。無線から雑音混じりの声が響くたびに、ついに知らせが来たかと思った。運転手だけが知っている特別な暗号があるのかもしれない。コード99とかなんとか。逃走者に注意、とかなんとか。逃走者を乗せた場合は、しかるべき暗号で応答する。警察がその車へ向けて道路を封鎖する。

暗号は一度も届かなかった。運転手はぼくを乗せて走りつづけ、やがて市内にはいったが、そのあいだずっと小さく鼻歌を歌っていた。ぼくはさっきの紙をまた受けとり、レストランから数ブロック離れた所番地を書いた。正確な目的地を知られてはならない。万が一のために、念には念を入れる。

結局、料金はチップも入れて百五十ドルだった。運転手は礼を言い、コートなしでばかみたいに走りまわるには寒いから、早く家のなかへはいれと言った。ほかにも何か言いたげだったが、ぼくは帽子をあげるしぐさをして歩き去った。

タクシーがいなくなってから、通りをしばらく歩いて角を曲がると、レストランが見えた。闇に明かりが浮かんでいる。こんなに夜がふけても、カウンターには客が並んでいる。ぼくは建物の横のドアを通って階段をのぼり、自分の小さな部屋へはいった。

そこでは、靴箱のなかで白いポケットベルが鳴っていた。

9　ミシガン州　一九九九年六月

学校の最終日。もちろん、ぼくにはまだ一年あったが、それでも特別な日に感じられた。グリフィンはウィスコンシンの美術学校へ行くことになる。本人が望むほど家から遠くないけれど、選べる道はあまりないらしかった。グリフィンなしでどうすればいいのかわからなかったが、その日、マーティー先生がぼくを呼び、ふたつの美術学校から問いあわせが来ていると言った。学区主催の美術展示会でぼくの絵に目を留め、〝特殊な事情〟にも興味があるという。美術学校にとっても好都合なんだろう。奇跡の少年が芸術に癒されるとなれば。

「これはきみにとって大きな賭けだ」マーティーは言

った。「美術学校へ行くとどうなるか知ってるか？」

ぼくは首を横に振った。

「きみには生まれながらのすばらしい技法がある。精巧な描写力がね。やつらはそれを叩きつぶす。きみの力に圧倒されるあまり、キャンバスに絵の具を猿みたいに投げつけろと命じるんだ。卒業するころには、高校生に美術を教えるしか能がなくなっている」

まあいいさ、と思った。ぼくのことでいきり立ってくれたのがうれしかった。

「いいこともある。きみはたぶん、女とやりまくるだろう」

ぼくはうなずき、すばやく親指をあげた。マーティーはぼくの肩を叩いてから立ち去った。

その日はずっとそれについて考えた。グリフィンのいるウィスコンシンへ行くことになるかもしれない。というより、ここから出られるならどの美術学校だっていい。胸のなかは、いままで感じたことのない、へリウムみたいに軽い気分でいっぱいだった。学校が終わり、ぼくたちの前に夏が果てしなくひろがっている。今夜は何が待ち受けているんだろう。もちろんパーティーがある。ご想像どおり、ぼくはパーティー好きじゃないけれど、グリフィンをはじめ美術クラスの生徒全員が今夜何かをするのはわかっていた。

グリフィンが夕食後すぐに車で酒店へ迎えにくることになっていた。外で待っていると、格子柄のシートがついた赤のシボレー・ノヴァに乗ってグリフィンが現われた。グリフィンがおりるのを待って、ぼくは自分を指さし、運転する身ぶりをした。

「いや、おれが運転する」グリフィンはリート伯父の古ぼけたグランドマーキーに目をやった。「さあ行こう、乗れよ」

ぼくはグリフィンを指さして飲む真似をし、両手を耳の横でまわしたあと、無謀運転のしぐさをした。グリフィンはだいたいを理解した。そんなわけで、ぼくたちはグランドマーキーで行くことになった。もちろん最高にいかしていて、薄茶と焦げ茶のツートーンカラーだ。後ろのフェンダーに大きなへこみがある。走行距離は十万マイルを超えたところで、葉巻工場みたいなにおいがする。学年最後の日、ミシガン州ミルフォードの夏の夜にこれほど似合いの車はない。

ぼくたちは美術クラスの女生徒の家へ行った。十人余りが折りたたみ椅子にぐるりとすわって、退屈そうにしていた。二、三分うろついたあと、ぼくたちはつぎの場所へ向かった。日が沈み、涼しくなってきた。

あちこちをまわって、結局、美術クラスの別の生徒の家に落ち着いた。大成功とまではいかないけれど、ここでようやく流れが上向いてきた。人数が多いということもあったが、やっぱり本物のパーティーがはじまる合図は深まる闇なんだろう。裏庭から音楽が盛大に響き、バーベキューの煙が空へ立ちのぼっていく。ぼくは同級生の女子を見つけて手を握り、抱きつかれてもひるまなかった。しっかりがんばってれば、かならず望みはかなうものよ、と耳もとでささやかれた。空きっ腹にビールを二、三杯流しこんだときぐらいしか言えないことばだ。

その女生徒に連れていかれた裏庭では、耳が痛くなるほどの大音量で音楽が鳴っていた。たしかその子はわけのわからないテクノポップに夢中で、みんなはひたすら踊ったり、ヴォーギングダンスをしたり、あれこれやっていた。六、七人がトランポリンで飛び跳ねて体をぶつけあい、あやうく下へ落ちそうになる。われ関せずの大人がひとり、耳にばかでかいヘッドフォンをつけてグリルでハンバーガーをひっくり返している。

さっきの女生徒が大声でぼくに何か伝えようとした。よく聞きとれない。その子は叫ぶのをやめ、庭の遠い隅に立っている女子のグループを指さした。ナディーンがぼくを見つけて手を振った。

ぼくは人だかりのなかを進み、ロボットダンスか何かを踊っているやつから肘打ちを食らった。やっと向こう側へ着いて目を向けると、女子たちの横に大きな銀色の桶があり、中に氷と瓶ビールがたっぷりはいっていた。ナディーンが両手に一本ずつビールを持ち、仲間から離れてぼくのほうへ来た。ショートパンツと袖なしのブラウスを身につけていて、きょうは美術の生徒というよりテニスの選手に見える。こちらへ瓶ビールを手渡した。

ぼくは栓を抜いて少し飲んだ。よく冷えていておいしいけれど、自分にとってアルコールの優先順位はまだ高くなかった。酔いどれのろくでなしが酒店へやってくるのを毎日いやになるほど目にしたら、敬遠したくなるものだ。でも今夜は……まあ、いいか。

ナディーンはぼくに何か言おうとした。音楽がうるさくて聞こえない。身を寄せると、彼女は耳もとで言った。「ここで会えてよかった」顔と顔がくっついて、ほのかなにおいがする。首筋に息がかかった。

ぼくたちはしばらくそこにいて、跳ねまわって楽しんでいるやつらや、端のほうでクールに見せようとしているやつらを観察した。グリフィンの居場所がわからないけれど、何分かほうっておいても平気だろう。星が見えてきた。飲んだ瓶ビールは半分だけだが、すぐに効き目が現われ、少しばかりふらつくにはじゅうぶんの量だった。気分は悪くない。

何よりうれしいのは、ナディーンの隣にいて、何も言わなくていいことだろう。このパーティーにいるみんなは、ことばを伝えることにかけてはぼくとほとんど変わらない。何を言おうがだれの耳にも届かないからだ。

ナディーンはビールのおかわりをとりにいった。ぼくが来る前にどれだけ飲んだのかが気になってたまらない。帰ってくると、ナディーンはぼくの腕に手をかけた。ずっとそのままだ。どう応じればいいのかわからなかった。

そのとき、音楽がやんだ。耳のなかで不意に静寂がとどろいた。

「マイク」ナディーンは言った。

ぼくは見返した。

「こっちへ来て」

ぼくは少しとまどった顔をしたにちがいない。ナディーンはぼくと一フィート半も離れていなかった。これ以上近づけというのか？

ナディーンはぼくのシャツをつかんで引き寄せた。それからキスをした。

「ずっとこうしたかったの。かまわないでしょ」

ぼくはなんの反応も示さなかった。ただ彼女を見つづけた。前と変わらない騒々しさで、音楽がはじまった。

仲間の女子たちがナディーンを連れていこうとした。ナディーンはついてきてと手招きする。だからぼくはあとを追った。途中でグリフィンを見つけ、軽くうなずいた。いっしょに行こうよ。音楽の襲撃を逃れて家の正面へもどると、ナディーンはみんなで別のパーティーへ行くからいっしょに来てくれと言った。ぼくはグランドマーキーが気になって、少しためらった。

ナディーンは自分の車に乗った。仲間のひとりが助手席に、あとの四人が後ろのシートになんとかおさまった。何人かはもうへたばっているようだが、まだ十一時にもなっていなかった。

グリフィンとぼくは車に乗りこみ、ナディーンの車を追って町を突っ切った。

「どう思ってる」グリフィンが言った。「今夜がその夜かな」

ぼくはグリフィンに目を向けた。

「おまえとナディーンだよ。お熱い夏の夜なのか？」

ぼくはグリフィンを手で払う真似をしたが、唇にキスの感触が残っているのを意識せずにはいられなかった。

ぼくたちは車のテストコースのある町の西側へ向かった。ナディーンが未舗装の道へはいり、それを追っていくと、前の車が巻きあげる土ぼこりがヘッドライトに照らされた。やがてナディーンは車を道路脇に寄せ、ほかの車が並ぶ最後尾に停めた。ぼくがおりて見ると、車の列はずっと先の長い私道までつづいていた。今夜の最高クラスのパーティーらしい。

「どこだ、ここは」グリフィンが言った。「だれの家かな」

ぼくは両手をあげた。知るもんか。

「本気で行きたいのか」

グリフィンを見た。どう思う?

「のぞいてみるのもいいかもな」

歩いていって、ナディーンと仲間たちに追いついた。ぼくはナディーンと並んで進んだ。ナディーンは髪をしきりに後ろになでつけては耳にかけている。ぼくは手を握ろうと思いながらも怖じ気づいていた。ナディーンは微笑んだままだ。

その家は丸太で造られていた。エイブラハム・リンカーンゆかりの質素な丸太小屋ではなく、梁を渡した高い天井とたくさんの窓があるしゃれたログハウスだ。手前にはゆうに一エーカーはある芝地がひろがって、並木のあたりまでつづいている。家の横に、だれも乗っていないミシガン州警察のパトカーが停まっていた。

数フィートおきに虫よけの蠟燭がともされていた。もちろん音楽もかかっている。玄関を通ったとたんに低音の調べが響いていたが、ありがたいことに音量はほんの少しだけ控えめになっている。妙ちきりんなテクノミュージックではなく、昔ながらの白人青年が好むロックだ。ヴァン・ヘイレン、ガンズ・アンド・ローゼズ、AC/DC。家のなかにはすさまじい人数がいて、立っているのがやっとだった。

ナディーンの仲間たちはV字形に隊列を組み、ぼくたちを先導して中へ進んでいった。壁の写真では、正装に身を固めた州警察官がジャーマン・シェパードを従えて誇らしげに立っている。食堂のテーブルを過ぎたところで、引き戸があけ放たれていた。そこが目的地らしい。

外も同じくらい混んでいた。横幅が十フィート、高さが四フィートはある巨大な横断幕が物干しロープに取りつけられている。そこには〝ミルフォードいけて《キック・》る《アス》〟と大きなブロック体で書かれ、意味がわからないやつのために、尻《アス》をキックする絵まで描いてある。横断幕の下に、氷を敷いたビールの樽があった。ナディーンたちはみな赤いプラスチックのカップをとって一列に並んだ。ぼくもカップを渡されていっしょに並ぶ。

そのとき、力強い手が肩にふれた。

「びっくりだな！　マイクじゃないか！」

ブライアン・ハウザーだった。別名ハウス。去年の秋にぼくが錠をあけてやった、最上級生の名選手だ。あのあと、ブライアン率いるチームはレイクランド高校との決戦で完敗した。ブライアンは青と緑から生みだせるかぎりの色をちりばめたアロハシャツを着ている。今夜はことばをつむぎだすのに少しだけ余分な努力をしているようだった。

「調子はどうだい。来てくれてうれしいよ！　だれと来たんだ」

ブライアンはすばやくあたりに目をやった。ナディーンとその仲間たち。そしてグリフィン。

「よし、わかった。これでパーティーは完璧だ。なあ、話があるんだけど、ちょっといいか。ずっと訊きたかったことがあるんだ」

ぼくはナディーンとグリフィンを見た。

「すまないが、少しだけこいつを連れてってもいいかな」ブライアンはナディーンに言った。「それから、すまない、もういっぺん名前を」

「グリフィンだ」

「そうか、すぐにすむよ。VIPルームへ行ってくる。そこの樽で楽しくやってくれ。ほかにもそろえてあるから、なくなっても心配ないさ」

ブライアンはぼくを連れて〝VIPルーム〟へ向かった。二階の裏手のテラスのことらしい。ベルベットの赤いロープが支柱と支柱のあいだに渡してあるのが見える。ブライアンは片側の支柱からロープをはずしてぼくを通し、またロープをかけてから、いっしょにステップをのぼった。そこには、大きな緑の日傘がついたガーデンテーブルと、クッション入りの椅子があった。浴槽もある。別の三年生がふたりいて、浴槽のへりに腰かけて中へ足を入れていた。クォーターバックのトレイ・トールマンと、もうひとりはダニー・ファレリーという選手だ。

「おい、だれを見つけたと思う?」ブライアンがふたりに言った。

ダニーが素足を浴槽から出し、ひっくり返りそうになりながら歩いてきた。

「うお、マイクル!」行方知れずの旧友に会ったような口ぶりだ。

「ダニーとトレイは知ってるよな」ブライアンは言った。「チームのメンバーだ」

「おまえに言いたいことがあるんだ」ダニーが言った。ブライアンからぼくを引き離して腕を首にからめ、強い酒を飲んだあとの甘ったるい息をかけてくる。「なかなかいいよ、おまえは。わかるか? ほんとにすげえやつだ。びんびんに刺激してくれるぜ」

「いいから離してやれよ」トレイが言った。「よだれでべたべたにしてるぞ」

「こっちへ来てくれ」ブライアンがぼくを引きもどした。「何か飲むかい。トレイ、パンチは残ってるか」

「ああ、あるさ」トレイが言った。テーブルの上のカップをとり、そばのピッチャーからカクテルを注ぐ。

「飲んでみろ。元気が出るぞ」

ぼくはカップを受けとって飲んだ。おなじみのフルーツパンチの味がする。

「そいつは〝病みつきパンチ〟だ」ブライアンが言う。

「一気に飲むなよ」

「何言ってんだ。こいつは芸術家だぜ」ダニーが言い、浴槽のへりにもどって片足を入れた。「ミルフォードのレンブラントってのはどうだ。くそっ、熱いな」

「弱虫め」トレイが言う。「溶けやしないさ」

「おまえは浸かってねえだろ」

「そうだな。まあ、だれがここで素っ裸になるにしても、おれたちみたいな野郎じゃないことはたしかだ」

「VIPルームだもんな！　で、いつになったら女たちを呼ぶんだ」

「じゃあ、質問をはじめよう」ブライアンが仲間を無視して言った。「おれの錠をあけた日のことを覚えてるか」

ぼくはうなずいた。

「どうやったんだ」実際にぼくが答えるのを待っているように、全員が一心に注目する。ぼくは両手をあげた。

「簡単じゃない」ブライアンは言った。「そう言いたいんだな。自分で身につけるしかない、と」

「芸術家だな」とダニー。「使うのは絵筆か錠か」

ぼくはもうひと口飲んだ。甘くて喉越しがいい。足の下でテラスが動きはじめる。まだ平気だ。遊園地の回転アトラクションにも及ばない。

「なら、こう訊こう」ブライアンは言った。「別の種類の錠もあけられるのか」

ぼくは中途半端に肩をすくめ、中途半端にうなずいた。

「鍵つきの錠なんかは？　それもあけられるのか？　でも、道具が要るだろうな」

「できるに決まってるさ。なんたって芸術家だぜ」ダニーが言う。

「どういう道具が必要なんだ」ブライアンが訊いた。

「いや、ただ知りたいだけさ」

ぼくは手製の道具を持ってきていなかった。すぐに手を振ってその場を去り、グリフィンとナディーンを探しにいくべきだった。でも、しゃべれないのに話をはぐらかすというのは、とんでもなくむずかしい。どうしたって聞き手にならざるをえないんだ。

「親父の道具箱を持ってきたら、やってみせてくれるか。そんなことができるなんてすごいじゃないか」

「こいつはすげえんだぜ」ダニーが言う。「すげえ芸術家なんだ。絵と……なんだっけ。待てよ」

「その話はもうやめないか」トレイが言った。

「おまえは自分がすごくねえから悔しいんだろ」

「さあ、下へ行くぞ。道具箱を持ってこよう」ブライアンは言った。

ブライアンはぼくを導いて、というより、ほとんど力ずくで手を引っ張って階段をおりた。ダニーとトレイがつづく。ぼくはグリフィンとナディーンを探したが、どこにも見あたらなかった。部屋へはいろうとしたそのとき、ブライアンが大きな金属製の道具箱を手にもどってきて、行く手がふさがれた。少し緊張してくる。〝病みつきパンチ〟をもう何口か飲んだ。たぶん世界一の名案じゃないだろうけど。

「で、何が要る？」ブライアンは言った。「見当もつかないんだが」

ぼくは少しのあいだ目を閉じて、深く息をつき、空中を漂うような感覚を味わった。目を開き、道具箱のそばに膝を突く。テンションレンチの代用品として細いドライバーを取りだした。残りの道具類を探ったが、ピックとして使えそうなものはまったく見あたらない。

「何を探してるんだ。何が要る？」

ぼくは指と指を合わせてから、その指を少しずつ離し、長くてまっすぐなものを持っているしぐさをした。それから、片手で何かを突く動作をした。

「針か？　細長いものがほしいのか？」

ぼくは親指をあげた。

「すぐもどる」

まわりに人が集まりだしていた。音楽が相変わらず鳴り響いている。火がともる蠟燭の向こうは漆黒の闇だ。ぼくはカップをもう一度口にした。

「でかい安全ピンがあったぞ」ブライアンがもどってきて言った。「これでもいいか」

ぼくはまた親指をあげた。安全ピンを受けとって、先端を留め金からはずし、ラジオペンチを使って先端を約四十五度に曲げた。

「びっくりだな。そんなものでほんとうに錠をあけられるのか。何をあける？　そこのドアなんかどうだ」

ブライアンは大きなガラス張りの引き戸のほうへ行き、数人を押しのけてから閉めた。ポケットから鍵束を出して正しい鍵を選びだし、それを鍵穴に差した。

「これでどうかな」そう言って取っ手を揺すり、しっかり施錠されたことをたしかめた。「いまからこれをあけられるか」

ぼくは引き戸へ近づき、脚がおぼつかないのを感じながら取っ手のそばにひざまずいた。カップを下に置き、錠を見る。簡単な作りの安っぽい錠だ。たぶん、ふつうのまっすぐなピンが五本だけだ。ふだんなら一分足らずであけられるはずだが、このときは間に合わせの道具しかなく、全員の目が注がれていて、何よりも〝病みつきパンチ〟が血のなかで暴れ……いまひとつ自信がなかった。

「おい、音楽を消してくれ」ブライアンが言った。

音楽はやまなかった。

「おい、音楽を消せと言ったろ！　仕事中の芸術家がいるんだ」

ここまでのぼくの行動がみんなの注目を集めていなかったとしても、いまは一気に変わった。室内からガラスのほうへ人が群がってくるのが見えた。テラスでは、すぐ後ろを取り囲まれているのがわかる。

「少し場所を空けてやれよ」ダニーが言った。「魔法を見せてもらおうじゃねえか」

ぼくはドライバーを鍵穴に差しこんで穴の底部へ押さえつけ、奥までのすべてのピンにふれられるようにした。ドライバーをひねり、適度な抵抗を感じとる。それから、曲げた安全ピンを差し入れて、作業に取りかかった。いちばん奥のピンを探り、安全ピンで押しあげて、奥のピンがしかるべき位置におさまるのを感じる。ひとつ目。

「さあ」ダニーが言った。「さあ……さあ……さあ……さあ……」

みんながダニーのかけ声を真似しはじめた。かけ声が重なるなかで、つぎのピンに取りかかる。

「さあ、さあ、さあ、さあ、さあ、さあ、さあ」

首の後ろを汗が伝い落ちる。

「さあ、さあ、さあ、さあ、さあ、さあ、さあ」

三番目のピンまで完了。安全ピンが手のなかで滑った。いったん引き抜いて、両手の緊張を解いた。

そのとき、人垣のなかにようやくグリフィンを見つけた。ナディーンが隣にいる。グリフィンは悠然と微笑んでいるが、ナディーンはこの事態をどう受け止めるべきかをわからずにいるらしい。ぼくとしては、そこでやめることもできた。立ちあがって肩をすくめ、ブライアンに道具を返すこともできた。でも、ぼくはつづけた。ナディーンに向かって小さくうなずき、ふたたび取りかかった。

「みんな、静かにしろ」ブライアンは言った。「こいつの気が散らないように」

もう一度ドライバーで押さえつけたあと、奥のピンを探り、ちょうどよい位置まであげてから、つぎのピンへ進む。ドライバーの力加減をつねに一定に保たなくてはならない。ここではそれがすべてだ。感触をつかむことが。ぼくはいっさいを遮断した。まわりのやつらも、腹の底から湧きあがってくる不安も、何もかもを。すべてがかすんでいくなかで、指の感覚だけを頼りにピンを一本ずつ動かした。ひとつが正確な位置におさまるまで、つぎへは移れない。ピンが通常のタイプか、もっと複雑なものかを見分けるのはこのときだ。マッシュルーム・ピンの場合は小さな切れこみがはいっているので、力を正しく保ったまま、もう一度それぞれのピンをあげなくてはならない。だけど、これはちがった。最後のピンがあがると、待ちかねたすえに自分からはじけたかのように、錠は鮮やかにあいた。取っ手をまわしてドアをあけたとたん、まわりの全員が興奮のあまり叫んだりはしゃいだりした。まるで時限爆弾の信管をぼくが抜いたようだ。

いい気分だ。わかるだろう？　ああ、認める。たしかにいい気分だった。

「こいつはすごい」ブライアンがぼくを立たせ、力強く背中を叩いた。「ぞくぞくするな」

「こんなかっこいいの、見たことねえよ」ダニーが言った。「嘘じゃねえ。すげえよ、かっこよすぎるよ」

「賛成だ」トレイがそう言ってぼくの肩を叩いた。「おみごと。大物のスパイみたいだな。どこでも好きな場所へ忍びこめる」

グリフィンはおおぜいの後ろに立ったまま、うなずいていた。さっきと同じ笑顔だ。ナディーンの姿はない。ぼくがグリフィンの隣を指さすと、グリフィンはテラスを見まわして肩をすくめた。

ナディーンが急にいなくなるとは思わなかったが、ビールの行列に置き去りにされているあいだにぼくがVIPルームへ行ったことに腹を立てているのかもしれない。いや、それとも、彼女が何を考えているのか、ぼくにはまったくわかっていなかったのか。ナディーンのことも、世界じゅうのほかの女の子のことも。

部屋へはいり、食堂から玄関へ向かう途中のあちこちでナディーンを探した。さらにおおぜいの客から背中を叩かれた。ことばがぼくのまわりで渦を巻き、あまりに早すぎて理解できない。そのとき、ひとつの声がことばの渦を突き破った。

「ほんとうさ。いったんは死亡と見なされたんだ。二十分くらいかな。話せないのはそれが原因だよ。脳の損傷だろう」

ぼくは足を止めた。声の出どころを探したが、あまりにも多くの人間がひしめいていた。百人のうちのだれでもおかしくない。

「来いよ」グリフィンが人ごみを掻き分けて進んだ。

「きれいな空気を吸ったほうがいい」ぼくの肘をつかんで玄関から外へ連れだした。

ぼくは正面階段で転びそうになりながらも体勢を立てなおし、どぎつい玄関灯のまぶしさにまばたきをした。

「だいじょうぶか」

ぼくはうなずいた。

「たいした見ものだったな。あっという間に、おまえはミルフォード校の王子さまだ」

ぼくはグリフィンを見た。そうかい、ビールの飲みすぎだよ、というふうに。

「あいつら、ばかげたことを企んでるぞ。おまえは乗るのか」

グリフィンが説明する前に、ブライアンとトレイとダニーが玄関から出てきた。はずしてきた〝ミルフォードいけてる〟の巨大な横断幕をブライアンが手で巻いている。

「すごいことを思いついたんだ。おまえらも来て手伝ってくれ。いいだろ?」

ぼくは全員の顔をつぎつぎと見た。

「来いよ。途中で説明するから」

ブライアンは、父親のパトカーの隣に停めてあるカマロの前へぼくたちを連れていった。今夜ブライアンの父親はどこにいるのかと、ぼくは不思議でたまらなかったが、あれこれと考える暇もなく、数秒後にはブライアンが後ろのドアをあけ、ぼくたちが乗りこむのを待っていた。

「ちょっと待て」ブライアンはグリフィンを見て言った。「こいつは四人乗りだった」

「そうかい」グリフィンは言った。「じゃあ、おれたちはそろそろ帰るよ」

「待ってったら」とブライアン。「まあ、聞いてくれ。どっちにしろ、この車は使わないほうがいいさ。人目につきやすいからな。わかるだろ?」

「それもそうだ」トレイが言った。「町じゅうのやつらがハウスのカマロを知ってる」

「おまえらの車はあるか?」

ああ、なるほど。そんなわけで、ぼくが運転することになった。ブライアンが隣にすわった。ダニーとトレイとグリフィンはどうにか後ろにおさまった。

「あるやつをからかいに行くだけさ」ブライアンはぼくに言った。巻いた横断幕を両手でなでつける。「心配するな。やばいことはしないから」

ぼくはバックミラーでグリフィンと目を合わせた。グリフィンは両手をあげた。しかたがないな、と言いたげに。

町の中心へ向かえとブライアンは告げた。車はメイン・ストリートを進み、酒店の前を通過した。〝病みつきパンチ〟の効き目が残っていたので、鉄道橋をくぐるときにブレーキを激しく踏む羽目になった。一瞬だが、橋脚にぶつかって全員死ぬ、とはっきり思った。そして間一髪で逃げきった。

「くそったれの鉄橋め」ブライアンは言った。車は町はずれに来たが、そのまま進めという指示が出る。そこは閑散とした道で、両側でざわめく並木のほかには何もない。ぼくたちは東へ向かっていた。

「どこへ行くのかもうわかったか」ブライアンは訊い

た。

ぼくは首を横に振った。

「この横断幕をどうしても渡したい相手がいるんだよ」

もう一度首を横に振った。

「そこだ。左へ曲がってくれ」

〝レイク・シャーウッドへようこそ〟という看板があった。似かよった新しい家々がそこらじゅうに建ち並ぶ前からある、広々とした住宅地域のひとつだ。それより大事なのは、レイク・シャーウッドは学校区を二分する境界線の向こう側にあるということだった。ミルフォード高校とレイクランド高校の。

「あっちでパーティーをやってるぞ」トレイが言った。

「うまくやろうぜ」

「わかってる、わかってる」ブライアンは路上駐車の列の後ろに車を停めるよう指示した。大きな家が一軒見えた。煌々と明かりがついて、裏庭にプールがある。二、三十人が集まって派手にパーティーをやっている。

「あっちだ」ブライアンは通りを隔てた真向かいの家へ顎を向けた。そっちの家は真っ暗に近く、玄関の窓に明かりがひとつともっているだけだ。

「ほんとうにだれもいないのか」トレイが言った。

「マッキノー島へ行ってる。わが友アダムのささやかな卒業祝いにな」

やっとわかった。そこはブライアンの宿敵アダム・マーシュの家だった。フットボールのフィールドでも、レスリングのマットでも、ぜったいに勝てなかった相手だ。

「正面の芝生に警告表示が見あたらないな」トレイは言った。「なんのことかわかるか？　防犯カメラの設置を知らせる看板さ」

ブライアンは返事をしなかった。アロハシャツのボタンをはずすのに忙しくて、それどころじゃない。下に濃紺のTシャツを着ていた。

「さあ、マイク」ブライアンは言った。「頼みたいことがあるんだ。このプレゼントを渡すために、おれたちをアダムの家に入れることができると思うか」

さっきドアをあけるのに使ったドライバーをブライアンが持っていた。よく見ると、反対の手には曲げた安全ピンがある。

「やつの寝室にこいつを吊るしにいくだけだ。そしてやつが帰ってきたら……なんと、目の前にあるってわけさ。ミルフォードの友からの極上の別れのプレゼントがね」

フットボールでどうしても勝てなかった友からのね、と思った。この連中にできるのはせいぜいこんなところだ。

「想像してみろ」トレイが言った。「あいつ、パンツに漏らすぞ」

「ミシガン川立大の奨学生だってよ」ブライアンは言った。「あいつがステロイドを打ってるのはお見通しだ。去年から急に体がしっかりしたのをおまえらも見たろう？」

「ああ、たぶんまちがいない。やつは打ってる」

「それはわからねえがな」ダニーが言った。ここへ来るまでに半分酔いが覚めたらしい。「これは不法侵入じゃねえのか」

「やつから何か盗むわけじゃない。何もしないんだよ。寝室に横断幕を残してくるだけだ」

「まずいんじゃねえかな。まあ、言ってみただけだけど」

一分間、だれも何も言わなかった。ぼくはグリフィンと目を合わせようとして、またバックミラーをのぞいたが、グリフィンは窓の外のマーシュ家に目を向けている。パーティーの客がプールで水遊びをする音が、遠くからかすかに聞こえた。

「おまえはどうだ」ブライアンが言った。「グリフィンだったか？　覚えづらい名前だな。やっぱりダニーみたいに怖じ気づいてるのか。それともおれたちと来るのか」

「行くよ」グリフィンが答えた。

ブライアンは後ろを向いて、グリフィンの手を握った。「そうか、じゃあ、おまえはもう腰抜けの絵描きなんかじゃない」

「そいつはどうも、魔法使いどの。ブリキ男みたいにお墨つきをもらえるのかい」

「なんだって?」

「なんでもないさ」

「そっちはどうだ」ブライアンはぼくのほうを向いて言った。「いっしょにやるつもりは? おまえ抜きじゃできないんだ」

「全校生徒のためにやるべきだ」トレイが言った。

「あの野郎の鼻を明かす最後のチャンスなんだぞ」

ぼくはマーシュの家を見やった。高い窓、完璧な芝生。自分には城のように見える。こういう家での暮らしは想像すらできない。

ドアをあけて車をおりた。

「やったぜ」とブライアン。

「おれはここに残る」ダニーが言った。「行かねえよ」

「ああ、好きにしろ」ブライアンが言ってドアを閉めた。「おまえは要らない」

だから、全部で四人だった。ブライアン、トレイ、グリフィン、そしてぼくだ。変人の肉体派がふたりと、変人の絵描きがふたり。もう〝病みつきパンチ〟の威力もだいぶ衰えていた。一歩一歩進む感覚が澄みきっている。ぼくたちは他人の家へ不法侵入しようとしていた。ぼくが一度も会ったことのない相手の家へ。

少しだけ通りを歩いて家の敷地まで行き、塀の陰にひそんだ。全体に光はじゅうぶんある。百フィートぐらいの間隔で立つ街灯に加え、向かいの家のすべての明かりがこちらを照らしている。人目につきやすいと案じる必要がないことを、ぼくはこのときまだ知らなかった。侵入を阻むはずのいわゆる防犯灯が、実は今夜の最良の友だともまだ知らなかった。防犯灯が家の正面を照らせば、直接光があたらない場所すべてが完全な闇に落ちる。家の裏を照らせば、どうせだれの目にも留まらず、侵入者がいっそう好都合になるだけだ。

裏口にはなかなかの錠がかかっていたけれど、ぼくは二分足らずであけた。ほかの三人はそわそわと体を揺すりながら、数秒ごとに後ろを振り向いていた。実のところ、気づかいは無用だった。ぼくたちはだれからも見られていない。ここでネットを張ってバレーボールだってできる。

ドアがあき、いっせいに中へはいった。キッチンに立ってすっかり様子がわかるまで、一分はかかった。薄暗がりのなか、業務用の換気扇がついた巨大なレンジがかろうじて見える。両扉の大型冷蔵庫。それ自体が光を放っているかのような大理石のカウンター。

「ああ、まったく。ほんとにやるんだよな」ブライアンが言った。

「行こう。やつの部屋を見つけようぜ」トレイが言う。

「信じられない。ただごとじゃすまないぞ」

「おい、いまさらびびるなよ。やるのか、やらないのか」

ほかの場合なら、トレイがブライアンにこんな口をきくことはまずないだろう。こうした状況に陥ったときの反応が人によってちがうことを、ぼくははじめて学んだ。ひとりでまくし立てていたやつが急に逃げ腰になることもある。追従していたやつが突然のめりこむこともある。理由はどうあれ、あとのやつはここ一番で力を発揮する。発揮しすぎるかもしれない。逆に、車からおりることすらできない追従者もいる。

グリフィンは？　グリフィンが何を考えていたのかはわからない。物音も立てずにそこにいるだけだった。

そして、ぼくは？　何も感じなかった。正直なところ、あの家に足を踏み入れたとたん、ぼくのなかから何もかもが一気に流れ出た。いつも付きまとう雑音も、かつてのあの瞬間から耳を離れないうなりも。頭のなかで延々と鳴り響き、体内無線の空電音として絶えず聞こえていたのに……ドアをあけて他人の家へ踏みこんだ瞬間、その音が消えた。

その感覚には、やがて慣れていく。というより、その感覚がなくなることに慣れていく。それが明瞭にわかるようになる。だけどどこの夜は、トレイがブライアンに軽く活を入れるのを見ながらも、ぼくはただ豪華なキッチンに突っ立っているだけだった。グリフィンもまだじっとしていた。

「おれたちはここにいたほうがいいな」ようやくグリフィンが言った。「見張りに立つんだ。どう思う？」

暗くて顔がよく見えなかった。

「わかったよ。まちがってたかもしれない」グリフィンは言った。「ごめん、こんなことに手を貸すべきじゃなかった。ただこう思ってさ……なんだか、今回かぎりの真剣勝負みたいなものだって。何が言いたいかわかるだろ？　そんな感じがしなかったか？」

そんな話はここで聞きたくない。もっと家のなかを見たかった。

「どこへ行くんだ」グリフィンは訊いた。

ぼくは答えなかった。キッチンを出て、居間へ行った。暖炉があり、その上に大きな版画が掛かっている。袖のない細身のドレスを着た女の絵で、目が帽子のつばで隠れて見えない。女のかたわらには鎖のついたつややかな黒豹がいる。いかにも上流趣味だ。

クリーム色の革張りの家具。見たこともないほど大きなテレビ。部屋の反対側には、それよりもずっと大きな水槽がある。エアポンプが静かにうなっている。水槽の底には宝の箱が置かれ、数秒ごとに蓋が開いて泡が出ていた。ぼくは魚を数えた。四匹いる。そこに立って、まばゆい長方形のなかを魚が行き来するのを見守った。

そのとき、水槽が破裂した。

何が起こったのかわかる前に、押し寄せた波がズボンを濡らしていた。ついさっきまでガラスと水があった場所の向こうにトレイの顔が見えた。暖炉にあった長い鉄の火掻き棒を手に持っている。

トレイは自分が残骸にしたものを見つめて、残忍な笑みを浮かべていた。なんの考えもない乱暴を働いて、どれだけ気分がいいんだろう？　ぼくはこういうのが大きらいだった。吐き気がするほどきらいで、けっして忘れられないと思った。

押し殺した声が二階から聞こえた。「トレイ！　何をやらかした？」

「魚に挨拶してただけさ」トレイは言った。

「ばか言うな。この家の連中が帰ってきて、横断幕に驚くって筋書きだぞ！　何もかもぶち壊しじゃないか！」

「まあな。じゃあ、寝室ではもっとやろうぜ」トレイは言った。ぼくにウィンクして、火掻き棒を落とす。それから二階へのぼった。ぼくはしばらく立ちつくして、足もとで魚が跳ねるのを見ていたが、二匹拾ってキッチンへ持っていった。

「なんだよ、それは」グリフィンが言った。ドアに張りついたままだ。

ぼくはシンクの前へ行って、生ぬるい水を出し、そこへ魚を放した。居間にもどって、もう二匹拾いあげる。またシンクへ入れ、水を止めた。四匹とも、オフィスでまた一日がはじまったように泳ぎまわっていた。

「ここを出たほうがいいな」グリフィンは言った。

「あのばかどもは置いていかないか」

ぼくは人差し指をあげ、またキッチンを出て、二階へ行った。最初の部屋に首を突っこんだ。裁縫部屋か何からしい。そこは手つかずのままだった。

そのまま廊下を進み、こんどは主寝室をのぞいた。

キングサイズの四柱式ベッドがひとつとウォークイン・クロゼットがふたつある。バスルームを見たところ、大きな泡風呂の浴槽と、独立したシャワールームと、金のふちどりがついた大理石の洗面台があった。ここはそういう家だ。

最後の寝室へはいった。言うまでもないけれど、これはレイクランドにある家で、ぼくはこの家族のことを何も知らなかった。だから、アダムに弟がいると、このときはじめて知った。いや、そう思った。この瞬間は、男の部屋だと決めてかかっていた。名前を聞いたこともないロックバンドのポスターが壁いっぱいに貼られている。そのあとで気づいたのが、真っ赤な寝具と、その上に置かれた黒く大きなハート形の枕と、一ダースほどの動物の縫いぐるみだった。

「マイク！　どこにいる」グリフィンの声が下から聞こえる。ぼくは無視した。そのとき目に留まったのは、化粧台に置かれた紐つきの大きなフォルダーだった。自分にとっても、なじみのあるものだ。デッサンを持ち運ぶために、ぼくもひとつ持っている。そのフォルダーの紐をほどいて開いた。それから、壁のスイッチの場所までもどって、明かりをつけた。

「マイク！　来いよ！」声が大きくなっている。耳のなかにメガホンがあるように響いたが、一インチだって動くつもりはなかった。ぼくはそのデッサンに夢中になった。

一枚目は少女を描いた絵で、少女はテーブルの前に腰かけて絵の外の何かを見あげていて、その顔には不安と希望が同時に表れている。つぎは路地に立つふたりの男の絵で、ひとりがもうひとりに煙草の火をつけてやっている。そのつぎは簡素な静物画で、テーブルにリンゴがひとつ載って、上からナイフが刺さっている。

いい絵だった。才能が感じられる。ほかにも何かあった。自分自身をもっと絵に投影させろ、とマーティーに言われたのを思いだした。ぼくがしないように懸命につとめていることだ。

これだ、と思った。まさにこれはそういう絵だ。少女でも、煙草を吸うふたりの男でも、ナイフの刺さったリンゴでもいい。描いたのがだれであれ……描き手自身も絵のなかにいる。

フォルダーを閉じようとしたとき、その下に別のフォルダーが置かれているのに気づいた。上にあったのは学校で配られる安い厚紙製だったが、下のは黒革でできていて、三方がファスナーで閉じられている。一瞬迷ったあと、ファスナーを開いた。

「マイク、さっさと出ろ！」切羽詰まった叫び声も耳を素通りした。一時間後に脳裏ですべての場面を巻きもどすまで、ぼくは何も聞いていなかったと思う。

女を描いたデッサンが何枚かあった。たぶん三十歳ぐらいだ。美人だが、悲しげで疲れきった感じがする。長い髪が後ろでまとめられている。緊張した、はにかんだような微笑。最初の絵では、椅子にすわって両手を膝の上で組んでいる。室内だ。つぎの絵では、外のベンチに腰かけて同じ表情をしている。すっかりくつろぐことはないらしい。同じ女の絵があと数枚あった。紙の材質や鉛筆の濃淡の度合いがちがうので、かなりの長期間にわたって描きためられたと想像できた。描き手の腕があがっていくのが見てとれる。

そして、最後のデッサンは……別の女だった。もっと若い。紙は薄く擦り切れて端に皺が寄り、目や口のまわりに消しゴムのあとが残っている。描き手が苦労を重ね、何度も何度も描きなおしたにちがいない。ひとりの人間の顔を簡潔に描くなかに何かをとらえようとする気迫が伝わってきた。

これは本人だろう。自画像だ。アメリアの顔をはじめて見たのはこのときだった。

外のどこかで、タイヤがアスファルトをこする音が響いた。それからヘッドライトの光が壁をひとなでし、ついに恍惚のときが断ち切られる。ぼくはその絵を落とした。廊下へ出て、階段を駆けおりた。私道に斜めに停まっている車が正面の窓から見える。ぼくは裏口から走り出た。それは失敗だった。逃げるつもりなら、どのドアからも離れた遠くの窓を見つけるべきだった。

出たところにふたりいて、ぼくは裏庭で捕まった。腹に一発食らった。まる一分間、呼吸ができなかった。九歳のときのあの感覚がよみがえる。おまえは息ができないんだ、マイク。息ができなきゃ死ぬに決まってる。

「ほかのやつらはどこだ」耳もとで怒鳴る声。呼吸がゆっくりもどってきた。

「その連中がどこへ逃げたか教えろ！　いっしょにいたのはだれだ？」

ぼくはひとことも発しなかった。ふたりはぼくを車に乗せ、警察署へ引き連れていった。

10　ロサンゼルス　二〇〇〇年一月

翌朝、バスターミナルへ行く前に、ぼくは髪のほとんどを切り落とした。伸び放題の巻き毛とはおさらばだ。できるかぎり外見を変えたいと思い、頭皮すれすれまで刈りあげた。仕上がると、化学療法の最終回をすませたばかりの患者に見えた。

さらに、どんなときもかけていられそうな、なるべく明るい色のサングラスを買った。短い髪と合わせて、ぼくはまったくの別人に見えた。気分はちっとも変わらないけれど、簡単に変えられないものもある。

新しいジーンズとシャツとコートを一着ずつ買った。着ていた服はごみ缶へ投げ捨てた。出費を抑えるべきなのはわかっているが、何も着ないわけにもいかないだろう。それに、五番街の〈サックス〉で無駄な買い物をしてるわけじゃない。

　ぼくは持ち物全部をまとめた。下着と靴下をいくつか。替えの靴を一足。歯ブラシ。使いかけの練り歯磨き。石鹸と、ほとんど空《から》のシャンプーボトル。練習用の金庫錠。テンションレンチとピックが詰まった革袋。分厚いフォルダー。これにはレストランの上の部屋でひとり描きためた絵が全部はいっている。ほかにはない。それで全部だった。

　ああ、それにポケットベル。ぼくは白と赤と青と緑のポケットベルを荷物に入れた。黄色いのは窓台に置いていきたい気分だった。鳴るだけ鳴らしておけば、やがては電池が切れる。あるいは、中国人一族の新顔か何かがそれを見つけ、小さな画面に表示された番号を呼びだして、中国語か片言の英語でしゃべる。電話を受けた素人の相手は計画を中止し、おかげで頭を吹き飛ばされずにすむ。

　だけど、やめた。結局そのポケットベルも持った。すっかり荷造りを終え、ダウンタウンでタクシーをつかまえてポート・オーソリティーのバスターミナルへ向かった。チケットを現金払いで手に入れて、バスを待ち、食べ物を買う。バスに乗り、発車とともにこの街に別れを告げた。抜けだせてうれしかったんじゃないかと、きみは思うかもしれない。二度とこの街にもどるまいと心に誓っただろう、と。だけど実のところ、ぼくはここを離れがたくて胸が痛んだ。みじめではあったけれど、自分はここで生き抜いてきた。身をもってそれを証明した。いざとなったら、ひとりでやっていけることを。

　バスは夜通し走りつづけ、ぼくは途切れ途切れに眠った。朝にはとうもろこし畑とトラックと広告看板を見た。夕方には乳牛と赤土を見た。何マイルも何マイルもひたすら進んだ。

　二日目の深夜、ロサンゼルスに着いた。

大変な長旅だったけれど、なんと言っても白のポケットベルのためだ。白のチームはゴーストが〝絶対確実〟と呼んだ連中だ。真のプロフェッショナル。一流のなかの一流。黄色チームの大惨事のあとに来た呼びだしだったので、ぼくにとってはこれ以上ない幸運に思えた。仕切り直しはまさに望むところだ。

電話でロサンゼルスの所番地を告げた男は、そこがグレンデール地区の北にある上品で小ぎれいなモーテルだと言った。受付係にはぼくのことを伝えてあるという。ストーンと名乗れば、建物の裏側の部屋へ案内される。その男は仲間たちを連れてモーテルまで来て、ドアをノックする。細かい仕事の話はそのときに教える、と。

何もかも、その男の言ったとおりに事が運んだ。ぼくはバスをおり、行き先を紙に書いてタクシーの運転手に渡した。タクシーは高速道路に乗ったものの、昼間の渋滞に引っかかった。一時間近くゆっくり進み、やっとモーテルに着いた。料金を払って車をおりる。この日のロサンゼルスは乾燥して日差しが強かった。気温はつねに二十度前後で、何もかもが茶色く乾いて見える。スモッグのにおいがかすかに鼻を突いた。

モーテルは二階建てで、ひどくお粗末でもないし、リッツ・ホテルほど豪勢でもなかった。プールは清潔そうだが、だれも泳いでいない。駐車場は半分埋まっている。中へはいり、電話の男から指示された〝ストーン〟という名前を紙に書いた。カウンターの向こうの受付係にそれを渡すと、相手はすぐにこちらへ出てきた。

受付係は直接案内すると言い張り、駐車場をまわってぼくを部屋まで連れていった。二階だった。ドアをあけ、電話やバスルームのタオルをはじめ、自分でも難なく見つけられるあらゆるものの置き場をぼくに教えた。鍵を渡し、必要があれば遠慮なく呼ぶようにと言った。そのあいだ、ぼくがひとことも話さなかったことに気づいたかどうかはわからない。

受付係が去ったあと、ぼくはベッドに腰をおろし、自分がこの場にいる不思議にしばらく思いをめぐらせた。この国の反対側にいて、見知らぬ他人がドアをノックするのをただ待つしかないなんて。

とはいえ、百二十八丁目のレストランの三階よりランクは上だ。テレビと時計つきラジオときれいなタオル。なんと、バスタブだってある！　最後に湯に浸かったのはいつだったろうか。リート伯父の家だって、シャワールームしかなかった。

ぼくはバスルームへ行き、湯をためはじめた。窓からは駐車場とみすぼらしい椰子の木が見える。浴槽に湯がたまると、服を脱いではいった。バスの長旅のあとだから心地よかった。

入浴を終えて体を拭き、腰にタオルを巻いただけの恰好でベッドに腰をおろした。残りの持ち金を数える。テレビをつける。それから紙を出して絵を描きはじめた。

ここまでの話を描いて、遅れを取りもどした。もう一度コネチカットへ行ったこと。何もかもめちゃくちゃになり、自分だけが生きて逃れたこと。

仮にアメリアがこれを見るとして、いったいどう思うだろう。

ぼくは二日間待った。テレビを見、絵を描き、金庫錠をまわした。通りへ出て食べるものを買い、部屋へ持ち帰った。三日目の朝、ドアをノックする音が聞こえた。

どんな相手なのか、ずっと気になっていた。少数精鋭のプロの窃盗団で、技量が図抜けているんだろう。

いよいよご対面だ。

モーテルの部屋のドアをあけ、最初に見えたのは女の顔だった。ものすごく魅力的な顔立ちだ。ヒスパニック系の若い女。厚い唇と大きな黒い瞳。たったいまほかのだれかが愉快なことを言ったのか、笑みを浮かべていた。ぼくを見たとたん、その笑みが消えた。

そして、別の顔も目にはいった。その女と同年代の男だ。もっと若いかもしれないが、ぼくより二、三歳上だろう。顎に無精ひげがあり、サングラスをかけている。ぼくの髪、いや、切る前の髪にちょっと似た巻き毛の持ち主だ。

「きみが〝若きゴースト〟か」男が言った。

「子供ね」女が言う。「まだおむつを穿いてるのかも」

ふたりはぼくの脇を通って部屋にはいってきた。どちらも黒の革ジャケットを着ている。ぼくはドアを閉めようとしたが、歓迎の列はまだ終わっていないらしく、やはり黒の革ジャケットを着た男がもうひとりはいってきた。ひどくやせている。歳はほかのふたりと似たようなものだが、顔の傷跡から、歩んできた道がずいぶん険しかったと想像できた。首の片側に蜘蛛の巣のタトゥーが彫ってある。

そして、四人目。若い女がもうひとり、またしても黒の革ジャケットに身を包んでいるが、信じがたいことに、さらに険しい道を歩んできたらしい。一方のまぶたがわずかにさがり、疲れきった麻薬常用者に見えた。歯が欠けている。ただし、醜くはなく、何かを感じさせた。自分自身にどんな仕打ちをしたにしろ、消えることのない、動物の生々しい美しさのようなものがある。

なるほど、奇妙で魅力たっぷりの四人だ。そして、全員が大学生程度の歳にしか見えない。まさかこれがゴーストが絶賛していた白のチームなのか？

「しゃれた部屋だと言ったよな」最初の男が二番目の男に言った。窓の向こうのくたびれた椰子の木々に目をやる。

「上等さ」二番目の男が言った。ぼくのまわりをすばやく一周し、上から下まで見て値踏みした。

「ジュリアンだ」最初の男が自己紹介した。四人が何者だとしても、この男がリーダーなのはまちがいない。

「こいつはガナー」

「よろしくな」ガナーがジャケットを脱ぐと、袖のない黒のTシャツが現われた。体に脂肪がまったくついていない。すべての筋肉と腱が見える。

「そっちがラモーナ」ジュリアンはヒスパニックの女を指して言った。ラモーナはぼくにうなずいてから、ベッドに腰かけた。

「そしてルーシー」

ルーシーがこちらに歩み寄り、数インチ近すぎる場所に立った。煙草と道路のにおい、そして遠い記憶を呼び覚ます何かの香りがする。ルーシーは左右が不ぞろいの目でぼくを見、指を一本ぼくの顎の下に入れて上へ押しあげた。それからぼくを解放した。

「さて、若きゴースト」ジュリアンは言った。「名前はなんというんだ」

ぼくは財布を出して、運転免許証を引き抜いた。ジュリアンに渡す。

「ウィリアム・マイクル・スミスだと？」ジュリアンは免許証を窓の光にかざした。「冗談だろう？　これ以上のまがいものがあるとでも？」

そら、来た。偽造は完璧だとばかり思っていたけれど、だからと言って、ぼくにいったい何がわかる？

近寄ってそれを取り返し、ミドルネームを指さした。

「マイクル。それが本名か」

ぼくはうなずいた。ミシガンを出て以来、マイクルと呼ばれるのははじめてだった。

「じゃあ、ほんとうなのか。話せないってのは」

またうなずいた。

「かっこよすぎるな。ぶっ飛んでる。超人だよ」

なんとでも言ってくれ。そして、そろそろ話をはっきりさせよう、とも思った。目の前の光景がどうにも信じられないからだ。ぼくはジュリアン、ガナー、ラモーナ、ルーシーの順に指さした。それから両手をあげる。いったいあんたらは何者なんだ？

その身ぶりにジュリアンは微笑み、仲間をひとりずつ見やってから、ぼくへ向きなおった。「はじめてゴーストがわれわれ四人を見たときも、ちょっと疑っていたよ。その後、いっしょに仕事をして……結局はたっぷり稼がせてやったけどな。そして、ゴーストの上にいる男……そう、おまえの上にいる男にも。直接会ったことはあるのか」

ぼくはうなずいた。ああ、ある。会ったよ。

漫画の登場人物か何かのように、ジュリアンは大げさに体を震わせた。吸血鬼でも見ているみたいに。

「いままで会ったどこのだれよりも恐ろしい人間だよ。ああ、まちがいない。ゴーストと組んで稼いだ分け前は、何があろうと確実にあの男に渡したものだ。きみの場合も上納金は同じだろう？　それとも今年から歩合があがったのか」

「ばれようがないと思うんだけどな」ガナーが言う。「三千マイルも離れてるんだぜ」

「そこにいる手下のことはどうか無視してくれ」ジュリアンはぼくに言った。「そいつはきみのボスにまだ会ったことがないから、まともに判断できないんだ」

「どんな野郎かなんて知るか。それに、おれはおまえの手下じゃない」

「なあ、教えてくれ」ジュリアンは蚊を払うように手を振ってガナーを遠ざけた。「ゴーストはわれわれのことを正確にはどう言っていた？　一流のなかの一流だと？」

ぼくはうなずいた。

「ほかには？　ぜひ知りたいんだ」

ぼくは肩をすくめた。いつかこの連中に会うことがあれば、そのときは外見に惑わされるな、とゴーストは言っていた。なるほど、そのとおりだと思う。

「まあいい。きみのほうは、いかにもそれらしい、くそおもしろくもないやつらに会うと予想していたのか？　完璧で瑕ひとつない、たとえば、なんて名前だったかな。あのドラマに出ていたのは」

「ロバート・ワグナーよ」ラモーナが言った。

「そうだ。〈スパイのライセンス〉だったか。お上品な野郎だよ。いつもタキシードでめかしこんでいてな。バカラで遊んだあと、そっと抜けだして宝石を盗みにいくんだ」

「あなただっていつかタキシードを着なきゃいけないかもしれないのに」ラモーナが言った。

「まあな。知ったことか」

「本題にはいらないか」ガナーが言った。「この小僧はほんとうに金庫をあけられるのか」

「これによると二十一歳だ」ジュリアンは免許証をぼくに返した。「まじめな話、もっとましな身分証を手に入れてやるよ」

「無駄話はもういい」ガナーは言った。「だって、このガキを見ろよ」

「ゴーストのことばを伝えたろう？　あの男は信用できる」

「まずは腕前を見たいな。それからなら信じる」

「まあ、もちろん最初にそうするさ」ジュリアンは言った。「われわれをなんだと思ってる。素人の集まりじゃないんだ。さあ、行こう。このあばら家にはぞっとする」

「おれはこいつを乗せないからな。おまえが乗せりゃいい」

「バイクは運転できるか」ジュリアンはぼくに訊いた。

ぼくはうなずいた。

「本物のバイクだぞ」

もう一度うなずいた。

「どうだろう、ラモーナ。おまえのを貸してやれないか」

イクにまたがって通りへ出た。何はともあれ、またバイクに乗れて最高の気分だ。

ほかのバイクはさっさと走りだした。ついていくためには本気で飛ばさなくてはならない。みな往来の激しい通りへ出て、車のあいだを縫うように進んでいく。ルーシーはたびたび振り返ったが、男ふたりはいまや抜きあいに夢中で、ぼくのことをすっかり忘れている。ウェスト・ハリウッドを通ってベヴァリー・ヒルズを抜けていく。高い椰子、大きな家、茶色い芝。たった一本のマッチで街をまるごと焼きつくせそうだ。

海へ近づきはじめたとき、静かな脇道へはいった。もういくつか角を曲がってバイクが停まったのは、グラント・ストリートにあるこぢんまりした家の前だった。建物が敷地のほとんどを占めている。家の前の小さな庭には砂利が敷きつめられ、全体が塀で囲われていた。ジュリアンがヘルメットをとって門をあけた。

「どうだった、乗り心地は」と訊く。

「冗談はやめてよ」

「頼む、こいつは来賓なんだ。はるばる来てくれたんだから。まさかケツに乗せるつもりか？」

「じゃあ、わたしにケツに乗れっていうの？」

「前は喜んでおれの後ろに乗ったじゃないか。両腕でしがみついてさ。どうだい」

無謀なのはわかる。バイクを貸してやれなんて、人に頼むものじゃない。ジュリアンはラモーナを試しているんだろうか。それともぼくを？

ラモーナはジュリアンをじっと見つめた。ジュリアンの体のどこをまず切り落とすつもりなのか、とぼくは思った。

ラモーナはぼくへ近づいてきて、シャツをつかんだ。

「わたしのバイクを壊したら、ぜったい殺すからね」

四台のハーレーが駐車場に停まっていた。ヘルメットがひとつ余分にあり、それをぼくが使った。みなバぼくはすばやくうなずいてヘルメットを返した。中にはいると、家の控えめな外観は見せかけにすぎないとわかった。最新式のキッチン、天井までボトルが埋まった巨大なワインラック、頭上から吊りさげられた最新型の照明の数々。この四人が本物の泥棒だとしたら、稼業が大繁盛しているにちがいない。

「何にする？」ジュリアンは言った。「ワインか。カクテルか」

　ぼくはあれもこれも辞退して、結局は冷えたビールをもらった。ひと口飲んで、ミシガンのあの夏の夜を思いだした。はじめて逮捕されたあの夜を。ぼくが飲むのをジュリアンはじっと見ていた。

「まるで芸術品だな」ようやく言った。「自分を見てみろよ。完璧としか言いようがない」

　わかったよ……ありがとう。そうかもね。

「それに、ものすごく……静かだ。生けるブッダか何かみたいだ。圧倒されるよ」

　ぼくはもうひと口ビールを飲んだ。

「ラモーナ」ジュリアンは声をかけた。「こっちへ来いよ。マイクルの目をよく見てくれ。何が見える？」

　ラモーナが近づいてきた。腰をかがめ、ルーシーがモーテルでしたようにぼくの顎の下に指を添える。目をまっすぐ見つめてから、かぶりを振った。

「疲れ《ラ・ファティーガ》」ラモーナは言った。

「いろんな目に遭ったみたいだな。といっても、まだ十七歳ぐらいだろう？　それとも十八か」

「何歳？」ラモーナがぼくに訊いた。

　ぼくは十本の指をあげた。それから七本。

「どうしてここへ来たの？」

　ラモーナをただ見つめる。

「わかった、まずこっちからね。ジュリアン、あなたの身の上話をしなさいよ」

「そう来たか」ジュリアンは微笑んで言った。

「そうよ。秘密を守れる相手だもの」

そこでジュリアンは二、三分で大筋を話した。裕福な家に生まれて私立学校へかよい、最終学年ではトップの成績だったので、ペパーダイン大学かゴンザガ大学へ進むことになっていた。どちらにするか決めかねていたが、二度目の飲酒運転で捕まって、一ヵ月の更生プログラムに参加した。そこで出会ったのがラモーナとガナーとルーシーで、三人とも極貧や親の虐待や家庭崩壊を経験していた。ラモーナとはそれ以来ずっといっしょにいて、もう警察の世話にならなかったが、ガナーとルーシーはたびたびトラブルを起こしたのち、ようやく落ち着いて自分と再会した。その後、四人はこの家に住んでいる。

いっしょに高額狙いの泥棒稼業に手を染めたいきさつについて、ジュリアンは語らなかった。デトロイトの男と知りあったいきさつも。ゴーストとの出会いも。その話はいずれ聞けるだろう。

「仕事の話もそのうちしなきゃな。だが、まず最初にすべきことがある」

ジュリアンは家の奥の壁際に置かれた本棚の前へぼくを連れていった。

「神に誓って言う。この家を買ったときからこうなっていたんだ」

ジュリアンが押すと、本棚全体が回転扉のようにまわった。その奥に別の部屋があった。足を踏み入れると、ピンで留められた地図や写真が壁に並んでいるのが見えた。書類棚。パソコンとプリンター。そして部屋の隅には、硬く無機質な……まさに感動ものの……高さ約四フィートの金庫が鎮座していた。

「バットマンの秘密基地へようこそ」ジュリアンは言った。

「ずいぶん無用心だな」ガナーが言う。「会ったばかりの人間を入れるなんて」

「ラモーナがこいつは秘密を守れると言った。だから信用する。それに、金庫があけられることを証明してほしいだろう！」

「居間まで運んでからやらせりゃいいじゃないか」

「おまえが運んでみろよ」

「ちょっと」ラモーナが割ってはいった。「やめなさいよ」

　わざわざ指示されるまでもない。ぼくはもう金庫の前にひざまずいていた。すると、家にもどってからひとことも発していなかったルーシーが、すぐ横でひざまずいた。ぼくが金庫にさわろうと手を伸ばしたとき、それを止めたそうにしていた。

「いいんだよ、ルーシー」ジュリアンが後ろへ来て、ルーシーの肩をなでた。「だいじょうぶ。見てるんだ」

　ガナーがジュリアンを押しのけて、ルーシーから遠ざけた。四人のあいだにめぐらされた力の糸はピアノ線よりも強く張りつめていて、ぼくには理解の及ばないものらしい。

「あんた、ほんとにゴーストから教わったの？」ルーシーが訊いた。

　ぼくはうなずいた。

「デトロイトのあの場所で？　金庫が八台あるあそこで？」

　そうだ。

「あたしもいたんだよね。ゴーストがやり方を教えこもうとした。あたしは大変な思いをしてがんばったけど……」

　ああ。どんなに大変か知ってるよ。

「これはあたしたちがあける予定の金庫だよ」ルーシーは取っ手にふれて言った。「まったく同じ型のね。確実にやんなきゃいけないから」

　なるほど、そうか。一見非常識なこの連中は、自分たちのしていることをよく知っている。

「で、あんたにできるの？　ほんとうにこの娘《こ》を壊さずにあけられる？」

この娘《こ》、と言った。ルーシーがゴーストのもとで学んだというのは嘘じゃない。少なくとも、学ぼうとしたのは。

「やってみせて」

ぼくは深く息を吸って、取りかかった。ダイヤルをまわし、ディスクの枚数の確認をはじめる。ルーシーが注意深く見守る。手順を全部理解しているのがわかる。妙な気分だけれど、心が休まる。ルーシーは知っている。

四枚だ。0に合わせる。接触域へ行く。いつものリズムがよみがえる。ルーシーに一心に見つめられているが、目を閉じてごく小さな差を探るときにはその存在を忘れた。この瞬間だけは立ち入らせるわけにいかない。

ぼくはダイヤルをまわしつづけ、間隔のせまい部分を見つけていった。100まで終えてからはじめにもどり、範囲をせばめて正しい番号を突き止めていく。

ぼくは書くしぐさをした。ルーシーが紙とペンを渡す。

ひとつひとつ番号を記すと、ルーシーの目に涙が浮かんだ。まちがいなく正解を知っている。自分でセットしたんだろう。そしてまた、いまは数の組みあわせを見つけることが肝心なのも知っている。順序を突き止めるのはたやすい作業だ。

ルーシーはぼくから紙を奪いとってまるめた。

「合ってるのか」ガナーが尋ねた。

「うん」

ガナーはうなずき、それ以上何も言わなかった。

「やり方なんて教えられないものね」ルーシーはぼくに言った。「できるものはできる。できないものはできない」

ぼくはじっとルーシーを見つめた。その瞬間、教えてやれたらいいのに、と心から思った。

「よし」ジュリアンが静かな声で言った。「このためにマイクルはここに来た。ルーシー、きみにだってここにいる意味がある。わかるな」

ルーシーは答えなかった。立ちあがって出ていった。

ジュリアンはゆっくりとかぶりを振った。そして腕時計を見た。

「今週やるとしたら、いまがそのときだ。みんな、しっかり自分の役をつとめるんだ」

ジュリアンはぼくへ手を差し伸べて立ちあがらせた。

「きみを呼んでよかったよ」そう言って、壁に貼られたある地図の前へ連れていった。ロサンゼルスの全図が目の前にひらがっている。

「天使の街へようこそ」ジュリアンは言った。「今夜どこを制覇するのかを教えよう」

11

ミシガン州　一九九九年六月、七月

そんなわけで、ぼくはそこにいた。パトカーの後部シートに。両手にぴかぴかの手錠が掛かっている。はじめての経験だ。後ろ手にはめられたわけではないので、すわったままよく見ることができ、これを解錠するのはどれくらいむずかしいのかと考えていた。

ふたりの巡査はぼくに口を割らせるのをあきらめ、後ろのシートへ押しこんでミランダ警告を言い渡そうとした。あなたには黙秘する権利があります、とかいうやつだ。こちらがそれを承認するときになって、おもしろいことになった。ぼくはうなずいてみせたが、巡査の一方がそれでは不十分だと言った。口頭で伝えなくてはならないという。どうにもならないので、ぼ

くは手錠をはめられたままで長々と手話を披露し、事情を伝えようとした。

「耳が聞こえないんだ」ひとりがもう一方に言った。

「どうしたものかな」

「権利について読ませて、理解したという書面に署名させるしかない。たぶんな」

「なら、ミランダ警告のカードを渡してやれよ。それを読ませりゃいい」

「持ってないんだ。おまえのを渡してやれ」

「なんだと？　おれも持ってないさ。いま読みあげたばかりなのに持ってないとはどういうことだ」

「読みあげたわけじゃない。暗記してあるんだ」

「やれやれ。じゃあ、どうする」

「とにかく署まで連れていこう。扱い方がわかるやつがいるだろう」

ぼくは耳が聞こえることを伝えようとしたが、こうなったらどうでもいいと思った。たぶんこのふたりはぼくに話しかけなくなるだろう。このころにはパトカーがもう二台増えていた。通りの向こうのパーティー客が、いまでは群がってこちらを見物している。

アトランティック・ストリートにあるミルフォード署へ、ぼくは連行された。実は酒店の角を曲がってすぐのところだ。もう夜半を過ぎていた。一時間ぐらい取り調べ室に留め置かれたあと、ぼくを捕まえたふたりの巡査が別の男ふたりといっしょにようやく現われた。ひとりは刑事で、ぼくを見てずいぶんとまどっているようだ。もうひとりは専門の手話通訳者で、ベッドから引きずりだされたばかりに見える。最初の巡査の一方が話しだすなり、通訳者は仕事をはじめ、ここがミルフォード警察署であること（そんなことはとっくに知っている）と、権利の確認がすむまでは取り調べを進められないことを手話で伝えた。

ぼくの番になったので、ほこりをかぶっていた手話をいくつか動員して、知らせるべき一大事を伝えた。

自分を指さしてから両手を前にやり、アンパイアがセーフの合図を出すように横に開く。それから右の耳を指さし、両の手のひらを見せてから合わせる。

「わたしの耳は聞こえます」通訳者が言った。内容を理解するよりも早く、ぼくに成り代わって反射的に話している。

「きみはマイクだな」刑事が言った。「リートの甥っ子だろう？　あそこの酒店の」

そうだとうなずいた。

「ちゃんと聞こえるんだ、抜け作ども」刑事は巡査ふたりに言った。「しゃべれないだけだ」

気まずい空気が流れ、手話通訳者は憤然と退出した。刑事はぼくの権利を読みあげ、承認の欄に署名させた。そのあいだふたりの巡査は、策にはまって大恥をかかされたと言わんばかりの目でぼくを見ていた。それから刑事が法律用箋をぼくに渡し、何か言いたいことはあるかと尋ねた。ぼくは大きく〝いいえ〟と書いて、用箋を押しもどした。

指紋をとられた。酒気検査もされたが、このときのぼくには、まったくのしらふだという自信があった。そして、名前と事件番号の書かれた小さな札を持たされ、正面と横顔の写真を一枚ずつ撮られた。そのあと、警察はぼくを独房に入れ、リート伯父を呼んだ。

一時間ほどそこにいると、廊下の奥から足音が聞こえた。房のドアには監視用の小窓がついている。リート伯父の顔がガラスの向こうに現われた。目が大きく見開かれ、髪が漫画から抜けだしたように突っ立っている。さらに半時間が過ぎた。巡査が来て、ぼくは別の取り調べ室へ連れていかれた。ひとりの女が待っていた。もう午前二時になっていたはずだが、その女は眠そうではなく、きちんとした身なりをしていた。

「伯父さまの依頼であなたを弁護することになったの」ぼくが真向かいにすわるとそう言った。「ここを出る前に、少し話しあいたいことがあってね。まず第一に、ここまで自分の身に何が起こったかをすべて理解している？」

弁護士はぼくのために法律用箋を用意していた。ぼくはペンを手にとって〝はい〟と書いた。

「警察はまだ調書をとっていないと思う。まちがいないわね」

〝はい〟

弁護士は大きく息をついた。「警察は共犯者がだれかを知りたがっているの」ようやく言う。「教える気はある？」

ぼくはためらい、それから書きはじめた。〝何も言わなかったらどうなりますか〟

「マイクル、これだけはわかってほしいの。何もかも話してもらわなければ、あなたを助けることはできない。だれといっしょだったかを知る必要があるのよ」

ぼくは目をそらした。

「教えてくれる？」


帰って眠りたい、と思った。あすゆっくり考えよう。

「忍びこんだ家の向かいでパーティーがあったそうね。きっと警察はそこにいた全員から話を聞いている。きっとだれかが見ているでしょうね……あなたの友達が何人か逃げるところを」

友達はひとりだ、と思った。友達がひとりと、どうでもいい他人がふたり。だけど、グリフィンを巻きこまずにあのふたりだけを引き渡すにはどうしたらいいか、ぼくにはわからなかった。たとえグリフィンがもうウィスコンシンへ行っているとしても、どうにもならない。警察は見つけだして連れもどすだろう。

「あなたの車ね」弁護士は言った。「マーシュ家の先に停めてある車は」

ぼくはうなずいた。

「そもそも、あなたはマーシュ家のことを知っているの？　あなたはそう信じさせたいようだけど、自分ひとりでわざわざ車で出向いてあの家に押し入るにはかならず理由があるはずよ」

　ぼくは目を閉じた。

「わかった」弁護士は言った。「このことはあした話しましょう。家に帰って休めるように、ここから出してもらう手続きをしてきます」

　さらに半時間待ち、それからぼくは房から出た。弁護士はぼくたちを家まで車で送った。リート伯父は助手席にいてひとことも話さなかった。ぼくは後ろにすわっていた。家に着き、伯父は弁護士に礼を言って車からおりた。ぼくもそっとおりて伯父のあとにつづいた。大きな雷が落ちるのを待ちかまえていた。とんでもないことをしやがって。いったい何を考えてるんだ。そんな感じのことばを。殴られるかもしれない、とも思った。はじめてのことだ。ところが、伯父はただ玄関のドアをあけてぼくを中へ入れた。

「もう寝ろ」伯父は言った。「朝になったら考えよう」

　ぼくは家の奥にある自分の部屋へもどって、服を脱いだ。横になって明かりを消すと、戸口に伯父のシルエットが見えた。

「あの弁護士にいくら払うか、わかってるのか」

　ぼくは暗い天井をじっと見た。

「こんなにひどいとは知らなかったよ、マイクル。そりゃあ、おまえが大変な目に遭ったことはわかってるが……」

　いや、わかってない。

「もう乗り越えたと思っていた。真っ当にやってるってな」

　伯父はドアを閉めて立ち去った。眠りに落ちるのと同時に、あの水槽がふたたび砕け散るのが見えた。水が床へ流れる。魚が横たわり、驚いたように口を大きくあけているのも見えた。


　翌朝遅くに目を覚ましたぼくは、最悪の事態を覚悟した。きょうじゅうには、監獄か非行少年が送られる施設へ連行されるのではないだろうか。郡の検察官が朝から二度目の頭痛と格闘していることなど、まだ知りようもなかった。

「では、状況を説明しますね」オフィスでぼくたちふたりが腰をおろすなり、例の女の弁護士は言った。「警察は、マーシュ邸が昨夜十時半ごろに侵入を受けたと考えています」黄色い用箋を見て読みあげる。「侵入したのはマイクルと人数不詳の共犯者」

「名前を知りたい」リート伯父がぼくに言った。「聞こえたろう？　そいつらの名前を書きだせ。いますぐに」

「ひとまずそれは保留しましょう」弁護士は言った。自分のメモ帳へもどる。「警察によると、通り向かいのパーティーに参加していた多数の目撃者が、パトカーの到着時にふたりから五人の若者が現場から逃げたと言っているそうです。人によって数がちがうのは珍しいことではありません。それでも、若者のひとりがずいぶん大柄だったと何人もの目撃者が証言しています」

反応を探るような目で、弁護士はぼくを見た。

「そのことから、現場にいたのはミルフォード高校のブライアン・ハウザーという生徒だろうと考えられています。アダム・マーシュとのあいだにちょっとした因縁があるようですね。何か思いあたることはあるかしら、マイクル」

ぼくはじっとしていた。

「告発の内容を見るかぎり」弁護士はつづけた。「無理やり侵入した形跡はないとのことです。警察は裏口の戸が施錠されていなかったと見ています。そのため、侵入したい者にとっては願ってもないことでした」

安全ピンは無視か、と思った。ドライバーもだ。警察はどちらも逮捕時に没収したのに、ぼくがそれを使って錠をあけたとは考えもしなかったらしい。

「居間の大型水槽が壊されていました。おそらく暖炉の火掻き棒を使ったのでしょう。大量の水のせいで敷物と家具が損害を受けました。ところが、中の魚はキッチンのシンクで無事発見されたそうです。水槽を壊したあとで、魚がかわいそうになったのでしょうか。それとも、何もかも偶然だったのか」

リート伯父が穴のあくほどぼくを見ているのが感じられた。

「大きな横断幕がアダム・マーシュの寝室で見つかりました。書いてあったのは、ミルフォード高校がいけてるとかなんとか。その部屋はほかに被害はなく、家から何か盗まれたという報告もありません」

「じゃあ、押しこみ強盗じゃないわけだ」リート伯父が言った。「つまり、何も盗まれていないなら……」

「不法に他人の家に押し入って何かすれば、厳密にはやはり窃盗罪になります」

「しかし、そこまで深刻なことじゃあるまい」

「それでも重罪ですよ。相手の出方しだいですけれど」

リート伯父の手がぼくの腕にふれた。「マイクル、いっしょにいたのはだれだ。そいつらの名前を知る必要があるんだよ。そいつらに無理強いされたと申し立てようじゃないか。実際、そうなんだろう？　警察が言ってる大柄な若者ってのがそいつなんだな。ブライアン……なんだったか」

「ブライアン・ハウザーです」弁護士は言った。

「ブライアン・ハウザーか。そいつだろう？　おまえをそそのかしたのは」

「実のところ」弁護士が口をはさんだ。「その質問に関して、すぐにはっきりした答を求めるのはどうかと思います」

「どういうことだ」リート伯父は言った。「なぜ答を求めなくていい？」

「つまり、その若者が関係していようといまいと……

言ってみれば、それが未解決のままなら、こちらに有利かもしれないんですが」

「よくわからん」

「事情はこうです」弁護士はメモ帳を置いた。「けさ検察官と話をしたんです。真っ先に、気になっていた点を相談しました。警察がマイクルを逮捕したときの扱いと、あなたに連絡をとるまでにかかった時間についてです。警察の側にちょっとした誤解があったにしても、好ましいことではありません。未成年者がかかわっていれば特に」

「だとしたらどうなる」リート伯父は言った。「だからマイクルは無罪放免になると?」

「無罪放免というわけにはいきませんけれど、警察側の別の事情も考えあわせると、情状酌量の余地がかなり与えられそうです」

「別の事情というのは?」

「ブライアン・ハウザーです。マイクルの供述が得られていないのに、警察は早くもブライアンの家へ行きました。さっきも申しあげたように、目撃者の証言と過去の因縁だけで目星をつけたわけです。おそらくマーシュ家と話をして情報を得たんでしょう。でも、その判断は早計でした」

「何がまずいんだ」

「ブライアン・ハウザーの父親がミシガンの州警察官であることはご存じですか」

「いや。それが何か?」

「ミスター・ハウザーはブライアンがパーティーでひと晩じゅう家にいたと言い張っています。一度も家を離れなかったと」

「息子をかばってるんだ。父親なら当然じゃないか」

「おそらくそうでしょう。今回がはじめてだとも思えません。ただ、地元の警察の立場になってみてください。州警察官から、自分の息子はぜったいに関与していないと言われたんですよ」

「で、結局どうなると？」

「つまり、この件をことさらに追及したい者はいないということです。検察官はふれたくもない様子でした」

「じゃあ、マイクルに紙をやってくれ。いまここで名前を書かせよう」

弁護士はためらった。「言い換えましょう。ほかの少年たちを道連れにしようとしまいと、マイクルはなんらかの咎めを受けることになります。ひとりでそれを受ければ、だれもが助かるんです」

「じゃあ、マイクルはひとりで罪をかぶることになるというのか。あんたが言いたいのはそういうことか？」

「わたしが申しあげているのは……各関係者の意向を汲んで……もちろん、マイクルの身の上の特殊な事情も考慮して……」

しばらく沈黙が訪れた。窓の外から、通りを行き交う車の音が聞こえる。

「で、結論は？」リート伯父はようやく言った。「最終的にはどうなるんだ」

「一年間の保護観察です。それで告発は取り消されます。記録にまったく残りません」

「それだけか？」

「何かの奉仕活動をすることになりますね。幹線道路脇のごみを拾うとか。判事がもっと創造性のあることを考えつけば別ですが」

「たとえば？」

「多少とも修復的正義にかなうことです。最近はそういったことが重んじられていましてね。加害者に被害者の損失を修復させるんです」

「じゃあ、傷んだところを修理するとか？」

「それもあるでしょうね。ありとあらゆる形が考えられます。決めるのは判事と保護観察官。それにミスター・マーシュです。被害者ですね」

というわけだった。この日得た大きな教訓はけっして忘れまい。法体系というものがさまざまな規則の集合体だと思ったら、大まちがいだ。現実にはひと握りの人間がのんきに話しあいながら、人をどう処分するかを決めている。決めたあとで、適用するのに必要な規則を引っ張りだす。その連中にきらわれたら、お先真っ暗だ。駐車違反のチケットを切られただけでも、刑務所行きのバスに乗る羽目になる。逆に、手加減したほうが得だと見なされた場合には、大目に見てもらえる。

そんな具合に事は運んだ。さらに数日がのろのろと過ぎていき、そのあいだにもう少し議論が重ねられた。やがて巡回裁判の法廷で、ぼくは弁護士が有罪の答弁をするのを起立して待ち、出直しのチャンスがあるのはいかに幸運かと判事が説くのに聞き入った。

つぎの日、ぼくといっしょに会議室にすわっていたのは、保護観察官と、ぼくが押し入った家の持ち主だった。ミスター・ノーマン・マーシュ。大柄で、度を超すほど日焼けし、やたらと声が大きく、どこから見ても熱血漢だ。息子が高校のフットボールのスター選手だというのもうなずける。その気になれば即刻ぼくを殺せただろう。その目を少しでも見れば疑いようがなかった。けれども、この顔合わせの目的は、今回のプログラムの趣旨を互いに確認することだった。ぼくはみずから罪を認め、夏のあいだミスター・マーシュのために修復作業をすることになっている。マーシュは背筋《せすじ》をまっすぐ伸ばして椅子に腰かけ、申し分のないスーツとネクタイを身につけて毅然としていた。ぼくの手を強く握ったが、満を持して骨を砕こうというほどの力ではなかった。

「お互いにとっていい経験になるだろう」マーシュは言った。「わたしは寛容というものをいくらか学べるかもしれない。それに、これまでの人生経験を若いマイクルに少しでも伝えられたらと思っているよ」

それが完全無欠の発言で、保護観察官がこの上ない感銘を受けたのは明らかだった。このプログラムがすでに成功したと見ているらしい。それどころか、奇跡の少年を正しい道へ導いたとして新聞に載る好意的な記事を想像しているのかもしれない。ここにも夢見る精神科医がひとりいた。

あの事件からもうすぐ二週間が経ち、ひとりで罪をかぶったぼくが翌日の正午きっかりにマーシュ家に出向く準備をしていたときのことだった。その夜は店の外にいて、リート伯父の車の後部シートにすわっていた。本物の猛暑がはじまった夜だった。鉄道橋の橋脚の上で、ふたつの黄色のランプが点滅している。上。下。上。下。

メイン・ストリートを走っていく車に目をやった。窓をあけた車もあり、そこから音楽が夜の大気へと押しだされて、火の点いた煙草の灰が尾を引いていく。あのなかのどれだけの人間が、これから家に帰ってテレビを観たり遅い夕食を食べたりするんだろう。ひとりで乗っているやつは、このミルフォードから離れた遠い町へ向かう途中にちがいない。もしそいつが、酒店の冴えない照明の下にすわっているぼくを見かけたら、一生ここを離れない地元のふつうの若者だと思うだろう。ぼくの身の上や、六月のあの日のことや、九年間沈黙していることなどを知るはずもない。保護観察中の身で、ぜったいにどこへも逃げられないことも。

それから一時間が過ぎたが、少しも涼しくならなかった。気温が一度もさがらない。あすの暑さが思いやられた。やがて、一台の車がやってきた。ヘッドライトが素通りせずに、顔をまともに照らしだし、ぼくの目をくらませた。車は駐車場にはいって停まった。エンジンが切られても、熱のせいでまだ小さな音を立てている。ドライバーは出てこない。中にすわったままだった。

おなじみの車だった。赤のシボレー・ノヴァ、格子柄のシート。そのうちドアをあけて出てくるだろうと思い、ぼくはそのまま待ちつづけた。ゆうに一分が過ぎた。もう一分。そこで、リート伯父の車の後ろから滑りおり、シボレーへ歩み寄った。

グリフィンが運転席にすわっていた。顔を照らすのはかすかな明かりだが、泣いているのがわかる。ぼくは助手席側へ行ってドアをあけ、隣に腰をおろした。

「ここにいてもだいじょうぶなのか」グリフィンは言った。

ぼくは両手をあげた。あたりまえだろ。

「つまり、安全なのか？」

ぼくは両手を握って胸の前で交差し、それから手を開いた。顔つきでもこう伝える。もちろん安全さ。

「自首しようと思った」グリフィンは言う。「本気でそう思った」

ぼくは両手をおろした。

「嘘じゃない。そうするつもりだった」

ぼくは右手でYの字を作って額の前で振った。ばかげてるよ。

「まだできる。おれにそうしてほしいか。そうすれば、少しはおまえの役に立つか」

ぼくは首を左右に振った。

「ほんとうか？　何もかも話したっていいんだぞ」

意図したよりも少しだけ強く、ぼくはグリフィンの肩を叩いた。

「ほかのやつらは」グリフィンは言った。「これっぽっちも気が咎めてないんだろうな。悶々としてなんかいないさ、おれとちがって」

ぼくはうなずきながら思った。そうか、どうもありがとう。そして窓の外を見やった。

「いまも悔やんでるよ。おれはウィスコンシンへ行く。秋に新学期がはじまる前に、サマースクールがあるんだ。おまえひとりをここに見捨てていくなんて」

グリフィンはしばらく考えこんだ。

「そうは言っても、あと一年でおまえも卒業だ。おまえも美術学校にかようんだろう？　またウィスコンシンでいっしょになるかもしれない。そうなったら最高だよ」

ぼくは肩をすくめた。グリフィンはまた少しだまった。

「借りができたな」ようやく言う。「いいか。ごまかしでもなんでもない。どんな望みでも言ってくれ。ほんとうにすまないと思ってる」

ぼくはもう一度うなずいたあと、車をおりてグリフィンが去るのを見送った。グリフィンはいくらかでも気が晴れたんだろうか、と考えずにはいられなかった。そう、グリフィンはやましさを捨てきれないだろう。いっそう悩まされるかもしれない。ぼくのそばで気が休まることはもうけっしてない。グリフィンはただひとりの親友だった。その親友がいま町を離れ、ぼくは二度と会わないだろう。

そのとおりになった。


つぎの日、マーシュ家へ車で向かった。遅刻をすればワンストライクとられると思い、十一時五十七分に着いた。あの家にまた来ているのが妙な気分だった。昼間のほうがずっと大きく見え、白い塗装がまぶしくてサングラスが必要なほどだ。ほんの二週間前の夜に停めた場所から数ヤードしか離れていない路上に駐車した。日差しに頭を焼かれながら、玄関まで歩く。ドアをノックして待った。

ミスター・マーシュがドアをあけた。申し分のないスーツとネクタイではなく、きょうは白い袖なしのスポーツシャツと体に密着した青いショートパンツといういでたちだ。ヘアバンドまではめて、仕上げは完璧だった。

「きみか。来たんだな」

選べる自由があるとでも？

「こっちへ来なさい」ドアをあけたまま背を向ける。

ぼくはドアを閉め、あとに従った。

「わたしの書斎でちょっと話そう。これを見たあとでな」マーシュはぼくをまず居間へ通した。水槽が取り替えられていて、前と同じ魚が何事もなかったかのように泳いでいた。ほかのものも、見たかぎりではすっかりもとどおりになっている。侵入の跡はどこにも残っていなかった。

「千二百ドルかかった」マーシュは言った。「新しい水槽やら、水浸しになった敷物やら家具やら……」

マーシュはそこに立って、ぼくが何か反応を示すのを待った。いまのことばに納得するのを。

「きみが直すまで待つという手もあったが、まあ、そんなことをしても意味がなかろう。きみが何をするというのか。ガラスを接着剤でつなぎあわせるとでも？」


自分自身と議論してどうするんだ、と思った。こっちも何かしたほうがいい。ぼくは両手を数インチあげてから、脇に垂らした。

「ああ、そうだろうとも。まったくそのとおり。そうとしか言いようがない」

マーシュは向きを変え、階段の少し先にあるドアの前へ行った。そのドアをあけ、はいれと手で示す。一度目のときには来なかった部屋だ。ひとつの壁には黒っぽい木の本棚、別の壁にはプロジェクションテレビの大スクリーンがある。三つ目の壁には裏庭に面した大きな見晴らし窓、そして四つ目の壁にあったのは、見たこともないほど巨大な魚の剝製だった。ばかでかいクロカジキで、少なくとも八フィートの体長に加え、とがった鼻が三フィートはある。詰め物をされて固定され、ラッカーを塗られていて、いまにも水がしたたりそうなほど本物そっくりだった。

「すわりたまえ」マーシュは机の前にある客用の革張

り椅子を示した。自分は机の向こうにすわり、巨大な魚を頭の真後ろに従える。握力増強用の小さなゴムボールを取りだして握りはじめた。いつまでも口を開かない。ひたすらぼくを見つめ、ボールを強く握っていた。

「こいつはキーウェストで釣りあげた」ようやく言ったが、その魚を見あげもしなかった。「三時間こいつと戦ったよ」

またボールを握りしめた。ぼくから目をそらさない。

「ああ、認めよう。いまはまだ少しばかり迷いがある。心の一部分では、すぐにもきみを殺したいと思っている」

ことばを切ってぼくを見る。効き目をうかがっているにちがいない。

「そして残りの部分では、ただただ叩きのめしたくてたまらない」

こんなはずじゃない、と思った。保護観察官の言ったことと話がちがう。

「きみに訊きたい。自分の家に押し入られたことはあるか」

ぼくは首を横に振った。

「どんな気持ちがするか、少しでもわかるか」

また首を振った。

「暴虐のかぎりを尽くされた気分だ。だれかにはらわたへ手を突っこまれたような……」

ボールを持ちあげ、渾身の力で握りつぶす。

「何かを奪われて、二度と取り返せない気分だと言ってもいい。心の安らぎを。自分の家にいれば安全だという思いを。わたしの言わんとすることがわかるか」

ぼくはじっと見返した。

「なんにせよ、話せないのは困ったものだな。いったいどうなってるんだ」

マーシュは空いている手を伸ばし、ぼくのほうからは反対向きに置いてある写真立てをつかんだ。

「きみと同い年の娘がいてね」マーシュは言った。「あの事件以来……この家が荒らされてからというもの……」

写真立てをぼくに向ける。娘の顔が見えた。

「ただでさえ娘がつらい思いをしてきたことだけは言っておく。母親がいなくなってからだ」

一瞬、沈黙する。

「母親が自殺してからだ。数年前だった。こんな話をするのは、娘が以前からどんな目に遭ってきたかを教えるためだ。いいな？　アメリアはあれ以来ずっと自分の世界に閉じこもっていた。よくわからないが、少しずつ立ちなおっていたのかもしれない。だがそんなときに……くそっ、家に押し入られて……あの子がどんなに恐ろしい思いをしたかは想像を絶するほどだ。きみにはわからんだろうな。見当もつくまい」

写真の女の子はフードつきのスウェットシャツに身を包み、背後の湖から吹く風に髪をなびかせていた。笑ってはいない。

だけど、美人だった。

「いつかきみに子供が授かることを神に祈ろう。できればアメリアのような娘が。そして、きみの家がつまらん最低のごろつきどもに押し入られて、その娘が震えあがることを祈ろう。そうなれば、いまのわたしの気持ちがわかるだろう」

アメリア。その名を耳にしたのはこのときが最初だった。アメリア。

マーシュは写真立てをもとの向きにもどした。ぼくは空っぽの胃がひりつくような、いやな感覚を腹で味わっていた。アメリアが自分の家で怯えていると思うだけでもいやだった。少なくともいくらかは、ぼくの境遇と似たところがある。寝室で見たあの絵を描いた女の子だ。

「こっちは息子だ。アダムは……」マーシュは机にある別の写真を手にとった。前の写真の二倍の大きさがあり、それだけでも何かを物語っていた。

「全額支給の奨学金でミシガン州立大学にかよう。わたしの母校だ。夏の強化合宿でもう向こうへ行っている」

光り輝く息子の姿を拝めるように、写真立てがこちらへ向けられた。レイクランド高校のユニフォームを着たアダムが、ヘルメットに片手を置いて地面にひざまずいている。

「ここで何があったかはわかっている」マーシュは言った。「なぜきみたちがこの家に押し入ったのか。なぜアダムの寝室にあの横断幕を飾らなくては気がすまなかったのか。四年にわたって息子にフィールドで叩きのめされたあとだ。そう、さぞ不満がたまっていたんだろう。その点はわからないでもない」

マーシュはそう言って、はじめての笑みを見せた。アダムの写真を机の上にもどし、ちょうどよい場所におさまるまで入念に位置を調整する。それから抽斗をあけ、小さなメモ用紙とゴルフ用の鉛筆を出した。机の上を滑らせて、ぼくのすぐ手前までそれを押しやった。

「そこで、訊きたいんだがね、マイクル。名前をいくつか書く気はあるか」

マーシュは椅子にもたれ、ボールを左右の手で交互に移動させはじめた。

「むろん、法廷では明かされなかった。つまり、これはきみとわたしだけの秘密だよ。この部屋から漏れることはない。あの夜、きみといた一味のひとりがブライアン・ハウザーだったことはわかっている。あいつがここにいなかったという戯言《たわごと》はもうやめようじゃないか。そこまではいいか？」

ぼくはじっとすわっていた。

「ブライアンの仲間でクォーターバックの……トレイ・トールマンか？　ボールを四十ヤードも投げられないやつだ。あいつもいたんだろう？」

また少し沈黙があった。

「ふたりが以前友達だったのは知ってるか？　アダムとブライアンのことだ。まだ中学生だったんだが」

マーシュは話を中断して思い出にふけった。

「その後、ブライアンは別の高校へ行き、アダムに卑劣なふるまいをするようになった。一度アダムは膝を砕かれそうになったんだよ。将来を台なしにされるところだった。ひとりの少年があそこまで急に腐っていくとは、なんとも不思議だよ。おそらく血筋だろう。あいつの父親に会ったことがあるか？　州警察官だと？　役立たずの肉の塊だよ、親子ともな。とにかく、きみがブライアンの身代わりになったのはわかってるよ、マイク。わたしもきみも承知している。だから、もう一度言うが……きみとわたしだけの秘密だ……ここまで納得したら、首を縦に振ってくれ」

ぼくには関係のない戦いだった。ブライアンの罪をかぶったところで、ほかのだれにも感謝されていない。

そうは言っても……

「答を待っているんだよ」

それに、こんなやつはくそ食らえだ。ぼくはひとつの筋肉も動かさなかった。

「おい、マイク。ばかな真似はするな。そんな価値はないぞ」

一日じゅうでもこうしていられる、と思った。この椅子に凍りついているあいだ、あんたはずっとしゃべってればいい。

「わかったよ」とうとうマーシュは言った。「きみがその手で来るならな」

マーシュは立ちあがってこちらへ来た。それでもぼくは動かなかった。両手がぼくの首にかかるのを待ち受けた。

「ひとつ教えてやろう。わたしの電話一本で、きみには別の処分がくだる。保護観察中の行動に問題ありとわたしが伝えればな。わかるか？　きみはほかの非行少年が山ほどいる施設へ送られる。きみのその静けさが向こうの連中に大受けするのはまちがいない。それでもいいのか？」

　ぼくはようやく目をあげてマーシュを見た。

「きみのせいでわたしは実にやっかいな立場にある。きみを監督するのは、そう、正午から四時、週六日だったな。では、さっさとその椅子から立って出ていくんだ」

　ぼくは立ちあがってマーシュのあとにつづいた。マーシュはキッチンを通り、ドライバーと安全ピンで解錠したまさにあのドアへとぼくを連れていった。マーシュがドアをあけて裏庭へ出ようとしたが、そこで急に立ち止まり、ドアノブを見つめた。

「そう言えば……このドアからはいったんだな」

　ぼくはうなずいた。

「最初からあいていたのか」

　首を横に振った。

「じゃあ、いったいどうやってあけた」

　両手にそれぞれ何かを持っているしぐさをした。

「なんとか合鍵を手に入れたのか？」

　ぼくはまた首を横に振り、もう一度同じ身ぶりをした。両方の手。それぞれの手に道具。

「錠をこじあけたというのか」

　うなずいた。

　マーシュはかがんでノブを観察した。「嘘をつくな。引っ掻き傷がついていない」

　なんとでも言ってくれ、と思った。嘘でかまわないさ。

「すばらしいスタートにはならないぞ」マーシュは笑いだしそうな声で言った。「いま言えるのはそれだけだ」

　そこに立って、しばらくぼくを見つめた。

「最後のチャンスだ。この家に押し入ったほかの連中の名前をわたしに教えるのか、教えないのか」

警察にだって教えなかったんだ。あんたに教えるわけがないだろう。

「わかった、もういい」マーシュは言った。「つらい道を行くしかないらしい」

12 ロサンゼルス 二〇〇〇年一月

バイクは敷地の奥にあるガレージへ片づけられた。そして、暗灰色のサーブが出てきた。この面々の車としては少し地味に思えたけれど、ときには地味さこそが必要なのかもしれない。

全員が車に乗った。ジュリアンが運転し、ラモーナが助手席に、ぼくとガナーとルーシーが後部シートにおさまった。ガナーが真ん中にすわったのは、ぼくとルーシーを隔てるためにちがいない。ある種の底流めいたものをぼくは早くも感じとっていた。四人とも六つか七つは年上で、ぼくのことなんか道に迷った子供ぐらいに思っていればいいものを。

午後も遅い時間だった。太陽が海にかかっている。

ベヴァリー・ヒルズまでもどったあと、今回は北上してローレル・キャニオン・ブールバードを進み、ハリウッド・ヒルズへ向かった。曲がりくねる坂道を上へ上へとのぼっていく。道路の両側に邸宅が並んでいた。巨大な貯金箱。これ見よがしな現代建築。いくつかは崖のふちから張りだしていて、谷底へ落とせるものなら落としてみろと地震に挑みかかっているようだった。

マルホランド・ドライブを進み、小さな白い番所にしゃれた制服の守衛がすわっている私道の前を過ぎた。ヘアピンカーブをひとつ、またひとつとこなしていく。

ジュリアンが道路脇に車を停めた。全員が車をおりる。一瞬一瞬に何をすべきか、各自がこの一幕での役割を正確に心得ているらしい。ジュリアンが念入りにあたりを見まわして、人目がないことを確認したあと、砂利敷きの部分のへりへ寄った。そこにはセージなどの低木が密生し、人を拒むかのような深い茂みが谷へとつづいている。ガナーもそこへ近づき、ジュリアンを軽く抱擁してから、残りの三人に手を振って、茂みのなかへ姿を消した。

ラモーナが双眼鏡で眼下の谷を監視する。ジュリアンは携帯電話を取りだす。ガナーが谷をくだっていくのをふたりが見守るかたわらで、ルーシーが車のトランクをあけた。

「ほら」ルーシーがぼくにジャッキを手渡した。「あんたの仕事だよ」

ぼくはタイヤのほうを手で示した。どれを？

「どれでもいいって。好きなのを選んで」

右の後輪が平らな面に載っているように見えたので、ぼくはそこにジャッキを嚙ませ、受け口にラグレンチをはめてまわしはじめた。手堅い作戦だ。だれかが車で通りかかっても、ぼくたちがここにいるのをまったく不自然に思わないだろう。必要に迫られたときは片づけて走り去ればいいし、あとでもどることもできる。

「標的は二階にいるよ」ラモーナが言った。「護衛の姿は見えない」

ラモーナは監視をつづけている。ジュリアンは電話を待っているふうだ。ぼくは車の近づく音に備えて、タイヤ交換にいそしむふりをした。ルーシーはうろうろと歩きまわり、ひとりごとをつぶやいている。ほかの全員を合わせたよりもずっと神経をとがらせているようだった。

ついに、電話が低いうなりを発し、ジュリアンの手のなかで跳ねたように見えた。ジュリアンはボタンを押して耳を澄ました。

「いま護衛の位置を確認してる」ジュリアンは言った。

「そのまま少し待ってくれ」

ラモーナは双眼鏡をのぞいたまま、四方にゆっくり動かしていた。

「いたよ」ようやく口を開く。「護衛はいま二階にいる」

谷を見おろすと、四分の一マイルほど下に私道が一本延びていた。道の向こう側には、ここにもまた強烈な印象を与える現代建築の大きな邸宅が建っている。まばゆい金属とガラスの集合体だ。庭は砂利敷きで、木々が日本風に刈りこまれている。車体の長い黒のセダンが馬蹄形の車寄せに停まっていて、玄関のドアの一部を覆い隠していた。

見つめているうちに、抑制のきいたすばやい動きで人影が道を横切った。急いでいるがあせってはいない。人影はセダンをまわりこみ、玄関のドアのすぐ前で立ち止まった。

「あたりに人はいない」ジュリアンが電話に向かって言った。

ガナーがドアをあけて中へはいり、ドアを閉めた。

そのとき、車が近づく音が聞こえた。ぼくはトランクの後部を叩いて、みなに合図をした。双眼鏡と携帯電話が隠され、ぼくは車の脇にまわってタイヤを調べるふりをした。

小型の赤いポルシェがギアチェンジしてカーブを曲がってきた。サングラスと金髪が目にはいり、そのまま車は走り去った。スピードを落としさえしなかった。

ラモーナがまた双眼鏡を目にあてた。

「あとはガナーしだいね。そっちは何か見える？」

「いや」ジュリアンが言った。「だれも見えない。どこにも」

「ああ、もう、落ち着かない」

「ガナーは平気さ」ジュリアンが言った。「わかってるだろう」

「向こうはきっと家のなかに銃を持ってるのよ」

「平気だったら」

「お酒が飲みたい」

「なんの助けにもならないよ」

「あなたにはね」

「ちょっと、ふたりとも」ルーシーが言った。「少しだまっててよ、いい？」

「ガナーは平気だ」ジュリアンが言う。「みんな、こんなところで取り乱すんじゃない」

「いいからだまってて！」

それから数分間、だれも何も言わなかった。いつもこんな調子だとしたら、なぜこの四人がプロ中のプロなのか、とぼくは不思議でならなかった。ルーシーがラモーナから双眼鏡を奪って屋敷をのぞいた。ジュリアンは遠くに並ぶ家々に目を配り、ここに立っているぼくたちに気づく者が現われはしないかと一帯を監視しつづけていた。

そのとき、携帯電話がふたたび震えた。ジュリアンは応答せずにただ視線を投げた。

「潜入完了」ジュリアンは言った。「無事だ」

「引きあげましょう」とラモーナ。

ラモーナはルーシーを引き連れて、後部ドアを開いてやった。ぼくはジャッキをはずしてトランクにしまった。数秒後、全員が席につき、ジュリアンが砂利をはじき飛ばしながら車を出した。

「落ち着いて」ラモーナが言った。「みな殺しにしないでよ」

「この時間が大きらい」とルーシー。「全員いっしょにいるべきよ。どんなときも」

「これしか方法がないんだ」ジュリアンが言う。「あいつはうまくやる」

「いま何時？」ラモーナがそう言って腕時計を見た。

「何時間かつぶさないとな」ジュリアンが言った。

「着替えに行く余裕はたっぷりある」

「この子はどうするの」ラモーナがシート越しにぼくを見た。

「ああ、そっちの時間もある」とジュリアン。「マイクル、ちょっと買い物に行かないか？」

何がどうなっているのか、ぼくにはまだわからなかった。ガナーがだれかの屋敷に忍びこみ、残りの者がガナーを置き去りにしたとしか思えない。買い物に行くために。

さて、ぼくがこの相手に振りまわされているように聞こえるだろうが、ここでわかってもらいたいのは……そう、ゴーストがぼくの頭に叩きこんだルールだ。おまえは専門家だ。いつも事にあたる前に、何が起こるのかを正確に理解しろ。納得できないときはかかわるな。だけどゴーストは、白いポケットベルに連絡してくるのは最高のチームだ、とも言っていた。たしかに型破りではあるが、安全は保証する、と。じゃあ、いまはどうすべきだろうか？　よくも悪くも、ぼくは成り行きにまかせることにした。とりあえず、しばらくは。

そして、ぼくたちはベヴァリー・ヒルズにいた。ジュリアンがロデオ・ドライブに車を停め、ぼくは最初に出くわした高級ブティックへ連れこまれた。

「よし、これをどうにかしよう」ジュリアンが言う。

「まるごと取り替えて、ここを出るぞ」

何を言われているのか見当もつかなかったけれど、しばらくで意味がわかった。女ふたりがしゃれたスーツの売り場へぼくを引きずっていき、着せ替え人形のようにぼくの体に服をあてはじめた。ルーシーが選んだのは、こんな色の服がこの世にあるのかと思うほどの鮮やかな赤のスーツだった。

「本気なの？」ラモーナが言った。「黒はどう？」

「黒なんて工夫がなさすぎ」とルーシー。「もっと想像力を使いなよ」

「これじゃサンタクロースみたい。必要なのはそういう効果じゃないのに」

「サンタになんて見えないって。まるで魔王よ。ものすごく悪そうに見える」

「一日ここにいられるわけじゃないんだ」ジュリアンが言った。「黒のスーツにしよう。ルーシー、どうしてもと言うなら赤いシャツを選んできてくれ」

こうして、ヨーロピアンカットの黒いスーツと体に密着した赤いシャツが選ばれた。襟はない。金の鎖が二本。細い黒革のベルト。素足に黒の革靴。手直しをする時間はなかったので、スーツは少しゆるい。でも、ジュリアンはかまわないと言う。そのほうが好都合らしい。

ジュリアンが代金を支払った。ここでひとつ言っておこう。プロの金庫破りになろうなんて考えるものじゃない。ベヴァリー・ヒルズでブティックを開いたほうがいい。労働条件はずっと恵まれているし、おまけにはるかに儲かる。

そのあと、三人はぼくをヘアサロンへあわただしく連れていき、ちょっと整えてやってくれと美容師のひとりに頼んだ。ぼくの自分で切った髪を見やった美容師は、手の施しようがないと言った。それでも、ジュリアンが二十ドル札の束を握らせると、俄然やる気を見せはじめた。

「よし、仕上げだ」歩道へ出ると、ジュリアンが言った。ぼくがかけていた安物のサングラスをつかみとり、ごみ缶へ投げこむ。それから小じゃれた〝アイウェア〟を扱う店へ行き、今回はぼくの新しいサングラスをめぐって、女ふたりがこの午後二度目の熱い戦いを繰りひろげた。これでぼくは、谷間の家に身をひそめている哀れなガナーから一同の気をそらす役には立てたと思う。

やがて、ばかばかしいほど高価な新品の金縁サングラスをぼくにかけさせてから、三人はそろってこちらを観察し、何回かその場でぼくを回転させた。まずまずとの評価がくだった。それから四人で車に乗り、サンタモニカの家へ帰った。

ほかの面々が着替えに行ってしまったので、ぼくはどうしたらいいかわからず、ひどく心もとない気分で椅子にすわっていた。話せたらいいのに、と思った。そう、こういうときこそ、しゃべれば効果てきめんだ。まあ、立ちあがってドアから出ていくのも効果てきめんだけれど。

ジュリアンが階段をおりてきたが、ぼく以上にめかしこんだ恰好だった。しゃれたスーツは作りたてのクリームの色だ。しっかり襟のついた紫のシルクシャツを合わせていて、何もかもが特注であつらえた品のように見える。手にコロンの瓶を持っている。そこから少量を手のひらにとり、ぼくの頬を叩いた。

「いい男だ」ジュリアンは言った。「この街の人間に見えるよ」

ジュリアンはキッチンのシンクで手を洗った。それからグラス二個に赤ワインを注ぎ、一方をぼくに渡す。腰をおろさずに、そのまま窓へ歩み寄り、外をながめたあと、キッチンにもどって時計を確認した。そしてまた窓辺へ行った。

さらに三十分が過ぎた。ようやく女ふたりがいっしょにおりてきて、階段にハイヒールの音を響かせた。

ラモーナは黒。ルーシーはかすかに光るワイン色に装っていた。体の線を際立たせ、胸も脚も大胆に露出している。髪はアップにしてまとめてある。口紅と、濃く長いまつげ。きらめくアイシャドウ。化粧をすると、特にルーシーは別人のように見えた。左右の目のちがいがいっそうはっきりするのに、どういうわけか身震いさせられるほどきれいだった。

ジュリアンがふたりを見て微笑んだ。「どう思う?」ぼくに尋ねる。「合格かな」

「どのぐらい経った?」ルーシーが言った。「いまごろガナーはおかしくなってるはずだよ」

「あいつの性格はわかってるだろう」ジュリアンが言う。「禅の達人だよ」

「ねえ、行こうよ。ただ待ってるなんて耐えられない」

ぼくたちはもう一度サーブに乗りこんだ。外はもう暗かった。一月のロサンゼルスの、ひんやりした木曜の夜だ。またサンタモニカ・ブールバードを進んでいく。車がさらに増えていた。もう週末がはじまっている。少なくともぼくにはそう見えた。

ジュリアンは北へ曲がり、ハリウッドのまさにど真ん中へ向かった。サンセット・ブールバードで右折し、つぎつぎナイトクラブの前を通り過ぎる。どこも長い列ができている。やがて、ヴァイン・ストリートを過ぎたところで駐車場へ乗り入れた。道路のすぐそばの区画を選び、フロントを道路側へ向けて駐車する。

「さて。ここからが本番だぞ、マイクル。退屈したふりをしてくれ。それだけでかまわない」

みな車をおりた。サンセット・ブールバード沿いのほかのクラブと同じく、ここにも入店待ちの長い列ができていた。だれもが思いきりめかしこんでいる。ジュリアンはぼくたちを連れて列の先頭へ歩いていった。そこに用心棒がひとり立っていた。シャツがはちきれそうな体つきの、いかにも用心棒らしい融通のきかなさそうな男だ。ジュリアンを一瞥するなり、男は小さくうなずいてロープをはずし、中へ通した。ラモーナとルーシーにも同じように会釈する。ぼくには品定めの目を向けたけれど、すぐに視線をそらした。ぼくは列で待つ連中を一度振り返ってから、前へ進んだ。悠々と中へ歩いていくぼくたちを見て、特に楽しげな者はいないけれど、騒ぎ立てようという者もいないらしい。

建物のなかにはいるや、音楽が耳を襲った。突きあげるような激しいビートが脚を伝って、はらわたに響く。あちこちで閃光がはじける。スポットライトにレーザー光線。すべてが曲のビートに合わせて完璧なタイミングで光る。ダンスフロアまでまだ二十フィートもあるのに、ジュリアンはすでに両手を掲げて振っていた。人ごみを掻き分けてフロアの奥へ進むと、バルコニーに通じる細い螺旋階段があった。階段をのぼったところにも別の用心棒がいた。ひとり目のときと同じく、その男はジュリアンにうなずきかけ、ぼくたちを中へ通した。

バルコニーのテーブルは、ほとんどがもう埋まっていた。金持ちと有名人と美男美女。たぶんそうだ。でも、階下の客たちとのちがいはよくわからない。ジュリアンは、古い劇場のボックス席を思わせる、周囲から仕切られた隅のテーブルへ向かった。ロープをはずしてぼくたちを仕切りの内側へ通す。四人ですわるのにちょうどよい広さだった。

眼下で百人が踊っていて、それ自体が見せ物のようだった。ライトがあらゆるものを赤に、黄に、青に、緑に染めていく。ぼくはすわったままそれに見とれていた。いったい何が起こっているのかと考えながら。谷間のあの屋敷に身をひそめているガナーと、これはいったいどんな関係があるんだろう。

「ご婦人がた、マイクル、飲み物は？」

ラモーナとルーシーは今宵のはじまりにシャンパン

を選んだ。ぼくは肩をすくめた。シャンパンでもなんでも、好きにしてくれ。

仕切りの枠に小さなボタンがついていた。ジュリアンがそれを押すと、五秒ほどで黒のウェットスーツめいた服を着た女がやってきた。胸の中ほどまでファスナーをおろしてある。

ジュリアンがクリスタルのボトルを注文すると、女は去っていった。そして二分後、ボトルとアイスバケットとシャンパングラス四個を持ってもどってきた。音を鳴らして栓を抜き、注ぎ分ける。乾杯の時間だ。ジュリアンがラモーナの目を見つめ、五つの単語を口にした。

「ア・ラ・マーノ・デ・ディオス」

四人で乾杯した。ジュリアンは椅子の背にもたれ、踊る人々をながめながら、ビートに合わせて肩を揺すった。やがて、黒っぽい人影が現われて、ぼくたちのブースに身を乗りだした。

「パーティーがはじまったようですね」

男は長身でやせていた。スーツはピンストライプのはいったダークグレー。白いシャツのボタンが三つ目まではずしてある。髪は後ろできれいなポニーテールにまとめられていた。海のどこかに、冷たい目をこの男に奪われた鮫がいるらしい。

ジュリアンが立ちあがり、握手をしてから片腕で相手を抱擁した。その男はラモーナの手にキスをし、つづいてルーシーにも同じようにした。そしてぼくに近づいた。

「ようやくご友人に会わせてくださるのですね」

「そうだ。ウェスリー、こいつはミハイルだ。遠いモスクワからはるばる来た」

「お会いできて光栄です」男は言った。「旅を楽しまれましたか」

「ミハイルは英語を話さないんだ」ジュリアンは言った。「ひとことも覚える気がなくてね」

男は深い感銘を受けたようだった。「今宵は当クラブのもてなしをどうぞお楽しみください」ぼくと握手を交わす。「わたくしが何をほざこうと、おわかりにならないのは承知しておりますが」

男は自分のジョークに笑った。それからジュリアンの耳に何やらささやく。そして立ち去った。

「鮮烈なご対面だったらしい」ジュリアンがぼくに言った。「きみのことを美少年だと言ってる」

「アメリカ人はロシア人に目がないのね」ラモーナが言う。

聞き流そう、とぼくは思った。こんどばかりは、失言のしようもない自分に感謝した。

ジュリアンはシャンパンをひと口飲んで、腕時計を見た。

「われらが標的ウェスリーが店にいるとわかったから……」

「行くよ」ルーシーが立ちあがってぼくの手をとった。

「あんたとあたしで」

ジュリアンとラモーナは席に残った。立ちあがると、いまの男がバルコニーの反対側で別のテーブルのご機嫌とりをしているのが見えた。ぼくが男のほうへ向かってうなずくと、ジュリアンが小さな笑みを漂わせた。

「ああ、そうさ。あいつが今夜のカモだ」

13　ミシガン州　一九九九年七月

マーシュがぼくを裏庭へ連れていった。もちろん一度来たことがあったけれど、そのときは暗かったうえに、景色のことなどあまり考えていなかった。明るい昼の日差しのなかでは、最近芝が植えられたのがわかり、薄く敷かれた藁のあいだから無数の緑の葉が顔を出しているのが見てとれる。そこは半エーカーほどの広さがあり、奥に並ぶ木々は古いリンゴ園の一角らしかった。

「きみたちは植えたばかりの芝にも気づかわなかった」マーシュは新しく藁を敷いたあたりを指さした。「もう少し待って、きみに直させればよかったよ」

ぼくは地面に目をやり、四組の足跡を見つけた。

「とにかく、本気でこの罪をひとりで償うつもりなら、ここで大いなる孤独を味わうことになるぞ」

いったい何が言いたいんだ？

マーシュは庭を進み、建物から二十ヤードほどのところで足を止めた。そして、そこに置いてあったらしい大きなシャベルを拾いあげた。新品で、黄色いグラスファイバーの柄と、まだ土にふれていない輝く刃がついている。数ヤード離れたところには、一方の柄に値札が貼られたままの手押し車があった。

「きみに何か仕事をさせろと言われている」マーシュは言った。「一日四時間、週六日。期間はこの夏いっぱいだ。なかなかの時間だな」

ぼくにシャベルを手渡す。

「目印をつけておいた。その線にきっちり合わせてくれ」

何を言われているのかさっぱりわからなかった。そのとき、相手の足もとに紐が見えた。何本もの木釘に沿って、藁から一インチほど上に紐が張り渡してある。その線を追っていくと、三十フィートぐらい先で右へ曲がっていた。さらに三回右に曲がって、大きな長方形を作っている。

「まだ深さは気にしなくていい。とりあえず手をつけて、様子を見ようじゃないか。手押し車がいっぱいになったら、向こうの森の近くまで運んで中身を捨ててくれ」

これはプールになるらしい。この男はぼくを使って裏庭にプールを掘るつもりだ。

「あっちの水道のそばにプラスチックの水差しが置いてある。それで水を飲める。小便したくなったら、森へ行け。四時になったら教えてやろう。質問は？」

ぼくが実際に何か答えるのを待つかのように、マーシュは沈黙した。

「もうひとつ、いまここではっきりさせよう」マーシュは言った。「指示は直接わたしから受けて、ほかの者とは接触しないように。指示がないかぎり、家には立ち入るな。娘については、ここで働いているきみの姿を見たら、恐れる必要がないと気づくんじゃないかと期待している。聞いてるか？　きみが化け物なんかじゃない、ただのつまらん若造だとわからせて、ぐっすり眠れるようにしてやりたいんだ。娘とそれ以上のかかわりを持つことは許さない。横目にでも娘をながめているのを見つけたら、わたしはきみを殺す。わかったな？」

ぼくはシャベルを持った。マーシュをじっと見る。太陽が背中に照りつけるのを感じた。

「それから、息子のほうだが……前にも言ったとおり、もうイースト・ランシングにいるから、たぶん顔を合わせることはないだろう。いや、そう祈っていたほうが身のためだ。息子が帰省してきみに会うことがあったら……わたしとしては、きみを殺そうかどうかと迷う必要がなくなると言っておこう」

マーシュは口を閉ざし、かぶりを振ったが、笑みがこぼれるのを隠しきれなかった。

「あとで様子を見にくる。もう一度言うが、わたしのひとことできみは矯正施設送りになる。だからさっさと穴掘りをはじめたほうがいい」

ぼくはマーシュが歩き去るのを目で追った。マーシュは振り返らなかった。ドアの向こうにその姿が消えても、ぼくはしばらくそこに立ったまま、芝と藁に描かれた巨大な長方形をながめていた。頭上には通り過ぎる雲ひとつない。日陰を作ってくれる木もない。ぼくは大きく息を吸い、シャベルを地面に突き刺した。ほんの小さな土の山をすくって、手押し車にあける。土がうつろな音を立てて落ちた。

ファースト・ダウン。あと七百万ヤード。

刑務所のプログラムのひとつに、毎日何時間か敷地を離れて、なんらかの仕事を手伝うというものがある。建物の解体現場の瓦礫を片づけたり、技術があれば建設作業を手伝ったりだ。その機会に刑務所の外の空気を吸い、バスに乗って本物の公道を走り、歩道を行き交う本物の女をながめ、目的地に着いたらまさしく建設的なことに精を出す。そういう仕事をもらうためなら、たいがいの受刑者は喜んでだれかの背中にナイフを突き立てるだろう。

受刑者自身にシンシン刑務所を一から造らせていた時代とはちがう。そのころは、体重と同じ重さの荷物を引けないとかならず鞭が飛んだという。いまはもう、そんなことはさせない。背筋《せすじ》を痛める作業も、煉瓦積みや杭打ちの重労働も、鞭打ちの罰も科せられない。野原の真ん中にひとりで立たせて、プールを掘れと命じられることもない。そんな常識はずれの残忍な罰を与えたら、現代の刑務所長は一日でくびになる。

だけど、ここは刑務所じゃない。ぼくがいるのはこのマーシュ家の裏庭で、日曜を除く毎日ここに来る。

この夏が終わるまで。それについては、ほかに選べる道なんかない。施設送りというのが口先だけの脅しかどうか、たしかめたいとも思わない。だからぼくはシャベルを地面にもどして足で押しこみ、土をすくって手押し車へほうり投げた。

ただひたすら、それを繰り返した。手押し車をいっぱいにし、森との境まで運んでいって、中身を捨てる。転がしながらもどってきて、またシャベルを拾いあげる。手押し車に二杯目の土を積んでいたとき、シャベルに石があたりはじめた。ずいぶん大きなものもあったので、しかたなく穴掘りを中断して石と格闘し、何分もかけてようやく取り除いた。早くも手が痛みだしている。そして背中も。まだ掘りはじめて三十分も経っていないのに。

日差しが背中を痛めつけている。シャベルを置いて、プラスチックの水差しをとりに建物の近くへ行き、水道の蛇口をひねった。冷たい水が手に心地よい。ひざまずいて、すくった水を勢いよく顔にかけた。それから水差しをいっぱいにして、ひと息に飲みほす。水を止めたとき、家のなかからマーシュの声が聞こえた。だれかを怒鳴りつけている。答える声は聞こえないので、電話の相手に叫んでいるんだろう。何を言っているのかは聞きとれなかった。わかったのは怒っていることだけだ。

いま出てこられて、ここにすわりこんでいるのを見られるのはいいことじゃない。ぼくは水差しを持ってもどり、ふたたび掘りはじめた。まだ地面にかろうじてくぼみができているだけだ。そんなことを考えてもどうにもならない。考えるな。脳のスイッチを切って、ただ掘りつづけろ。ぼくは自分に言い聞かせた。

さらに三十分が過ぎた。手押し車いっぱいの土を杭の内側から何度か運びだし、森のそばの山を大きくした。汗が目に染みてくる。マーシュが家から出てきたことには気づかなかった。不意に、すぐ後ろに立っているのがわかった。

「背中を傷めるぞ」マーシュは言った。「そんなやり方じゃ二日ともたない」

ぼくは手を止めて視線を返した。マーシュは手に飲み物を持っている。果物とたくさんの氷がはいったサマーカクテルか何かだ。

「脚を使え。背筋《せすじ》をしっかり伸ばして、二本の脚を使うんだ。そうしたら三日はもつかもな」

ぼくは両膝を曲げてシャベルを地面に押しこんだ。また大きな石にぶつかった。

「ひとりでやるのは無理だ。わかってるだろう」

ぼくは顔の汗をぬぐい、石と格闘をはじめた。これまででいちばん大きい気がする。

「ばかなことはやめろ」マーシュは言った。グラスの中身をぐいとあおり、空を見あげて目を険しくした。

「太陽に殺されるぞ。聞いてるのか」

手を止めて相手をじっと見る。

「仲間の名前を教えろと言ってるじゃないか……そうしたらパラソルの下にすわらせてやる」

ぼくは石を抜きだす作業にもどった。

「ああ、勝手にしろ。考えなおす気になったら知らせてくれ」

マーシュは首を振りつつ屋敷へ歩き去った。それから二十分かけて、ぼくはバスケットボール大の石を引き抜いた。そのあとの記憶はどうもはっきりしない。鳥が二羽、頭上高くを飛んでいたことは覚えている。一羽がもう一羽に向かって鳴き叫んでいた。見あげると、鳴いているほうの鳥がずっと大きな鳥を追いかけて、青い空をでたらめに飛びまわっている。大きい鳥は、飛び去ることも、反撃してゲームをすっかり終わらせることもできたはずだ。それなのに、誇りの問題なのか、どちらをする気もないようだった。小さい鳥はひたすら追いまわし、同じ声で果てしなく鳴きつづけていた。

おまえにあんなことはできない、と熱っぽい頭のどこかで声がした。飛ぶのはもちろん、ああいう鳴き声を出すことさえできないじゃないか。どんな鳥や下等動物にもできる、いちばんの基本さえ……おまえの力ではどうにもならない。

ぼくは腕ほども太い木の根と格闘をはじめた。シャベルの鋭い刃で断ち切ろうとしても、どうもうまくいかない。中断してもう一度水差しを満たしにいった。蛇口の下に顔を突っこみ、しびれるような水の冷たさに身震いした。しばらく立ちあがらずにいる。すわったまま、ふと顔をあげると、マーシュが裏の窓からこちらを見ていた。腕を組み、解読するまでもない表情を浮かべている。ぼくは体を起こし、作業にもどった。

さらに一時間が過ぎた。作業のペースは落とさなかったけれど、目に映るものすべてが奇妙な黄色味を帯び、頭上の鳥たちがハゲワシに変わったように見えた。こちらを監視している。待ちかまえている。長方形の片隅を掘りつづけ、その部分だけは体が隠れるくらいまで深くなったので、いくらか手応えが感じられた。心の奥底では、あまりあちこちに手をつけたら全体の表面を二インチ削りとって終わりになるとわかっていた。そうなったら失望する。

つぎに、めまいがやってきた。頭をさげるたびに気を失いそうになるのがわかる。太陽がシャツ越しに肌を焼くのが感じられる。水を飲んでは作業にもどり、飲んだりもどったりを繰り返した。彼女が背後に近づいてきた音は耳にはいらなかった。その存在に気づいたのは、水差しをとろうと振り返って、黒いスニーカーが目に映ったときだ。視線をあげると、膝に穴の見える色あせた青のジーンズと、海賊船の乗組員のように肩まで袖をまくりあげた、まばゆいほどに白いシャツが見えた。そして、顔も。アメリアの顔を実際に見るのははじめてだった。絵でも写真でもない顔を見るのは。

目は濃い茶色で、髪は明るい茶色だった。ぼくの髪と同じように少し乱れているけれど、うねり具合はぼくの半分ほどだ。というより、相手をよく見るためには目から払いのけなくてはならない、うっとうしいモップといった感じだった。ゆがんだままの口もとは、相手を言い負かしたばかりのように見える。

この言い方では、アメリアがごく平凡な少女のように思えるだろう。どこにでもいそうな、まだ成熟していない、笑うことも髪を梳かすこともなさそうな十七歳の少女。そうした印象をいだかせたなら、ぼくはアメリアにすまないことをしていると思う。彼女にはそれをはるかに超えるものがあるからだ。穴のへりに立って目もとが日陰になっていても、ひと目で見てとれる何かが。

もちろん、アメリアの絵をすでに見ていたことが大きかったと思う。切り離して考えられるわけがない。このときにはただの直感にすぎなかったけれど、ほかの人間と明らかにちがうという印象を受けた。ぼくと同じものを見てきたのかもしれない。

ばかげているのはわかっている。たかが数枚の絵から、直接会いもしないで相手のことをそこまで理解するなんて不可能だ。それでも、いまアメリアはここにいて、ぼくに最初のひとことを発しようとしていた。

「ひどい恰好。わかってるの？」

ぼくはそこに突っ立って、アメリアを見返していた。自分がどんなありさまだったか、想像もつかない。髪はアメリアよりもぼさぼさで、顔は土と汗まみれ。まるで中世の放浪児だっただろう。

「あなたのことは前から聞いてた」アメリアは言った。「うちに押し入る前からってことよ。ミルフォード高校のしゃべらない子って、あなたでしょう？」

ぼくは答えなかった。つまり、うなずきも首を横に振りもしなかった。太陽がアメリアの肌を輝かせるのをただ見つめていた。

「理由は……何？　なぜそんなことになったの？　小さいころに何かあったとか？」

ぼくは動けなかった。

「わかってるつもりよ。しゃべらないのは演技。だってほんとうは……子供のころに起こったことを話したいんでしょう？　わたしたち、いつかお互いの話をしあえるかも」

どこかで音がした。ガラスの引き戸が勢いよく閉まる音だ。

「ううん、たぶん無理ね。それには演技をやめなきゃいけないもの。そうでしょう？」

マーシュが猛然と芝生を横切ってくるのが見えた。柔らかい藁に足をとられ、顔からつんのめりそうになる。

「そう言えば、押し入ったのはみごとだったね」アメリアが言った。「鮮やかとしか言いようがない」

「アメリア！」マーシュが娘の腕をつかんだ。「そいつから離れろ！」

「見てただけよ」アメリアが言った。「大悪党ってどんなものなのか」

「中へもどれ。いますぐに」

「わかった、わかったから！　落ち着いて」アメリアは腕を振りほどき、家に向かって歩きはじめた。振り返って、一瞬ぼくを見る。何を考えているのかは読みとれなかったけれど、ひとつたしかにわかった。マーシュは娘についてこんなふうに言っていた。ぼくが家に押し入ったことを思いだすだけで、どれほど傷つくか。そして、どれほど怯えるか。

そうしたことを、なぜかアメリアからは感じなかった。

「わたしはきみに警告した」マーシュは言った。「そうだな？」

ああ、したと思うよ。たしかに。

「もしきみが……」

そこでマージュはためらった。なんと言うつもりだろう。もしきみが娘に話しかけているのを見かけたら？　娘に侮辱されながら、石みたいに突っ立っているのを見かけたら？

「とにかく、こんなことをしていても何もならない。いますぐ、こんなばかげたことはやめないか。毎日ここへ来てこんなことをしたくはないだろう？」

ぼくはマーシュの後ろを見やった。アメリアが引き戸の横に立って、こちらをじっと見ている。ぼくはシャベルを拾いあげ、土に突き刺した。

「よし、わかった。そういうつもりなら好きにしろ。こっちの浅いほうの端はいくらか進んだようだな。深いほうの端へ着くまで待つとしよう」

マーシュは背を向けて歩いていった。しばらくして立ち止まる。

「あと一時間ここで働いてもらう。六十分だぞ。五十九分じゃない。話はそれだけだ」

ぼくはシャベルいっぱいの土を手押し車まで運び、そこへ投げ入れた。

「もう一度だけ言う」マーシュが言った。「これまで何度も言ってきたが、これがほんとうに最後のチャンスだ。いますぐこっちに来て、仲間の名前を書け。それですべてまるくおさまる。聞いてるのか？　それだけでいいんだぞ」

ぼくがつぎにしたことは……なぜそんなことを思いついたかわからない。ふだんのぼくなら、百万年経ってもけっしてそんなことはしないだろう。暑い夏の日に三時間ぶっとおしで穴を掘りつづけたあとで、ちっぽけなショートパンツを穿いた金満の中年男に七度目の最後通牒を突きつけられたせいかもしれない。ぼくは左手でFの指文字を、右手でKの指文字を作り、ふたつを合わせて、もろとも男の顔に投げつけるしぐさをした。もちろん、もっと単純なやり方もあった。中指を一本立てればいい。だけど、手話を五年学んで得たものがあるとしたら、それはこういう身ぶりをもう少し品よくやる方法だった。

そして、ぼくは相手に背を向け、手押し車を森へ運んでいった。

「それはなんだ」後ろでわめく声がした。「どういう意味なんだ、このくそガキ！」

引き返すと、マーシュは姿を消していた。アメリアもどこにも見あたらない。それから一時間、ずっと屋敷のほうを見ていたけれど、アメリアは現われなかった。

四時に作業を終えた。そして引きあげた。脳裏にアメリアの顔を浮かべながら、車を家へ走らせた。帰ってすぐに画用紙の前へ行き、紙に写しとろうと試みた。何しろ、記憶だけで絵を描くのは大の得意だった。それはマーティー先生に言わせると〝特異能力〟で、基本の形を描いているうちに何もかもがよみがえってきて、細部まですべてを再現できる。

きょうは、それができなかった。生まれてはじめて、人の顔を描けなかった。試みては失敗して紙をまるめ、また試みる。疲れすぎだ、と自分に言い聞かせた。いまにも目が閉じそうじゃないか。だから、あきらめて寝ることにした。

翌朝、目覚めたとき……人生最大の失敗を犯したと実感した。背中ががちがちに張っている。文字どおり、転がってベッドからおりるほかなかった。脚が痛い。腕が痛い。だけど、何よりも桁ちがいにひどかったのは、この朝の手の痛みだった。

まず、手を開くことができない。しっかり閉じることもできない。しばらくしてシャワーを浴びたものの、熱い湯が水ぶくれにあたったときには、跳びあがって天井を突き破りそうになった。着替えてから、酒店の奥の部屋を探しまわって古い軍手を見つけた。手遅れだとしても、しないよりましだ。リート伯父はぼくをひと目見るなり失神しかかった。

「いったいどんな目に遭わされてるんだ」伯父は言った。「顔がロブスターみたいに真っ赤だぞ。あのまぬけな保護観察官にいますぐ電話してやる。いや、判事に電話だ」

　ぼくが肩を押さえたので、伯父は愕然としていた。ぼくはその肩をつかんだまま、首を左右に振った。どこへも電話してもらいたくないし、この日マーシュ家へ行けなくなるようなことは全部おことわりだ。もう一度アメリアに会いたい。何がなんでも。

　少しは体力がもどるように食べ物を口に入れたあと、車に乗ってマーシュ家へ向かい、運転しながら手をほぐそうとつとめた。着いたのは正午を数分過ぎたころだった。車寄せでマーシュが待っていた。

「遅刻だぞ。ついてこい」

　はい、はい、またプールだろう、とぼくは思った。きょうも娘は家にいると言ってくれ。

「会わせたい人がいてな」

　マーシュはぼくを屋敷の裏手へ連れていった。そこに男がひとりいて、ドアのそばにひざまずいていた。

「こちらはミスター・ランドルフ」マーシュが言った。「錠前師だ」

　錠前師は立ちあがり、野球帽をかぶりなおした。

「ミスター・マーシュから、きみがこの錠をあけたと聞いたよ」男は言った。「引っ掻き傷が見あたらないから、嘘っぱちだとおれは言ってるんだけどね」わずかに東欧風のアクセントがあり、〝嘘っぱち《ブルシット》〟が〝ブルシート〟と聞こえた。

「どうだろう」マーシュが言った。「どうやったか見せてくれないか」

　ぼくは両手をあげて降参の身ぶりをした。やりたくない。

「最初からあいてたんだ」錠前師が言った。「そうだろ？　このドアは最初から施錠されてなくて、だから簡単に中へはいれたんだ」

そう思わせておくべきだった。それなのに、ぼくは首を横に振り、空中で錠をピッキングする動作をした。「冗談はよせ」錠前師はそう言って、マーシュに目配せした。「おまえにこの錠をピッキングできるはずがない。おれだってあけるのにけっこう時間がかかるんだ」

「証明させてみよう」マーシュが言った。「口先だけでなく、実際にやらせてみるんだ」

錠前師が笑いだした。「百ドル賭けてやるよ。本物のアメリカの札《さつ》を、いまこの場で」

「きょうはわたしの金を持って帰れないだろうよ」マーシュは言った。そしてぼくに向きなおった。「だが、こうしよう、マイクル。この錠をあけたら、一日休みをやるよ。どうだ、やる気が出たか？　いますぐ錠をあけたら家へ帰れる」

「ほら、おれの道具を使ってもいいぞ」錠前師は大きな革のケースを取りだしてぼくに手渡した。「一級品だ」

革のケースのファスナーをあける。ぼくは中身を目にして、しばらくそれに見入った。こんなにすばらしい道具一式を見たのははじめてだった。

「使い方は知ってるだろう。さあ、おまえの腕を見せてみろ」

ピッキング用具が十本以上並んでいた。それぞれ形が異なるダイヤモンドピックが三本、ボールピックが二本、ダブルボールピックが一本、フックピックが少なくとも四、五本。このときはまだそうした名前を知らなかった。あとになって学んだことだ。

「よし、千ドルにしよう」錠前師は言った。「おまえが勝ったら十倍払ってやるよ」革ケースを取り返そうとしたものの、ぼくはそれに背を向けてフックピックを一本つかんだ。テンションレンチは四種類あったので、錠の前にひざまずき、どのサイズがいちばんいいかを考えた。そうやって道具を選ぶのははじめての経験だった。いつもは手近にある適当な金物を使っていた。

ぼくはテンションレンチを一本引き抜いた。いちばん小さくも、いちばん大きくもないものを。それを鍵穴の下部に滑りこませた。右側に指を一本あて、ほんの少しずつ力をかけていく。それからフックピックを手にとって、ピンの並びを探った。もちろん、この錠は前に一度あけたことがあるから、手順はよくわかっている。簡単な構造の錠で、ピンは六本、奥のほうに手ごわい組みあわせがひとつあるものの、ほかはたいして扱いにくくない。この前はドライバーと曲がった安全ピンを使って三分で解錠した。この立派な道具があれば――そう、三十秒もかからないだろう。

「やみくもにやってるわけじゃなさそうだな」マーシュが言った。「ひょっとしたら……」

「あけられるわけないさ」錠前師は言った。もはや笑みは浮かんでいない。「ぜったいに」

ぼくはいちばん奥のピンの位置を合わせ、慎重に五番目のピンへ移った。上等のテンションレンチを使うと、奥のピンの状態を保つのもずっと簡単だった。それぞれのピンが小気味よい音をかすかに立てるのを感じながら、少しずつ手前へ引き返す。作業の半分が終わった。マッシュルームピンが使われているので、奥までもどって全部のピンをもう一度合わせなおさなくてはならない。目の前に立ちはだかるのはごく小さな金属の部品だけだ。六つの小さなピンにある六つの小さな刻み目。それを合わせればシリンダーがまわる。

男ふたりはいまやだまりこくっていた。ぼくは奥から手前へと二度目のピン合わせをつづけた。最後のピンを合わせようとして、ふと手が止まった。

よく考えろ。このふたりに対して、ほんとうに証明したいのか？　その気になればいつでもこの家に忍びこめることを。どこの家にも忍びこめることを。そんなことをだれかれとなく教えてもいいのか？

「そこまでか」マーシュが言った。「もう降参か？」

「お遊びは終わりだ」錠前師の顔に冷たい笑みが浮かんだ。「つぎに自慢話を吹かしたくなったときは、今回のことを思いだすんだな」

ぼくに向かって言うべきことばじゃない、と思った。ぼくは錠前師の目を見つめ、最後のピンを押しあげた。ノブをまわしてドアをあけ、道具を男に返した。

そして軍手をはめ、裏庭へ行って穴を掘りはじめた。

シャベルを拾って作業に取りかかると、マーシュと錠前師が言いあっているのが聞こえてきた。数分のうちに錠前師はいなくなり、マーシュがひとりでぼくを見ていた。いまは手に飲み物を持っている。手押し車がきょうはじめていっぱいになり、ぼくは森まで運んで中身を捨てた。もどってくると、マーシュの姿は消えていた。

きょうはきのうより少し暑い。ぼくは水道のもとへ行って水差しをいっぱいにした。あふれる水を止めたとき、きのうと同じく、マーシュがまたも電話の相手を怒鳴りつけているのが聞こえた。わかりきったことと思われるかもしれないが、ぼくはこの日はじめて理解した。電話に向かって怒鳴る人間をけっして信用してはいけない。

それから二時間、穴を掘っては手押し車を運びながら、一日これをつづけられるだろうかと考えて過ごした。きのうより力がはいらない気がする。こればかりはどうしようもない。生物学と物理学の単純な問題だ。つまるところ、これ以上体が動かない。ペース配分の問題でさえなかった。穴掘りの際に温存できる体力はかぎられている。最低限の労力よりもさらに力を抜いたら、掘ることすらできなくなる。

また何もかもが黄色がかって見えてきた。目が疲れすぎているか、日焼けの度が過ぎるのか、ほかに原因があるのかはわからない。水差しを絶えずいっぱいにして、なるべくたくさん飲みつづけた。

いずれ倒れるぞ、と自分に言い聞かせた。太陽が東からのぼるのに劣らず確実なことだ。ぼくが倒れたら、だれかがやってきて介抱する。数日して回復したら、マーシュが言っていた少年矯正施設へ送られるだろう。施設なら、これほどきつい仕事をさせられない。いや、こんなに苛酷な労働をさせるところはどこにもない。だけど、施設送りになるのはいろんな面で問題が多い。何より、アメリアに二度と会えなくなる。

「なぜこんなことをやってるのか、わからないんだけど」

振り返ると、アメリアが立っていた。きのうと同じく、いつかアメリアのプールになる場所の端に。きょうは膝丈のカットオフのデニムパンツを穿いていた。足には、きのうと同じ黒のテニスシューズ。すねとくるぶしが、まぶしい日差しでよけいに白く見える。黒いTシャツにはマシンガンか何かのイラストが描いてある。こんなとんでもなく暑い日に、黒い服を着るなんて。

ぼくは掘る手を止めて顔をぬぐった。

「全部なんて掘れっこないのに。一年はかかるもの。掘れたとしても、それがなんなの？　ここでわたしたちがプールを使うと思う？」

ぼくには別の理由がある、と思った。きみに感謝するよ。でも、きみはなんてきれいなんだろう。

「アダムはもう大学へ行ってしまった。わたしもあと一年で出ていく。いったいだれがプールを使うのよ」

ぼくが立ったままでいると、アメリアはあたりを見まわしてかぶりを振り、ついに核心を突いた。

「で、きょうはしゃべる気はあるの？」

ぼくはシャベルを土に突き立てた。

「あなたのはふりだって言ってるのよ、わかる？　その気になればしゃべれるのはわかってる。ほら、何か言ってみなさいよ」

ぼくは尻のポケットに手を伸ばして、メモ帳と鉛筆を取りだした。

　筆記用具をいつも持ち歩いているのは、当然のことと思われるかもしれない。でも、正直なところ、当時はそんなことをほとんどしていなかったし、いまもそれは変わらない。本物の会話ができないからといって、あわただしく手を動かして筆談するのは好きじゃない。〝すみませんが、ぼくはしゃべれないんで、こういうときのために持ち歩いているこの携帯用のメモに言いたいことを全部書きます。ぼくが一語一語ていねいに書きつけているあいだ、弱った顔でぼんやり突っ立たせてしまって申しわけありませんが、これを使えば健常者同士のように話すふりができます〟とかなんとか。

　そんなのはごめんだ。

　だけど、きょうは特別だった。まさしくこういう場面に備えて、ポケットにメモ帳を入れておいた。ぼくはそれを開いて書きはじめた。


〝ほんとうにしゃべれない。誓ってもいい。ほんとうだ〟

　メモを手渡す。アメリアは二秒でそれを読み、鉛筆に手を伸ばした。もちろんそんなことをしても意味はない。書くのは一方通行でじゅうぶんなんだから。でも、ぼくはとにかく鉛筆を渡した。

　アメリアは太腿に紙を押しつけて何か書きはじめた。

「アメリア！」

　うつむいて垂れた髪を見つめていたとき、家から声が聞こえて、アメリアの書く手が止まった。きっとまたマーシュがぼくを追い払いに来るんだろう。

　ところが、ちがった。もっと若い声だ。家から近づいてくるのは、ぼくたちと同じ歳ごろの、東洋風のジャケットとバギーパンツを身につけた男だった。この天気ではとんでもなく暑苦しく見える。長い髪を後ろでまとめているけれど、ただのポニーテールではなく、何カ所も縛ってあるので三つ編みのように見える。取り澄ました物知り顔をしている。ひと目見て、正真正銘のろくでなしとわかった。つぎの瞬間、馬に腹を蹴られたような吐き気とともに悟ったのは、これがアメリアのボーイフレンドだということだった。

「こんなとこで何やってんだ」男は言った。「犯罪者には近づかないことになってなかったか」本気で心配している声ではなかった。犯罪者だが、まともにあしらうほどの相手じゃない、という二重の皮肉がこめられている。ぼくはシャベルで顔を殴ってやりたい衝動と早くも戦っていた。

「ちょっと質問してたの」アメリアが言った。「画廊にいるんだと思ってた」

「きょうは暇でさ。家にだれかいるのか」

「さあ。父は出かけたと思うけど」

「ほんとか？」

「変な気を起こさないで。すぐにも帰ってくるかもしれない」

「親父さんの車は音がでかいからな。帰ってきたら聞こえるさ」

「だめだって、ジーク……」

一瞬、会話が途切れた。親しげなやりとりを無理やり聞かされたうえに、こいつの名前の不似合いなことときたら。ジークだと？（ジークはエゼキエルの愛称。エゼキエルはユダヤ教の父と言われる預言者）

「来いよ」ジークは言った。「そんな不良には穴を掘らしとけ」

「この人の名前はマイクルよ」

「なんでもいいさ」

アメリアは何かを書いていた紙をまるめてこちらへ投げた。そして、ジークといっしょに歩いていった。一度立ち止まって振り返ったが、ジークが背中のくびれに手をあてた。ふたりが去ってから、ぼくは紙を拾いあげた。アメリアはぼくの書いた字を二重線で消し、その下にこう書きつけていた。

〝最後にしゃべろうとしたのはいつ?〟

きつい一日だった。ほんとうにきつい。手や背中の痛み、いまにも熱中症で倒れそうな気分を別にしてもそうだった。金持ちの家のプールを掘るために、自分にはけっして住めない豪邸の裏で、奴隷のように働かされる。そして、アメリアも……苦しみの種だ。どうにかして、彼女に伝える方法さえあればと思う。ぼくがほんとうの犯罪者でも変わり者でもないことを知ってもらいたい。

ひとつだけ方法がある、と思った。絵を描けばいい。どれほど手間がかかろうと、それしかチャンスはない。どういうわけか、そう決めたとたんに、残りの時間も穴を掘りつづける気力が湧いてきた。その日最後の森への往復を終えてもどると、合計八時間の作業を経て、ようやく穴がそれらしく見えてきた。シャベルを手押し車に片づけ、家の正面へまわる。そのときはじめて、車寄せに停まっているジークの車を見た。チェリーレッドのBMWコンバーティブル。ルーフがおろしてあったので、日差しにきらめく黒革のシートとシフトレバーが見えた。そして、ほんの数フィート向こうには、端々が錆びたツートーンカラーの古くさいグランドマーキーがある。

家に着いても、酒店へは行かなかった。リート伯父にこの姿を見られて、判事に連絡すると言われるのはもうこりごりだ。ぼくはまっすぐ家にはいった。シャワーを浴び、食事をする。そして、絵を描こうと机に向かった。

ゆうべは無残に失敗した。アメリアのすべてを紙に写しとる……そんなことは不可能に思えた。

力みすぎていたんだ、と思った。アメリアをモナリザに変えようとしていた。ほかの人間を描くときと同じつもりでやってみよう。姿を見るたびに切なくなる相手だと思わずに。

夜半になってもまだ描きつづけた。くたびれ果てていたけれど、あと少しだ。もしかしたら、必要だったのかもしれない。目がかすむくらい疲れきることが。ひたすら本能と直感に従わざるをえなくなることが。ぼくは何も考えずに鉛筆を動かして、紙に描きだしていった。

絵のなかで、アメリアは穴の端に立っていた。カットオフのショートパンツに黒のテニスシューズ、マシンガンのイラストのついた黒のTシャツというういでたち。なびく髪。片腕を体の前に出し、反対の腕を肘のあたりで押さえている。その姿勢はいろいろな意味にとれた。目は伏せ気味だ。ぼくを見ているようで見ていない。

そうだ。このほうがいい。アメリアをとらえつつある。そしてもっと重要なことに、自分がアメリアをどう思っているかがつかめてきた。心の目でアメリアをどんなふうに見ているか。これならまずまず納得できる。

あとは、どうやって渡すかを考えるだけだ。まるめてズボンに入れておけるだろうか。それとも、大きな封筒に入れて、折れないようにするか。とにかく、あそこまで持っていって、チャンスがあったらいつでも渡せるようにしなくては。

そう、それしかない。辛抱強く待てばチャンスは来る。とりあえず、くたくたの体をベッドで休めて、新たな一日に備えよう。

朝になって目覚めたとき、前日に劣らずひどい気分だったものの、悪くなってもいなかった。食べ物を口に入れた。そして、マーシュ家へ車を走らせた。絵をめぐる計画は、真夜中には完璧に思えた。いま、日の光のなかでは、とんでもない考えちがいのように思えてならない。でも、それがどうした？　ぼくには失うものなんかない。

マーシュ家には時間どおりに到着した。絵は大きな茶封筒に入れて、シャツの背中の下に平らなまま押しこんである。手押し車を最初に運んだときに、取りだして森に隠すつもりだった。森に置けば汗で台なしになることもない。そして、午後のどこかでアメリアが立ち寄ったら、取ってきて手渡そう。受けとってくれることを祈るばかりだった。封筒をあけて、中身を見てくれることを。それは大それた望みではないはずだ。

マーシュが待ちかまえていた。錠前師もいっしょだ。冗談じゃない、と思った。きょうはやめてくれ。

「ランドルフを覚えてるな」マーシュが言った。

ぼくはうなずいた。きょうの錠前師はしたり顔で薄笑いを浮かべている。ちょっとしたプレゼントを用意していて、ぼくがそれをあけるのを待ちきれないといった顔つきだ。

「また裏へ来てくれ」マーシュが言った。「もしよかったら」

拒否できるとは思えなかった。ふたりについていく。

錠前師の道具入れが裏口のドアのそばに置いてあった。以前の錠が取りはずされ、分解されて地面に転がっている。取りつけられたばかりの光り輝く新しい錠がぼくを待っていた。

「道具を使え、必要なら」マーシュが言った。

錠前師がきのうと同じ革のケースを出して、ぼくの手のひらに叩きつけるように置いた。

「おまえ、鋸歯ピンをどう思う?」

鋸歯ピン? はじめて聞くことばだ。

「そんなことを教えて」マーシュが言った。「ヒントの出しすぎじゃないのか」

「心配ない」錠前師はぼくに向かってにやりと笑った。「これまでに解錠したことがなきゃ、中身がわかったところで助けにはならない」

ぼくはケースをあけ、フックピックとテンションレンチを取りだした。作業のためにかがんだら、背中に入れた封筒が見えてしまうだろうか。いますぐ降参して負けを認め、シャベルを握るべきなのかもしれない。

「やってみろ」マーシュが言った。「何をぐずぐずしてる」

とりあえず、やってみせるしかない。シャツから背中が出ないようにして、しばらくは錠に取り組もう。そのあとで、立ちあがって錠前師に道具を返す。それがとっさに考えた計画だった。そこでぼくは片膝を突き、テンションレンチを差しこんで作業を開始した。六つのピンを探りあてるのに時間はかからなかった。なんだ、いままでの錠と変わらないじゃないか。それどころか、ピンの並びにむずかしいところがまったくない。位置合わせを面倒にするそれぞれのピンの高低差がない。奥側から順にピンを探って、位置を合わせていった。簡単すぎる。いちばん手前のピンまで来たとき、まだシリンダーは回転しないだろうと思った。使われているのは通常のストレートピンではないだろうから、各ピンに見せかけの解錠位置が仕込まれているはずで、その場合、奥へもどってもう一度それぞれのピンを合わせなおさなくてはならない。ぼくはちょうどよい力を保ちながら、いちばん奥のピンをさらにほんのわずかだけ押しあげた。それから順にひとつ前のピンを同じように合わせていき、いちばん手前のピンまでもどった。

よし、このあたりで、きょうはどうするか考えたほうがいいだろう。いちばん手前のピンは位置を合わせない。ただ両手をあげて首を振り、錠前師に道具を返す。この錠でぼくを出し抜いたと錠前師に思わせる。マーシュには、ぼくのあけられないドアをついに手に入れたと思わせる。こんなことを毎日させられるわけにはいかない。これからもシャツに隠して絵を持ちこもうとしているんだから。

「あけられっこないと言ったろう」錠前師が言った。

「残念だ」マーシュが言った。「こいつなら何かどえらいことをやってのけると思いはじめていたところなのに」

ぼくは目をあげてふたりを見た。その顔に浮かんだ満足げな笑みを。ぼくは作業を再開した。いちばん手前のピンを押しあげる。位置が合ったのを感じた。これでシリンダーが回転して一丁あがりだ。

ところが、まわらなかった。

ぼくは鍵穴から道具を出した。すべてのピンがもとの位置に落ちる感触があり、錠前師がぼくの肩の上で笑い声をあげた。ぼくは片手をあげて錠前師をだまらせ、ふたたび道具を鍵穴に差しこんで、最初からやりなおした。奥から手前へ。ピンの高さを合わせ、つぎのピンへ進む。いま合わせているのが見せかけの解錠位置なのはわかっていた。奥へもどって、それぞれのピンをもう一度押しあげなくてはならない。高級な錠はそういう仕組みになっている。見せかけの解錠位置、本物の解錠位置、そして解錠だ。

またいちばん手前のピンまでたどり着いて、ぴったりの高さに押しあげた手応えを感じた。これで位置がそろった。すべてのピンが正しい位置にあるはずだ。これでシリンダーはまわる。

まわらなかった。いまいましい錠はびくともしない。

「大人の用事に子供の使いをやるなってことさ」錠前師が言った。「おれはそう言わなかったか」

「言ってたな」マーシュが言った。「だが、世界を股にかける大泥棒を出し抜いたわけじゃない」

「そうかもしれないが、わが技術の信頼性が確認されたわけだ――おれに言わせればまぎれもない大事件だよ」

「なんとでも言えよ。道具を引きとって、そいつを穴掘りに行かせてやれ」

ぼくは錠前師を払いのけて再度挑もうとしたが、道具を奪いとられた。「あきらめろ」錠前師は言った。「おもちゃじゃないんだ。おまえにはあけられない。若造の手に負えないことは保証つきだ」

ドアに輝く真新しい錠の金属板から目を離せないまま、ぼくは突っ立っていた。動きたくなかった。

「さあ、仕事にかかるんだ」マーシュが言った。「遊びの時間は終わりだ」

ついに歩きだしながらも、ぼくは頭のなかで作業を繰り返していた。あの錠の動きはすべて正確につかめていたと思う。どのピンも位置をまちがえたはずがない。

頭が脈打つように痛んだ。息ができない。

このときはじめて、ぼくは解錠に失敗した。

14　ロサンゼルス　二〇〇〇年一月

クラブにはもうひとつ裏口に通じる階段があり、どうやらこちらはVIP専用らしかった。ルーシーがドアをあけ、ぼくたちふたりは駐車場へ出た。だいぶ気温がさがっていて、海からそよ風が吹いていた。

車に乗りこんだ。ぼくは助手席にすわった。ルーシーがヴァイン・ストリートへと車を出した。

「なかなかよくやってると思う」ルーシーが言った。「その調子よ。いまのままでいい」

サンセット・ブールバードをさっきとは逆に進み、勢いよく右にハンドルを切って丘陵地帯へとのぼっていった。昼に通った道筋をなぞって、ローレル・キャニオン・ブールバードを走る。同じ角を曲がり、まっまったく同じ場所で停車した。もう外は暗く、あちこちに明かりのともった街が眼下にひろがっている。

「おりて」ルーシーが言った。

その場で、ぼくが車をまわりこんでそばに来るのを待つ。

「服を脱いで」

なんだって？

「新品の服を汚したくないでしょ」ルーシーはトランクをあけて真っ黒なつなぎ服を取りだした。そして、ぼくがスーツの上着とシャツとズボンを脱ぐのを待った。

「靴もよ。持ってきたから履いてみて」

ルーシーはぼくの服を受けとって、後部シートに置いた。ぼくは道端に下着姿で立っていた。ルーシーはぼくをながめまわしてから、つなぎ服と黒いランニングシューズを手渡した。小ぎれいな黒装束に着替えたところで、ルーシーはぼくのサングラスをはずした。

「ガナーが携帯電話を持ってる」ルーシーは言った。「あんたの仕事が終わったら、ガナーがあたしに電話する。何かの理由で本人がかけられないときは、あんたがその電話の九番のボタンを押してちょうだい。それであたしの電話にかかるから、迎えにいくよ。だれの声もしないときは、緊急事態だと思って、どうにか直接そっちへ行くから。どんな手を使ってでもね。わかった？」

ぼくはうなずいた。

「何番のボタン？」

ぼくは指を九本立てた。

「いい子ね」ルーシーはぼくの両腕をつかんで、口に激しいキスをした。

「あんたなんて大きらい。でもウェスリーの言うとおりよ。たしかにあんたは美少年」

そして、セージの薄暗い茂みや、眼下の屋敷までつづく長い斜面のあるほうへ、ぼくの体を向けさせた。

「ガナーは裏口で待ってる。さあ、とっとと行って」

ルーシーはぼくの背中を押した。


谷の底へ着くまで長くはかからなかった。傾斜五十度の斜面を滑りおりるとき、重力による加速は想像を絶するほどだ。下に着いたときには、有刺鉄線で繰り返し鞭を入れられたような気分だった。

しばらく息を整えてから、道路の左右を確認し、屋敷の側へ渡った。裏手へまわると、内壁に一ダースの水中灯を具えたプールがあった。鑑賞する余裕さえあれば、手すり越しのながめはさぞみごとだっただろう。屋敷からも、さらに明るい光が投げかけられていた。あまりにも多くの窓がカーテンなしであけ放たれている。巨大な水槽をのぞいているようだった。ぼくは裏口のドアへ向かった。ノックする前にガナーがドアをあけ、かろうじて通り抜けられそうな幅十二インチほどの隙間を作った。


「ゆっくり動け」ガナーがささやいた。

体を滑りこませると、ドアの上部から戸枠に張られたワイヤーが見えた。接触が断たれると警報装置が作動する磁気スイッチだ。どうやらガナーはスイッチの両端とつながるワイヤーのそれぞれに小さな切れ目を作り、あいだにジャンパー線を渡したらしい。いまは回路がつながったままなので、ドアをあけても警報は鳴らなかったというわけだ。

つぎに気づいたのは、この家が地獄並みに暑いことだった。

「よく聞けよ」ガナーが言った。「向こうの壁に取りつけられた装置が見えるか?」

ぼくは奥の壁に目をやり、縦四インチ、横三インチほどの四角いものを見つけた。下半分には小さな黒い円がついている。下半分には小さな黒い円があった。

「この建物は第二のセキュリティ対策として受動型赤外線センサーを使ってる。移動する人間の体温を検知するんだ。暖房の温度を思いっきり高くしておいたから、体温と室温の差はあまり大きくない。だが、それでも慎重に慎重を重ねなきゃだめだ」

警報器がセットされてから作動するまでの遅延時間を利用し、ガナーは隠れ場所から忍び出て温度設定を調節したにちがいない。そのあとはひたすら待ちつづけたんだろう。

「金庫はもうひとつの部屋にある。ついてこい。おれより速く動くなよ」

ガナーはゆっくりとフロアを進んでいく。ぼくはあとを追った。目いっぱいに暖房が効いていなければ、お手あげだっただろう。どんなに努力したところで、センサーをだませるほどゆっくり動けるはずがない。暖房の助けがあっても、ぼくたちはセンサーから目を離さなかった。一度でもランプが赤く光ったら、すべての計画を捨てるしかない。

「隣の部屋には別のセンサーがある」ガナーが言った。「だから気は抜けない。ゆっくり動きつづけるんだ」

一インチ刻みに進んで部屋を通り抜け、角を曲がったところで家の中心部が見えた。豪華な暖炉があり、かつての親友グリフィンが描いていたのとそっくりな現代絵画が壁にたくさん飾られている。いくつもの大きな窓から、光にきらめくプールが見える。無数の街明かりも目にはいり、ジュリアンとラモーナが待つナイトクラブの明かりはどれだろうと一瞬考えずにはいられなかった。

ついに最後の角を曲がった。天井から吊られた最新型の照明ふたつが、大きな黒い机を照らしている。本棚や絵がさらに多くある。ここから数フィートと離れていない壁に、別の赤外線センサーが見える。

そして、金庫も。

それはルーシーが言っていたとおり、あの奥の部屋で見せられたものと同じ型の金庫だった。何事も運まかせにはしない、とジュリアンは言っていた。あのときは準備に無駄な時間を費やしているんじゃないかと思ったものだが、いまは練習の機会を持てたことに感謝していた。

「ここからはもっとゆっくりだ」ガナーが言った。ぼくたちはいままさに、センサーからほんの数フィートのところを通り過ぎようとしていた。センサーのランプがつきはしないかとじっと見守る。暑くてたまらない。ふたりも部屋にいるのに検知されないなんてことがあるんだろうか。ガナーが一歩を踏みだし、ゆっくりと体重を移動させた。もう一方の足を出し、また体重を移動する。センサーの前を通り過ぎるのにさらに五分かかった。

金庫の前にたどり着き、ぼくは沈みこむように膝を突いた。ようやくひと息ついて、目の汗をぬぐった。のろのろと動くのがこんなに疲れるなんて。

「同じ型の金庫だ」ガナーが言った。「あけられるよな」

ばかなことを訊くんじゃない。ぼくはダイヤルに手をかけてまわしはじめた。

「あけられなかったら、ここで一巻の終わりだからな」

信任票をありがとう。さあ、作業に集中させてくれ。金庫に向きなおると、汗が背中を伝い落ちるのがわかった。マーシュの裏庭で働いた懐かしい日々に帰った気分だ。手のなかでダイヤルが滑るけれど、あけられる確信はあった。予行演習から、この金庫のディスクが四枚なのはわかっている。接触域の手応えもつかんでいる。あとはダイヤルを総あたりして四つの数を洗いだし、考えられる数列を試していけばいい。問題は何もない。

いまのところは。

正しい数列が見つかると、ぼくは取っ手をまわして扉を勢いよく引こうとした。ガナーが手をかけてそれを止める。慎重に動くべきなのを忘れていた。

ふたりしてセンサーを振り返った。ランプはオフのままだった。

「さあ」ガナーは尻のポケットから黒いごみ袋をゆっくり引っ張りだした。「仕事をしろ」

金庫の扉が完全に開き、仕事というのは札束の山をごみ袋へ移すことだと飲みこめた。

「それが七十五万ドルのながめだ。どうせ、いくらあるのか考えてるんだろ」

いいながめだ、とぼくは思った。ひと束が二十ドル札百枚だから、全部で三百七十五束ある。ひとつかみずつ、掻き集めるようにして袋に詰めていった。

「あせるなよ」そう言って身をかがめ、手伝いをはじめるかと思った矢先、ガナーはふと動きを止めた。

「聞こえたか?」

ぼくは手を止めて耳を澄ました。首を左右に振った。何も聞こえないな。

「そう、そのとおりだ。さっきまでより静かになってる」

しばらくふたりともじっとしていた。先にガナーがひらめいた。

「暖房機だよ。切れたんだ」

そうだ。ずっと響いていたうなり。それがいまは聞こえなかった。

「急いで袋に詰めろ。だが慎重にやれよ」

両方を同時に満たすのは不可能に近かったが、最善を尽くした。ごみ袋を金庫に近づけ、札束をつぎつぎとつかんでは袋に押しこんだ。

「オーバーヒートしたのかもな」ガナーが言った。

「じゃなきゃ、燃料が尽きたのか。さっきより涼しくなったと思うんだが、気のせいか?」

気のせいだとよかったけれど、残念ながらちがった。金の袋詰めに懸命だったのに、汗が引いている。本来の室温にさがるまで、あとどのくらい時間があるだろう。

「もっと慎重にやらなきゃだめだ。いいな？」

ぼくはうなずいた。ガナーが手を伸ばして袋を持ちあげる。ぼくは金庫の扉を閉じて立ちあがった。ガナーが動きだし、ぼくもあとにつづいた。

一歩踏みだして、体重移動。一歩踏みだして、体重移動。

ふたたびセンサーが近づき、ぼくは息を凝らした。いまや室内は明らかに涼しくなっている。まちがいない。ガナーが一歩踏みだした。そしてまた一歩。

ランプが赤く光った。

「止まれ」ガナーが言う。

ふたりとも凍りついた。

ランプが消えた。消えたままだ。腹を決めるときだった。警報システムの設定によって、偶発的な変動に備えて許容範囲が設けられている場合もあれば、感知した瞬間に中央制御室へ通報される場合もある。警報音が鳴らないように設定されていれば、こちらには判断がつかない。サイレンをうならせて緊急車両が走ってくるまでは。

「もっとゆっくりだ」ガナーがセンサーを見つめながら腰をかがめた。こんどは床を擦るように足を前へ出す。一インチ。また一インチ。これ以上は無理だというほどゆっくりと動いた。ドアまでたどり着くのに、何時間も、何日もかかりそうだ。

耐えろ、と自分に言い聞かせた。ほかに何もなくても、忍耐だけはある。

そしていま、センサーの真ん前にいた。首を傾けただけで作動するかもしれない。まばたきひとつで作動するかもしれない。おまえを動かすのは地球の自転だけだ。おまえは石像だ。おまえの動きよりも髪の毛が伸びるほうが速い。

ゆっくり、ゆっくり、ゆっくり。

永遠のように長く感じたが、それでもついにセンサーの前を抜けた。まだ危機を脱したわけじゃない。あと二十五、いや三十フィートの道のりが残っている。角を曲がってキッチンへはいった。遠いほうのセンサーを見つめる。予断は禁物だ。無理も禁物だ。もう一度ランプが点灯することがあれば、一気に逃げだすしかないだろう。

少しずつ、少しずつ。キッチンを抜ける。ドアへ近づく。すぐそこの壁に温度調節装置があり、ガナーが手を伸ばして通常の設定にもどした。侵入の痕跡を消すひとつの手立てだ。ガナーはしばらく立ち止まり、そこで息を整えた。脚が震えているのが見える。やがて、また動きだして裏口のドアまで達した。ドアに手をかけ、ゆっくりと引きあける。ぎりぎり自分が通れるだけの隙間を作り、体を横向きにする。一インチ刻みでドアを抜けていく。冷たい風が室内へ流れこむのが感じられた。

「とびきり、ゆっくりだ」ガナーが言った。教わらなくてもわかっている。いいニュースは、この冷気が室温をもとにもどす役に立つことだ。そうなれば、何者かが暖房機を操作したことに感づかれにくくなる。悪いニュースは、ますます検知されやすくなったことだ。

一分後、ガナーの体がまるごと外へ出た。ぼくもゆっくりと体を横向きにし、ドアをすり抜けていく。ついに抜けきると、ガナーがぼくの頭上に手を伸ばし、開いた戸口からジャンパー線をそっと引き寄せた。そして、静かにドアを閉めていく。最後の瞬間に、ジャンパー線をすばやく引き抜くと同時にドアを閉めた。これで磁気スイッチの接触が保たれたかもしれない。あるいは、偶発的な変動を多少は許容するように警報システムが設定されていることをまた祈るしかないのか。

どちらにしても、ここを離れる潮時だった。

ガナーとぼくは屋敷の脇をまわり、正面へ出る前に立ち止まった。道の左右を確認する。あたりはまだ静かだった。

それから道を渡った。涼しい風が肺に心地よかったが、それを楽しむ余裕はまだなかった。生い茂った藪のなかを身をかがめて進み、谷の斜面をのぼって引き返していく。その途中、ガナーが携帯電話を取りだして短縮ボタンを押すのが見えた。

「いま向かってる」電話を切り、またあがっていく。斜面をよじのぼるのは下りよりもずっときつかったけれど、ルーシーを下まで来させる危険は冒せないとわかっていた。必要もないのにそんなことはできない。

枝や蔦や岩をつかみながら体を引きあげていき、遅々とした歩みながらも、とうとう上の道路へ出た。ルーシーが車のそばに立っていた。

「なんでこんなに時間がかかったの?」ルーシーが言った。

ガナーはルーシーに軽くキスをし、運転席にすわるよう言った。そして、反対側へまわって助手席に乗った。ぼくは後部シートに乗った。車が走りだすと、ガナーは袋を出してシート越しに投げてよこした。

「まじめに訊いてるんだって」ルーシーが言う。「なんだってこんなに長くかかったのよ」

ガナーが声をあげて笑いだした。笑えるものなら、ぼくも笑っていただろう。

ルーシーの運転で谷沿いの道をふたたびくだってサンセット・ブールバードへもどり、そのあいだにぼくはつなぎ服を脱いで、窮屈な動きでさっきの派手なスーツに着替えた。もう夜半に近いのに、通りは車で混みあっていた。クラブ好きたちはみな、これからが本番とばかりに、いまも歩道に長い列を作っていた。

前と同じ駐車スペースに車を停める。エンジンを切ったあと、ルーシーがようやく体をひねって正面からぼくを見た。

「あんた、目もあてられない恰好よ、わかってる?」

舌でハンカチを湿らせて、ぼくの汚れを拭こうとする。

「店にはいれ」ガナーが言った。「まずトイレへ行け」

「山道を転げ落ちたばかりって感じよ」

「いいから行け。この車はおれが家まで乗っていく。おまえらはタクシーを拾うんだ。いいな?」

「了解」ルーシーはまたガナーにキスした。こんどは濃厚なのを。

「あんたが無事でよかった」ルーシーは言う。

「やるだけの価値はあった」

「そんなのどうだっていい。あんたはやりとげた。それが大事」

甘ったるいやりとりがもう少しつづき、ついにはガナーがぼくたちを車から追いだした。

「待って」車が走り去ると、ルーシーが言った。「あんたがそのなりでいるなら、あたしも合わせなきゃ」

ルーシーは前かがみになって、両手で髪を掻きまわした。体を起こしたとき、髪はぼさぼさに乱れていた。

「さあ、行くよ、マイクル。いや、ミハイル。第二段階がはじまるんだから」

15　ミシガン州　一九九九年七月

そして、解錠に失敗したあと……同じ日にそれ以上悪いことは起こらないとぼくは思っていた。

でも、ちがった。

穴での作業にもどったぼくは、シャツから封筒を出して手押し車の下の地面に置いた。穴を掘りはじめ、手押し車に土を投げ入れていっぱいにする。森まで運んで土を捨てる。そのとき、封筒を木の後ろに隠した。

真昼の残酷な太陽のもと、二時間ぶっとおしで働いたころ、アメリアが屋敷から出てきた。こちらへは来なかった。近づきもしなかった。裏庭の小さなテラスで、取っ手をまわしてテーブルに具えつけの大きなパラソルを開いている。

水飲み休憩の頃合だ、とぼくは思った。アメリアのそばへ行ってあの絵を渡すよい口実になる。

ところが、行動に移す前に、アメリアは姿を消した。家のなかへしばらくもどったので、ぼくは穴を掘りながら観察をつづけた。また表に出てきたとき、アメリアにはほかに三人の連れがいた。ドレッドヘアのジークが今回もいて、脱色した金髪を逆立てたもうひとりの男と、ピンクの綿菓子みたいな色に髪を染めた女が加わっている。四人はテーブルにつき、声をあげて笑ったり、大きなピッチャーにはいったアイスティーか何かを飲んだりしはじめた。涼しげなパラソルの日陰、若さ、笑い、いまいましいほどの完璧さ。二十ヤードも離れていないところにいるのに、四人ともぼくにはまったく気づいていないようだった。

もう死ぬほど喉が渇いていたけれど、そちらへ近づく気にはなれなかった。ひたすらシャベルを動かしつづけ、笑い声を耳に入れまいとした。ふと周囲が静かになり、顔をあげると、金髪の男と綿菓子の女がキスをしていた。ジークとアメリアは寄り添うようにすわっている。このときキスしてはいなかったが、ジークがアメリアの目を見つめて髪をなでているらしかった。

さらに何分か、しゃべったり、議論をしたり、笑ったりする声が聞こえたあと、また静かになった。もう一度目をやるのがこわかった。ようやく顔をあげたとき、四人がそろってこちらを見つめていた。いや、もっと悪いことに、ぼくの絵を描いていた。レイクランド高校の芸術家マフィアか何かのつもりか、全員がスケッチブックと鉛筆を手に持ち、じっとぼくを観察してこの光景を永遠にとらえようとしていた。地域社会と不法侵入先の家族に償いをしている、保護観察処分を受けた少年犯罪者を。惨めで、汗だくで、泥だらけで、獣《けだもの》と変わらない、苦役を課された動物を。

「止まるな!」ジークが叫んだ。「これは静物画じゃないんだ」

笑いが起こった。

また、めまいがしてきた。あまりにも容赦のない陽光に、あまりにも長くさらされすぎた。どうやってその日一日をやり過ごしたのかは覚えていない。ほんとうに思いだせない。

一日の終わりに、ぼくは木の陰から封筒を取りもどして、土の山の上に置き、最後に運んだ土をかぶせた。似合いの埋葬だった。

その日の出来事がぼくに与えた影響は言いつくせない。とうてい無理だ。学校にはいったばかりのころ、自分が何も持っていないと感じていたころも、つらい日々だった。でもいまは、その程度の問題じゃない。何も持っていないことだけでなく、自分の持っていないものがなんなのかをはっきりと悟った。けっして手に入れられないもの。それをあの日ぼくはまざまざと見せつけられた。あれ以上は考えるだけでも耐えられなかった。

なぜか、すべてがあのいまいましい錠のせいだという気がした。あの錠をあけることさえできていたら、すべてがまったく変わっていたかのように。

ばかげた考えだが、そのことで頭をいっぱいにしたまま、ぼくは眠りに落ちた。あの鋸歯ピンを使った錠。ぼくを叩きのめした錠。

目が覚めた。ベッドで体を起こし、暗い部屋を見まわした。

そうか、と思った。だからあの錠をあけられなかったのか。

ベッドを出て、最初に見つけた清潔な服をつかんだ。時刻は午前二時を過ぎたところだ。机の上を探って、自作の道具類を探しだした。金属の切れ端を適当に曲げたものばかりだ。それをポケットに突っこみ、鍵と懐中電灯をつかんで、家を抜けだした。

暗く人気《ひとけ》のない町を車で走り抜けた。外へ出たのは、ばかばかしすぎて自分を止める気にもなれないほど単純な思いつきのせいにすぎない。はるばるマーシュ家まで車を駆り、闇に沈む建物を目にした。はじめて見たときと同じ光景だ。ただし、いまはぼくひとりだけで、あのときとはちがう目的がある。

たっぷり四分の一マイル離れた位置に車を停め、路肩に車を残して歩きはじめた。いつもの自然な足どりでだ。屋敷に近づいたところで、裏庭へ身を滑りこませた。森のほうへ歩いていき、途中でシャベルを拾った。最後に作った山を見つけ、封筒を埋めたところまで土を押しのけていく。

慎重にやるんだ。絵をこれ以上傷めないように。

封筒を探しだし、拾いあげて土を払った。大きめの木の陰へ移動して、懐中電灯をつける。封筒は少し皺が寄っていて、もちろんひどく汚れていたけれど、折れ曲がってはいなかった。開いて絵を取りだし、弱々しい灯光で注意深く調べた。角が少しまるまっている。

それに、線が何本かこすれてぼやけている。とはいえ、まずまず悪くない状態だった。いつか封筒の製造元に手紙を書いて礼を言わなくては。

ここからがやっかいなところだ。ぼくは懐中電灯を消して屋敷へ向かった。裏口へ行き、ドアの横にある窓に頭を寄せて聞き耳を立てる。何より避けたいのは、マーシュがキッチンにいて、冷蔵庫から夜食を漁っている場面だ。

だれもいない。音もしない。そう、いまだ。ぼくは道具を出して錠をあけにかかった。ピンを動かしているうちに、錠前師の道具がいかにすぐれていたかがわかってきた。あれがいま手にはいるなら、なんだって引き換えにするのに。だけど無理だ。この道具で間に合わせるしかない。ぼくの考えが正しければ、これで用は足りるはずだ。

鋸歯ピン、とあの男は言っていた。マッシュルームピンの刻み目がひとつなら、鋸歯ピンの刻み目はそれより多いんじゃないか？　だからこそ〝鋸歯〟だ。つまり、各ピンの見せかけの解錠位置はひとつではなく、何カ所かある。そう、三つか、四つか、五つかもしれない。

それを突き止めよう。いちばん奥のピンの位置を合わせ、順に手前のピンへと作業を進めた。六つのピンすべての位置を合わせてから、奥へもどって手順を繰り返す。ここは慎重に進めて、すべてを適切な位置に保つよう、ちょうどよい力をかけなくてはならない。ちょっとでも弱ければピンが落ちるし、ちょっとでも強すぎれば感触が伝わってこなくなる。二度目の位置合わせを終え、昼に錠前師がぼくの肩の上で笑ったときと同じ状態にたどり着いた。今回はまだ終わりではないと知っている。

いちばん奥のピンにもどって、三度目の位置合わせだ。手前のピンへと作業を進める。くそっ、トランプの塔を積みあげているみたいだ。まだまだつづける必要があるのに、ひとつ進むごとにむずかしさが増し、そのうえ一回でも動きを誤ればすべてがぶち壊しになる。

　三度目の位置合わせも終盤に来たとき、力がゆるんで、奥側のピンが落ちかけているのを感じた。いちばん手前のピンの位置を保ったまま、奥までもどって修正するのは至難の業だ。いったん手を離し、深く息をついて両手をほぐしてから、だれもいない裏庭を見まわした。たぶん半マイルは離れた場所からバイクのエンジン音が聞こえる。もう一度最初から作業を繰り返した。

　こんどは四度目の位置合わせまで来たものの、またもすべてのピンが滑りはじめるのを感じた。この素人の道具め。役立たずの金属のかけらめ。

　ぼくは立ちあがって伸びをした。まったく上等じゃないか。いったいどうすればいい？

　ガレージを試すというのは？　外側のドアを突破できれば、内側のドアは施錠されていても難なくあけられるだろう。でも、電動式だったらどうやって侵入する？　まったく、とんでもない。最初に調子に乗って解錠してやらなければよかったのに。そうすればマーシュはこの錠に取り替えたりしなかった。とっくに家のなかにはいれていた。

　つぎで最後だ。もう一回だけやって、だめならあきらめる。すごすごと退散して、ベッドにもどろう。

　もう一度、いちばん奥のピンへ。ただし、こんどは……このピンだけ最後まで作業したらどうだろう？　それぞれの刻み目に位置を合わせていって、最後の刻み目まで押しあげる……

　いや、それはだめだ。考えてみろ。つぎのピンの最初の位置合わせに移ったときに力をゆるめざるをえないから、奥のピンがずり落ちてしまう。

　待て。ちょっと待て……

　ぼくはいちばん奥のピンを押しあげ、すべての刻み目の手応えを感じとった。全部で五つ。最後の刻み目が真の解錠位置だ。それなら、ピンをその位置に合わせるのではなく……その上まで押しあげたらどうなる? いちばん手前のピンまで、全部を持ちあげきった状態にしてから、力をうまくゆるめてやれば……

それを試した。いわば、錠を逆方向にピッキングするようなものだ。いちばん奥のピンを押しあげきって、つぎにひとつ手前のピンへ。すべてのピンに同じことを繰り返す。六つのピンすべてをあがりきった状態にしたら、あとはほんの少し力をゆるめて……

カチリという小さな音が六回鳴った。六つのピンが真の解錠位置に並んだ音だ。シリンダーが回転し、錠があいた。

ぼくはキッチンへ足を踏み入れた。以前立ったのと同じキッチンだ。あれは何日前の夜だった? 同じ感覚がよみがえった。鼓動が速まる。呼吸が浅くなる。何もかもが鮮明だ。これほど思考が澄んでいくのは……

……そう、この家に前回忍びこんで以来のことだ。ただし、今回は暖炉の火掻き棒を水槽に突っこむような困った仲間三人はいない。ひとりきりで、なんでもうまくやれる気がしていた。

いい気分だった。それは認める。

ぼくは長々とキッチンにたたずみ、あたりの気配に耳を澄ましていた。隣の部屋から時計の針の音が響くほかは何も聞こえない。家のなかを進み、階段へ向かった。ふたたび立ち止まって、耳を澄ます。そしてゆっくりと階段をのぼった。廊下のコンセントのひとつに常夜灯が差してある。どのドアかを正確に知っていることに感謝しながら、アメリアの部屋をめざす。以前の押しこみが早くも役に立った。ドアの前で、もう一度室内の様子をうかがう。そして、シャツから絵を引っ張りだした。ドアの下から絵を差し入れようとする。それが今夜、いくらかでも分別のある行動をする最後のチャンスだったと思う。でもそうする代わりに、ぼくはドアノブに手をかけた。ドアには鍵がかかっていた。

ノブを見つめる。鍵穴すらなく、中央にまるい穴がひとつあいているだけだ。取りだしたピックを穴に差して単純な解除レバーを押し、音がしないようゆっくりと引き抜いた。これほどたわいない錠ははじめてだった。

一インチだけドアを押しあけた。そこでアメリアの寝息に耳を澄ます。まだ眠っている。さらに数インチ開き、のぞきこんでベッドを見た。窓から月の薄明かりが差している。Tシャツにショートパンツ姿のアメリアが、南米の大蛇と格闘していたかのようにシーツにくるまっていた。

室内へ数歩進み入り、絵を化粧台に置いた。満足のいくながめだった。このちょっとした冒険の甲斐があったと思える。しばらくその場にとどまって、肌にふれたい衝動と戦いながら、寝ているアメリアに目を注いだ。ほんとうは恥じ入るべきなんだろう。こんなふうに忍び入ったことを恥じて、罪悪感を覚えるべきだった。自分以外のだれかがアメリアにこんなことをしたら、ぼくはぜったいに許さない。アメリアの部屋に忍びこんで寝姿を見守る男がいたら、命がけで戦うだろう。

ぼくは部屋を出て、ノブの施錠ボタンを押してからドアを閉めた。忍び足で階段をおり、キッチンを通って裏口から外へ出る。ここでもドアを閉めて施錠した。侵入の痕跡と呼べるのは、あのただひとつの贈り物だけだ。そこにも名前は記していない。

異常ではあったけれど、愚かではなかった。

つぎの日は疲れが頂点に達していた。マーシュ家に着いたとき、事態がふたつのどちらかになっていると確信していた。その一、目覚めたアメリアは絵を見て震えあがる。父親に話が伝わり、大騒ぎになる。ぼくはしらばっくれて、そんな絵を見たこともないふりをせざるをえなくなる。信じてもらえるのを祈って。同じ家にあえて二度も侵入する意味はないと見なされるのを祈って。もしかしたら、芸術家のボーイフレンド、ジークに矛先が向くかもしれない。

その二、アメリアは絵を見てもそのことをだまっている。とりあえずは。

二番目なら悪くない、と正午に車寄せへ乗り入れながら考えた。ぼくを待ち受けるパトカーは見あたらなかった。野球のバットで手のひらを叩くマーシュもいない。

屋敷をまわりこんで裏庭へ行き、前の晩に置いた場所からシャベルを拾いあげた。シャベルを地面に突き立てもしないうちに、裏口のドアがあいた。現われたのはマーシュではなかった。ジークが足早に近づいてくる。きょうもジャケットを着ているが、きのうより一段とひどい、あらゆる色をはね散らかしたような騒々しい柄だった。髪はやはり後ろで編んである。前に立つなり、ジークはぼくの肩につかみかかった。ぼくはそれを押しのけた。

「いったいアメリアに何をした？」ジークは言った。

「え？　何をしたんだ」

なるほど、これはおもしろくなってきた。

「おまえの事情は知らないが、アメリアには近づかないのが身のためだ。聞いてるのか？」

いや、あんまり。もう一度言ったほうがいいかもね。

「ひどく後悔することになるぞ。こっちは本気だ。アメリアには近づくな。さもないと……」

さもないと、どうする？

「まあ、いい……いずれわかるさ」

ジークは身をひるがえして屋敷へもどっていった。アメリアがそこで待ち受けていた。ジークに苛立ちの目を向けている。そして、その肩越しに視線を投げてきた。ぼくのほうへ。

そのまなざし。

たっぷり感情が表れていたわけじゃない。でも、かまわなかった。

それだけでじゅうぶんだった。

数時間が過ぎた。もちろん以前にも増してきつい作業だったけれど、死の行進のように感じなかったのはこの穴で午後を過ごすようになってはじめてだった。この日が特に涼しかったわけではなく、ぼく自身が少しは鍛えられたのかもしれない。アメリアのこともいくらか関係していただろう。

アメリアがまた現われるのを待ちつづけたが、空振りだった。そんな気配はない。ジークの気配もなかった。マーシュの気配さえも。電話の相手を怒鳴りつけるいつもの声も聞こえなかった。ぼくの知るかぎり、屋敷にはだれもいない。

一時間ほど経って、車寄せに車がはいってくる音が聞こえた。アメリアだ、と思った。そうであってくれ。とにかくもう一度会いたかった。水道へ水を汲みにいくと、屋敷からマーシュの怒鳴り声が聞こえた。のどかな世界の再来だ。数分後、男がひとり裏口から出てきた。白いワイシャツを着て、ゆるめたネクタイを首から垂らしている。マーシュと似た年ごろだが、薹《とう》の立ったスポーツ選手のようには見えなかった。中古車売り場にいるのが似つかわしい如才なさが感じられる。男はぼくが作業をしている場所まで近寄ってきた。そして、立ったまま煙草に火をつけた。

「本気でこれを手で掘ってるのか」男が言った。

ぼくはシャベルを見せた。

「そうか、シャベルか。言いたいことはわかるだろう。ああ、まったく、おれの仕事はくそみたいだよ」

ぼくは穴掘りをつづけた。

「やつから、外へ出て頭を冷やせと言われたんだがね。しかし、ここは三十度以上あるんじゃないか？　とんでもない悪党だ」

男は煙草の煙をゆっくりと吐きだした。

「やつのもとでずっと働いてるのか」

ぼくはかぶりを振った。

「あまりしゃべらないんだな」

うなずく。

「尊敬するよ。この世には口を閉じていられる人間がもっと必要だ」

マーシュが裏口から出てきて男を呼んだ。

「あいつみたいなやつばかりだからな」男は言った。「じゃあ、またな。しばらくはここにいるんだろう?」

ぼくは顔をあげなかった。また会うとは思えなかったし、どちらでもよい気分だった。このときは何もわかっていなかった。

マーシュとその男が車でどこかへ出かけ、またもひとりで残された。四時が近づいてきて、誘惑に負けたぼくは少し早めに引きあげた。何しろ大切な用事がある。まっすぐ家へ帰ったあと、画用紙を取りだし、その前にすわって長いあいだ紙を見つめた。アメリアの注意を引くことはできた、と自分に言い聞かせる。つぎはどうする? 衝撃を与え、好奇心をそそり、ぼくに夢中になるような絵を描こう。簡単なことだろう?

またアメリアの顔を描きはじめた。彼女のなかに見たものをもう一度つかみとろうと試みる。手を動かして数分経ったとき、前とまったく同じ絵がそこにあることに気づいた。脇へのけて、新しい紙に描きはじめる。

自分を描く手もある、と思った。自画像を見せれば、ほんとうのぼくを知ってもらう助けになる。裏庭で穴を掘る土まみれの無口な男以外の姿を。ただでさえ自分を描くのはむずかしいけれど、ゆうに一時間は作業に没頭した。そして、その絵も脇へのけた。食事に行って、もどってから、また描きなおした。

気負いすぎなのはわかっていた。どれだけ望んでも、絵一枚でアメリアの気持ちをつかむことができないのもわかっていた。それでも、ほかに近づく方法が浮かばない。机に向かって絵を描こうとする自分を手早くスケッチした。体から立ちのぼる炎を描きこむ。実のところ、内面はそのとおりだった。炎。熱狂。頭上の空間に、顔からいくつもの光の筋をきらめかせて漂うアメリアを描く。そしてふたたび、自分の胸を掻きむしるぼく。頭の上には、ふたつに割れたハートのマーク。アイディアをひねりだすための、意味のないただのいたずら書きだ。

そもそもの発端を思い起こした。アメリアがはじめてぼくに話しかけたときのことを。アメリアはぼくの後ろに立っていて、少し上から見おろしていた。その場面を、細かな部分にはまだこだわらずに、すばやくおおまかに描く。さて、アメリアはなんと言っていた？　正確なことばは？

〝ひどい恰好。わかってるの？〟

そう、それだ。その台詞をアメリアの頭の上に書き、吹きだしで囲った。場面全体に大きな枠を描く。これが最初のコマだった。

ぼくは子供のころからずっと漫画本が好きで、酒店の奥の部屋で過ごした長い日々にも夢中で読みふけっていた。このときはまだ、漫画がかっこいいものになっていたとは知らなかった。〝グラフィックノベル〟とやらも見たことがなかった。以前に美術クラスの同級生が漫画のようなものを描いたとき、マーティー先生がさんざんにけなしていたのを覚えている。たしか〝低俗なくだらないエセ風刺〟とか言っていた。だから、漫画の道へ進もうともとから考えていたわけじゃない。これはたまたまの成り行きだった。

描き進めるうちに、だんだんこのやり方がぴったりに思えてきた。つぎのコマは、掘るのをやめて顔をあげたぼくが、はじめて実物のアメリアに目を向けた場面だった。
三番目のコマは引きの構図だった。視点を変えながら描く手法をぼくは直感で身につけていた。このコマにはふたりがいて、アメリアがまたしゃべっている。
〝あなたのことは前から聞いてた。うちに押し入る前からってことよ。ミルフォード高校のしゃべらない子って、あなたでしょう?〃
土の筋がたくさんついた、ぼくの顔のアップ。いまはざっと描くだけだ。完璧な描写にこだわるな。いまこそアメリアに何かを伝えるチャンスなんだから。ようやくアメリアに返答する機会が来たんだ。心のなかを表す吹きだしの形だとしても……
恥ずかしがるな。さっさと言うんだ。
〝ああ、本物のほうがずっときれいだな〃
そう、それでいい。つぎのコマはアメリアにもどる。
思いだせ。一言一句たがわずに。
〝理由は……何? なぜそんなことになったの? 小さいころに何かあったとか?〃
さあ、つぎは? どう答える? 目をそらしているぼくを描く。心の台詞は〝そうだよ〃だ。
またアメリア。〝わかってるつもりよ。しゃべらないのは演技。だってほんとうは……子供のころに起こったことを話したいんでしょう? わたしたち、いつかお互いの話をしあえるかも〃
ぼくの背後からの構図で、肩越しにアメリアの顔が見える。ここはあとでしっかり描きなおそう。ぼくの頭上に、また心のなかの吹きだし。〝ぼくたちにどれだけ共通点があるか、きみがわかってくれたら……〃
そして、立ち去るアメリアと、それを見守るぼくの絵。さらに、ぼくがまたシャベルを土に突き刺す絵。このページの最後のコマに、最後の吹きだしを入れたい。ぼくはしばらく考えた。そして、意を決して台詞を書きこんだ。
〝彼女が望むなら、地球の中心までもこの穴を掘ろう〟

　なんて陳腐な台詞だ。ああ、そうか、これも書いておこう。どれほど陳腐に聞こえるか、自覚してるんだから。さっきの吹きだしの右側の、少しさがった位置に、もうひとつ吹きだしをつけ加えた。〝なんて陳腐な台詞だ。でも、本心だよ〟

　よし。これでいい。何はともあれ、アメリアに話しかけている。少しは効果があるだろう。

　さらに二時間ほど作業をつづけ、細部をすべて描きこんでいった。それぞれの顔を仕上げる。土の質感を出す。いくつかの背景を、邪魔にならない程度に加える。完成すると、別の大きな封筒に入れた。そして目覚ましを夜中の二時に合わせた。

　眠ろうとつとめた。目覚ましが鳴ると、すぐにベッドを出た。服を着て、家を抜けだし、車に乗りこむ。毎日往復しているのに、それだけでは物足りないということなのか。アメリアの家のある通りへ曲がると、パトカーがいた。ぼくは息を詰め、脇を見ずに運転をつづけた。パトカーはすぐ横を走り過ぎていく。ぼくは通りの突きあたりまで行き、Uターンしてもどってきた。また家から離れたところに車を停める。外へ出て、いかにも住人のような顔で闇のなかを歩いた。

　屋敷の裏で身をかがめ、道具を取りだしてきょうも錠をあけた。この夜は、鍵を使っているかのような簡単で自然な作業に感じられた。

　キッチンへはいり、こんどもしばらく耳を澄ました。鼓動が速まるのがわかり、もうすっかりなじんだ感覚に浸る。病みつきになるかもしれない。ここの部分だけは。

　階段をのぼり、アメリアの部屋の前で立ち止まって、しばらく様子をうかがった。ついにノブをまわすと、きょうは鍵がかかっていなかった。一瞬、不安が訪れた。つい考えてしまう。ドアの向こうで、アメリアが待ちかまえているんじゃないだろうか。電気のスイッチに手をかけて。大声で叫ぶ準備をして。

そんなことはなかった。ドアを押しあけると、ベッドで眠っているアメリアが見えた。部屋へはいり、化粧台に封筒を置いた。そのときドアの外から物音がして、ぼくは凍りついた。じっと待つ。アメリアは寝返りを打って眠りつづけている。その寝息にぼくは耳を傾けた。

だれかがこの家に押し入って、アメリアの寝室でその寝姿を見つめる。そう考えて、ぼくはまたも奇妙な感覚に襲われた。いまここにいるのが悪いことだとわからないわけじゃない。ただ、なぜかその考えが自分にはあてはまらない気がしていた。自分は正当な理由のためにここにいて、危害を加えたりしないと知っているからだ。むしろ、こんなにも侵入が簡単で、その気になればほかのだれでもあすの夜にこうして立っているかもしれないという事実に腹が立った。

だれも安全じゃない。どんなときも。どこにいても。

ぼくはドアをすり抜けると、廊下を進み、階段をおりて、裏口から夜の庭へ出た。車までもどり、乗りこんでまっすぐ家へ帰った。少し眠ろうとした。でも眠りは訪れなかった。

朝が来た。ぼくは疲れきっていた。鏡に映る自分すら見たくない。シャワーを浴びて、清潔な服に着替えながら、アメリアはぼくの漫画をどう思っただろうと考えた。きょうになると、あれが有史以来の大失態のように思えた。

〝彼女が望むなら、地球の中心までもこの穴を掘ろう〟。こんな台詞をほんとうに書いてしまった。

屋敷に着くなり、まっすぐに裏庭へ行ってシャベルを持ち、作業をはじめた。例の穴はいま、まずまず立派な子供用プールぐらいの大きさになっている。まだ深いほうの端には取りかかっていないけれど、きょうはそんなことを考えていられなかった。アメリアの姿を探して周囲を見まわす。どこにも見あたらなかった。

アメリアを怯えさせてしまった。何もかも、愚にもつかない見当はずれだった。このシャベルで自分をいますぐ殴り殺したい。

それから四時間、気が変になりそうなまま過ごすしかなかった。この日もまた、暑いなか一トンの半分の土を森まで運んだ。いまでも、どう乗りきったのか記憶がない。四時になって、体を引きずるようにして車へもどった。おしまいだ、とぼくは思った。もう一日だって持ちこたえられない。

車のドアをあけたとき、ぼくは何を目にしているのかわからず、しばらくそこに突っ立っていた。運転席に封筒が置いてある。アメリアの寝室に残してきた封筒だ。拾いあげて、ハンドルの前にすわった。少しのあいだ、そのままでいた。心臓が高鳴る。そして、封を切った。

ぼくの漫画だった。〝残念でした〟の明確な意思表示。差しだし人へ返却します。今回のご応募ではご縁がありませんでした。

でも、待てよ、ほかにも何かある。封筒には二枚目の紙がはいっていた。それを引きだして目を注ぐ。もう一枚の漫画？　コマのつづき？

そう、まさしくそうだった。

アメリアが二ページ目を描いていた。

これだけの年月が流れたいまでさえ、実物が手もとになくても何が描かれていたかを正確に説明できる。目を閉じれば、ひとコマひとコマがよみがえる。何もかもがまざまざと。アメリアのほうが絵がうまい、というのが最初の感想だった。技術の問題ではなく、特にこの漫画という表現のなかで、アメリアは何ひとつ損なわずにすべてを本質にまでそぎ落とす天性の才能を持っていた。線がどこまでも簡潔で、すっきり描かれている。アメリアの顔が。ぼくの顔が。ぼくが片手を柄に置いて、肩にかついだシャベルが。

アメリアの描いた最初のコマで、彼女は穴の端に立ち、〝それには演技をやめなきゃいけないもの。そうでしょう？〟と言っていた。あの日、別れ際にアメリアが言い、ぼくが省いた台詞だ。二コマ目で、アメリアは歩き去るところだった。顔に怒りが浮かんでいる。頭の上にはぐるぐるうねる黒い線が描いてあった。

三コマ目で、アメリアは家のなかにいた。ドレッドヘアのジークがボトルを持ってテレビの前にすわっている。髪が首まわりにひろがって、胸に垂れている。

〝どうかしたのか〟とジークが言う。アメリアの答は〝別に〟。

そしてアメリアのクローズアップ。ジークの台詞が枠線の外から飛びこんでくる。〝今晩、展覧会に行かないか。リンダはかっこいいし、すげえ才能があるから、行ってみたら――〟とあって、つづきはアメリアの頭に隠れて見えない。アメリアはジークを完全に無視していて、心の吹きだしにはこう書いてある。〝あの人にきつくあたりすぎかしら〟。あの人とはぼくのことだ。

つぎのコマでは、枠線の外からさらにことばがつづく。〝聞いてんのか？　きょうはいったいどうしたんだ〟。アメリアは立ちあがっていて、窓の外を見ながら考えている。〝わたしたち、似たもの同士じゃない？　あの人がだれかに話をするとしたら、相手はわたしに決まってる〟と。

最後のコマでは、窓の向こうにぼくがいる。かがんでシャベルで土をすくっている。コマの下側にアメリアの心の台詞。〝あの人がしゃべらないことが、なぜこんなに気になるの？〟

そこで終わりだ。ぼくはすわったまま、ずっとそれを見つめていた。ようやく目をあげると、マーシュが玄関ポーチからこちらを見ていた。ぼくはギアをリバースに入れて、バックで車寄せから出ていき、そのまま走り去った。

家に着いて、アメリアの描いたページを机に置き、じっと十回以上読み返したあとも、まだ現実とは信じられなかった。しばらくしてぼくはそれを脇へ置き、三ページ目に取りかかった。

さあ、どうしようか……。あの家での二日目に場面を移してみよう。左上の隅に〝つぎの日……〟と書いた。あの日、アメリアはなんと言った？　プールを掘るのは時間の無駄だ、だれも使わないんだから、と言ったんだ。そのあとで本題を切りだした。そこからはじめよう。

そんなわけで、最初のコマではアメリアがまたぼくを見ている。あの日のTシャツとショートパンツを身につけている。〝で、きょうはしゃべる気はあるの？〟

つぎのコマで、ぼくはアメリアを見あげている。

三コマ目。アメリアはつぎにどう言った？　〝あなたのはふりだって言ってるのよ、わかる？　その気になればしゃべれるのはわかってる。ほら、何か言ってみなさいよ〟

あの日はここでメモ帳を出したんだった。ほんとうにしゃべれない、と書いてアメリアに渡した。それが現実に起こったことだ。でも、このページの上では、ぼくは思いのままにふるまうことができる。自分だけのもうひとつの現実を作りだせる。

だから、四コマ目。ぼくは話している。そう、ほんとうに口をあけて、声を出してしゃべっている。紙の上では、心を表す吹きだしの代わりに、会話の吹きだしを描くだけでいい。九年の沈黙を破って、はじめて口にすることばは……。アメリアが何か言ってみなさいよと誘ったから、それに応じた。〝何か〟と言う。

五コマ目。アメリアの顔に驚きが浮かぶ。〝しゃべれるじゃない〟

六コマ目。ぼくの答。土まみれの顔に笑みを浮かべる？　いや、微笑はなしだ。真実だけでいい。〝きみとは話せるんだ、アメリア。きみとだけは"

もっと描きたかった。あと十枚でもページを埋めてアメリアに渡したいが、それはよくないだろう。それは一方的に話すのと同じで、想像がつくと思うけれど、ぜったいにぼくのやらないことだ。そう、ぼくから一ページ渡したら、つぎはアメリアの番だ。

各コマを見なおして細部を描きこんだ。今回はアメリアのやり方にならって、少しめりはりをつけてみた。飛ぶように時間が過ぎていく。目覚ましをかけようとしたところで、その手を止め、このあとのことについて考えた。毎晩アメリアの家に忍びこむ必要はない。封筒を車に残しておけば、アメリアが見つけてくれる。

だけど、そうなると一日よけいに待たなくてはいけない。長いあいだ、こういうことが起こるのをひたすら待っていた人間にとっては……

いや、待て。毎日ぼくが正午に着いてすぐに、封筒を探しにいけばいいとアメリアがわかっていれば、そうはならない。それなら一ページ描いてもどすまでに四時間ある。もしアメリアにまだその気があればの話だが。とにかく、これ以上危ない橋を渡る必要はない。

それが正しいやり方なのはわかっていたけれど、なんだか真っ当すぎることにぼくは落胆してもいた。錠をあけて暗いキッチンへ足を踏み入れたときのあの感覚……しばらくはあの感覚を味わわずに過ごさなくてはいけない。

そしてつぎの日が来た。ぼくは数分早めにマーシュ家に着いた。車をおりるとき、封筒をダッシュボードに置いて、アメリアが確実に見つけられるようにした。これならフロントガラスを見るだけで気づく。

屋敷の裏へまわって、例のレイクランド芸術家マフィアが大きなパラソルの下にいるのを見たとき、すべての計画が崩れ去るのを感じた。ジークがアメリアといっしょにいて、脱色した金髪を逆立てた男と、髪をピンクの綿菓子から青リンゴの色に染め変えてきた女もいる。四人を無視しようと全力でつとめたが、笑い声や、だれかがぼくの登場をはやし立てているにちがいない拍手の音が、いやでも耳にはいってきた。

それから三十分ほど、ぼくは土と格闘した。勇気を出して盗み見するたび、アメリアが徹底してぼくと目を合わせないようにふるまっているのがわかった。二回目に手押し車の土を捨ててもどってきたとき、アメリアの姿が消えたのに気づいた。

さらに三十分が過ぎた。残りの三人はさっきからしている何かをつづけていた。笑い声がだんだん小さくなる。ジークがこちらを見ているのがわかった。五分ほどすると、ジークは立ちあがって家のなかへはいった。その十分後、もどってきたジークは金髪男と緑髪女に何か言った。ふたりは荷物をまとめて立ち去り、ジークがこちらへ歩いてきた。

「アメリアに近づくなと言ったと思うが」

ぼくは掘りつづけた。顔すらあげなかった。

「おまえに話してるんだ」

ぼくは手を止め、耳が聞こえないかのように片手を耳の後ろにあてた。シャベルを地面から抜き、手押し車へ投げこんだ。

「この野郎」

ジークが詰め寄ってきた。ぼくは振り向いて、シャベルの刃を首に突きつけてやった。それで片がついた。

「覚えてろよ、この鼻くそ野郎。いいな」

そしてジークは去った。

ぼくは仕事にもどった。数分おきに裏の窓を見ては、アメリアの姿を探した。見つからない。水差しを満たしに水道の前へ行ったとき、マーシュが電話に向かって叫んでいるのが聞こえた。

まもなく四時になるというころ、裏口のドアが開くのが見えた。一瞬、心臓が喉から飛びだしそうになったが、出てきたのはマーシュだった。片手に酒を持っている。もう一方の手でテラスの椅子をつかみ、穴まで運んできた。穴の端ぎりぎりにそれを置き、すわろうとして、あやうく土のなかへ転げ落ちそうになる。椅子を置きなおしてふたたび腰かけ、こんどはしっかり体勢を保った。

マーシュはぼくが穴を掘るのをしばらく見守った。そして、グラスがほとんど空になるまで、中身をゆっくりと飲みくだした。

「なぜこんなことをやってるんだ」とうとう口を開く。

ぼくは顔をあげた。

「近ごろ、わたしはおおぜいの人間を働かせている。建物を造らせたり、取引をまとめさせたりな。いろんな場所でいろんな連中を使ってるんだ。なあ、いいか」

マーシュはグラスのなかで氷を鳴らし、残りの酒を飲みほした。

「つまりだ。もしそいつらが全員きみのように働いていたら、なんの問題もなかったんだよ。わたしは大金持ちになって、順風満帆の人生を送るはずだった」

氷を一個取りだしてこちらへ投げる。それはぼくの頭の二フィート上を飛んでいった。

「じゃあ、きみはどうだ。毎日ここに現われる。自分の仕事をする。働くべき時間に働いて、一分も休まない。一分たりとも。そして、そのあいだずっと、そのいまいましい口を閉ざしている。不平を言わない。口答えもしない。わたしに電話をよこして、こんなことがあっただの、あんなことがあっただの、あいつがどうしただのと言って、簡単なことができない弁解をすることもない。そんな戯言《たわごと》はいっさい言わない。ひとこともな。わたしが何を言いたいかわかるか？」

ぼくはじっとしていた。どう反応すべきなのかわからなかったし、反応しても相手が気づくかどうかさえ怪しかった。

「こんなおかしなことがあるか？　わたしのために尽

くすはずの連中がこぞってばか高い給料をさらっていく一方で、いちばんいい仕事をするのはただ働きの少年犯罪者だ。どういうことかわかるか？」

いや。わからない。

「きみも飲まないか」マーシュは言った。「本物の酒を。来い、何か作ってやる」

ぼくは両手をあげた。遠慮するよ。もうすぐ四時なんだ。早く車へもどって、何か置いてあるかを確認したい。

「そうか？　わたしの作るウォッカ・マティーニは極上だぞ」

もう一度、両手をあげた。

マーシュは椅子から腰をあげ、穴のなかへおりてきた。近くに来たので、酒くさい息が感じられる。

「本気でプールを掘らせたかったわけじゃない。わかってるだろう。プールなんか造ってどうする？」

またしても、じっとしているしかないようだった。

「きみの勝ちだよ。もう穴掘りはしなくていい。シャベルを片づけろ。手押し車も片づけろ。きみはやりとげた。勝ったんだ。めでたし、めでたし、めでたし」

めでたし、めでたし。でもマーシュはそこに立ったままだった。

「こんなことをさせて悪かった。謝罪を受け入れてくれるか」

本心からのことばらしい。答え方はひとつしかないだろう？　ぼくは首を縦に振った。

「これから友達になれるだろうか」

おいおい……これはどう考えればいいのか。

「友達だと言ってくれ」

いったいなんだよ。ぼくはうなずいた。

「握手しよう」マーシュはグラスを左手に持ち替え、右手を差しだした。

ぼくはその手を握った。グラスのせいで冷たく湿っている。

「あすまた来てもらって、何かほかの仕事をいっしょに考えよう。何かもっと楽しいことを。もっとやりがいのあることを」

とんでもなく酔っぱらっているんだろう、とぼくは思った。あるいは、とんでもなく頭がおかしいか。あすになったら、このやりとりを全部忘れているかもしれない。そうでないなら、あれこれと楽しい一日になりそうだ。

「まだ少し早いが、帰っていいぞ。あすまた会おう」

それだけ言って、マーシュは後ろへさがり、椅子をつかんで引きずりながら屋敷へもどっていった。ぼくはしばらくその場で後ろ姿を見送っていた。千鳥足で派手に転ぶのを待ちながら。でも転ばなかった。ぼくはシャベルを手押し車に投げこみ、屋敷をまわって車へ向かった。

車内には何もなかった。封筒は見あたらない。

頭のなかに、考えうるシナリオがいくつも浮かんだ。アメリアが正気にもどったのか。あるいは、ジークがどうにかして邪魔をしているのか。それとも……ぼくたちのちょっとしたゲームにジークが感づいて、自分で車から封筒を持ち去ったのか。

そう考えて胃が裏返りそうになったとき、後ろのほうで物音がした。ドアが閉まったのか？ いや、窓だ。家のほうを見ると、茶色の封筒が宙を舞っていた。窓はすでに閉まっていて、奥にいるはずの人影はなかった。

ぼくは正面の芝生から封筒を拾いあげ、車に乗って百ヤード走った。マーシュの奇行のことはもう頭から消えている。こっちのほうがずっとずっと大切だ。車を停めて開封した。ぼくの描いた一ページ目、アメリアの描いた二ページ目、そしてまた、ぼくの描いた三ページ目……

四ページ目。

最初の一時間はジークの相手をしなくてはならなか

ったから、描く時間があまりなかったはずだ。それでも四ページ目がここにある。前回の最後の場面、ぼくがはじめてことばを発したあと、アメリアが穴の端に立っていたところから話がつづくものと思っていた。ところが、場面は変わっていた。最初のコマに描かれていたのは、外でパラソルの下にすわっている四人だった。きょうか？　きょうのことを描いているのか？　少し離れたところにぼくがいて、一心に働いている。ジークとほかのふたりはぼくを見て笑っている。三人は後頭部しか見えず、手前にアメリアの横顔が描かれている。アメリアの心の吹きだし……〝あんたら能なしにはわからないの。あの人にはあんたらのだれよりもずっと才能がある。それに、あの人はいい男よ〟

なんだ、これは？　いったいなんだってこんな……

二コマ目。アメリアが立ちあがっている。ジークが呆気にとられて見あげている。このコマのジークの描き方ときたら、この世で最も哀れで滑稽な人間そのものだった。胸にこみあげる純粋な喜びがいっそう大きくなった。

三コマ目。家のなかだ。アメリアはジークに背を向けて言っている。〝出てって。もう顔も見たくない〟

四コマ目。左上の隅に〝その後……〟とある。アメリアは自分の部屋でベッドに腰かけている。心のなかの吹きだし……〝ここに来たのね。わたしの部屋に。ふた晩つづけて〟

ぼくは固唾を呑んで読みつづけた。

五コマ目。ベッドの上にアメリアのシルエット。下のほうに大きな余白がとってあり、長い独白が書かれている……〝夜中にわたしの部屋に忍びこむなんて、ろくでなしもいいところ。最低のろくでなし。そして、ゆうべは姿を見せないなんて……〟

六コマ目。窓の外からの視点。アメリアは部屋のなかから外を見て、つぶやいている……〝来ないなんて、ほんとうのろくでなし〟

一枚の紙。パルプを漂白して薄く延ばしたものだ。そして、一本の鉛筆でこすりつけた黒鉛のあと。ただそれだけだ。言うまでもない。

ぼくはその一枚の紙をつかんだまま、ミシガン州ミルフォード郊外の道端に停めた伯父のぼろ車のなかで、五分はすわりこんでいた。暑い昼さがりが暑い夕方に変わりつつある。ようやくまた息ができるようになり、すべての紙を封筒にしまった。正しい運転のしかたを思いだしてから、ギアを入れてアクセルを踏んだ。家まで車を駆った。

部屋へはいってもう一度封筒をあけ、紙を全部出して机に並べた。この古い家の裏手にある、葉巻のにおいのする殺伐たる部屋。その部屋の四つの壁に囲まれて、この四枚の紙が存在する奇跡。

ぼくは新しいページを前にすわっていた。声を出して笑うことができたら、そうしただろう。これへの返事に、いったい何を描けばいい？　六コマでいったい何を？

いくつかの案を描いてみた。またあの家に侵入したら、ぼくたちのあいだに何が起こるだろうか。夜中にアメリアの寝室に忍びこんだら……。あれこれ描いてはまるめ、床へ投げ捨てた。一枚残らず。

ついにぼくは両腕の上に顔をうずめた。一分だけでも、どうしても目を閉じていたかった。たった一分だけでも。夢のなかへ吸いこまれながら、部屋に流れこむ水の音を聞いた。水は壁を流れ落ち、窓を通り抜けてくる。床にたまり、水かさを増していく。ゆっくり、少しずつ。ぼくをすっかり飲みこむまで。

いつもの夜のように。いつもの夢のように。

顔をあげると、十二時を過ぎていた。

ぼくは身を揺すって目を覚ました。このままではぶち壊しだ。いっさいを水の泡にしてしまうのか。

何か描かなくてはいけない。なんでもいい。あと時間ある。いや、一時間半か。それからアメリアの家へ行こう。

たったいま心の底で感じていることは？　それを自分に問いかけた。それだけに集中して描きはじめろ。

まっさらの紙を取りだした。右下の隅に、机に向かっている自分を描いた。一分前までのように顔を伏せている。頭の上に、夢を表す大きな吹きだしを余白いっぱいに描いた。

そう、これだ。六コマも要らない。ひとコマでいい。大きな賭けかもしれない。たぶん正気じゃないだろう。でも、これでいい。ページいっぱいに描いたものは、夜遅く、水に満たされた夢のなかで見た、ぼくの目に映ったままのアメリアの姿だった。

16　ロサンゼルス　二〇〇〇年一月

クラブの裏口には鍵がかかっていたので、正面にまわらなくてはならなかった。用心棒はぼくの顔のさまを見てわずかに目を見開いたが、ぼくたちをはっきり覚えていたらしい。ベルベットのロープをはずして中へ通した。

ぼくはトイレを探しあて、鏡で自分の姿を見た。顔から泥を洗い流す。それから髪を濡らし、少しはましになるように軽くなでつけた。できるだけのことをしてからトイレを出ると、ルーシーが待っていた。ふたりでダンスフロアを横切っているとき、ジュリアンとラモーナが上階のテーブルにいるのが見えた。ウェスリーもいっしょだ。ジュリアンがこちらに気づき、ほんの一瞬だけ表情が揺らいだが、すぐにもとにもどった。

ルーシーとぼくは螺旋階段をのぼり、バルコニーに陣どる用心棒の脇を抜けてテーブルへ近づいた。ウェスリーが紳士らしく立ちあがってルーシーの椅子を引いた。

「どこへ行かれたのかと思っておりましたよ」ウェスリーが言った。

「言ったろう」ジュリアンが言った。「その男が仕事をしていたんだよ。準備を整えるためにね」

「いったいどうなさったのです」とウェスリー。「交通事故にでもお遭いになったように見えますよ」

おまえは英語がわからないんだ、とぼくは自分に言い聞かせた。話が理解できているような顔をしちゃいけない。

「ああ、そうだよ」ルーシーが自分の乱れた髪に指先を滑らせた。「みごとな轢かれっぷりだった」

そしてそのことばを裏づけるかのように、ルーシーは手を伸ばし、爪でぼくの頬を引っ掻いた。とんでもなく痛かったけれど、おかげでウェスリーが微笑んで、わかったとばかりにうなずいた。

「よし、そろそろ」ジュリアンが言った。「おふざけは終わりにしないか」

あとでわかったことだが、これはすべてジュリアンの芝居だった。相手としっかり向きあう。少しだけ不安げにふるまう。もう一分でも待てないと言いたげに取引を進める。

「おっしゃるとおりです」ウェスリーが言った。「では、はじめましょう」

ジュリアンはこちらを向き、ロシア語で何か言った。でたらめだったかもしれないが、とにかくロシア語っぽく聞こえた。

ぼくはひと呼吸置いた。そしてうなずいた。

「じゃあ、どこで？」とジュリアン。

「現金を用意してまいります」ウェスリーが言った。「みなさまはこちらでしばらくお待ちいただけますか」

「かまわない。もう一本ボトルをもらえるかな」

ウェスリーはにっこりと微笑んだ。「すぐに持ってこさせます」

席を立ち、川心棒に歩み寄る。ぼくはその姿を目で追った。ウェスリーが振り返ったとき、その顔に見くだすような表情がひらめいたのが見えた。おまえらはみんなただのガキだ、と言いたげだった。おまえらを手玉にとるなんて、わけもない、と。

やっとそのとき、計画の全体像が見えてきた。すべてがばかげて見えても、ジュリアン一派の行動の裏には考え抜かれた計画がある。標的が金庫に金を入れるのを待ったりしない。金庫に金を入れるよう仕向けるんだ。相手に近づく。親しくなる。相手が何を求めているかを探りだす。それを手に入れられる、とささやきかける。知りあいの知りあいが入手方法をよく知っている、取引を仲介するからみんなで儲けよう、と誘う。これらすべてを、自分のほうが一枚上手《うわて》だと相手が少しの疑いもなく信じこむように進めていく。最後に笑うのは自分だと信じこむように。

取引する品はなんでもいい。今回はエクスタシーだ。どこのクラブでも手にはいる安物の粗悪品じゃない。純度百パーセントの本物だ。いきなり麻薬の密売人になるのかって？　とんでもない。取引するのは月の石だってかまわない。実際に引き渡すつもりは端《はな》からないんだから。

当然ながら、相手は大いに警戒する。どこからともなく現われたやつが、まさに自分の求めていたものを手に入れられるとささやくんだから。つまり、標的は危険を……こちらがとんだ食わせ物かもしれない危険を承知している。そんなこともわからなきゃ、たぶんいまの地位にはいないだろう。それでも相手は話に乗ってくる。ほんとうに望みがかなう可能性もあるからだ。自分は賢くて、こちらは安っぽい能なしのごろつきなんだから、損するはずはないと考え、抜かりなく手筈を整えようとする。だから、こちらはそうさせてやる。求めるものをなんでも与える。サンプルがほしい？　どうぞ。受け渡しの時間と場所を指定したい？　お望みのままに。そこへ出向きましょう。

相手に主導権を握らせる。金を集めさせて大事に持たせておく。手に入れると約束したものを残らず引き渡せる人間だとこちらを信用するまで、尻のポケットに金を全部しまいこませる。それなら金を失う心配はない、と思わせる。安全なゲームだと確信するまで、金にはいっさい手をふれないんだから。

ぜったいに失うはずがない。

ただし……想像してみるといいが……仮に尻のポケットに金をしまってあるときに、だれかほかの人間が近づいてきて、実際に取引をはじめる前にその金を奪ったらどうだろう。そうなると、目論見を果たすことはむずかしくなるかもしれない。

それこそがジュリアンの計画だった。まさに完璧だ。こちらが冷静を装いつつどうにか取引をまとめようとするのを相手は悠然と見守っている。その隙に、別の人間が背後に忍び寄って、ポケットから金を抜きとる。その〝ポケット〟が、ふたつの警報システムに守られた重さ八百ポンドの鉄の箱だったとしても。

女ふたりはしばらく席を立った。ジュリアンがテーブルをまわりこみ、ぼくの隣の席にすわった。体を寄せてぼくの耳にささやく。

「よくやってる。才能があるよ。まだひとつの失言もないしさ」

ジュリアンはぼくの肩を軽く叩き、ルーシーのシャンパングラスをつかんで掲げた。ぼくが自分のグラスを掲げるのを待つ。

「ア・ラ・マーノ・デ・ディオス」

今回は意味がわかった。〝神の手に〟。こういう場面でよく使う言いまわしだ。若い詐欺師が若い泥棒と手を組んで完全犯罪を仕掛けるような場面で。

「ここからが大事なところだ」ジュリアンがまた身を寄せた。「やつが家へ金をとりに帰って、すっからかんだと気づいたら……頭に血がのぼってひどく腹を立てるはずだな。そうなったら、こっちはそれ以上に腹を立てて、すさまじい怒り方をしなきゃいけない。能なしのペテン師め、なんてお粗末なやり口だ、とかなんとか罵ってやるんだ。わかるだろう？」

ジュリアンはことばを切って、もうひとロシャンパンを飲んだ。

「最後まで演じとおすんだ。やつの前で、ドアの外へ出るまでは」

女ふたりがテーブルにもどった。ラモーナが今夜は離さないとばかりにジュリアンの腕をつかんだ。ルーシーはぼくにしなだれかかり、首に腕をまわした。髪と、香りと、頬にあたる肌の感触で、ぼくは頭がくらくらした。

ルーシーのそれも演技なのはわかってる。そうは言ってもね。

「もっと飲みなよ、シャンパン」ルーシーは言った。「痛みが和らぐよ」

なんの痛みのことか、よくわからなかった。今夜やってのけたことによる体の痛み？　心の痛み？　それともまったく別の何か？

なんにせよ、ぼくはもう少しだけシャンパンを飲んだ。この夜のこの街のこのナイトクラブで、階下のダンスフロアでライトが点滅し、音楽が大音量で鳴り響くなかで……これから何が起こるのかと考えずにはいられなかった。このしゃれた風変わりな四人組なら……何があっても不思議はない気がした。

ウェスリーが帰ってきた。顔が真っ赤で、ポニーテールはほどけている。ジュリアンがぼくにすばやくウィンクをして立ちあがった。そして、目の前でふたりは言い争いをはじめた。ウェスリーが腕を振りまわし、ジュリアンはその顔に指を突きつけている。二階にいた用心棒が割ってはいり、大騒ぎがもう少し繰りひろげられたあと、ぼくたちはあわただしく裏階段をおり、夜気のなかへと抜けだした。

ジュリアンがタクシーを拾い、ぼくたちは後部シートに並んで乗った。ラモーナが運転手に所番地を告げ、タクシーはサンセット・ブールバードを走っていく。シャンパンと同行者たちと夜そのもののせいで、ぼくの頭はぼんやりしてきた。

タクシーは高速道路を東へひた走っていた。周囲の明かりがつぎつぎと後方へ飛び去っていく。

そのあと、タクシーは這うようにゆっくりと、踊る人々に満たされたせまい通りを進んでいった。前へ進むために、ひとりずつ、一インチずつよけていくほかなかった。

やがてぼくたちはタクシーをおり、別のクラブへ足を踏み入れた。名前は〈エル・プルポ〉。大にぎわいで、スパイスの効いた食べ物のにおいが立ちこめ、だれもがスペイン語をしゃべっている。

しばらくすると、ぼくは踊っていた。このぼくが。ダンスフロアで、たしかに踊っていた。いったん休んでメキシコビールを一本飲んだ。そしてまた踊った。

踊っているうちに体があたたまり、いい気分になった。最高と言ってよい気分に。これまでの人生で最高に近い気分だった。

まわりは他人ばかりで、知らないことばをしゃべっている。それでも、自分はここに属しているような気がした。今夜、ぼくのいるべき場所は、このイースト・ロサンゼルスの混みあった汗くさい小さなナイトクラブのほかにありえない。

ルーシーがぼくの前にやってきた。腕をあげて、乾いた微笑を浮かべている。ルーシーも踊っていて、そばにいるのが心地よかった。ぼくは手を伸ばしてその体にふれた。両手を左右の腰に添えた。

別の男がルーシーの肩に手を置き、自分のほうを向かせて何やら耳にささやいた。ルーシーは男の手をつかみ、なめらかな動きでひねりあげて膝を突かせた。その腹をひと蹴りしてから解放する。男は這って逃げていき、ルーシーは何事もなかったかのようにぼくに向きなおった。

音楽がさらに大きくなる。みなが叫んでいる。

さらに踊った。いまこの瞬間、ルーシーとつながっているこの感覚。アメリアとしか味わったことのない感覚だった。ルーシーだけでなく、ジュリアンにも感じる。ラモーノにも。ガナーにさえも。いまごろガナーは、家でまた顔の汗をぬぐっているんだろう。あの大金を数えながら。

さらに叫び声が響く。ますます大きくなっていく。

ふと思った。もしぼくがしゃべれるとしたら……それはこんな夜じゃないだろうか。ただ口をあけて、そして——

ルーシーが何か話しかけてきた。ぼくは聞きとろうと身を寄せた。

「あんたはもう仲間よ」ルーシーの唇が耳にふれていた。「あたしたちの仲間」

17　ミシガン州　一九九九年七月

いまでもあの日を振り返る。アメリアがあの最後のページをくれたあの日を。生まれてはじめて希望を持った。いちばん思いだしたいのはそのことだ。その希望はあまりにも力強く、手でふれることさえできそうだった。すぐ目の前にあるかのようだった。一枚の紙にすぎないものを手に持って過ごしたあの数時間。夜が来るのを待った。なんとなく恐ろしくて、自信が持てなくて、何が起こるかまったく見当がつかなかった。それでも、思い描いたとおりにうまくいくのではないかと希望をいだいていた。

日は落ちていた。夜半になるのを待つ。そして一時。はやる心を抑え、いつもより早く行く危険は冒せないと心に言い聞かせた。向こうが何時まで起きているかわからないだろう？　前は二時にだいじょうぶだったから、きょうもそうしよう。

一時三十五分に家を出た。車であの家へ向かう。もちろん、いつもの道具を持っている。緊張するな、落ち着け、と繰り返し自分を諭した。そうしなきゃ、あの裏口のドアはあけられないぞ。ところが、着いたとき、ドアは施錠されていなかった。これも新たな出来事だが、ぼくへのささやかなメッセージだろう。しばらく耳を澄ました。そして、ドアをあけてはいった。

キッチンを抜け、階段へ向かう。一段ずつ静かにのぼり、廊下へ出てアメリアの部屋の前に立った。ドアノブをまわす。ここも鍵はかかっていなかった。まわしきったものの、押しあけるのがためらわれた。そこで動きを止める。

最後の疑いがよぎった瞬間だった。やはり、ここまでのすべてが……どう見ても都合がよすぎて、現実とは思えない。何もかも罠だったのか。かつがれたのか。このドアの向こうにはビデオカメラがあるのかもしれない。いきなり照明がつくのかもしれない。あの四人の芸術家マフィアが待ちかまえているんだろうか。ドアをあけるか、背を向けて逃げだすか。決断のときだ。

ぼくはドアをあけた。

部屋のなかは暗かった。はいってドアを閉める。しばらくそこで待った。持ってきた封筒には、ぼくが描いた新しいページも加えてある。封筒を化粧台のいつもの場所に置いた。

「やっと来たのね」暗闇から声がした。

ぼくは動けなかった。

「ドアの鍵はかけた？」

手を伸ばして施錠した。

「こっちへ来て」

声のするほうへ一歩踏みだした。まだ姿は見えない。目が闇に慣れていなかった。

「こっちよ」

小さくカチリと音がした。すると、細い光が天井を照らした。アメリアが懐中電灯を持ってベッドにすわっていた。

「今夜は来ないのかと思いはじめてたところよ。眠っちゃった」

ぼくはアメリアから六フィートのところに立っていた。動くことができない。

「すわるか何かしたら？」

ベッドの端に腰をおろした。アメリアは着古したTシャツとショートパンツを身につけている。いつもの恰好だ。

「嚙んだりしないって」

ぼくはもう少しそばへ体をずらした。

「こんなふうになるのを待ってたんだと思う」アメリアは言った。「はじめて会ったときからずっと。でも、こうしてここに来ると……」

アメリアは姿勢を変え、あぐらをかいた。むきだしの膝がぼくから数インチのところにある。

「ちょっと変な感じ」

ぼくは片手を胸にあて、それから手でドアを示した。

「ううん、帰らなくていいの。だって、新しいページをまだ見てないもの」

ぼくは立ちあがり、化粧台から封筒をとって手渡した。開封するのを見守る。アメリアは片手に懐中電灯を持ち、反対の手でページをめくった。ぼくの描いた新しいページまで来ると、しっかり手に持って見つめた。

「これ……わたしね」

アメリアは懐中電灯を動かしてページ全体を照らした。ぼくのなかのどこかから生まれたその絵を。

人魚。顔はアメリアのものだ。水中で、髪がひろがって流れにたゆたっている。慎み深く片腕で胸を覆い、尾は長いUの字を描いて曲がっている。

ぼくは目を閉じた。童画めいていながら同時に艶っぽい絵を描くという難題をどうにかこなせたと思う。これまで描いたどれよりも風変わりな絵だ。

「なんて言ったらいいのかわからない」

気に入らないんだろうか。すぐに出ていけと？

「きれい」アメリアは言った。「とってもすてき。どうして知ってるの？」

ぼくは目をあけた。

「わたしがずっと人魚になりたいと思ってたことを、なぜ知ってるの？」

アメリアは視線をあげてぼくを見た。懐中電灯が顔の半分に濃い影を作っている。

「ほんとうにこんなふうに見えてる？　わたしのことを考えてるときに」

ぼくはうなずいた。ほんの少しだけ。そして、アメリアの口を見つめた。

「キスしたいなら、いつでも——」

ぼくは片手をアメリアの首の後ろに置いて顔を引き寄せ、口と口を近づけた。どれほどそうしたかったか。それしか頭になくて、一秒も待てなかった。アメリアはぼくの腰に腕を巻きつけて、しっかり抱き寄せた。ふたつの体がベッドへゆっくりと傾いていく。そして倒れこんだ。アメリアの舌がぼくの舌にふれ、すべてが溶けていく。たくさんの本で、恋人たちがひとつになる場面に〝溶けていく〟ということばが使われているのを読んだけれど、まさにそんな感じだった。ぼくたちはいまアメリアのベッドに横たわり、ぴったり寄り添って、互いの手を求め、力が強すぎて押し返しているように感じるほどきつく抱きあっていた。

「ああ」耳のすぐそばでアメリアの声が聞こえた。「こうなりたいってどれほど思ってたか、きっとわからないでしょうね」

このときぼくは十七歳だった。この夜まで、キスの経験はひとりの女の子と二秒ほどあっただけで、それもわけがわからないうちに終わってしまった。そのぼくが、いままさにアメリアのベッドにいる。この先どう進む決まりになっているかは知っていたし、たしかにぼくもそれを望んでいたけれど、実際に何をどうしたらいいのかはまったくわからなかった。

「だいじょうぶ？」

ぼくはうなずいた。アメリアは体を起こした。

「訊くのはこれっきりと約束するから……。ほんとうに、ほんとうにひとこともしゃべれないの？」

首を縦に振る。

「ちょっとだけ声を出すこともできない？」

ぼくはぐっと唾を呑んだ。

「いいのよ」アメリアは言った。「かまわない。声だけでも聞けたら、もっとすてきだなと思って」

ぼくたちはしばらく押しだまっていた。懐中電灯がベッドに転がっていて、細い光が壁に反射し、ぼくたちをぼんやり照らしていた。アメリアの顔は髪で半分隠れている。アメリアがもう一度ぼくを引き寄せ、ぼくはこんどはゆっくりとキスをした。この味。この香り。これは現実の出来事なんだ。さらに引き寄せられ、さまざまな考えが一気に脳裏を駆けめぐった。つぎにどうなるのか。どちらかが止めなかったら、いったい何がはじまるのか。

そのとき、物音が聞こえた。廊下から足音とドアのきしむ音がする。アメリアは指を自分の唇にあててだまるよう促したが、すぐにそれが無意味だと気づいたようだった。「動かないで」小声で言う。「父よ」

トイレを流す音、そして部屋へもどるマーシュの足音にふたりで耳を澄ました。マーシュがもう少し早く起きてきて、家に忍びこんだぼくを見つけていたら、どうなっていたかと考えずにはいられなかった。どんな牢獄へ送られるのかや、今夜手脚をもがれて永遠の車椅子生活を体験するはずだったという事実が考慮されるのかということまで頭に浮かんだ。

マーシュがまた眠りに就いたと確信できるまで、さらに数分待った。そのころには、魔法は半ば解けてしまったようだった。やむをえない、とぼくは思った。とにかく、今夜のところは。

そのときアメリアが立ちあがった。シャツの裾をつかんで、頭から脱ぎ捨てた。肌が窓の薄明かりに照らされる。ぼくは唾を呑み、手をふれようと腕を伸ばした。アメリアの鎖骨に両手を置く。アメリアはぼくの手をとって、胸までさげていった。そして目を閉じた。

ぼくのシャツに手が伸びてきた。ふたりでそれを取り払った。つづいてズボン。そして下着。アメリアがショートパンツを脱いで蹴り捨てる。

そしてぼくの手をとり、ふたたびベッドへいざなった。

「こんなの、ばかげてる」アメリアが言った。事が終わったあとだ。「もう夜中にこの部屋へ忍びこむ必要はないのよ。いくらわたしが変わり者で、それを気に入ってても」

アメリアはぼくを立ちあがらせた。ぼくたちは部屋の真ん中で互いの体に腕をまわした。部屋は真っ暗で、黒く塗られた木の床のせいもあって、宇宙を漂っている気分だった。

「この夏がとっても楽しみになってきた」アメリアは言った。「これからもわたしに絵を描いてくれる？」

ぼくはうなずいた。

「わたしも描く。こんどはわたしの番ね」

アメリアはまたキスをした。そしてぼくを放した。ドアまで行き、ほんの数インチ開いて廊下の様子をうかがう。

「だれもいない。でも気をつけて」

ぼくはアメリアの脇を抜け、地球への帰還さながらに、分厚い絨毯へ足を踏みだした。階段を半分おりたころ、背後で物音がした。マーシュの声が聞こえるのではないかと体が凍りつく。この家に銃が置かれていないことを祈る。振り返ると、アメリアがこちらを見おろしていた。微笑を漂わせ、片方の眉を少しだけあげる。そして、手を振っておやすみの挨拶をし、ドアの向こうに姿を消した。

夏の一夜から……翌朝まで。世界はなんと短い時間で変わってしまうものだろう。すべてをそこで止められるものなら、何を捨てても惜しくない。アメリアの部屋での数時間。ぼくの物語をそのページで終える。メモ帳を閉じる。幕引き。

だけど、そうはならない。

それは刑務所で悟ることのひとつだ。目を閉じて、こうでありたいという夢を見る。だが目が覚めると、あらゆるものが一気に舞いもどる。孤独も、閉ざされたドアも、まわりを囲う石壁の重苦しさも。すべてがもどってきて、一段とつらくなる。

だから、こういう場所にいるときは、はじめから夢など見ないほうがいい。少なくとも、あんな夢は。あんな夢を見てはいけない――二度と目覚めるつもりがないなら別だが。

あの夜、ぼくはアメリアの家を出て、家まで車を走らせ、部屋にもどった。夜通しまったく寝つけなかった。アメリアの香りが体に残り、唇に押しつけられた唇の感触が消えなかった。自分の部屋の暗がりでひとりきりになっても、心臓がハチドリのように速い鼓動を刻んでいた。そのまま とうとう日がのぼり、ぼくはふたたび立ちあがって、アメリアの家へもどる支度をした。

その日、車を走らせながら、ぼくは落ち着かない気分だった。日の光のもとでは何もかもが崩れ去ってしまうのではないかと不安に駆られた。ぼくを見たら、アメリアはかぶりを振って両手を高く掲げるんじゃないだろうか。ちがう、あれはまちがいだったの。すぐ裏庭へ行って穴掘りをつづけて。これまでのことは全部忘れて、と。

車を停めて外へ出たとき、アメリアの姿は見えなかった。しばらく車寄せに立って、どこかの窓から顔がのぞかないかと待った。無駄だった。

そこに見慣れない車が停まっていた。だれかが町に引っ越してきたんだろうか。そのときは深く考えなかった。屋敷をまわりこみながら、マーシュがきのう言っていたことを思いだした。プール掘りはもう終わりで、何か別の仕事を見つけておく。もっとやりがいのあること、と言っていた。どういう意味だろう。

酔っぱらっていただけだ、と思った。きょうはもうあの会話をひとつ残らず忘れていて、ぼくは手押し車に土を積んでは森へ捨てにいく作業にすぐもどされるにちがいない。

ところが、裏庭でぼくを待っていたのは驚きの光景だった。

まず、白いテントが目にはいった。ガーデンウェディングで見かける巨大な白いテントほどの大きさがあり、毎日掘り返していた部分をそれがすっかり覆っている。状況をつかもうと数度まばたきしたあと、ようやくテントの下の日陰に立つふたりの男に気づいた。マーシュと、ぼくの保護観察官だった。

マーシュはぼくを見つけると、日差しのなかへ出てきた。「マイクル！　こっちへ来てくれ！」満面に異様な笑みをたたえている。

「ほら、だれだかわかるだろう」保護観察官を指し示した。「ここでのわれわれのささやかな計画について話してたんだ」

保護観察官が出てきてぼくと握手をした。顔をのぞきこむ。「会えてうれしいよ、マイクル。なんだか顔が赤いな」

「日焼け止めをかならず塗るよう言ったんですがね。皮膚癌？　黒色腫？　この子がわたしの言うことを聞くと思いますか」

マーシュはぼくの肩をふざけて叩いた。

「ようやくこの子のためにテントを買いましてね」マーシュは言った。「いずれにせよ、ほしかったんですが」

「みごとなもんだ」保護観察官はテントを見あげた。白い織り地が日の光でまぶしい。「裏庭全体が本物のオアシスに変わりますね」

「言い得て妙だ」マーシュが言った。「オアシスか。見てのとおり、ここでちょっと特別なことをしようと思っていましてね。マイクルがよく手伝ってくれています」

「できあがったらすばらしいでしょうね、ほんとうに。ここには妻を連れてこないほうがよさそうです。すぐさまうちの裏庭の穴掘りを命じられそうだ」

ふたりはずっとぼくに微笑みかけていて、その歯がテントに劣らず白く輝いていた。ふたりから目をそらしたぼくは、ようやくあたりを見まわして、さまざまなものが運びこまれていたことに気づいた。どれも大きくて葉振りのよい鉢植えの植物が一ダースほど地面に並んでいる。穴には大きな黒い防水シートが掛けてある。手押し車には、バレーボール大の石塊がいっぱいに積まれている。

「完成したらどんなふうになるか、ミスター・マーシュが説明してくれていたんだ」保護観察官が言った。「噴水を設置したところを見るのが待ちきれないな。でも、ここに……」

保護観察官は足もとの藁と生えたての短い芝へ目をやった。「ここに電気を引く必要があるのでは？」

「ああ、そうそう」マーシュが言った。「もちろんですよ。仕上げにね。業者に頼んで家から配線してもらわないと」

保護観察官はまだ見ぬコードを屋敷まで目で追い、同意のしるしにうなずいた。「ご自分でできないのが残念ですね」

「組合がうるさいもので」マーシュはぼくのうなじに手を置いた。その指に力がこもっているのが感じられた。

「まあ、何もかも順調なようでうれしいかぎりですよ。こちらのことは成功事例として喜んで報告させてもらいます」

「マイクルにはきのう話したんですがね……高給で働かせている連中がおおぜいいるんですが、そのだれよりもマイクルは熱心にやってくれます」

「それはすごい。すばらしいです」

「おっしゃるとおり、成功事例ですよ。まさにそのものです」

何が起こっているのか、ぼくにはまだわからなかったが、ふたりは握手を交わしてさらに何度か微笑みあい、やがてマーシュが保護観察官を車まで送っていった。見送りをすませ、マーシュは裏庭へもどってきた。ぼくは作り物のオアシスのそばに立って、この茶番にどれだけの労力が注ぎこまれたのかと考えていた。日陰に身を置くことすら自分には禁じられている気がして、テントの下へは行かずにいた。保護観察官が無事に帰ったいま、マーシュはすべてを覆すんじゃないだろうか。防水シートを引き剝がして、作業にもどれと言うかもしれない。

ところが、近づいてきたマーシュはぼくの頰に両手を置いた。顔を力強くなでる。「きょう、きみの株はあがったよ」

顔を軽く叩いてから手を放す。「少し楽にしていてくれ。三十分ばかりしたら中へ来てもらいたいんだ」

楽に、と言われてもね。どうしたらいいかわからない。テントのまわりを歩き、シャベルを探した。森の近くに落ちていた。ここにいるのにその柄を握りしめていないのはひどく妙な気分だった。でも、それがどうしたって？　きょうのところはまちがいなくプール掘りは棚上げらしい。ぼくはシャベルを投げ捨ててテントの前へもどり、屋敷の窓を見やった。

どうか姿を見せてくれ。きみの微笑みを一瞬でも目にできたら、何もかもがずっとすばらしく感じられるのに。

ぼくはテントの下へ行き、穴の端にすわって足をビニールシートに載せた。そして待った。

ようやくマーシュが裏口から出てきた。

「来てくれ！」

ドアを押さえて立っている。中へはいったとたん、エアコンの強烈な冷気を感じた。

「こっちだ、マイクル」

書斎へ案内された。シャベル七千杯の土を掘る前、最初に長い話しあいをしたあの部屋だ。剝製の魚が相変わらず飾ってある。巨大なクロカジキが机の上の宙で凍りついている。

「すわってくれ」マーシュが言った。「何か飲むか」

ぼくは手をあげてことわった。

マーシュはぼくの返答に関心がないらしかった。

「コーラかな。ドクター・ペッパーがいいか？　何かあるはずだ。待っててくれ」

奥の壁にしつらえられたシンクつきのバーへ行って、小さな冷蔵庫のなかを探っている。「氷は要るか？」どちらの答でも関係ないんだろう。ぼくはあえて止めもしなかった。

「あったぞ」マーシュは氷を満たしたグラスに缶コーラを注いだ。輝くグラスだ。それをこちらへ渡し、缶をぼくの前に置いた。そして、机の向こう側に腰を落ち着けた。

「ここに来てもらったわけを話そう。娘のアメリアから、けさ興味深いことを聞いてね」

なんてことだ。もう来たか。こんなに早くとどめを刺されるとは思っていなかった。

「きみにはすばらしい絵の才能があるから、いつまでも裏庭で穴掘りなんかさせておくべきじゃないと言うんだ。あの子が言ったそのままのことばだよ」

また呼吸ができるようになった。

「きみには毎日驚かされるよ、マイクル。もうじゅうぶんだ。きみの誠意は証明されている。あれだけがんばって働いて……しかも仲間をかばいとおしたんだからな。ところで、わたしはきのう謝ったろうか。もう謝罪したな？」

ぼくはうなずいた。

「事件にはほんとうに腹が立ったよ。きみらがやったことには。きみと、ミルフォード高校の不良どもが」

マーシュは見るからに努力してことばを切った。そして、机に手をおろした。

「だがそれは、きみにあんな苛酷な仕事をさせる言いわけにはならない。わたしはただ、自分の気持ちの変化を説明しているつもりだ。わかってくれるか？　許してくれるか！」

　ぼくはもう一度うなずいた。

「ありがとう、マイクル。心から感謝するよ。さあ、コーラを飲んでくれ」

　ぼくはひと口飲み、炭酸が鼻に抜けるのを感じた。

「で、これからのことだがね。まず、きのう言ったことは本気だ。ソール掘りの日々は終わった。いいな？　もうやらなくていい。代わりに、そう、きみにそんなにすばらしい画才があるというなら……」

　少し言いよどんで、マーシュは椅子にもたれかかった。巨大な魚が頭の真上に浮かんでいる。

「アメリアにはちょっとした友達がいたんだがね……。ジーク。エゼキエル。まあ名前なんかどうでもいい。たぶん見かけたことがあるんじゃないか。なんにせよ、あいつはもう来ないらしい。胸が痛むとは言えないな。裕福な家の息子だが、どうも得体が知れなくてね。ともかく、あいつがいなくなって……そう、アメリアは絵を描いたりするとき、いつもだれかといっしょにいたがるんだ。そこで、考えたんだが……何を言うつもりか、わかるかね」

　いや。まったくわからない。だって、そんなチャンスを本気でぼくに与えるはずがないだろう？

「アメリアはずいぶんさびしい思いをしてきたんだ。ここには家族三人だけだからな。いまはアダムがいなくなって、ふたりきりだ。ほとんどいつもひとりで過ごしている。ときどき、どうやって手を差し伸べたらいいかわからなくなるんだよ」

　ありえない。そんなことをぼくに頼むなんて、考えられない。

「つまり、ここへ来て穴掘りをする代わりに……アメリアが絵を描くあいだ、いっしょに過ごしてやってもらえないだろうか。絵でなくても、きみたちの好きなことをしてかまわない。あの子にいっしょに過ごす相手がいるだけで、わたしはずいぶんと気が休まるんだ。話し相手がいるだけでね。きみは話の聞き手としては最高だろう？」

ああ。たしかにね。

「もし保護観察官のことが心配なら……」

いや、保護観察官のことなんか心配してないさ。

「先方には、別の仕事をしてもらっていると言うつもりだ。わたしのスポーツクラブで働いている、とな。こちらでうまくやっておくよ。うまくやるから心配無用だ」

これは罠だ。罠があるにちがいない。

「今晩、ちょっとしたバーベキューをするんだ。それまで残ってもらえるだろうか。会わせたい相手がいてね。名前はミスター・スレイド。実はいま言ったスポーツクラブの共同経営者だ。ほかにもいろいろいっしょにやっている。このところ手をひろげていてね。その男もきみに会えたらとても喜ぶだろう。どうだ？」

これが罠か？　共同経営者に会えって？

「そして……まだなんとも言えないが、いつかきみの助けが必要な問題が持ちあがるかもしれないんだ。そういうことがありうると思っていてくれるかな。つまり、そのときには助けになってもらいたい」

なるほど。これか。

「とりあえず言わせてくれ。きみはいろいろ技術を持っている。スレイドはまちがいなくそれに興味を示すと思う。きみの技を見せてやってくれないかな。よかったら今夜、バーベキューのあとにでも」

そのとき、足音が聞こえた。目をあげると、戸口にアメリアが立っていた。ジーンズの上に、シンプルな白いシャツを裾を出して着ている。首にはビーズのネックレス。髪はポニーテールにまとめてある。

「どうだろう、考えてみてくれ」マーシュがぼくに言った。「検討してもらいたい。これはあとで話そう」

「何を考えるの？」アメリアが言った。

「仕事の取り決めに関するちょっとした調整だ」マーシュは言った。「みんながいまよりはるかに幸せになれるさ。おまえも含めてな」

アメリアは納得していない様子だった。アメリアがいかに正しく父親を理解しているかを、ぼくはまもなく知ることになる。残されたただひとりの親をどれだけ深く愛していても、父親が少なくとも半分の時間はろくでなしであることをアメリアは知っていた。

「もう行っていいぞ。絵を描くなりなんなり、好きにするといい」

「きょうは穴を掘らなくていいの？」

マーシュは娘に微笑んだ。そしてぼくに軽くウィンクをした。

「ああ。きょうはいい」

このときはまだよくわからなかったけれど、マーシュはたしかにぼくを手に入れた。ぼくが椅子から立ちあがりもしないうちに。何をさせるつもりでいるのか、ぼくにはまるでわからなかった。だれのためにそれをさせようとしているのかも。何もかもがわかるのはもっとあとのことだ。

でも、この時点では……そう、マーシュはアメリアという切り札を出して、完璧に使いこなした。

そしてぼくを手に入れた。

18　ロサンゼルスおよびモンテレー
二〇〇〇年前半

　ロサンゼルスにとどまったまま、ぼくは十八歳の誕生月を迎えた。二〇〇〇年の二月だ。ルーシーが誕生日を尋ねてきたが、ただの好奇心からだろう、とぼくは思った。何かを計画しているとは考えもしなかった。ところが当日、ジュリアンと仲間たちは、ぼくに目隠しをさせて通りへ連れだした。目隠しをとると、目の前にそれがあった。シートに大きな赤いリボンをかけた、ハーレーダビッドソンのスポーツスター。見たことがないほどかっこいいバイクで、伯父がくれた中古のヤマハ以上だった。

　そのころすでに、ぼくはガレージに隣接する小さな部屋へ引っ越していた。荷物を運びこむのに時間はかからず、全財産が前のバイクで使っていたバッグふたつにおさまる量だった。ジュリアンが部屋のせまさを詫びたが、いやいや、とんでもない……家を出てからというもの、モーテルの一室かもっとひどいどこかで暮らすものと思っていたから……その部屋はぼくが理想とする本物の住まいにかぎりなく近かった。

　この四人については、まだまだわからないことが多かった。白のチームだ。まず、富豪から金を盗むのに費やす時間など、たかが知れている。四人は毎日ほかに何をしているんだろう。

　わかったのは、ジュリアンがワイン通の一家に生まれ、その育ちを利用して商売をはじめたということだ。マリーナ・デル・レイの波止場から遠くないところに店を構えている。店の地下には温度と湿度が管理されたワイン貯蔵室があり、百万ドルをゆうに超える価値を持つ数々のボトルが保管されている。世界で最も高品質で高価なワイン。大金持ちでなければ買おうと考えもしない品だ。ジュリアンはそうした商売を通じて、大半が自家用クルーザーを港に停泊させている危険な富裕層と最初の接触を持つことが多かった。同時に、この店は盗んだ金の一部を浄化する手立てにもなっていた。

よく考えると、ぼくの人生にはある種の対称性が見られる。いちばん保護を必要としていたときには、安酒を売る男がぼくを引き受けた。いまは高級ワインを売る男がその立場にある。

ラモーナもほとんどの時間をその店で過ごしている。大家族、特に二人の姉妹もいっしょだ。姉妹たちもラモーナに劣らず、度はずれて色っぽくて、ふるいつきたくなるようなヒスパニック系の美女だ。たまにぼくが店へ行くと、そのたびに姉妹がスペイン語で時速百マイルのおしゃべりに興じているのが聞こえ、よく罵りあいに発展していたものだった。その日の終わりには仲直りしている。強い絆で結ばれた家族だった。互いを溺愛していて、互いのためなら人殺しもしかねない。ぼくにはそれがうらやましかった。

ガナーはタトゥーの彫り師だった。サンタモニカに小さな店を持っている。店にいないときには、裏庭でトレーニングしているのをよく見かけた。ジュリアンの仲間になって、いくらか金を手に入れたいまでも、コンクリートブロックやタイヤチェーンのような廃材を好んで使っていた。

ガナーはあまりぼくに話しかけてこない。ただ、付きあいが長くなるにつれ、ガナーはだれともあまり話さないとわかってきた。仲間たちと同じ家に住んでいる。ほとんど毎晩、夕食をともにする。いっしょに大仕事にかかるときは、文字どおり仲間に命を預ける。だけど、ほかのメンバーとは異質だった。それはまちがいない。特にジュリアンや、最近ではぼくがいっしょにいると、いつも部屋にそこはかとない緊張感が漂う。共通の利益がなければ、おまえたちとそう付きあってはいられない、とでも言いたげだった。

ルーシーは？　仲間のなかで唯一まだ日中の仕事を持っていないのがルーシーだった。更正施設を出てからいろいろな職に就いたものの、どれも長つづきしなかったらしい。最近興味があるのはどうやら絵のようだ。作品がいくつか家のなかに飾られていて、何点かはジュリアンの手配で地元の画廊に展示されていた。ほとんどの絵は鳥や犬を描いたサイケ調のもので、中には実際に見たとは思えないジャングルの動物を描いたものもあった。いい絵だとぼくは思ったけれど、売れ行きはよくなかった。

　いちばん暇があるのがルーシーだったせいで、絵を描いたり料理をしたりしているあいだ、ぼくはよくそばをうろつくことになった。ある日、メモ帳にルーシーの絵を描いているところを本人に見つかった。どうということもない、鉛筆でざっと描いただけのスケッチだったが、ルーシーはその紙を取りあげて、長いあいだじっと見ていた。

「あんたをきらう理由がもうひとつできたね」ルーシーは絵を投げ返した。

　奥の部屋にはまだ金庫が置いてあった。その月の残りの期間、ルーシーは金庫をあける訓練をつづけた。ぼくはその様子を見守り、より短い接触域を探りあてるときの正確な手応えを教えようと手を尽くした。とはいえ、それを感じさせることはできないとわかっていた。みずから感じるか、感じないかのどちらかだ。

　どんなにひたむきに努力しても、ルーシーには感じることができなかった。

　ジュリアンはぼくが持っていた偽のニューヨーク州の運転免許証を捨てさせた。本物の偽の身分証を見つけてくれるという。そんなわけで、ぼくはもうウィリアム・マイクル・スミスではなくなった。

　ジュリアンの友達の友達が、カリフォルニア州の運転免許をまだとっていない近所の若者を知っていた。その若者は、あと二百ポンドは体重を落とさないかぎり、運転席にすわることすら考えられなかった。そこで、毎月玄関先まで一定額の現金を届けてやるという条件で、相手は身元を〝賃貸〟することに同意した。望みさえすれば、ぼくはその男の名前で銀行口座を開くこともできる。ここを出てまともな職に就きたければ、社会保障番号を使うことも可能だった。

そして、ぼくの新しい偽名はロビン・ジェイムズ・アグニューになった。

もちろん、ポケットベルはまだ手もとに置いていた。ある日、緑のポケットベルが鳴った。この色は何年も鳴っていない、とゴーストは言っていた。まだ番号を持っている人間がいるかどうかもわからない、と。

どうやらいたようだ。

表示された番号に電話をかけた。電話に出た男は、ゴーストか、と訊いた。答えずにいると、相手はもう一度尋ね、何度か悪態をついたのち、電話を切った。緑のポケットベルはこれまでか、と思った。それでも捨ててはいない。ほかのものと同じように、電池が切れていないかどうかを点検した。まとめて靴箱に入れてベッドの下にしまい、毎日確認した。

二月の最初の日、黄色のポケットベルがまた鳴った。無視しようかと思った。結局はマリーナの近くの公衆電話へ行き、その番号をダイヤルした。二回の呼びだし音のあと、声が聞こえた。

「マイクルか？」

ぼくの名前を知っている。でも、ぼくが返事をできないことは知らないらしい。

「ハリントン・バンクスだ」男は言った。「ハリーだよ。覚えてるかな。デトロイトのあの中古品店で会っただろう」

ああ、覚えている。店にはいってきて、いくつか質問をしていった。別の日には車のなかにいるのを見た。

そこにただすわっていた。見張りをしながら。

「そっちで会える場所はないかな、マイク。どうしてもきみと話がしたい」

この男はなんらかの方法で黄色のポケットベルの番号を手に入れた。こちらがロサンゼルスからかけていることも知ってるんだろうか。そう、いまだって逆探知のさなかかもしれない。波止場のそばの、この公衆電話へと。

「きみはずいぶん深く足を突っこんだんじゃないか」男は言った。「聞いてるかい？　きみを助けたいんだ」

ぼくは電話を切って、その場を離れた。バイクで家へもどる。部屋に帰ったとき、黄色のポケットベルがまた鳴っているのが聞こえた。同じ番号からだった。

この不快なものを叩き壊したい衝動に駆られた。デトロイトの男に知られて自分がどうなろうとかまうものか。でも、ぼくは電池だけ取りだし、鳴らなくなったポケットベルを箱にしまった。

ガナーが苛立ちはじめていた。それを隠しきれない。

「ジュリアンはやり方をひとつしか知らない」ガナーはぼくに言った。ぼくたちは食堂のテーブルについていた。ジュリアンとラモーナとルーシーはキッチンにいる。「ひとつ計画するのに六カ月かかる。六カ月だぞ。あらゆる条件が整わなきゃいけないんだ。相手のことを、どんな細かいことも残らず知る必要がある。そいつが夜中に小便に起きるなら、それも忘れるなってわけだ」

ガナーはグラスに少しだけ残っていた赤ワインを飲みほした。

「そのあいだ、ジュリアンはワイン屋でのんきにやっていて、ラモーナを連れて大物たちと遊びに出かける。ワインと食事でもてなすんだ。おれとルーシーは、やることもなくただ待たされる。最後の最後に実行するまでな。そのときには当然のごとく、退屈でつらい役目がおれにまわってくる。せま苦しいクロゼットで六時間もすわってたりな。おまえも見たろう。ルーシーのほうは、ジュリアンに信用されず何もさせてもらえないか、好色じじいの餌で終わるかだ」

ボトルをとって、グラスをまた満たしはじめる。大さじ二杯ぶんほど注いだところで、しずくしか落ちなくなった。ボトルをテーブルに叩きつけて、鈍い音を立てる。

「こんなことをやってられるほど人生は長くないんだ、わかるか？　おれたちだって、外へ出りゃ、いい出会いがある。うまいこと立ちまわれば、たまにはちょっとしたチャンスに出くわすさ。こんなに長く待つ必要なんてない。しょっちゅう腐ってなくてすむんだよ」

なぜガナーがぼくにこんな打ち明け話をしたのかわからない。しょせん、ぼくは新入りだった。でも、驚くにはあたらなかったのかもしれない。だれにも漏らさないとわかってるから、ぼくにはなんでも話せるわけだ。

とはいえ、どれだけガナーが神経をとがらせても、ジュリアンはけっしてやり方を変えようとしなかった。知りあいを作る。関係を深める。ゆっくりと。慎重に。相手に関して知りうることはすべて調べあげる。申し分のない機会を見定めるまで。それが訪れたらの話だが。

一度だけ、ジュリアンは判断ミスをしたことがある。まちがったタイミングでまちがった相手を選び、そのせいで殺されかけた。

その代わりにゴーストを得た。そしてこんどはぼくを。

「デトロイトの男」ジュリアンは言った。「あの男にはじめて会ったのはそのときだ」

数日後の夜のことだ。いつものように豪華な夕食をとったぼくとジュリアンとラモーナは、ワインボトルを二本空にしてテーブルでくつろいでいた。ガナーとルーシーはどこかへドライブに行っている。ジュリアンはようやくその出来事について語ろうとしていた。これまでに聞かせたどんな話よりも重要であるかのように。ほんとうにそうだったんだろう。

「あの男が店にはいってきた瞬間に、こいつは大物だとぴんときたよ。きみも会ったことがあるんだから、意味はわかると思う。世界一の大男でもなんでもないが、だれよりも広い空間を占めている感じなんだ。わかるだろう?」

ぼくはうなずいた。わかる。

「何年か前の九月のことだった。どうやらあの男はでかいクルーザーを借り、大物連中を何人か集めて、オレゴンから船旅に出たらしい。ゴルフを楽しんでから海岸沿いに南へくだり、二、三日おきに各地のマリーナへ上陸しては、またゴルフだ。ロサンゼルスに着いたら、たぶんラスヴェガスへも足を伸ばす。楽しそうな旅だろう? ご機嫌なクルーズだよ」

以前に二回、あの男に会ったときのことを思い返した。ゴルフをしたりクルーザーの甲板にすわったりという姿は想像しにくい。というより、多少とも人間らしいことをしている姿は。

「それも全部、ただの肩慣らしだった。ここを出発したらメキシコへ向かい、その船旅でポーカーのトーナメントをはじめるというんだ。賭け金無制限のホールデム。参加者は七、八人。参加費は五十万ドル。つけはなし。現金払いのみだ。合計で四百万ドルばかりがクルーザーに積まれてるわけだよ。これを聞かされたとき、どんな気持ちだったか想像できるか? うちの店に男が立っていて、なんでもないことのようにそんな話をしているんだ。それまで会ったこともない男がだぞ。やつはクルーザーのワインを買い足しにきたと言ったんだが、こっちはこう考えていた。全世界がけさ目を覚まして、あんたは金を持ちすぎだと判断した。

だからあんたはここにいるんだ、となˮ」

ラモーナはジュリアンの隣にすわっていた。微笑みながら首を左右に振る。

「どうやって事を進めたらいいか、たいした考えはなかった」ジュリアンは言った。「何しろ時間がなかったからな。あの男はクルーザーへもどろうとしていた。翌日には出航する。その大金が全部メキシコへ運ばれてしまうわけだ。困った……どうすればいい？　あれこれ考えたよ。相手はずいぶんあけっぴろげで、何ひとつ隠し立てしないように見えた。もう少しだけでもいっしょにいられたら、いい案が浮かぶかもしれない。だから、在庫からワインを選りすぐって、ありったけの極上品を直接クルーザーに届ける、と申し出たんだ。それはありがたい、と男は答えた。ぜひいらっしゃい、クルーザーのなかをご案内しよう、とな。至れり尽くせりだ。恐ろしく親しげだった。その時点で、こっちは赤信号に気づくべきだったんだろう。でも気づかなかった。何せ四百万ドルだ。まともな判断ができなくなる。

そして、マリーナへ出かけていった。あの男はそこにクルーザーを停めていた。群を抜いて大きなクルーザーでな。ほかのがみんなミニチュアに見えたよ。ただし、それはあの男の持ち物じゃない。ひと月借りただけだった。乗組員ごとね。とにかく、こっちはラモーナとふたりでそこへ行き、ワインを何ケースか持ちこんだ。ラモーナは気のきいたフラワーアレンジメントも用意してた。それに、葉巻も少しばかり。行き届いた心づかいだろう？　そんなわけで、荷物を持って渡り板をあがった。ビキニ姿のラモーナは、ミスター大物といちゃつきながらな。ほかの連中はまだ陸にいて、クルーザーのなかは人気《ひとけ》がなかった。で、船室を少し歩いてまわろうと考えたんだ。花をいくつか持ってな。何部屋かドアをあけ、室内をたしかめた。見咎められたら、親切な人間のふりをして、船室に花を置こうとしていたと言えばいい。追加サービスだとな。金がむきだしでそのへんに積んであるとか、そこまで思っていたわけじゃないが、置き場所がわかりさえすれば……少なくともチャンスはあるだろう？　金庫にまとめて保管してあったら、ルーシーがあけられるかもしれないと思った。そのころ、ルーシーはものすごく熱心に練習していたから、金庫がたいした作りじゃなきゃ、ひょっとしたらって……」

ジュリアンは口を閉ざし、しばらく物思いにふけっていた。ラモーナの笑みは消えていた。

「まったくばかだったよ。あんなふうに無計画なやり方をするなんて。すっかり頭がのぼせてた。もちろん、何もかもが仕組まれていたわけだ。探りまわっているうち、たしかに金庫が見つかったよ。船室のひとつに置いてあったんだ。たいして頑丈そうでもなかった。これならルーシーにもあけられると思ってな。興奮してきた。そのときだよ、突然後ろから声が聞こえたのは。振り向くと、別の男が銃を向けて立っていた。見たことのない男だった。なんとも妙ちきりんな野郎だ。会ったことがあるか？　だるそうな顔のやつだよ。いつも半分眠ってるような目をした」

ぼくはうなずいた。うん、会ったことがある。

「それで、やむをえず言いわけをはじめた。〝ここに花を置こうとしてたんですよ〟とね。だが、そいつは信じなかった。まあ、自分の耳にも空々しく聞こえたけどな。そいつに連れられて甲板へ行くと、ラモーナとミスター大物がいて、和やかな雰囲気がいっぺんに吹っ飛んだ。そこにすわらされたよ。ミスター大物は、沖までおまえたちを連れていって死体を投げ捨ててはならない理由をひねりだしてみろ、と言った。あれこれ頭をひねってたら、ラモーナが甲高い声をあげた。〝鮫はメキシコ人がきらいなのよ〟。あの男は少し考えてから言った。〝だがおまえの恋人はメキシコ人じゃない〟。ラモーナの答はこうだった。〝だれがこんなやつの話をしてるのよ!〟。これにはあの男も笑ったが、すぐにだまりこみ、それから言った。〝おまえたちは腕がいいと聞いた。だからこの目でたしかめたかった。しかし、いつもこんなペテンを働いているのか? クルーザーに乗った金持ちが現われるのを待って、船室をうろつくなどという〟。そこでこっちは〝いいえ、とんでもない。だけど、そもそも、われわれのことをだれからお聞きになったんですか〟と答えた。だって、当時あの男がわれわれのことを知りえたはずがないんだ。ぜったいに。それなのに、あいつは顔を突きつけて言った。〝わたしはなんでも知っている。それだけ覚えていればいい〟。それを聞いて思ったよ。ああ、これまでだ。いまここで死ぬんだ、ってな。だるそうな顔の男が頭に銃弾を撃ちこもうと構えていた。

ところが、解放された。ふたつ条件がある、とあの男は言った。〝その一、ワインと葉巻と花は全部いただく。こういうものをクルーザーに持ってきたのはすこぶる気がきいていたな。その二、ここに電話番号がある。おまえたちが生き延びて、事を正しく運ぶ知恵を身につけたら、きっと腕利きの金庫破りが必要になる〟。そんなふうに言われ、今後は戦利金の十パーセントをあの男に渡すことを約束させられた。そんないきさつでゴーストに出会ったんだ」

「ルーシーからゴーストに会いにいった話を聞いたでしょ」ラモーナが言った。「技術を教わろうとしたって」

ぼくはうなずいた。

「物事はうまくいくようにできてるんだ」ジュリアンが言った。「いまは代わりにきみがいる」

ああ、うまくいった。そしてぼくはここにいる。まちがった相手を罠にはめようとした男の仲間になって。どう考えても、この世でも最悪の相手を選んでいた。いま、これほど慎重になるのも無理はない。

ひと月ほど経ったころ、ようやくつぎの標的が現われた。そろそろ仕事にもどる頃合だ。

相手は愛想のよい〝スーツに素足〟タイプの男で、海に張りだして建つとんでもない邸宅をモンテレーに構えているらしかった。毎週ハリウッド関連の仕事やらでロサンゼルスに来ている。高級ワインを好み、個性あふれる独特な美貌の若い女に目がなかった。そこでルーシーの出番となる。ガナーが言っていたように、ルーシーが餌の役を演じていた。

そんなわけで、四月のある晴れた日、ジュリアンがガレージから車を出し、ぼくたちは海岸線を北上してはるばるモンテレーへ向かった。パシフィック・コースト・ハイウェイを六時間。小さなホテルで一泊して、翌日にミスター・ムーンフェイスのもとへ到着した。それが標的につけた愛称だ。

その晩、ジュリアン、ラモーナ、ルーシーがその男の家へ夕食に招かれた。美食家気どりのミスター・ムーンフェイスがスズキを茹でたか何かした料理を作り、ジュリアンの持参したワイン数本を全員であけた。男の注意がそれているあいだに、ジュリアンが小型の剃刀を取りだして、海に面した窓にめぐらされた金属テープに細い切れ目を入れた。言うまでもなく、ほかの窓にもすべて同じように金属テープが貼られているが、男がセキュリティ・システムを作動させると、この窓だけは回路が切断された状態になる。窓を見ても異常は感じられないから、男はセキュリティ会社に修理を依頼せざるをえない。とはいえ、男は夜の街に繰りだして、あわよくば若いルーシーとしっぽりいこうとしているわけだから、セキュリティの鎧《よろい》にちょっとした穴があっても翌日まで放置される。

ジュリアンたちがついにその家を出発し、ガナーとぼくの出番が来た。その家は道路や崖に張りだしたほかの珍妙な家々からごく近いので、侵入に適した道筋はひとつしかなかった。ガナーが町で手配したレンタカーを使い、ぼくたちは海岸近くの見晴らし台のひとつに車を停めた。岩だらけの崖をくだって海辺を横切り、ようやくその家へつづく崖をのぼりはじめる。予想していたよりも長いのぼりで、おまけに空模様がみるみる悪くなっていた。風が強まる。眼下に見える波がどんどん高くなる。あたりは暗く、行く手の道もよく見えなかった。

濡れた岩と格闘しながら斜面をのぼるぼくの足もとに太平洋がひろがっていた。一歩踏みはずしたら、それで何もかもおしまいだ。きょうそんなふうに死にたくはない。するとつぎの瞬間、ぼくは足場を失って、体が落ちていくのを感じた。皮膚にかかる冷たい水をすぐに感じる。波が体をひっくり返して海底へ運ぼうとする。暴れる海面に比べて、海の底はどんなにか静かにちがいない。

そのとき、ガナーの手が伸びて、ぼくのベルトをつかんだ。死ぬはずだった命がそれで救われた。岩の上にもどったぼくは、いまの出来事を頭から振り払い、またのぼりつづけて、ついに建物までたどり着いた。

金属テープの切れた窓をガナーが見つけ、ガラスに粘土の塊を押しつけて、くぐり抜けられる大きさにまるく切りはじめた。言うまでもなく、今回は形跡を残さずに侵入するつもりはなかった。窓に大きな穴を切り抜いたら、ごまかせるわけがない。ジュリアンは、今回は隠す必要はないと確信していた。ミスター・ムーンフェイスが相手なら必要ない、と。だから力ずくの侵入を図り、二分も経たないうちにぼくたちは邸内に立っていた。きょうは注意すべき赤外線センサーもなく、心配は無用だ。ジュリアン、ラモーナ、ルーシーの三人が、最低でもあと二時間はミスター・ムーンフェイスを引き留めておくことになっている。

キッチンへはいり、ジュリアンたちの楽しんだ豪華な夕食の名残を横目に通り抜ける。空のワインボトルが五、六本、テーブルに置いてあった。書斎へ行くと、部屋の隅に背の高い金庫が鎮座していた。埋めこみ式の隠し金庫など、この男の眼中になかったらしい。

出荷設定の暗証番号が使われていないことをまず確認し、それから作業に取りかかった。

接触域を見つけてから、ダイヤルをその反対の位置に合わせ、回転させながら番号を調べる。ディスクは三枚だ。

ダイヤルを0にもどす。また接触域を見つけ、最もせまいところを探る。

3。6。9。12。15。

30を過ぎると、不安になってきた。解錠番号が三つとも大きい数に設定されてるのか？　たいていの人間はそんなことをしない。

45。48。51。

くそっ。どうなってるんだ。

72。75。78。

汗をかきはじめていた。

93。96。99。

ない。

中断して、手を振りほぐした。

「どうしたんだ」ガナーが言った。

ぼくは首を左右に振った。どうもしない。万事順調だよ。

外から、岩に砕ける波の音が聞こえた。空気に潮のにおいを感じる。作業を再開した。

今回は、15まで進んだときに、何かに近づいているのを感じたけれど、そのちがいはあまりに心もとなかった。千マイルのかなたからラジオをチューニングしているかのようだ。

ふたたび両手を振った。心を空っぽにしようとした。何が問題なのかを自分に問うことさえしなかった。とっくにわかっていたからだ。

練習が足りなかった。それだけのことだ。ジュリアンの家にある金庫も、持ち運びのできる金庫錠も、ずっとダイヤルをまわしていなかった。ただ単に手を抜いていた。その気になればいつでも勘を取りもどせると、根拠もなく思っていた。

だから、感覚を取りもどすためにそれからたっぷり一時間を費やすことになり、ガナーはそのあいだうろうろと歩きまわって、ぼくを絞め殺さないよう懸命に耐えていた。ようやく番号の候補を絞りこんだときも、ぼくはまだ確信を持てずにいた。顔から汗がしたたり落ちていく。

二度とこれを当然できることだとは思うまい、とぼくは誓った。この金庫をあけたら、ぜったいに毎日欠かさず練習に励む。

ダイヤルをまわして、考えられる数列を順に試していった。総あたりでひとつずつ。どの数列でも金庫は開かなかった。はじめにもどって接触域を探すところからやりなおし、すべての数を調べて、あらためて探しだすしかなかった。ついに見つけたとき……見つけたと思ったとき……また正しい数列を探す作業にもどる羽目になった。侵入してから、すでに二時間が経過していた。

可能性のある数列に、順々にダイヤルを合わせていった。波音がどんどん高くなる。部屋のどこかから時計の針の音が聞こえた。

そして……ついに。やった！　正しい数列を突き止め、取っ手をまわした。ガナーがぼくを押しのけて、袋に金を詰めはじめた。ぼくは立ちあがって背筋を伸ばしたあと、あたりを少し歩きまわった。家の正面の窓から、ヘッドライトが光るのが見えた。

まずい。

ぼくは急いで駆けもどり、ガナーが金を詰めるのを手伝った。そして勢いよく扉を閉め、窓にあけた穴のほうへ中腰でもどった。サーカスの曲芸師のように身を躍らせて穴を抜け、外の砂と砂利の上に転がりこんで、大あわてで岩場をくだっていった。

砂浜までおりてから、走ってレンタカーのほうへもどった。波はさらに高さを増していて、脚がずぶ濡れになった。斜面をのぼって車までたどり着く。しばらくその場で荒い息を落ち着かせた。すると、ガナーがぼくのシャツをつかんだ。顔を突きつけられたぼくは、金庫をあけるのにくそ長い時間がかかったことをなじられる覚悟を決めた。ところが、そうじゃなかった。

「ルーシーはおれのものだ。聞いてるか？　おれが愛したただひとりの女だ。生涯で唯一のな。わかったか」

ぼくはガナーを見た。よりによっていま、それを言うのか？

「わかったのか、どうなんだ」

ぼくは大きくうなずいた。ああ、わかったよ。

ガナーはぼくを放した。金を後部シートに投げこんで、運転席に滑りこむ。ぼくはその隣にすわって、ふたつのことを胸に誓った。ルーシーには近づかない。しっかり練習する。

19　ミシガン州　一九九九年七月

話がうますぎるのはわかっている。罠が近づいているのもわかっている。だけど、いまはどうでもよかった。ぼくは外にいたけれど、穴掘り中ではなく椅子に腰かけていて、隣にアメリアがいた。父親の公認を得て。

ふだんと何かがちがう気がした。夜遅い時間には、人は別人になる。ここにいるのは……まさに昼間の自分たちだ。別の高校にかよい、本来なら別の世界に住んでいたはずの十七歳半の男女ふたり。しゃべれるのはそのうちひとりだけだ。

「落ち着かない？」アメリアが言った。

ぼくはうなずいた。

「穴掘りをしてるほうがいい？」

答えるまでもない、と思った。

「それで……どうする？　どうやって話をするかってことだけど」

メモ帳を持ってきてもらおうと、字を書く手ぶりをしようとしたとき、アメリアが椅子から立ちあがってぼくの腕をつかんだ。そして長いキスをした。メモ帳のことも、この世のほかのこともすべて忘れてしまうほど長いキスだった。

「手話ができるんでしょう」アメリアは椅子にすわった。「いくつか教えて。〝こんにちは〟は……」

ぼくは手を軽く振った。遠い遠い昔にグリフィンが同じことを尋ねたのを思いだした。

「ああ、そう。ふうん。〝あなたってすてき〟は？」

ぼくはアメリアを指さした。〝あなた〟。そして、単に親指を立てる。〝すてき〟

「もう一度キスしてって言いたいときは？」

ぼくはそれぞれの手で親指とほかの四本の指を合わせ、美食家が〝すばらしい！〟と言うときのような形を作った。片手を自分の唇に持っていき、そのあとで両手をくっつける。

「それが〝キス〟？　からかってるの？　そんな冴えないしぐさ、見たこともない」

ぼくは肩をすくめた。この手話ができたときにその場にいたわけじゃない。

「〝キスして〟には、ふたりだけの秘密の手話が要るようね」アメリアは言った。「これはどう？」

アメリアはまたぼくの腕をつかんで、家のなかへ連れていった。アメリアの部屋へ。途中でぼくはマーシュの姿がないかとあたりを見まわしながら、これは確実に死ねるひとつの手立てかもしれないと考えていた。最悪の手立てじゃないにしろ、ありうることだ。でも、マーシュはどこかへ出かけているらしく、家にいるのはぼくたちだけのようだった。

そのあと、まったく別の手話があれこれ必要になることをした。終わったあと、ふたりでベッドに横になり、天井を見つめた。アメリアはぼくの髪を指で梳いていた。

「おしゃべりじゃない人のそばにいるのっていいね」

それがほんとうなら、ここはおあつらえ向きの場所だ。

「きょうはわたしのために何か描いてくれる？」

正直言って、いまは絵を描きたい気分ではなかった。というより、いましていること以外は何もやりたくない。それでも、結局はふたりで起きあがって服を着るしかなかった。アメリアが大きなスケッチブック二冊と鉛筆を数本持ってきて、それから一時間ばかり、ベッドにすわって絵を描いた。絵を描いているお互いを描きあった。顔に髪をひと筋垂らしたアメリアと、悲しげにも見える真剣な表情のぼく。憂鬱そうにも見える。アメリアの描いた自分の顔つきを見て、ぼくは驚いた。きょうはこの何千日間ではじめて、心から幸せを感じている日だったから。これまでのぼくはどんな顔をしていたんだろう。

さらに何時間か過ぎた。もう四時だった。外で体を酷使しながらあと何分で帰れるかと数えているときとちがって、なんと速く時間が過ぎることか。マーシュの車が車寄せへはいってくる音が聞こえたので、ぼくたちは階下へおり、外の椅子にもどった。

数時間後、ぼくたちは裏庭でバーベキューをしていた。きょうは刻一刻と日常からかけ離れていく。ぼくはアメリアと並んでピクニックテーブルの上に腰かけていた。手にはビールがある。法律上許されるまであと三年半あるけれど、暑い夏の夜にそんなのは知ったことじゃない。ビールはマーシュ自身から渡されたものだし、アメリアの部屋で何時間も濃密なひとときを過ごしたあとでもある。ただひとつの暗雲はアメリアの兄アダムだった。この晩、イースト・ランシングから帰ってきていた。破れ目のあるタンクトップを着ていて、二の腕が椰子の実を詰めたように隆起している。髪は横を剃りあげたモヒカン刈りだ。裏庭にいるぼくを見つけるなり、殺してやるという目つきを向けてきた。

「うちに押し入った野郎だな」アダムは言った。

そのとき、マーシュが救出にやってきた。なかなか見どころのあるやつだから、手を出すな、水に流せ、殺すんじゃない、とかなんとか。だがそれでも、アダムは庭の離れたところからにらみつけるのをやめなかった。レイクランド高校の元フットボール選手が五人、アダムを取り巻いていて、ほかにも何人かがまもなく来るようだ。マーシュは全員の食欲を満たすべく、すさまじいペースでホットドッグやハンバーガーを調理していた。

アメリアが左手でぼくの右手をとり、指をからませた。ほかのだれも気づいてさえいない。アメリア自身もあまり意識していないらしく、そのまま夜空を見あげている。

「こういう夜には」ぼくにだけ聞こえる抑えた声で、アメリアは言った。「わたしたち、ごくふつうの幸せな仲よし家族に見えるのかもね」

アメリアはぼくに顔を向けた。

「信じちゃだめよ。一瞬でも」

何が言いたいのか、よくわからなかった。この家族のことをごくふつうとか、幸せとか、仲よしとか、そんなふうに考えたことはなかった。そもそも、それがどんなものなのかだってわからない。

「わたしが頼んだら、ここから連れだしてくれる？ できるだけ遠くへ」

ぼくはアメリアの手を強く握った。

「もう犯罪者なんだもの。わたしを誘拐するぐらい平気でしょう？」

ぼくはもうひとロビールを飲み、この家にはじめて忍びこんだ夜と同じ、あのくらくらする感覚に襲われた。今夜もまた、目の前に道が大きく開けている気がしてならない。いいことであれ悪いことであれ、また何が起こってもおかしくない気分だった。

闇が濃くなってきた。月が輝いている。グリルから空へ煙が立ちのぼる。マーシュが大型ラジカセでビーチボーイズの曲を流した。お気に入りのバンドらしい。熱気の残る夏の夜には特にそうなんだろう。共同経営者のスレイドは最後のハンバーガーになんとかありつける頃合に姿を見せた。会ったことのある相手だとぼくはひと目で気づいた。そして思いだした。穴掘り作業を少しだけ見物し、マーシュに呼ばれて屋敷へもどった男だ。スーツ姿で、きょうはネクタイをきっちり締めている。スポーツクラブから来たばかりなのか、髪がわずかに湿っていた。

アメリアが少しだけ家のなかにはいった隙に、マーシュシュがぼくを手招きして正式にその男を紹介した。

「マイクル、ジェリー・スレイドを紹介しよう。わたしの共同経営者だ」

「会ったことがあるな」男はぼくと握手した。「また会えてうれしいよ」

「ジェリーはきみがすばらしい能力を持っていることを信じていないらしい」マーシュが言った。「見せてくれるだろう！」

アメリアが帰ってきて、ぼくを救った。

マーシュはぼくの体に手をかけて、耳にささやいた。

「あとで見せしやろう」

そしてぼくの背中を叩き、グリルのほうへもどっていった。

二時間ほど経ち、アダムと仲間たちは別のパーティーへ流れていった。四人だけが残った。

「この子を帰して寝かせてやらないとな」マーシュがぼくの肩に腕をまわした。「あすはまた穴掘りをしてもらうことになるかもしれない」

「それはもう終わったと思ってたけど」アメリアが言う。

「冗談だよ。おまえたちふたりで、おやすみの挨拶をしてくるといい。ところで、帰りに書斎へ寄ってくれないか、マイクル。もうひとつ訊きたいことがあるんだよ。新しい仕事の取り決めのことで」

マーシュは音楽を止めた。そして、ジェリーといっしょに家のなかへ消えた。裏庭は静まり返り、もう暗くなっている。大きな白いテントが月明かりに輝いて見える。

「父はこんどは何をさせる気なの」アメリアがぼくの腰に腕をまわした。「それに、どうしてスレイドがここに？　あいつを見ると虫酸が走る」

ぼくはかぶりを振った。ぼくにだって見当もつかないよ。

「ねえ、気をつけてね。あのふたりがそろうと、何を思いつくかわかったものじゃないんだから」

どう受け止めればいいのかと困ったが、じきにわかることだと思った。

アメリアはおやすみのキスをした。離れたくない。この裏庭に残って、朝までずっといっしょにいたい。でも、あのふたりが待っている。

アメリアは自室へ引き返した。ぼくは書斎へ向かった。男ふたりはあの巨大魚の下に立っていた。ぼくが着くなり、マーシュが革のケースを出して手渡した。

「これを覚えてるか」

ケースをあけると、錠前師に鍵あけを披露したときに使ったピッキング用具がはいっていた。

「それを使ってできることを、ここでミスター・スレイドに見せてやってくれないか」

ぼくはふたりを交互に見やった。どちらもいたって真剣そうだ。ただの賭け事遊びじゃないらしい。

「で、いまドアにはピッキング不能の優秀な錠がついているわけだが、ここにもたしか……」

マーシュが机の抽斗を探っているあいだ、ぼくはピックやテンションレンチをじっくり観察した。完璧なセットだ。がまんできない。もう一度使いたくてたまらなかった。そこで、ぼくはふたりに小さく手招きをし、裏口まで連れていった。三人で外へ出て、ドアを施錠して閉める。

「何をする気だ」マーシュが言った。「この錠はあけられない。そうだろう?」

ぼくはかがみこみ、テンションレンチとダイヤモンドピックを取りだして作業をはじめた。鋸歯ピンについてのあの考え方を思いだして……すべてのピンを押しあげきった状態にしてから、一本ずつ、ちょうどよい位置まで落下させる……いい道具があれば、あっという間だ。

二分後、ぼくはノブをまわしてドアを押しあけた。

「信じられない」マーシュが言った。「いったいどうやったんだ」

「すばらしいね」スレイドが言う。「聞いてはいたが、この目で見ると格別だよ。なんとまあ」

「ほかに何をあけられるんだ」マーシュは言った。

「どんな種類の錠でもやれるのか」

ぼくを押しのけてキッチンへはいっていく。あれこれ詰まった抽斗を探りはじめた。しばらくして、ダイヤル式の古い南京錠を取りだした。

「もう番号を覚えていないんだ。あけられるか」

ぼくはそれを手にとった。安物の南京錠で、おそらく子供たちの学校のロッカーで使っていたんだろう。長いあいだ、がらくたとともにほうりこんであったらしい。

「こいつは見ものだ」スレイドが言った。

こっちのほうが簡単だとは思いもしないんだろう。実はずっと簡単だ。でも、そんなことはいい。ぼくはダイヤルをまわして引っかかりのある位置を探っていき、末尾の数らしきものを見つけた。ダイヤルをリセットし、例の数のグループを使って、連続技を試していく。運のいいことに、一番目の数は3だった。おかげで一分もかからずに錠は軽い音を立てて開いた。

ふたりの男は、ぼくが空中浮遊でもしたみたいに、口を大きくあけて突っ立っていた。たいしたことじゃないのに。

「前にも言ったろう」マーシュが言った。「天才だと思うか？」

「天才だ」

ぼくは字を書く紙がほしいというしぐさをして、またこの錠を使えるように解錠番号を伝えようとした。ふたりともそれどころではないらしかった。

「どう思う？」とマーシュ。「あの男はこの子を使うだろうか」

だれのことを言っているのか、ぼくにはわからなかった。なんとなくいやな予感がしたけれど、ジェリースレイドはすでに笑みを浮かべてうなずいていた。

「当然だよ。使わないわけがない」

「これでいこう」マーシュは言った。「これが地獄を抜けだす切符になるかもしれない」

ミルフォードに帰ったのは夜半を過ぎていたが、酒店はまだ開いていた。レジの向こうでリート伯父が受話器を耳にあてていた。ぼくが入口から頭をのぞかせると、伯父は乱暴に受話器をもどした。

「こんな遅くまでどこへ行ってたんだ」

ぼくは穴を掘るしぐさをした。

「昼から？　じゃあ、十二時間も働いてたのか」

親指を立ててみせてから、ぼくは戸口を離れた。呼び声がしたけれど、歩きつづけた。家へもどり、自分の部屋へ行った。机の前にすわる。眠れる気がしない。絵を描く気もしない。ただそこにすわったまま、自分が何に巻きこまれているのかと考えた。

尻のポケットから革ケースを取りだした。ケースをあけて、じっくり見つめた。いまはこれが手にはいった。極上の宝石並みに扱おう。

その程度の気持ちだった。まちがった相手に対して自分が有能だといったん証明してしまったら、二度と自由にはなれないということを、ぼくはわかっていなかった。

つぎの日、伯父は夜中まで気を揉む羽目になったことにまだ文句を言っていた。キッチンのテーブルでシリアルを口へほうりこみながらだ。「おまえを働かせてる男だが」伯父は言った。「完全にいかれてる。おまえを殺して裏庭に埋めちまったんじゃないかと思ったよ」

ぼくはこぶしを作り、心臓の上に円を描くようにこすりつけた。伯父は手話にくわしくなかったけれど、これは知っていた。〝ごめんなさい〟だ。

「おまえはもうすぐ大人だ。それはわかってる。自分はなんでも知ってると考えたくなる年ごろだ」

うなずきながら、いったいだれの話をしているのかと思った。ぼくのこととは思えない。

「おれにも十七だったころがある。想像できないだろうけどな。むろん、苦労はおまえの半分もしてなかったが」

何が言いたいのか、気になってしかたがない。

「わかるだろうが、おれが十七のとき、やりたいことはひとつだけだった」

おい、頼むよ。そういう話はやめてくれ。

「いや、ふたつか。だが、いまから話すのはその片方だけだ。なんのことかわかるか」

ぼくは首を横に振った。

「いっしょに店まで来てくれ。きのう、おまえに渡すつもりだったんだ」

伯父について家を出て、酒店へとまわった。伯父は裏口の鍵をあけ、中へ消えた。帰ってきたとき、バイクを押していた。

「ヤマハの850スペシャルだ」伯父は言った。「中古だが、状態はちっとも悪くない」

ぼくの目はバイクに釘づけになった。黒のシートにブロンズ色のふちどり。クロムメッキの排気管が陽光にまぶしく輝いている。宇宙船が飛びだしてきても、こんなに驚かなかっただろう。

「常連のひとりがつけを払えなくてね。帳消しにしてくれって、このバイクを持ってきたんだ」

恐ろしい額のつけだったにちがいない。

「ほら、乗ってみろ。押さえててくれるか。ヘルメットがある」

ぼくが代わりにハンドルを押さえると、伯父は中へ引っこんだ。ヘルメットと黒革のジャケットを持ってくる。

「これも必要だろう。サイズが合うといいんだが」

たとえ話せたとしても、この瞬間はことばを失っていただろう。ぼくはジャケットを着た。そして、伯父の手を借りてヘルメットをかぶった。バイクにすわると、体重で車体が上下にはずむのが感じられた。

「サスペンションを交換したばかりだそうだ。ブレーキもな。タイヤは、最高とはいかないがまずまずだ。近いうちに新しいのに替えよう」

まだ現実とは信じられなかった。ほんとうにこれに乗っていいのか？

「最初は無茶するなよ。さあ、試しに乗ってこい」

エンジンのかけ方を見せてもらってから、ぼくはギアを入れて少しだけアクセルを開いてみた。体の下から車体が飛びだしそうになる。もう一度やって、行けると確信した。駐車場を二周ほど走ったあと、道路へ出た。だれかの車に突っこみそうで、最初はゆっくり走らせる。やがて、要領がつかめてきた。バランスを保つのは想像していたよりずっと簡単だ。そのうえ、何もかもがとびきり快適だった。

バイクで帰ってくると、伯父はもうレジの前で朝いちばんの客の会計をしていた。ぼくを手招きし、もう一度走りに出てバイクに慣れろと言う。ガソリン代に一ドル札を何枚かくれた。ぼくは出発した。

午前中ずっと、バイクに乗って過ごした。バイクの加速がどんなにすごいか、きっと想像できないだろう。完全に停まった状態から思いきりエンジンを吹かすと、ロケットに乗っている気分になる。裏道を西へ向かい、当時はまだ畑だったあたりへ行った。塵が飛ばないよう油を散布した砂利道をはじめて走ったときには、あやうく命を落としかけ、その手の道が大きらいになった。そのあとは舗装道路を走るようにしたので、ひどい目には遭っていない。自分自身と、脚にはさまれた機械の音と、ヘルメットに吹きつける風。それだけの世界だ。この感覚をアメリアと分かちあいたかった。アメリアの手を引いてバイクの後ろに乗せてやりたい。アメリアの手が腰にまわされているのが早くも感じられる気がした。

もう一ヵ所立ち寄って、サングラスを買った。そして、アメリアのためにヘルメットをもうひとつ。これで人生に必要なものはすべてそろった。ぼくはまたバイクにまたがって、まっすぐアメリアの家へ向かった。

全世界をわがものにした気分で、ぼくは日差しに輝く白い宮殿のような屋敷へバイクを走らせた。きょうからまたしゃべれるかもしれない、と思った。そうだろう？　自分にはこれが必要だったのかもしれない。だけど、この日、ぼくは少しちがうものを手に入れることになる。

車寄せにはマーシュの車があった。ぼくは玄関をノックした。だれも出てこなかった。もう一度ノックする。返事がない。

家の横をまわって裏庭へ行き、テントの下を見てみた。マーシュが引きずりだした鉢植えがどれもしおれはじめていたので、じょうろを探しにいき、それから数分間、テントと水道を往復した。

そして、裏口のドアをノックした。だれも出ないので、押しあけて中へはいる。マーシュの書斎まで行って、中をのぞいた。だれもいない。階段を見あげ、アメリアの部屋のドアがあいているのに気づいた。あがっていって、ドアをノックした。

「だれ？」中でアメリアが言った。

ぼくはノックを繰り返した。ほかにどうすればいい？

「どうぞ」

ドアをあけると、アメリアが机の前にいた。こちらに背を向けている。そのまま、ひとことも発しなかった。ぼくは少しためらったのち、アメリアが何かしている場所まで歩いていった。肩にふれたかったけれど、いまはやめた。

アメリアは何かを描いていた。いくつかの建物、一本の路地。たくさんの影。前景に細長い形が描いてあるが、何を表しているのかよくわからない。長い時間、そこに立ったまま作業を見つめた。

「わたしがしゃべらないと、すごく静かになるのね」

アメリアがようやく振り返り、この日はじめてぼくの目を見た。

「母は自殺したの。知ってた？」

ぼくはうなずいた。ここに来た最初の日、まだアメリアと会ってもいないときに、マーシュが話していた。

「きょうが命日。五年前のことよ」

アメリアはまだ手に鉛筆を持っていた。小型のバトンのように指でくるくるまわす。

「ちょうど五年前の午後一時だった。何分かちがうかもしれないけど。そのときわたしは学校にいた」

アメリアは立ちあがって、化粧台のほうへ行った。積み重ねられた紙や絵のあいだを探り、フォルダーを取りだした。アメリアに伝える気はなかったが、ぼくが何人かで最初にこの家に忍びこんだ夜に見たあのフォルダーだ。アメリアの絵を見たのも、顔を知ったのも、あのときがはじめてだった。ほかにも何枚か絵があったのを覚えている。女の絵だ。あのときの絵をまた見せられた。

「母よ」アメリアは絵を一枚一枚ベッドに置いていった。椅子に腰かけている絵。外でベンチにすわっている絵。「あのときわたしは十二歳だった。母はこの施設にしばらく入院してたの。訪ねていかないと会えなかった」

絵のなかに、たしかにそれが見てとれた。手入れの行き届いた芝、ベンチの前をまっすぐ走る小道。すべてがあるべきところにある。十二歳の子供が描いたのなら、文句なくすばらしい絵だ。

「幸せだった。もうすぐ退院するって知ってたから。その三ヵ月後……」

アメリアは目を閉じた。

「三カ月後、母はガレージに目張りをして、車のエンジンをかけた。わたしが学校から帰ったときには、もう死んでいた。見つけたのはわたしじゃない。兄さんよ。最初に帰ってきて、見つけたの。車のなかで。ガレージのなかで。昔の家でのことよ。ここに越してくる前。書き置きはなかった。一語もね。ただ単に……旅立つ時間だったのよ」

アメリアはフォルダーに絵をもどしはじめた。こちらを見ない。

「そういうことをしようとしたのは、それがはじめてじゃなかった。自殺を企てる割合は、女が男の二倍だって知ってた？　でも、たいがい未遂で終わるの。実際に自殺する割合は、男のほうが四倍なんだって」

アメリアはかなり早口になっていた。また沈黙が訪れるのを拒むように。

「ゆうべ調べたのよ。あなたに何が起こったのかを理解したかったから。だいたいの話は知ってる。奇跡の少年って呼ばれていたことも」

アメリアの顔に涙がひと粒見えた。

「わたしにとっては五年だけど」アメリアは言った。「あなたは九年だっけ？　そのあいだずっと、一度も……」

頬の涙をぬぐい、アメリアはようやくぼくと向きあった。

「ずっとこのままなの？　ほんとうにわたしと一度も話さないつもり？　これからもずっと？」

ぼくは目を閉じた。いまここで、この瞬間、アメリアの部屋で……。目を閉じ、深く息をついて、自分に言い聞かせた。これをずっと待ってたんだろう？　いまほど切実に話したいと思ったことは一度もない。ただ口をあけて、沈黙を破ればいい。何年も前に、医者たちが言っていたように。あのころもいまも変わらない真実だ。ぼくがしゃべれないのは肉体的な原因によるものじゃない。だから、すべきことはただ……

何秒か過ぎた。そして一分。

「男が何人もやってきて、父を連れていったの」アメリアが口を開いた。「一時間ほど前よ。どこへ行ったのかわからない。帰す気があるのかどうかもわからない。実を言うと……あなたが車寄せにはいってきた音を聞いて、父だろうって思った」

ぼくはアメリアにふれようと手を伸ばした。アメリアは顔をそむけた。

「こわくてたまらないのよ、マイクル。どうしたらいいかわからない。父が最近どんな問題に巻きこまれたのか知らない？　あいつらがもし……」

アメリアが顔をあげた。

「こんどこそ父なの？」

窓のそばへ行って車寄せを見おろす。ぼくもその背後に歩み寄った。車体の長い黒い車が停まっていて、中から三人の男が同時におりてきた。ひとりは運転席から。ふたりは後部シートから。そして最後に、数秒遅れて、もうひとり男が出てきた。マーシュだ。日差しのまぶしさにまばたきして、シャツの乱れを直している。顔が真っ赤だった。

「なんなのよ、いったい」アメリアは身をひるがえし、部屋を跳びだした。

ぼくはあとを追った。階段をおりていく。玄関を出る。アメリアはちょうど父親の脇を抜けて、運転していた男へ迫っていた。その男をひっぱたこうとする。

「警察を呼ぶからね。このくそったれ！」

マーシュが後ろから押さえつけようとし、男はまぬけな笑みを顔いっぱいに浮かべてアメリアをかわした。男はつばの広い釣り帽子をかぶっていて、アメリアはどうにかそれを払い落とした。男はにやけた笑みを消し、きつい平手打ちを食らわせるかのように、開いた右手を振りあげた。そのとき、追いついたぼくがふたりのあいだに割りこんだ。

残っていた男の一方がぼくの襟をつかんだ。ほかのふたりより背が低い。不細工で目が半分閉じているように見えるその男は、シャツの首もとをきつく引き寄せて、ぼくに顔を突きつけた。

「死にたいのか、小僧」男は言った。「それとも、ただの大ばかなのか」

「放してやってくれ」マーシュが言う。

「おまえに訊いてるんだ」男はぼくに言った。

三人目の男はまだ車の反対側に立っていた。長身で、顔の割にやたらと大きな口ひげを生やしている。

「ガキを放してやれ」三人目の男は言った。「もう行くぞ」

眠そうな目をした男が握る手にさらに力をこめ、ぼくは窒息しそうになった。やがて、男はぼくを突き放した。

運転していた男は釣り帽子を拾いあげてかぶり、軽くそれを持ちあげてみせたあと、運転席に乗りこんだ。ほかのふたりは後ろに乗り、ドアが閉まるころには、早くも言い争っているのが聞こえた。車は勢いよくバックして通りへ出ると、爆音を響かせて走り去った。そのあいだに、ぼくは後部シートの男にもう一度目をやった。窓越しに、眠そうな目がこちらを見返していた。

このときが最後ではなかった。

ぼくたち三人は車寄せに立ちつくしていた。アメリアは泣いていた。わめき叫ぶのではなく、静かに声もなく涙を流している。顔をぬぐった。そして歩きだし、父親の前に立った。マーシュは、さっきぼくがやろうとしたように、アメリアに腕を伸ばした。その手は振り払われた。

「約束したはずよ」アメリアは言った。「こういうばかなことに二度と首を突っこまないって」

マーシュが答える暇もなく、アメリアは背を向けて家へ駆けもどり、叩きつけるようにドアを閉めた。

マーシュが長いため息を漏らした。そして、その場を何度か行きつもどりつした。ずいぶん年老いた男のように、重い足どりで。

「なあ」ついにマーシュは言った。「この前少し話したとおり、きみの助けが必要なんだ。わたしたちを助けてくれ。わたしとアメリアを。力を貸してもらえないだろうか。頼むよ」

ぼくは首をなでた。服地が皮膚にこすれた部分を。

「あいつらから大金を借りているんだよ。だから……今回だけ助けてもらえれば……」

マーシュはポケットに手を入れて、小さな紙片を取りだした。

「ある人物に会いにいってもらいたい。きょう、いまから。妙なことにはならない。それは約束する。ただその男に会いにいくだけでいいんだ。きみが行くことは知らせてある。行き先はここだ。デトロイトだよ」

ぼくは紙片を受けとった。行き先を見る。

「そこへ行けば、だれに会うべきかわかる」マーシュは言った。「その男はゴーストと呼ばれてる」

ぼくの人生を変える男の居場所までは、四十マイルも離れていなかった。まだバイクで高速道路に乗りたくなかったので、一般道からグランドリバー・アベニューへ出て、そこをまっすぐ走って街の中心へ向かった。一ブロック通り過ぎるごとに、あらゆる階層の暮らしが見てとれた。風景は少しずつさびれていき、建物はガラスと鋼鉄の集まりから灰色のコンクリートブロックと鉄柵の集まりへと変わっていった。

信号がたくさんあった。考えなおすチャンスはいくらでもある。信号がつぎつぎ青に変わり、ぼくはひたすら前進した。デトロイト市内にはいってからは、番地表示を見るようにした。あと二ブロック。もう少しだ。車の流れが途切れるのを待って、反対側の車線へバイクをUターンさせた。絶望と後悔のにおいが漂っている。デトロイトの西側の、市の境界線を越えてすぐの区域だった。

番地を数えていく。クリーニング店。美容院。安売りの衣料品やCDやちょっとした家電を、信じがたいほどせまい売り場に詰めこんだ店。そして、空っぽになった店先。すべての建物の入口に番地が記されているわけではなく、目的地の正確な場所を見つけるのはむずかしい。やがて、ここだと思えたのが〈ウェストサイド中古品店〉という店だった。間口がほかの建物の倍ぐらいあり、最後にしっかり磨かれたのが十年前じゃないかと思われる窓がある。ガラスのドアの内側に〝休業〟の札がかかっていた。

もう一度、番地をたしかめた。たしかにここだ。ぼくはドアをノックした。だれも出てこない。もう一度ノックして、引き返そうとしたとき、ようやくドアが開いた。頭を突きだしたのは、六十歳か六十五歳ぐらいの男だった。ニットのヴェストを着て、首に老眼鏡をさげている。髪はまばらで白く、顔はあまりにも青白く、直射日光を浴びたら五分で死んでしまいそうだ。男は何度かまばたきしてから、ぼくに目を走らせた。

「訪ねてくるっていうのはおまえさんか」

ぼくはマーシュから渡された紙を差しだした。所番地の書かれた紙だ。男は老眼鏡をかけて一瞥した。

「バイクの音はおまえさんのか」

ぼくは半ブロック離れたところに停めたバイクを振り返った。

「どうやら盗んでもらいたいらしいな。そのつもりなのか」

首を横に振る。

「こっちへ持ってこい。中へ入れていい」

ぼくはバイクを取りに引き返し、歩道の上を押しながら歩いて、ドアに手を掛けたままの男のもとまでもどった。店のなかはひどく暗く、洞窟内へバイクを転がしていく気分だった。

　男は中にはいってドアを閉め、何かを足でどけた。数秒経ってようやく目が慣れると、あれこれが見えてきた。山積みの金属のくず、古い家具、ベビーベッドと子供用の椅子、二台並んだ冷蔵庫。町の廃棄物集積場から大量のごみを運んできたも同然だ。

「こっちだ」男が言った。ぼくはバイクのスタンドを立ててから、あとについて店の奥へ向かった。迷路を思わせるがらくたの隙間を進んでいき、別のドアをくぐると、テレビの青い光が目に飛びこんだ。空気がほこりでうっすらとかすみ、その味がしそうだった。

「月曜は定休日でな」男は言った。「だから明かりを消してあるんだ。ビールでも勧めたいところだが、ちょうど切らしてる」この二番目の部屋には少しましな中古品が置かれていた。テレビのほかにも、たぶん数百に及ぶ品が天井まで届く棚に詰めこまれている。洗濯板、アイロン、古い緑の瓶。そういったものだ。片側の壁に並ぶ棚はみな本でいっぱいだった。どこもがらくただらけで、ミルフォードの骨董屋など比較にならない。なぜ状態のよいほうの品がわざわざ店の奥に隠してあるんだろう。だけどそれ以上に、なぜぼくがここに送りこまれたのかが謎だった。

「あまりしゃべらない少年だと聞いた」一インチの隙もなく物が置かれた机の横で男は言った。ランプ一ダースに加え、数々の葉巻入れやトロフィー、それに高さ三フィートの自由の女神像もひとつ載っている。男は像を少しずらして、寄りかかる場所を作った。

「おれは幽霊《ゴースト》と呼ばれてる」

　ああ。納得だよ。ひと目見ればね。

「おまえさんが使う呼び名はそれだけだ。いいな？　おまえさんにとって、おれはゴーストだ。あるいは、ミスターG。ほかの名前はない」

　ほこりと黴《かび》に耐えがたくなってきた。おまけに、ここで何が起ころうとしているのか、自分が何を期待されているのか。いまだにさっぱり見当がつかない。

「ほんとうにしゃべらないな。冗談じゃなかったわけか」

　質問を書くための紙を持ってきてもらう頃合かもしれない、とぼくは思いはじめていた。しかし、相手はいまにも歩きだそうとしている。

「こっちだ。おまえさんが見たがりそうなものがある」

　ゴーストはさっきとは別のドアを押しあけた。あとにつづいて短い廊下を進み、身を縮めるようにして自転車数台の隙間を抜けたところに、また別のドアがあった。

　ドアをあけると、外へ出た。いや、半分だけ外というべきか。長い緑のビニールシートで作った間に合わせの日よけが頭上に張られているが、あちこちの隙間から陽光が差しこんでいる。日よけは裏の柵まで伸びていて、柵は生い茂ったウルシやツタウルシで覆われていた。

「行くぞ」ゴーストは古い芝刈り機のコレクションを押しやりながら進み、錆びたバーベキューグリルの横を通り過ぎた。どこかの幽霊屋敷から運んできたような鉄の門をつかみ、脇へ動かす。隠居したイギリス人学者を思わせる青白い老人なのに、意外なほど力があった。

　ゴーストは一歩横にずれて、大いなる混沌のなかのささやかな空き地へぼくを通した。そこには、完璧な円を描く形で、高低さまざまな金庫が八つ、ダイヤルを中心に向けて並んでいた。まるで金庫のストーンヘンジだ。

「悪くあるまい？」ゴーストは円に沿って歩きながら、ひとつひとつの金庫に手をふれていった。「有名どころのブランドはそろってる。〈アメリカン〉、〈ディーボルド〉、〈シカゴ〉、〈モスラー〉、〈シュワブ〉、〈ヴィクター〉。これなんか四十年前のものだ。あっちのは新しくて、ほとんど新品だよ。どうだ？」

ぼくはゆっくりとひとまわりし、すべての金庫を見た。

「好きなのを選べ」ゴーストは言った。

なんだと、金庫を選べって？　バイクの後ろにくくりつけて持って帰れとでも？

ゴーストはふたたび眼鏡をかけた。頭を前へ傾けて、レンズのふち越しにぼくを見る。「さあ、特技を見せてみろ」

特技、と言った。この男は特技を披露させたがっている。この金庫のどれかをあけろということだ。

「きょうだとありがたい」ゴーストは緑がかった日陰に立ち、やがて眼鏡をはずしてまた首にぶらさげた。

ぼくは突っ立ったまま、動かなかった。

「どれかひとつ、あけてみろ」まぬけに話しかけているかのように、ゴーストはひどくゆっくりと言った。

「やるのか、やらないのか」

ぼくはいちばん近くにある金庫へ歩み寄った。背の高いもののひとつだ。コーラの自動販売機くらいの大きさがあった。ダイヤルは銀行の金庫室にありそうなもので、磨きこまれた金属で精巧に作られている。ぼくはダイヤルの横にある取っ手を握り、試しに引いてみた。しかし、さらに精巧に作られた取っ手は、お呼びじゃないと言わんばかりに一インチも動かなかった。

「そうか、ふざけてるのか。コメディアンの真似でもすると？」

ぼくはゴーストを見た。いったいどうしたらいいのか。何もかもが大きなまちがいだと、どうやって伝えればいい？　ぼくを送りこんだのは能なしのふたり組がやったことで、これは時間の無駄にすぎないということを、どうすれば信じてもらえる？

ふたりで立ちつくしたまま、さらに数秒が過ぎて、とうとう結論だけは相手に伝わったらしい。「つまり、どれもあけられないのか」

ぼくはうなずいた。

「じゃあ、ここでいったい何をするんだ」

両手をあげる。わからないよ。

「信じられんな。からかってるとしか思えん。あいつらはおまえさんを送りこんできた。天才だと言って。真の天才だと。金の卵だと」

ゴーストは背を向け、数歩進んでからもどってきた。

「おまえさんが金の卵か。まったく、とんでも――」

ゴーストは口を閉ざし、どうにか平静を保とうとしている様子だった。

「よし、十まで数えて待とう。金の卵は〝金〟じゃなかった。だからと言ってこの世が終わるわけでもない」

ゴーストは少しのあいだ目を閉じて、両手の指を一本ずつこめかみにあて、小さく円を描くようにさすりはじめた。何度か深呼吸してから、目を開く。

「まだそこに立ってるのか」男は言った。「どういうつもりだ。本気でおれの動脈瘤を破裂させるつもりか」

ぼくはドアのほうへ一歩踏みだしたものの、あの迷路を抜けて帰る自信がなかった。

「そうだ、出ていけ！　やっとわかったか。金庫はあけられなくても、引きどきは知ってるわけだ。それは認めてやろう」

ゴーストはぼくを押しのけ、芝刈り機とバーベキューグリルの林のなかを先に立って歩いた。裏口のドアをあけると、ふたたび暗闇に包まれ、ぼくは廊下に並ぶ自転車に何度もぶつかって死にそうになった。

「身のこなしも優美だな。それも大きな収穫だ。来てくれてほんとうにうれしいよ」

ゴーストはぼくを急かしてテレビの部屋を抜け、いちばん広い部屋を横切って、表の出入口へ向かった。

「バイクをとってこい、金の卵」

ぼくがバイクをいじりまわして、ようやく外へ引きだすまで、ゴーストはじっとドアを押さえていた。

「よし」ぼくがついに歩道に立つと、ゴーストは言った。「とっとと帰れ。二度ともどるなよ」

ゴーストが店にはいってドアを閉め、すべてが終わった。大成功だ。紙吹雪や色テープが乱れ飛ぶ光景は見られそうもないが。

それがどうした、とぼくは思った。これが就職面接なら、受からなくてほっとした。バイクを押して通りへ出て、エンジンをかけた。ほどなく、ぼくはグランドリバー・アベニューを疾走していた。二度ともどることはないと、すっかり信じて。


ぼくはマーシュ家へ帰った。玄関から屋敷にはいり、階段をのぼった。アメリアの部屋をノックする。出かけているのか。それとも、いまはだれの相手もしたくないのか。たとえ相手がぼくであっても。

階段をおりようとして向きを変えると、下にアメリアが立っていた。

「何してるの？」アメリアは言った。「もどったのはなぜ？」

ぼくは階段をおりた。

「だいいち、どこへ行ってたのよ」

ペン。紙。どうしてぼくはそれを持ち歩いていないんだろう。

「マイクル、父のために何をやってるの？」

ぼくは字を書くしぐさをした。説明させてくれ。

「たぶん、わたしが知りたくもない話ね。そうでしょう？」

ぼくはアメリアの肩をつかもうとした。いや、つかもうとはしていない。両肩に手を置き、何か書くものを見つけてくるまで、一分でいいからだまって待っていてもらおうとしただけだ。アメリアはその手を払いのけた。

「最初に気づくべきだった」アメリアは言った。「父はほしいものを手に入れるためならなんだってする人だって、わかってたのに。でも、あなたはどう？　はじめのころ、父はあなたを殺しそうな剣幕だった。わたしに会うにも、夜中に忍びこむしかなかった。それなのに、ある日突然、父の右腕になってる。家族のバーベキューにまで呼ばれて……まるで金の卵よ」

また金の卵だ。急にどこから湧いてきたんだ？

「わたしはご褒美なんでしょう？　なんだか知らないけど、あなたが父のためにすることの報酬なのよ」

いまがそのときだ、と思った。いまこそしゃべれ。声を出すんだ。なんでもいい。いますぐに。さあ、行け。

「わからない？　父はわたしたちまで悪事に引きずりこむつもりなのよ。わたしたちふたりともを」

口を開け。いますぐ。声を出せ。

「もうここにはいられない。一分だっていや」

おい、この能なしのできそこない。何か言え！

アメリアはぼくを押しのけて立ち去ろうとした。ぼくはその腕をつかんだ。こんどこそほんとうに。

「放して。お願い」

アメリアの手をとり、指をしっかりからめた。そのまま引っ張っていっしょに玄関を抜け、車寄せへ出た。

「何をするの？」

ぼくはバイクのシートからヘルメットをとり、アメリアにかぶせようとした。

「何よ、これ。このバイクはどこで手に入れたの？」

ヘルメットを差しだして、アメリアがかぶるのを待つ。

「かぶらないからね」

ぼくはヘルメットを芝生へ投げ捨てて、バイクにまたがった。エンジンをかける。シートの前に体をずらして、アメリアを待った。振り返りもしなかった。ただ待った。

ついに、アメリアが後ろに乗るのが感じられた。手がぼくの腰にまわる。よし。これがきょう感じられる唯一の喜びだとしても……それでもかまわない。いまここでそれを味わいたい。

「どこか連れてって」背後でアメリアが言うのが聞こえた。「どこでもいい。ただ、遠くへ連れてって」

まだぼくにはできないとわかっていた。ほんとうの意味では。永遠には。でも、一日だけなら……ほんの数時間なら……できなくはない。このバイクがたどり着くところなら、どこまでも行ける。

ぼくはギアを入れ、通りへ走りだした。

20

ロサンゼルスおよびアリゾナ州
二〇〇〇年七月、八月、九月

南カリフォルニアに夏が来て、みなはいつもの生活にもどっていた。ジュリアンとラモーナは高級ワインを売るかたわらでつぎの標的を探していた。ガナーはタトゥーの仕事をつづけながら、ジュリアンとラモーナのやり方が遅くて慎重すぎると不満を漏らしていた。ルーシーはこのころには絵を描かなくなっていた。しばらくはギターを練習し、それから一週間ほど経つと、たいがいの時間をガナーとともにタトゥーの店で過ごすようになった。自分でもタトゥーの技術を身につけようと心に決めたらしい。そんなわけで、ぼくは昼間はひとりで過ごすことが多かった。錠のダイヤルをまわすか、絵を描くか。そうでなければ、バイクに乗って町を走りに出かけた。

　しばらくして、緑のポケットベルにまた着信がはいった。前回かけてきた相手は、ゴーストかと尋ね、ぼくがだまっていたら怖じ気づいてしまった。だから今回はあまり期待していなかった。ところが、表示された番号に電話をかけると、相手の男はアリゾナ州スコッツデールの所番地を告げた。州間高速十号線をまっすぐ四百マイル足らず行くだけの場所だったので、バイクに乗って出発した。五時間半後、ぼくはスコッツデールのインディアン・スクール・ロードにあるガソリンスタンドの外で、飲めるだけの水を腹いっぱい飲んでいた。ようやくバイクからおり、硬い煉瓦の壁にもたれてすわった。目覚めると、陽光が目に飛びこんできた。

　さらに一、二時間待った。そのころには気温がまた四十度を大きく超えていた。ぼくはバイクに乗り、ロサンゼルスへ引き返した。

　さらに六時間の苛酷な道のりから帰り着いたとき、家には緊張が走っていた。ジュリアンとガナーがまたも言い争っていた。

「ああ、それにこいつだ」ぼくがドアからはいっていくと、ガナーが言った。「こいつはいつでも好きなときにフリーの仕事ができる。電話を受けて、ブーンと飛んでいく！　ほかのだれかのために金庫をあけて、たんまり稼いでる。なのにおれは、おまえが計画をまとめるまで、ここでひとりで暇をつぶしてなきゃいけない」

　ぼくにそんな物言いをぶつけるには最悪の日だった。素手で殴り殺される危険をまったく顧みず、ぼくはガナーに詰め寄り、尻のポケットから財布を取りだして有り金をまるごと引き抜いた。二十ドル札が数枚。たぶん百ドルくらいだろう。その金をガナーの胸に叩きつけて、ぼくは歩き去った。

つぎの日、ぼくは裏庭へ行って、ガナーの手製バーベルをひとつ手にとった。金属のパイプの両端に砂袋をくくりつけた代物だ。何度か持ちあげてみた。そのとき、ガナーが家から駆けてくるのが見えた。ぼくはバーベルをおろし、他人のものに手をふれたせいで痛い目に遭うことを覚悟した。ところが、ガナーはバーベルを拾ってぼくに返した。

「正しい使い方をだれかに教わらなかったのか」

ガナーは二頭筋カールの正しいフォームを実践してみせた。足を腰幅に開き、胸を張り、腹筋を締め、背筋を伸ばし、肘を脇に引きつける。肘を動かさないようにして、上でいったん止めて筋肉を収縮させる。おろしながら息を吸う。

「おまえもそろそろトレーニングをやれよ」ガナーは言った。「仕事に出てるとき、ついてこられないようじゃ困る」

そして、ぼくを反対に向かせ、上腕三頭筋のトレーニングをさせた。何事もバランスよく、だという。その日からガナーはぼくの個人トレーナーになった。一日おきに、ぼくは朝の裏庭で殺されそうになった。殺されるというのは誇張じゃない。ガナーのほうはたぶん楽しんでやっていた。

そして、あの朝……

ぼくは鉄パイプを使ってベンチプレスをやっていた。両端からコンクリートブロックを鎖でぶらさげてある。鉄パイプはしっかり握るには少し太すぎるため、コンクリートブロックが揺れて頭にぶつかりそうだった。なぜガナーが本物のウェイトを買わないのかはわからない。そのくらいの金は持っているはずなのに。

ともあれ、ガナーに助けられながら、ぼくはトレーニングに励んでいた。まもなくきょうのセットが終わりそうだ。ふたりともシャツを脱いで朝日を浴びている。ベンチはコンクリートブロックの上に厚板を置いただけのものだった。トレーニング中にガナーが話しかけてくることはほとんどなかったが、きょうは例外だった。

「ジュリアンからデトロイトの男の話を聞いたろ」

ぼくは荒い息をつきながら、パイプを胸のすぐ上で支え、もう一度持ちあげようとしていた。

「どうやって出会ったのかをな。どうやってやつのクルーザーに乗りこんだのかも。どうやって金庫やら何やらを調べたのかも。おまえはどう思った？」

ぼくは横目でガナーを見た。いったい何が言いたいんだろう。

「考えてみろ。四百万ドルの現金を金庫に貯めこんだ男が現われた。ジュリアンはクルーザーに乗りこんで下調べしようとしたが、つかまった。そいつはジュリアンの頭に銃口を突きつけて、思いっきり震えあがらせた。そしてワインと葉巻を巻きあげた。ばかばかしいと思わないか」

ぼくは起きあがれなかった。ウェイトが胸の上にあってはどうにもならない。だから口上が終わるまでそこから動けずにいた。最後のひとことが放たれるまで。

「おれたちがどうしたらいいかわかるだろ、マイク。そのクルーザーが今年もどってきたら……おまえとおれで忍びこんで、大金を全部いただくんだよ。どう思う？」

ぼくは首を左右に振った。とんでもない。どうかしてるよ。やめろ。

「そいつがおまえのボスなのは知ってる。それはわかってるよ。心底恐れられてるってこともな。ただ……ここらでしっかり腹を決めりゃ、やつを倒せるはずだ」

ぼくは首を振りつづけた。

「おれはデトロイトの男を恐れない」ガナーはようやくぼくの胸からパイプをどけた。「だれのことも恐れない」

ぼくは起きあがってシャツを着はじめた。

「あのクルーザーに別の連絡係を見つけてあると言ったらどうする？　手引きしてくれるやつがいると言ったら」

ぼくは動きを止めた。

「そいつは別の人間に忠誠を尽くすわけだ。計画をまとめられるのは自分だけだとジュリアンが考えてるのはわかってる。残りの仲間には能がないみたいにな。だが、いま言った男も……おれたちと同じ立場にいるんだ。いつもだれかの指図を受けてる。そう、嫌気が差してるんだよ。おまえだってそうだろ。だから、おれたちが組めば、何かやれそうな気がするんだ。おれたち全員にとって、どでかい何かを」

ぼくは立ちあがって、歩きだした。

「ちょっと考えてみてくれ」ガナーは言った。「時間はある。考えるんだ」

考えることなんて何もない。あまりにばかげてる。自殺行為だ。それでもガナーはあきらめなかった。ふたりきりになるたび、ガナーはその話をぶつけてきた。「そいつはおまえを犬みたいに扱ってる」一度はこう言った。もちろん、デトロイトの男のことだ。ぼくの頭にいつもあるイメージを見透かしているようだった。ぼくは寝場所ももらえない犬で、それでもなお、主人に呼ばれたらいつでも飛んでいかなくてはならない。

「一生に一度くらいは、飼い主の手に嚙みつくことを考えてもいいんじゃないか」

その月の終わり、また緑のポケットベルが鳴った。前と同じ公衆電話まで歩いていって、表示された番号に電話をかけた。はるばるアリゾナのスコッツデールまで無駄足を踏ませた、あのろくでなしどもかもしれないとは思ったけれど。

ところが、今回はそいつらじゃなかった。

「マイクル、バンクスだ。聞こえてるかい」

どういうことだ？

「きみがしゃべれないのはわかってる。このあいだは知らなくて悪いことをしたよ。きみのことを何も知らなかったんだ。いまは了解ずみだから、ぜひ話を聞いてもらいたい」

ぼくはサンタモニカ・ブールバードにじっと立っていた。暑い夏の夜、ぼくの脇を車がのろのろと通り過ぎていく。

「このあいだこの番号にかけてきた連中だが……やつらはゲームから離脱した。永遠にね。遅かれ早かれ、同じことがだれにでも起こるんだよ。聞いてるかい？こちらを信用してくれたら、きみをそこから救いだしてやれる。全力できみを助けるよ。きっと、いまさらどうにもならないと思ってるんだろうな。しかし、まだ道はある」

海から薄汚れた風が吹きつける。車の音がする。胸で心臓が激しく脈打っている。

「伯父さんが心配してるぞ、マイク。リート伯父さんだ。話をしたんだよ。帰ってきてほしいと言っていた」

ぼくはガラスに額を押しつけた。

「わたしはカリフォルニアにいる。きみも近くにいるのはわかってる。こちらの居場所を言うよ」

電話を切り、ぼくは家へと歩きはじめた。

夏が過ぎた。九月になっても、暑さは途切れなかった。ある日の、ある気怠く暑い午後のことだ。ガナーはタトゥーの店にいた。ルーシーはぼくの部屋で、ぼくが絵を描くのを見ていた。ルーシーはご機嫌斜めで、どうやらガナーとまた衝突したらしい。苛立っているとき、ルーシーは好んでぼくのところへ来た。ぼくなら質問攻めしないのがわかっているからだ。人生をましにする方法を説くこともない。ルーシーはぼくが描くのをじっと観察していた。そして、何か見せてもらえる絵はないかと尋ねた。

いまも毎日アメリアのために描いているものは見せたくなかったけれど、ルーシーやほかの仲間を描いたものなど、絵はほかにもたくさんあった。ルーシーは自分たちを描いた絵を一枚一枚選り分けて、じっくりと見ていった。

「どうやって描くの?」ルーシーが言った。「あたしたちみんな、とってもよく描けてるよ。ほら、見てよ、これ」

ルーシーは裏庭でトレーニングをした直後のガナーを描いた絵を抜きだした。ひとつひとつの筋肉や腱が日の光を浴びて際立っている。唇の上の傷跡。首に彫った蜘蛛の巣のタトゥー。のびのびとうまく描けた一枚だと自分でも思っていた。

「これまで見たなかで、ガナーの絵はこれがいちばんいいと思う。写真よりもいい。なんて言うか……ガナーそのもの。どうしてこんな絵が描けるのさ」

答えようがなかった。ルーシーはじっと絵を見つめている。その絵を置いたあと、さらに数枚をながめて、最後にアメリアの絵を取りあげた。そこにその絵があることに、ぼくは気づいてもいなかった。

取り返したいという衝動に駆られた。ルーシーの手からひったくりたい。だけどつぎの瞬間、それがいかにばかげたことかに思い至った。しょせん、紙切れに描いただのスケッチだ。二度と会うことのないだれかを写しとったものにすぎない。永遠に失ってしまっただれかを。

ルーシーは長いあいだ見つめていた。

「この子なのね」ルーシーは言った。「あんたが好きな子」

ぼくはうなずいた。

「つらいんじゃない? だれかをそんなに強く求めるのって」

ルーシーはぼくを見た。髪はいつもながらぼさぼさだ。片方のまぶたがもう片方よりもわずかに腫れぼったい。

「あたしが描いたライオンの絵、知ってるよね。ジュリアンが飾っているやつ」

覚えている。たぶんルーシーの最高傑作だろう。よくある愛らしいふわふわのライオンでもないし、誇り高く気品あるライオンでもない。みすぼらしくて、飢えかけているように見えた。一瞬でこちらの顔を引き裂きそうなライオンだ。

「クスリをやめたとき……断ち切ったと言っても、永遠ってわけにはいかないってわかってたんだ。ジュリアンは一日であたしがすっかりきれいになったようなことをいつも言ってるし、四人で仲間になって、それからずっと、年じゅうにぎやかなパーティーみたいになったけど、でもジュリアンはそれがどんなに大変かをわかってない。クスリがいまもすぐそこにあって、あたしがもどるのをしじゅう待ちかまえてるのがどんな感じだか、ぜんぜんわからないのよ」

ルーシーは絵を置いた。

「ライオンの交尾を見たことある？」

ぼくは首を横に振った。ゆっくりと。

「荒々しいの。すごく乱暴。気持ちいいにちがいないけど、爪で引っ掻いて殺される危険と隣りあわせね」

ぼくは話すルーシーの唇を見つめていた。

「想像してみて。ライオンがあんたを愛しすぎたらどうなるか。求めすぎたらどうなるか。それがあたしの言いたいこと。まさにその感覚なのよ」

ルーシーはぼくに手を伸ばした。喉にあてる。

「ねえ、あんたのなかには何がある？　なぜあたしと話せないの？」

ぼくは喉にあたる冷たい指を感じ、唾を呑んだ。目を閉じる。

「しゃべろうとしてみて」

無理だ、と思った。アメリアのためにありったけの努力をした。それでもできなかった。アメリアのためでさえ。

ぼくは手をどけて立ちあがった。つぎの瞬間、ルーシーが後ろに立っていた。首に息づかいが感じられるほど近くに。

「名前は？」ルーシーはささやいた。「その子の名前を教えて」

振り向くと、ルーシーがキスをしてきた。アメリアとは何もかもちがい、まったく別の存在だった。それどころか、ぼくにとてもよく似ていて、すべてがどうしようもなくてめちゃくちゃだったけれど、ルーシーはたしかにそこにいて、腕をぼくに巻きつけ、胸で心臓が激しく打っているのが感じられた。服を脱いだとき……ルーシーの体はアメリアよりも無防備に思えた。ずっと白く、ずっとはかない。ガナーが彫ったタトゥーが見えた。左の肩甲骨には漢字、右の足首には黒いバラ、そして背中のくびれには、かろうじて読めるくらいの小さい字で彫ったガナーの名前。ガナーは名前を刻みこむことで、ルーシーが永遠に自分のものだと主張しているが、この昼さがりに、ルーシーは裏庭にあるぼくのちっぽけな間借り部屋にふたりきりでいる。ぼくは自分が何をしているのかわからなかった。気持ちがよくて、でも気持ちがよくなくて、あっという間に終わった。そのあと、ふたりで横になっていたとき、ベッドの下からかすかなうなりが聞こえた。

「なんの音？」ルーシーが言った。

ぼくは起きあがって靴箱を引っ張りだした。またFBIの大親友からの電話だろうか。大歓迎だよ。

ちがう。これは本物だ。

「だれ？」ルーシーは靴箱をのぞきこんでいる。「だれに呼びだされたの」

ぼくは赤いポケットベルを手にとった。

ボスからの呼びだしだよ、と心のなかでルーシーに言った。悪いけど、いますぐ吠え声をあげて駆けつけなきゃいけない。

21

ミシガン州　一九九九年七月

つぎの日、マーシュ家に着いたとき、車寄せにあの車が停まっていることに気づいた。きのうと同じ、車体の長い黒い車だ。中に人影はないが、バイクからおりたとき、車のエンジンがまだ熱っぽく音を立てているのが聞こえた。着いて間もないということだ。

玄関へ行ってノックをした。中からどうぞという声がする。ドアをあけたとたん、居間にいる三人の男が目にはいった。例の三人だ。いまは全員がくつろいだ様子に見える。黄褐色の釣り帽子の男が水槽の一方の端にいる。反対側には、顔にそぐわない口ひげを生やした長身の男が立っていた。

半分眠っているような、気怠げな半開きの目をした三人目は、ソファーに腰かけていた。

「遅いじゃないか」三人目が言った。「みんなお待ちかねだぞ。書斎で」

残りのふたりがぼくを見た。ぼくは何が起こっているのかと考えていた。そして、アメリアはどこにいるのか。

「きょうのうちだとありがたいな」〝寝ぼけまなこ〟が言った。

ぼくは何歩か前へ出て、階段の下で立ち止まった。アメリアの部屋のドアが閉まっているのが見えた。

「おい!」寝ぼけまなこは言った。「耳が聞こえないのか?　とっとと行くんだ」

〝釣り帽子〟と〝ひげのっぽ〟のふたりには、それがおかしかったらしい。寝ぼけまなこがふたりを指さして何か言おうとしていたが、ぼくには聞きとれなかった。書斎のドアをあけ、中へ足を踏み入れる。

マーシュがいつもの椅子にすわっていて、来客用の椅子には見覚えのない男がいた。グレーのスーツを着ている。白いシャツ。赤いネクタイ。黒っぽい髪と眉。肌が少し荒れてざらついている。長い煙草を吸っていた。

「来たか」マーシュが言った。「こっちへ！　すわってくれ！」

勢いよく立ちあがって、もうひとつの来客用の椅子を引く。

「会ってもらいたい人がいるんだ。こちらは、その……」

その瞬間、すべてがその場で止まった。煙草の男がマーシュを見あげる。マーシュは下唇に舌を滑らせた。

「こちらはいっしょに事業を進めているもうひとりの人だ」マーシュはつづけた。「すわってくれ。きみに、そう、話があるんだ」

ぼくは腰をおろした。マーシュは自分の席にもどり、顔の汗をぬぐった。

「きみがマイクルか」煙草の男が言った。「いろいろと噂を聞いているよ」

「いい噂だ」とマーシュ。「いい話ばかりだよ」

煙草の男はマーシュを見て一方の眉を吊りあげた。四分の一インチぐらいか。マーシュは両手を掲げ、それから三分間、口を閉じていた。

「きのうきみがミスターGに会いにいったことは知っている。その結果は、さっき聞いたかぎりでは芳しくない」

ぼくはじっと男を見ていた。

「その評価に異論はないかな」

ぼくはうなずいた。

男は二本の指で煙草をつまみ、ズボンに灰を落とさぬようにして椅子の上で身を乗りだした。煙草のにおいや、男のつけているコロンか何かの香りまでが嗅ぎとれた。一生忘れない、高級でエキゾチックな香りだった。

「きみは口をきかない」男は言った。

ぼくはうなずいた。

「けっして口をきかない」

もう一度うなずく。

男は椅子にもたれた。「そうか。評価できる資質だ。それどころか、ほかの面々にも分けてやりたい美点だよ」

男はマーシュへは目をやらなかった。その必要もなかった。

「ノーマンから聞いたんだが、この家に忍びこんだそうだな。ほんとうなのか」

ぼくはうなずいた。

「仲間を引き渡すのを拒んだとも聞いた」

もう一度うなずく。

「ここまで二打数二安打だな、マイクル。きみは信用できる人間らしい」

ぼくはマーシュを見た。笑みを浮かべて相槌を打っている。両手がきつく握りしめられている。

「だが、錠の仕事に関しては」男がつづける。「どんなものでもあけられると聞かされていた。だから、失望したよ、ミスターGからの報告には」

ぼくはどう反応したらいいかわからなかった。アメリアは二階の部屋にいるんだろうか、怯えているか、怒っているか、どんな様子だろうか、と考えていた。

「まあ、ミスターGは少し邪険になることがあるからな。きみたちふたりは出だしを誤っただけかもしれない。どう思うかね」

ぼくは動かなかった。

「マイクル。どう思う?」

ぼくは肩をすくめた。男はぼくから目をそらさなかった。

「いいか。ミスター・マーシュと共同経営者のミスター・スレイドは、いま若干の債務をかかえていて、残念ながらどちらもこの債務を履行できていない。ミスター・スレイドについては、どうも完全に消息を絶ってしまったらしく、今後また姿を見せたときにどう処すべきかはまだ決めていない」

男はついにマーシュに目を向けた。マーシュは自分の手を見つめている。巨大魚が全員の頭上に浮かんでいた。

「一点に関してはミスター・マーシュに賞賛を送ろう」男は言った。「少なくとも、この状況に前向きに取り組んでいる。債務を履行しようとしている。それについては評価しよう。だから、ミスター・マーシュとはぜひいっしょにやっていきたい。問題は、いまやのっぴきならない債務超過の状態に陥っているということだ。スポーツクラブ一カ所と、計画中のもう一カ所、そして計画中の新しい住宅団地……これらの資産はどれもすでに担保として押さえられている。何が言いたいかわかるか？　この哀れな男には、換金価値のある財産がもう残っていないのだよ。ただし……」

男はふたたび椅子から身を乗りだした。

「きみがいる」

ぼくはまたマーシュを見やった。マーシュは目を合わせなかった。

「誤解しないでくれ。きみがミスター・マーシュの所有物でないことは承知している。だが、聞いたところでは、裁判所から夏のあいだ労働奉仕をするよう命じられたそうだな。奉仕の内容は、ミスター・マーシュが適切と判断したものであればなんでもよいわけだ。むろん、常識の範囲内でだがね。つまり、きみのすべてとは言わないまでも、きみの時間の一部はミスター・マーシュが所有していると考えてよいはずだ。毎日、毎週、一定の時間をね。そして、マイクル、いまミスター・マーシュが所有しているもので最も値打ちがあるのが、まさにそれなのだよ。大局的に考えて、事態の打開のために差しだせるそれ以上のものがあるだろうか」

煙草から煙が渦を巻いて天井へのぼっていくのを、ぼくは見つめていた。

「だから、きみにはミスターGのもとで再挑戦してもらいたい。話はもうつけてある。前途有望な若者だから——実際に会ってみて、それには嘘偽りがないと確信したが——もう一度機会を与えるべきだとな」

「そうしてくれると、ほんとうに助かるんだ、マイク」ようやく口を開く勇気を取りもどしたマーシュが言った。

「わたしとしても大いに助かるよ」男は言った。「実のところどれだけの腕があるのか、非常に興味があるからね。ミスター・マーシュにとっても好都合だろう。忘れてはいけないが、家族にとってもだ。息子はもう家を出て大学へかよっているのだったな。早々とフットボール選手への道を歩きはじめたのか」

「はい」マーシュは答えた。

「すばらしい。娘のほうは?」

マーシュは目を閉じた。

「何か問題でも?」

「いえ、まったく。娘は高校の三年になります」

「それはけっこうなことだ。名前はなんと言ったかな」

「アメリアです」

「アメリアか。美しい名前だ。そう思わないか、マイクル」

男は椅子の両端をきつく握りしめているぼくを見ていた。ひとことも口にしてはいないが、ぼくの反応を心に留めているのがわかった。

「これで全員の思いが一致したな」男は言った。「マイクル、席をはずしてくれるかな。すまないが、ミスター・マーシュとのあいだで相談事が残っていてね。ミスターGが待っているから、きみはそちらへ向かったらどうだろう。ふたりとも、きょうこそはずっと有意義な時間が過ごせるのではないか」

男はすわったまま待っている。ぼくは立ちあがった。

「楽しかったよ、マイクル」男は言った。「きっとまた会うことになる」

ぼくはドアをあけて部屋を出た。三人の男の近くを通り過ぎる。三人とも居間ですわっていた。冷蔵庫のありかを見つけたらしく、全員が瓶ビールを持っている。

「どうだった、この色男」

だれのことばかわからなかったけれど、どうでもよかった。ぼくはまっすぐ階段をのぼり、アメリアの部屋をノックした。アメリアはいなかった。

「もういないぜ」寝ぼけまなこが階段の下からこちらを見あげていた。「パパが遠くへやったんだ」

ぼくは階段をおり、寝ぼけまなこを避けて進もうとした。腕をつかまれた。

「おまえはもうおれのリストに載ってるんだ。いいな？　今後おれが何か言ったときは、こっちに背を向けないほうがいい」

数秒間ぼくをねめつけて、指をぼくの腕に食いこませた。

「さっさと行けよ。大事な用があるんだろ」

ぼくは外へ出た。暑い日差しを顔に受けながら、これからどうしようかとしばらく思案した。さっきの情景を頭のなかで再現し、煙草の男がアメリアの名前を口にしたところで止める。あの男の薄い唇から発せられたその響き……

ぼくはバイクに乗り、デトロイトへ向かった。

こんな瞬間を人生で何度か経験した。ゲームから抜けだせたかもしれない瞬間を。失うものを振り捨てていたら。すべてを保護観察官に委ねていたら。そうしていたら、人生はどう変わっていただろうと考えずにはいられない。たった一度でもそうしていたら。

でも、この日はそうしなかった。同じ道を走って、同じ場所へ向かった。グランドリバー・アベニュー沿いにある〈ウェストサイド中古品店〉へ。暑くなるにつれて雲が湧きあがり、やがて激しい雨が落ちてきた。数分で雨はやみ、熱を帯びた舗装面から湯気が立ちのぼった。

今回は入口のすぐ近くまでバイクで乗りつけた。ドアをノックして待っていると、ゴーストだかミスターGだか、そう呼ぶことになっている男がドアをあけてぼくを一瞥した。前と同じ、擦り切れたニットのヴェストを着ている。同じ眼鏡が首から鎖でかけられていた。ゴーストは何も言わず、ただ首を振って、とんでもないやっかい者を見たかのように、わざとらしいため息をついた。そしてドアをあけて押さえ、ぼくがこんどもバイクを店内に入れられるようにした。

「また来たか」男は言った。「うれしくてたまらんよ、まったく」

ぼくはバイクを置き、なんであれ、つぎに起こることを待った。

「おれが手に入れられるなかで、たぶんおまえさん以上の逸材はないと言われたよ。なんてことだ」

ゴーストは背を向けて、ほとんど真っ暗ななか、がらくたの山をよけながら奥へ歩いていく。ぼくはあとを追った。相変わらずテレビのついた奥の部屋を抜け、自転車のひしめく窮屈な廊下を通り過ぎる。裏口から、緑の影が落ちる庭へ出た。きょうはこの前よりも空気が重く、湿った熱気と、ウルシやツタウルシが浴びた雨のにおいが立ちこめていた。きょうのゴーストは少し老けて見えた。どことなく萎えていて、透きとおりそうなほどに顔が一段と白い。髪は細い藁を思わせ、隙間から頭頂部のあちこちに浮き出た染みが見えていた。それでも足どりは軽快で、高齢のスポーツ選手かダンサーのようだ。きびきびと歩き、ぼくがついてきているかどうか、一度も後ろを確認しようとしなかった。並んだ金庫の前へまっすぐ行き、ちょうど真ん中で足を止める。眼鏡をかけ、ここでようやくぼくを見た。

「目が悪くなってきていてな」ゴーストは言った。

「そいつが第一の問題だ」

手のひらを下に向けて右手を掲げる。

「手も震えるようになった。これも都合が悪い」

ぼくの位置からでは震えはわからなかった。手はびくともしていないように見えた。

「おまけに娘が連れ合いに逃げられてな。子供ふたりと残された。娘はフロリダにいる。あの州はこれっぽっちも好きになれんが……」

ひとつの金庫の後ろから、キャスターつきの事務用椅子を持ってきた。金庫に囲まれたこの円形の空間にはベニヤ板が敷いてある。椅子を半回転させ、逆向きにすわった。

「つまり……そういうことだ。おれについての知識はそれでじゅうぶんだよ。ほかはおまえさんの知ったことじゃない。わかったか」

ぼくは一度だけうなずいた。

「きょうはもう一度金庫に挑戦するのか？ それともおまえさんはほんとうに金庫あけのど素人なのか？」

金庫が八台、完璧に配置されていた。架空の東西南北、いや、ほんとうに東西南北なのかもしれないが、その四方位にひとつずつ。そして、各方位のちょうど中間にもうひとつずつ。これほどがらくただらけの建物のなかで、ここだけは金庫以外のあらゆるものが排除されていた。混沌のなかに完璧な円が切り開かれている。

「じゃあ、何だったらできるんだ」ゴーストは言った。

「そこからはじめようじゃないか」

ぼくは、ピックを手に持って動かす動作をした。風船で動物を作るのを見たくらいの感銘しか受けなかったようだが、それでもゴーストは、建物の外壁に作りつけた作業台のほうへぼくを連れていった。ペンキ缶が立ち並ぶちっぽけな町を通り抜けなくてはならなかったものの、目的の場所にたどり着くと、ピッキングの研究所とも呼ぶべきものができているのがわかった。透明な合成樹脂の筒が作業台にねじ止めされ、筒には鍵式の錠がはめこまれている。ゴーストは錠を引きだして、シリンダーをスライドさせて蓋を開き、ピンをむきだしにした。眼鏡をかけてじっくり調べ、ピンをひとつ抜く。作業台のそばには小さな抽斗のいくつかついた収納箱があった。ひとつの抽斗をあけてピンを別のものに替え、その上に注意深くばねを取りつける。作業を進めていき、ゴーストはピンを独自の配置に変えた。むずかしいのかやさしいのか、ぼくには判断がつかない。すべてを終えると、ゴーストは蓋を閉めたシリンダーを透明の筒にもどした。作業台の上を掻きまわしはじめたのは、どうやらピックを探しているせいらしい。ぼくは尻のポケットから革のケースを出し、ゴーストに見せた。

「いつも持ち歩いてるのか」

　ぼくはうなずいた。

「警察に職務質問されたときに疑われたくはあるまい？　やつらの仕事を楽にしてやるつもりか」

　ゴーストは答える暇を与えなかった。代わりに、ただ錠を指し示して一歩退いた。

「準備ができたら、やってみせろ」

　ぼくはテンションレンチとダイヤモンドピックを出して、作業をはじめた。慣れたことをようやくやれるのでほっとした。慎重に力をかけながら最初のピンを探る。その様子を、すぐ後ろに立ったゴーストが肩越しに見ている気配がした。息がかかるのが感じられるほどだ。

「邪魔にはなるまい？」

　ぼくは作業をつづけた。二番目のピン。三番目、四番目、五番目、六番目。もう一度やりなおす手間もなく、錠が小さな音を立てて開いた。どうやらストレートピンが使われていたらしい。

「なるほど。やさしいやつはあけられるわけだ。おみごと、おみごと。少しむずかしくしよう」

ぼくが脇へのくと、ゴーストはシリンダーの蓋をあけて全部のピンを取り替えた。新しく取りつけているピンに小さな溝がいくつか見えた。今回はばねの扱いに手間どり、ゴーストはかがみこんで数インチのところまで顔を近づけていた。

「このいまいましいのが見えさえすれば……」小声で言う。作業が終わると、ゴーストは眼鏡をはずして目をこすり、後ろへさがった。代わってぼくが錠の前に陣どり、作業に取りかかった。

ゴーストは、今回は左腕をあげて腕時計を見た。

「十秒。数えてるぞ。急いだほうがいい」

ぼくは力をかけつつピンを探った。

「二十秒」

無視しろ、と自分に言い聞かせる。声を頭から締めだせ。

「三十秒。このあたりからだんだん気が急いてくるぞ」

ピンを合わせ、引っかかる位置を探る。はまった。つぎだ。

「四十秒！　さあ、急げよ」

ひとつずつ手順を進めていく。適切な力を保つ。強すぎてはいけない。惑わされるな。緊張するな。その調子だ……

「五十秒！　おい、からかってるのか？」

もう一度作業を繰り返す。ピンを探り、ほんのわずかな手応えを感じとる。

「一分！　もうすぐ建物全体が警官だらけになるぞ！」

汗がひと筋、背中を流れ落ちるのを感じた。背後に茂る雑草のどこかで、気が立っているらしい虫が羽音を発しつづけている。

「ドアが蹴破られるぞ！　こののろま！」

つぎのピン。力を保つ。きつすぎてはだめだ。

「バーン！　聞こえるか？　バーン！」

ぼくは目を閉じた。心をすっかり平静な状態にする。テンションレンチをほんの少し、百万分の一インチだけゆるめた。

「もうだめだ！　警官に取り囲まれた！」

あと三本。あと二本。

「間に合わない！　逃げろ、このばか！　逃げるんだ！」

あと一本。ピンが屈するのを感じる。全体が回転した。テンションレンチとピックを引きだし、ゴーストのいまいましい青白い顔に一発見舞わないよう、ありったけの自制心を注いだ。

「少し時間がかかったな」この一分半、ぼくに叫びつづけていたのが嘘のような冷静さで、ゴーストはぼくを見て言った。「それに、おまえさんみたいにピックを扱うやつは見たことがない。だれがそんなやり方を教えたのか知らんが」

またゴーストは作業台で探し物をはじめた。座金やナットやボルトが小さな雪崩を起こす。

「まあ、錠前破りは近ごろ珍しくもなんともないからな。腐るほどいる」

ゴーストはようやく目当てのものを見つけ、拾いあげてこちらへ投げた。ダイヤル式の南京錠だが、安物ではなかった。

「単純なディスク三枚の錠だ。どうやってあける？」

ぼくは鉉《つる》の部分を引っ張りながらダイヤルをまわし、引っかかるポイントを探りはじめた。いつもの手順でまず末尾の数を見つけ、例の数のグループを使って、可能性のある数列を絞りこんでいく。

ゴーストはぼくのやり方を観察していた。末尾の数は25だったので、１からはじめ、二番目の数を連続技で絞りこんで、総あたりで試していく。

「いったい何をやってる」

ぼくはゴーストを見た。何をやってると思ってるんだ？

「本気でそんなずぼらな手を使うつもりじゃないだろうな。そんなやり方で上等な錠をなんとかできると思ってるのか？　まず、上等な錠には、安物とちがってそういうパターンは使われてない。それに……まったく……おまえさんはどれだけ素人なんだ。触覚ってものがないのか？」

ゴーストはぼくの返事を待たなかった。もっとも、こっちに答があったわけじゃない。南京錠をひったくり、ゴーストはダイヤルをまわしはじめた。

「指で感じるんだ。いいか？　それ以外にあける方法はない。この程度の南京錠でこれができないというなら……」

ちらりとダイヤルに視線をやった。それから南京錠を耳に近づけ、しばらくダイヤルをまわしつづけた。目を閉じる。

「感じるか、感じないか、どっちかだ。いいな？　単純なことだよ」

目をあけて、ダイヤルを反対側にまわしはじめる。

「おれは眠っていてもこれができる。嘘じゃない。車を運転しながらも。電話でしゃべりながらも。セックスしながらも」

さらに少しだけダイヤルをまわし、そこで止めて、もう一度逆にまわす。

「いま言った意味がわかるか。まったく頭を使わずにあけられるってことだよ」

ゴーストは鉉を引いてはずし、解錠した南京錠を投げ返した。

「ここにすわって、練習してろ。本物の金庫破りみたいにあけられるようになったら言え。そのあいだにおれは昼めしを食ってくる」

金庫破り。そのことばを耳にしたのははじめてだった。緑の影が落ちる裏庭で、大きな鉄の金庫の輪のなかにぼくを残してゴーストが去っていくあいだ、耳にその響きがこだましていた。

本物の金庫破り。

太陽が沈みはじめたころ、ようやくぼくはそこを離れた。ポケットに南京錠を持って。ぼくの最初の宿題は、ディスクが正しく整列する感覚をつかむまで、ダイヤルをまわしつづけることだった。ごまかし半分の手を使わずに、指の感覚だけでこのいまいましい南京錠をあけられるようになるまで。

まっすぐ帰って練習すべきだったけれど、ぼくはマーシュ家へバイクを走らせた。車寄せに乗り入れると、窓はどれも真っ暗だったが、家のどこかから音楽が流れてくるのが聞こえた。玄関をあけて中をのぞきこんだ。ステレオがビーチボーイズの〈素敵じゃないか〉を鳴り響かせている。たしかマーシュのお気に入りのバンドだ。パーティー並みの音量なのに、明かりはすべて消えていて、だれの姿も見えなかった。

ぼくは居間へはいっていった。大きな水槽が不気味に光っている。しばらくして、マーシュの書斎へ通じるドアの下から光が細く漏れていることに気づいた。まず二階へ行った。アメリアの部屋のドアをあけ、明かりのスイッチを入れた。アメリアはやはりいなかった。

明かりを消して部屋を出た。階下へ向かう。ちょうど曲が終わり、数秒の静寂が落ちた。そして、ビーチボーイズの別の曲がはじまった。〈僕を信じて〉だ。書斎の前へ行き、ドアを押しあけた。音楽が大きくなる。

最初に気づいたのは、大きな魚の剝製が消えたことだった。二番目に気づいたのは、魚は消えたのではなく、壁からはずされて窓へ投げ捨てられたということだった。体の後ろ半分がまだ室内にあり、前半分が外へ出ている。

三番目に気づいたのは、机の椅子が奥を向いていることだった。椅子の片側から腕が垂れているのが見えた。ぼくはしばらくその場に立ちつくし、生きている証が見えるのを待った。

やがて椅子が回転した。マーシュがもう一方の手に酒を持ってすわりこんでいる。まったく驚いた様子もなくこちらを見あげた。

「やあ」マーシュは言った。「好きなものを飲んでくれ」

ぼくは机に置かれた法律用箋に気づいた。それとペンをつかんで書きはじめる。〝アメリアはどこに？〟

手渡すと、マーシュは用箋を顔の前に持っていって前後に動かし、目の焦点を合わせた。

「あの子は行ってしまった」

ぼくは用箋を取り返した。〝どこへ？〟

その問いに、マーシュはしぼんだようだった。そして、しばらく目を閉じていた。あまりに長く閉じていたので、眠りに落ちたかと思った。やがて咳払いをした。

「遠くへやったんだ。安全な場所へ。あの子はきみに電話をしたかっただろうが……それはむずかしいんだ。わかるだろう？」

マーシュは残っていた酒を飲みほして、グラスを机に置いた。持てる力と技のすべてを要する作業だと言わんばかりの慎重さで。この椅子にすわっている姿をはじめて見たときのことを思いださずにはいられなかった。真っ黒に日焼けした、タンクトップとショートパンツ姿の男。完璧な歯、派手な腕時計、五十ドルはかかっていそうなヘアスタイル。あのときはいばりくさって大きな口を叩いていたのに、きょうは怯えきって手の震えも止まらないありさまだ。

「あの子と話すことがあったら、あの子に……その、きみのことをよろしく伝えておくよ。助けてもらっていると言う。あの子もすぐ家に帰れる、ともな」

　ぼくは魚の大きな尾びれのほうへ歩いていった。割れたガラス窓に魚が刺さっているさまは、まるで自分で逃げだそうとしているようだった。その気持ちはよくわかる。

「とにかく、きみには仕事に集中してもらわないといけない」マーシュは言った。「全力を尽くしてくれ。聞いてるか？」

　ぼくはマーシュの顔を見さえしなかった。背を向けてドアへ歩きだす。

「わたしはやつらに殺される」

　ぼくは足を止めた。

「信じてくれ、マイクル。あいつらはまちがいなくわたしを殺す。生かしておいたほうが得策だと判断したら……こんどはアダムに手を出すかもしれない。そしてフットボール選手としての未来を消し去る」

　その声は淡々として、いっさいの感情を欠いていた。

「あるいは、アメリアに……」

　やめてくれ。口にするのもやめろ。

「あいつらがアメリアに何をするか、考えたくもない」

　そんなことはさせない。悪夢よりもなお悪い。

「きみに押しつけるのはひどいことだと思ってる」マーシュは言った。「だが、ほかに道がないんだ」

　それ以上は何も言わなかった。

　言う必要もなかった。

22

オハイオ州　二〇〇〇年九月

ゴーストから念を押されていたので、ぼくはルールを心得ていた。赤のポケットベルが鳴ったら、速さの限界に挑むつもりで受話器をとって、その番号を呼びだせ。

「早かったな」その声が言った。たしかに以前聞いた、あのしゃがれ声だ。「いい子だ。さあ、一度しか言わないからしっかり書きとれよ。クリーヴランドへ向かってくれ。金曜の朝一番、八時くらいに向こうで落ちあおう。つまり、きみに与えられた時間は、そう、二日半だ。場所は……」

ぼくは番地と通りの名前をメモした。

「そこにバーがある。レストランかもしれないが、どちらでもいい。そのまま中へはいって、わたしたちが着くまで適当に待っていろ。ああ、もうひとつ言っておく。いまは何かと危ないから、ぜったいに空を使わないこと。わかったな？　飛行機には乗るな。しっかり理解したか」

まるでぼくが何か言うのを待っているかのようだった。

「きみが聞いているとわかるように、ボタンか何かを押してくれないか。はいなら一回、いいえなら二回。それでどうだ」

ぼくはボタンを押した。一回。

「よろしい。対話のしかたを見つけたな。では、オハイオで会おう。わたしもきみと同じで、行くのは気が進まない。ほんとうだとも。だから、文句をたれるのは勘弁だ」

電話は切れた。メモ帳に記した所番地に目をやる。その紙を破りとってポケットに入れ、つぎのページにこう書いた。

〝行くところができた。二、三日でもどる〟

テーブルにそのメモ帳を置く。だれかがぼくを探してこの部屋まで来たら、すぐに気づくだろう。

ぼくは手早く荷物をまとめた。そして出発した。


オハイオまでは二千マイル以上ある。途方もない長旅だけれど、ほかの選択があるとも思えない。日が暮れはじめるころにはラスヴェガスに達していた。ユタ州のセント・ジョージを過ぎたところで宿をとった。小さなモーテルにチェックインして現金で支払いをすませ、服を着たままベッドで眠りに落ちた。

やっと目覚めたときには、日差しを受けて顔が熱くなっていた。カーテンの隙間から差しこむひと筋の光が、ほこりの銀河を形作っている。ぼくは体を起こし、さっさと朝食をとってから、ふたたび出発した。

その日のうちにユタ州を抜け、さらにコロラド州も通り抜けた。両手の感覚が麻痺しているのがわかる。ネブラスカ州に着くころには、果てしない一本道になっていた。線と線のあいだにバイクをとどめ、ひたすら走りつづける。ぼくは試されているにちがいない。向こうは不可能だと承知のうえでこんなことをさせているはずだ。

グランド・アイランドの郊外で、またモーテルに泊まった。バイクからおりたとき、歩くのがしんどかった。宿泊代を払い、シャワーを浴びて眠ろうとした。疲れ果てているのに、目を閉じることができない。体を起こして電気をつけ、絵を描きはじめた。もちろん、道具は一式持ってきている。これなしにどこかへ行くなんて考えられない。そんなわけで、ぼくは自分の姿を描いた。トラックが通るたびに壁が揺れる道路際のモーテルのちっぽけな部屋で、ベッドに腰かけた姿を。アメリアに贈るぼくの物語に、新たな一章が加わる。マイクル、オハイオへ行く。目的は神のみぞ知る。

朝になり、また荷造りをしていると、青のポケットベルが鳴った。ニューヨークのふたりだろうか。ぼくが東へ向かっていることをなんらかの方法で聞きつけたのか？　来るついでにもうひと仕事させようという魂胆だろうか。

部屋にある電話から、その番号へかけた。最初の呼びだし音も鳴り終わらないうちに男が出て、話しはじめた。

「マイクル、聞いてくれ」

バンクスだ。最初は黄色、つぎは緑。そしていま、青のポケットベルの番号まで知っている。

「もう時間がない。現実と向きあうんだ。まもなく、きみを助けてやれなくなる」

ぼくは窓の外を見た。監視されている、と急に不安になった。たったいま、このネブラスカのど真ん中で。いまにも一ダースの男たちがドアを破って飛びこんできて、床に伏せろ、両手を頭の後ろにまわせ、と怒鳴りつけるんじゃないだろうか。

「これが最後のチャンスかもしれない。聞いてるのか」

いや、ちがう。もしぼくを監視しているなら、先に電話をかけるはずがない。こちらの居場所を知っていたら、そのまま取り押さえにくるはずだ。わざわざ電話などしないだろう。

「マイクル。切らないでくれ。いいか？　そのまま話を聞いてくれ。きみを助けたいんだ」

逆探知だ。モーテルの部屋にいるぼくを、向こうは逆探知できる。

ぼくは電話を切って、その部屋をあとにした。

シカゴ近郊で渋滞にはまった。そのうえ、時差で一時間損した。ようやくクリーヴランドに着いたときには、夜半を過ぎていた。三日つづけてモーテルに泊まることになり、きょうは空港の隣だ。長々と天井を見つめながら、あすは何があるのかと考えていた。

朝が来て、支度を整えたのち、教わった所番地へバイクで向かった。まだ八時前だが、車体の長い黒のセダンが駐車場に停まっていた。ミシガンで見たのと同じ車だ。

その隣にバイクを停め、建物へ向かった。そのとき、寝ぼけまなこが入口から出てきた。

「〝湖岸の過ち〟（クリーヴランドの別称）へようこそ。ずいぶん遅かったな」

ぼくは腕時計を指した。

「わかった、わかった。忘れろ。行くぞ」

寝ぼけまなこは店内にもどり、ほかのふたりを呼んできた。

「お出ましか」ひとりがこちらをながめまわしながら言った。「ご本人じきじきに」きょうは何もかぶっていなかったが、ぼくのなかではもう釣り帽子で通っている。

「旅はどうだった」もうひとりが言った。ひげのっぽだ。こいつらを見るのは一年ぶりだった。何ひとつ変わっていない。それはかならずしもうれしいことじゃない。

寝ぼけまなこが後ろのドアをあけ、ぼくは車に乗りこんだ。そのあいだに、ほかのふたりは前に乗りこむ。寝ぼけまなこはかぶりを振りながら、何やらぶつぶつ言っている。三人の相性が抜群なのも変わらないらしい。

朝方の太陽を正面に見ながら、高速道路を走った。つまり、東へ向かっているということだ。クヤホガ・ハイツ、ガーフィールド・ハイツ、そしてメープル・ハイツを抜けた。クリーヴランドの郊外には高台の住宅地《ハイツ》が多い。あたたかい気候と青白い空はいかにも中西部の朝らしく、かつて暮らしたミシガンを思いだした。ここにいたくない。こんな形では。

「ひとつ訊きたいんだがね」寝ぼけまなこがぼくの腕

を軽く叩いて言った。

ぼくは顔を向けた。

「デトロイトからここまで、おれたちがどれだけの距離を走ってきたと思う？」

「やれやれ」ひげのっぽが言った。「はじまっちまった」

「おまえが西のかなたから国を横断してきたのは知ってるが、バイクに乗ってきたろう？　そいつはまた別の話さ」

「やめとけって」ひげのっぽが言う。

「そこで質問だ」寝ぼけまなこは無視してつづける。

「なんでまた、いつもおれが後ろにすわらされる？　頼むからその答を教えてくれないか」

「運転できねえだろ」ひげのっぽは言った。「免許を失くしちまったじゃねえか。それに、おまえが前にすわるのはおかしいだろうよ。おれより一フィートも背が低いんだから」

「一フィートは十二インチだろ。おれは十二インチも低くない」

「おれのほうがずっと脚が長いって言ってるんだよ。おまえが後ろにすわる理由はそれだ」

「ふたりともやめとけ！」釣り帽子が言った。「何べんやったら気がすむんだ」

「帰りはおれと小僧が前にすわる。いいな？　小僧をおろしたあとはひとり占めだ」寝ぼけまなこが言った。

「おれたちふたりを殺してからな」ひげのっぽが返す。

「ねえ、おぼっちゃんたち」釣り帽子が言った。「あとひとことでも言ったら、この車をUターンさせて、いますぐおうちに帰りますわよ」

ひげのっぽが笑った。

「ああ、変だ」寝ぼけまなこが言う。「笑い死にしそうだよ」

それからしばらく、だれもことばを発しなかった。ぼくの頭を占めていたのは、ここからデトロイトまで三時間ということだった。ミシガンを出てからというもの、一度ももどっていない。いまこの瞬間、アメリアが何をしているのかを考えずにはいられなかった。

「いつも損な役まわりなのさ」寝ぼけまなこはぼくに言った。「面倒な仕事があるとき。処理しなきゃならないごみが出たとき。やばくて退屈で危なっかしい仕事があるとき。だれがやらされると思う?」

「ばかばかしい」ひげのっぽが言った。

「後ろのシートに押しこめられたり、二週間もつづけてあのろくでもない船の小部屋に詰めこまれたり」

「ああ、そうだな、そりゃつらい仕事だ」ひげのっぽが言った。「二週間もクルーザーに乗るなんてな。哀れで涙が出るよ」

「おれが楽しんでるとでも? 八人のお偉方がポーカーをしてるあいだ、何かの家具みたいに突っ立ってるだけだ」

そうか。例の船旅の話だ。

「太平洋に二週間だぜ」ひげのっぽが言う。「好きなだけ食える。ワイン、女……なんだって手にはいるさ」

「女ってなんの話だ? 野郎がわんさかいるだけだ。お偉方にはひとり残らず専属の護衛がついてる。たしか七人だったけど、そのコカイン酔いしたくさったれどもやおれに個室があてがわれると思うか? 贅沢三昧してるとでも?」

「ああ、これは失礼。相部屋でいらっしゃいましたか」

「相部屋どころか八人でひと部屋だよ、抜け作め。自分がいちばんマッチョだと言わんばかりにステロイドをやってるその七人のくさったれどもと、せま苦しい部屋で添い寝だよ。まるで第二次大戦中の潜水艦か何かだ。そんなのが楽しそうに聞こえるか?」

「ところで、その〝くさったれ〟ってのはなんだ。さっきからずっと繰り返してるけど、さっぱり意味がわからねえ」

「くさったれってのはな、海のど真ん中で二週間も缶詰のいわしみたいにぎゅう詰めにされて、目が合っただけで相手を殺すやつのことをいうんだよ。わかったか？　そいつがくさったれだ。毎年九月になるたびに、そういうのに耐え抜かなきゃいけなくてな」

「ふたりとも、一秒でいいから口を閉じろ！」釣り帽子がいまにも車の方向を変えようとしていた。車線の中央にもどると、重苦しい沈黙がおりた。

ぼくはガナーから聞いた話を思いだしていた。その船に協力者を作ることなんか、ほんとうにできるのか？　〝くさったれ〟のひとりを？　そんな船を襲って逃げおおせるなんて、ガナーは本気で思っているのか。

ジュリアンは正しい。そんなのは自殺行為だ。

三十分後、チャグリン・フォールズという町に着いた。なんとなくミルフォードを思いだした。町なかを流れる川。いくつもの小さな店やレストラン。町を突っ切って向こう側へ走り抜けると、木々や家々がまばらになり、かなたにひろがる平らな地平線を見渡せた。

車は砂利敷きの長い私道へはいった。前方に大きな農家が見える。家畜小屋と、いくつかの離れも。道端には年代物の鋤が置いてある。その家へ近づくにつれ、あたり一帯がじゅうぶんな時間と金をかけて修繕されていると感じられた。さっき見た鋤はただの飾りにちがいない。

家の脇に車を停めた。男たちは三人とも車からおりた。ぼくもそれにつづく。寝ぼけまなこが裏口へまわってノックした。そのとき、この男が黒い手袋をしていることに気づいた。ほかのふたりもだ。ぼくは何が起こっているのかわからないまま、そこに立ちつくしていた。もしこの家に盗みにはいるつもりなら……まあ、ふつうはドアをノックなんかするはずがない。

ひとりの男がドアをあけた。六十歳ぐらいだろう。立派な身なり。こめかみに白髪。高そうなゴルフ用セーター。

「おまえたち、ここで何をしている」

男がそれだけ言ったところで、寝ぼけまなこが腹にパンチを見舞った。一気に崩れ落ちた男をまたいで、家にはいる。男のシャツの襟もとをつかんで中へ引きずりこんだ。

「手助けしようってやつはいないのかよ」ふたりの相棒に言う。

ふたりはそれぞれ男の片脚を持ち、裏の小部屋からキッチンへと運ぶのを手伝った。テーブルにひとりぶんの朝食が置いてあるのが見える。

「さっさとドアを閉めろ」寝ぼけまなこはぼくに言った。

ぼくはそこに立ったまま、動けずにいた。

「閉めろと言ったろ！」

ドアを閉めた。

「なんの用だ」男が言った。床に横たわり、まだ腹を押さえている。「以前、話をミスター・フ――」

寝ぼけまなこが男のあばらに蹴りを入れた。

「その名前を声に出して言うんじゃない、くそ野郎。ぜったいに口にするな。わかったか」

男は息苦しそうにあえいでいる。ぼくはあの感覚が訪れるのを待っていた。他人の家に忍びこむときに感じる、あの完璧な静けさだ。でも、来なかった。驚くことじゃないのかもしれない。今回のは、これまでに自分がかかわった不法侵入とはわけがちがう。

「金はどこだ」寝ぼけまなこが言った。「さあ、答えろ」

男は口をきけない。寝ぼけまなこはひざまずいて男の髪をつかんだ。

「どこにある？」

「息ができないんだよ」釣り帽子が言った。

「おまえはだまってろ」寝ぼけまなこは目をあげずに言った。「金庫を探してこい」

釣り帽子とひげのっぽがまた顔を見合わせた。たぶん、きょうだけでそうするのが千一回目だ。ふたりは分かれて家のなかを探しはじめた。

「州議会議員殿、この若者を紹介しよう。こいつがなんのためにここにいるか、わかるか」

男はまだあえいでいる。

「あんたが金庫の番号を教えないときのために呼んだんだ。もしくは、教える前にあんたが息絶えたとき。どっちだっていいさ」

スイッチを切れ、とぼくは心に言い聞かせた。切り離して考えろ。これは現実じゃない。このキッチンで、この男の人生最後の数時間を見守ってなんかいない。

男は息ができるようになっていた。かぶりを振って、床へ血を吐く。釣り帽子が戸口から顔をのぞかせて、金庫が見つかったと告げた。地下室にある。

「地下室へ行くぞ」寝ぼけまなこが言った。

すぐに男を立ちあがらせ、階段まで連れていって突き飛ばす。男の叫び声が響く。つぎに聞こえたのは、一段残らず体を打ちつけて転げ落ちていく音だった。

「やりすぎじゃないか」釣り帽子が言った。

「だまれと言ったはずだ」寝ぼけまなこは言った。「下まで行って、まだ息があるか確認してこい」

まさに悪夢だった。まずそう言っておこう。オハイオの住民なら、覚えていてもおかしくない。二〇〇〇年の九月にその地下室で起こった事件を、ぼくは最初から最後まで目撃していた。

階段をおりていくと、男は気を失っていた。地下室は修繕の途中だった。いつごろかはわからないが、建設当時のままであろう煉瓦の土台が見えている。三人は粗い煉瓦の壁を支えにして男を立たせ、頬を叩いて意識をもどそうとした。反対側の壁に独立型の金庫が置かれている。

「ちょっとした競争をしようじゃないか」寝ぼけまなこがぼくに言った。「おまえは金庫に取りかかれ。おれたちが番号を聞きだすのと、どっちが先かやってみよう」

ぼくは動かなかった。階段までの距離を目で測る。相手の注意がそれてから走りだしたとして、どのくらい差をつけられるだろう。

寝ぼけまなこが近づいてきて、ぼくの目をのぞきこんだ。

「何か問題でもあるのか」

「こいつ、意識がもどらないぞ」釣り帽子が言った。

「やってくれたな」

「もどす必要はない」寝ぼけまなこが答えた。まだこちらを見つめている。「小僧を連れてきたのはそのためだ」

「こいつに答えるチャンスを与えるだけで、聞きだせるんじゃないのか」

「それじゃ、お楽しみがどこにある？」

「いかれてるよ」釣り帽子が言った。「わかってるか？　おまえはすっかりいかれてる」

「そんなことは百も承知だ」

「ちょっと待て」ひげのっぽが言った。「気がついたみてえだ」

もう一度、男の頰を軽く叩く。男は目をあけて焦点を合わせようとし、折れた歯を舌でなぞった。

「金庫の番号は？」ひげのっぽは言った。「さあ、面倒をかけさせるな」

「くたばれ」男が言った。

「金玉はついてるらしいな」寝ぼけまなこが言った。

「それは認めてやろう」

そして男のもとへ行き、まさにその場所に蹴りを入れた。

「よせよ」釣り帽子が言った。「二秒でいいから、さがってくれ。きょうのおまえはどうかしてるぞ」

うめいたり、あえいだり、さらに血を吐いたりがひとしきりつづいたあと、ついに男は番号を明かした。釣り帽子がかがまないと聞きとれないほどの小声だった。

「二十四。四十九。九十三」

「おまえの専門だ」釣り帽子はぼくに言った。「まわせ」

ぼくは一瞬ためらった。それから金庫の前へ行き、ダイヤルをまわしはじめた。右に四回、左に三回、右に二回、左に一回。ダイヤルが止まる。取っ手をまわす。扉をあける。

中には現金がはいっていた。山積みだった。

「だれか鞄を持ってるか」釣り帽子が言った。

だれも持っていないとわかると、上階に消えた。数分後、ごみ袋を手にもどってきて、それに現金を詰めはじめた。

男はがっくりとうなだれていた。血と、唾と、涙と、歯と、ほかにも得体の知れないものがシャツを覆っている。

寝ぼけまなこが男に近づいた。上着から銃を抜く。

「ある任務のために雇われたら」男に向かって言う。「その任務をしっかり果たさなきゃな。それが常識ってものだろ？　おれの言ってることがわかるか」

男は顔をあげた。いまや口から血があふれだしている。

釣り帽子とひげのっぽが男から離れた。両手で耳をふさぐ。

寝ぼけまなこは撃たなかった。ぼくのもとへ来て、あらためてまっすぐ目を見た。グリップをこちらへ向けて、銃を差しだす。

「金庫のほうは楽な仕事だったたな。おまえが始末したらどうだ」

ぼくは銃を見おろした。受けとらなかった。さわるつもりもない。自分の身に何が起ころうとも、その銃に手をふれるつもりはなかった。

寝ぼけまなこはぼくが動くのを待っていた。やがて、ふたりの相棒は耳にあてた手をおろした。

そのとき、寝ぼけまなこが振り向きざまに議員の頭を撃った。

ぼくに向きなおり、微笑を浮かべる。「これだけのことだ。そんなにむずかしいか」

そしてすかさず銃を掲げ、ふたりの相棒を撃った。釣り帽子が先だった。首に命中した。ひげのっぽは胸に食らった。どちらも驚愕の顔つきでくずおれた。地下室の床にゆっくりと血がひろがっていく。一分近く経って、ふたりとも息絶えた
「この仲間ふたりは……」寝ぼけまなこは銃をしまいながら言った。「FBIの捜査官と秘密の会合を重ねていた」

こちらに近寄って、目をのぞきこむ。

「そういうやりが近づいてきたらどうする？　いかにもFBIくさいやつが連絡してきて、昼食だかお茶だかに誘ったら？　丁重におことわりするのが身のためだぞ」

もう一度部屋を見渡してから、手ぶりで階段のほうを示した。

「先に行け」

ぼくはひろがる血だまりをまたいで、階段をのぼっていった。ふたりとも外へ出る。寝ぼけまなこは運転席に乗りこみ、金の詰まったごみ袋を後部シートへ投げた。イグニッションに鍵束がぶらさがっている。ここで駆けだしていたら、うまく逃げきれたかもしれない。いまとなってはあとの祭りだが。

ぼくは助手席に乗った。

「ほらな」脚を伸ばしながら寝ぼけまなこが言った。「さっき言ってたのはこういうことだ。ずっと快適だろ？」

車でレストランまでもどった。着くまでの三十分間、

助手席でじっとしていた。寝ぼけまなこはそのあいだ、一日がかりのペンキ塗りを仕上げてきたかのように口笛を吹いていた。目的地に着くと、車を停めてぼくの首の後ろに手を置いた。

「無駄足を踏んだと思ったかもしれないな。わざわざここまで来たのに。たしか、おまえはロサンゼルスにもう一年近くいるんだろう。いかれたガキどもと暮らしてるんだったな。今後も連絡を取りあうってのはどうだ」

そう言うと、後部シートの現金入りの袋をつかみ、札束をひとつ取りだした。

「だれのために働いてるのかを忘れるなよ」

ぼくは金を受けとった。そう、たしかに受けとった。それからドアをあけて、車をおりた。振り返ると、寝ぼけまなこはもう窓をおろしていた。

「気をつけて帰れ。そのポケットベルは枕もとに置いとけよ。近々、また連絡する」

寝ぼけまなこが去ったあと、ぼくはずっと自分のバイクにまたがっていた。駐車場すら出られずにいた。あの血の筋が脳裏から離れない。何本もの細い川のように、床にひろがっていくさまが。

もう逃れられない。出口はない。

そしていま、とんぼ返りをして、三日間かけてはるばる国を横断しなくてはならない。盗人ばかりの家へ。ぼくを迎え入れてくれる唯一の場所へ。

遠すぎる。それに、疲れきっている。

それとも……

いや、できない。

できる。やらなきゃだめだ。最後のチャンスかもしれない。こんなに近くまで来ることは二度とないかもしれない。

ぼくはバイクのエンジンをかけて出発した。西ではなく、北をめざした。

二時間後、ぼくはミシガンにいた。

23

ミシガン州　一九九九年七月から八月

アメリアがどこへ行ったのか、ぼくにはわからなかった。マーシュから帰宅を許されるまで、どこに身を隠しているんだろうか。もちろん、ぼくはふつうの人間とはちがうから、電話がかかってくることはない。電話も直接の会話もできないから、だいじょうぶとか、もうすぐ会えるといったことばを聞けはしない。ほかの若い恋人同士が離ればなれになるのとは、ぜんぜんわけがちがう。

こんなのはいやだ。会えないくらいなら、いっそアメリアを別の惑星へ連れ去ってくれたらよかったのに。伝言もない。別れのことばもない。ただ姿を消してしまった。そして、一見不可能ではあるけれど、アメリアを取りもどす方法がひとつだけあるとぼくは知っていた。

金庫のあけ方を覚えることだ。


その晩はほとんど錠をいじっていた。ダイヤルをまわしつづけ、それらしい感触を得ようとしていた。しばらくして、自分が前から持っていたダイヤル錠をいくつか探しまわり、かつて分解したものを見つけたところで、一時間それを観察して過ごした。

仕組みはいたって単純だ。三つの切れこみをすべてそろえると、鉉《つる》がはずれる。できないはずがない。

ゴーストから受けとった錠にふたたび取りかかる。この日はいろんなことがあり、すでに疲れ果てていた。窓から半分飛びだしたあの巨大な魚の姿が繰り返し脳裏によみがえった。

ただ感じろ。ダイヤルをまわして感じるんだ。

やがて眠りに落ちた。目を覚ますと、何時かわからなかった。錠は握ったままだ。またダイヤルをまわしはじめたところ、こんどはそれらしい感触を得られた気がした。鉉を引くと、はずれた。

このときは目がかすんでいた。それが勝因だろうか。脳内のほかの信号がすべて弱まってはじめて、錠の信号が伝わって感知できるのかもしれない。なんにせよ、ぼくは取り組みつづけ、ついにその信号を的確にとらえられるようになった。そして、また目を閉じた。

たいそうなことじゃない。ゴーストそっくりのうっとうしい声が頭のなかで響く。安物のちっぽけなダイヤル錠をあけられるようになっただけじゃないか。ぼくはその声を追い払うことができないまま、翌朝デトロイトへと出発した。空気が重く、いまにも雨が降りだしそうだった。ついに雲が砲撃をはじめ、ものの数秒でぼくはずぶ濡れになった。〈ウェストサイド中古品店〉に着き、バイクを戸口まで転がしていく。ノックをし、雨のなかでゆうに一分待たされたのち、ようやく現われたゴーストに中へ通された。

「錠はどうなった」ゴーストは尋ねた。「そこらじゅうを濡らすんじゃないぞ」

ぼくは錠をポケットから出して、ゴーストの前に掲げた。

「あいているようには見えんが」

外で雨が叩きつけるなか、ぼくはゴーストが見守る前ですぐに解錠に取りかかった。右、左、右。カチリ。ぼくは鉉をはずし、錠をゴーストに手渡した。

「うぬぼれるなよ」ゴーストはそう言って、鉉をもどした。「雨のなかへほうりだすぞ」

ゴーストは奥の部屋へ向かう。ぼくはあとを追った。途中でゴーストは古いテーブルに置かれた別のダイヤル錠を手にとり、振り返りもせずに投げてよこした。予想外のことだったし、きょうも明かりはふつうの四分の一ぐらいに絞られている。だから、錠が顔に直撃する前につかみとれたのは運がよかった。

奥の部屋を通り、せまい廊下を抜けて裏庭へ出ても、ぼくはまだ錠をあけられずにいた。緑のプラスチックの日よけを叩く雨音がひどく耳障りで、巨大なドラムのなかにいる気分だった。

「さてと」ゴーストは言い、ぼくがさっきの錠をまだあけていないのを見て立ち止まった。「闇も同然のなかを、無数のがらくたにつまずかないよう気を配って歩いてきたというのに、そのあいだに解錠しろって?」

腕組みをしたゴーストに見つめられながら、ぼくは作業をつづけ、たぶん二分ほど過ぎたが、一分が一時間に感じられた。ようやく錠をあけると、ゴーストは露骨にさげすむような顔でそれを取りあげ、ぼくは二度目の退去を命じられるのを覚悟した。ところがゴーストはその錠を作業台の上へほうり投げただけで、そのまま待っていろと指示した。

そして引き戸をあけた。一ダースに及ぶ熊手や鍬や雑多な園芸用具が転げ落ちてくる。ゴーストは悪態をつき、それらに空手チョップを食わせながら、掻き分けて奥へ進んだ。着いたところは倉庫らしい。天井の真ん中から裸電球がひとつぶらさがっている。紐を引いても、何も起こらなかった。

ゴーストはまた悪態をついた。がらくたを足でよけたり蹴つまずいたりを繰り返す。そして、後ろ向きのまま出てきたときには、重そうな台車を引いていた。ほこりまみれの白布に覆われた物体が載っている。

ゴーストは台車をこちらへ引き寄せながら、ヘルニアになっちまう前にそこをどいてくれ、と言った。台車を止め、載っていたものを床へおろす。それから息を整えた。

もちろん、ぼくにはその正体がわかっていた。高さが四フィート、おそらく幅が三フィート、奥行きが二フィート半。中型の金庫の形状そのものだ。でも、なぜこの金庫だけが布を掛けられて倉庫にしまってあったんだろうか。

「おまえさんがまず見るべきなのはこれだ」ゴーストはハンカチで額をぬぐって言った。「覚悟しろ。下品きわまりない代物だからな」

ゴーストが布を取り去ると、ほこりがもうもうと舞いあがった。それは金庫にはちがいないが、考えうるありとあらゆる手段で壊されていた。一方の側面は外層が剝がされて、中のコンクリート層が叩き割られたらしく、露出した内層にこじあけられた跡がある。

金庫の背面へまわって見ると、一平方フィートの長方形が鮮やかに切り抜かれていた。その隣の面にも長方形の穴があるが、こちらはふちが黒い。最後に金庫の正面にもどると、小さい穴が六つ穿たれていた。上面にもう三つある。

「説明は一度しかしない」ゴーストが言った。「だからよく聞け」

少しのあいだ目を閉じ、深く息を吸いこむ。

「見てのとおり、この金庫は破壊されてる。これをやった人間は、力ずくの方法をいくつか試したんだ。こっちの面を見れば、すさまじさが一目瞭然だな。でかいブリキ缶でも相手にするつもりでこじあけて、それからコンクリートを削った。何日もかかったにちがいない」

金庫の背面へまわりこむ。

「ここでは高速の丸鋸を使ってる。やはりひどく時間がかかるし、音も半端じゃなかったはずだ。それから、こっちでは……」

ふちが黒い長方形の穴がある面へ移り、そこへ手を伸ばしかけたが、いまだに灼熱しているかのように、すぐさま引っこめた。

「酸素アセチレントーチを使えば、こんなふうに金属が切れる。ただ、そのためには言うまでもなく、ばかでかい燃料タンクと酸素タンクをわざわざ運ばなきゃいけない。ランサー棒なら、もっと熱いぞ。三千度以上になる。それがどれほどの熱さかわかるか？　金庫の中身にありついたとして、それが灰にならずに残る可能性がどのくらいだと思う？　建物ごと焼き払うことだってできるさ」

ゴーストは立ったまま軽くかぶりを振り、それから金庫の正面へもどった。

「ここにはドリルで小さい穴があけられてる。まあ、ほんの少しだけ頭を使う手口だな。小技と言ってもいい。これをやるには、錠の機械部分にふれずに掘れる場所を正確に知っておく必要がある。その位置は金庫によってまちまちだ。いまは特殊な保護板がついてるのもあって、その場合は角度を変えて穴をあけざるをえないから、ますますむずかしくなる」

ようやくゴーストは金庫に手をふれた。上部に穿たれた穴のひとつに指を差しこむ。それからダイヤルの前に膝を突いた。

「金庫によっては、ダイヤルを力まかせにはずせなくもない」ゴーストがダイヤルを抜きとり、ぼくはそれを受けとった。手にすると、力が加えられたらしい部分のへりがささくれ立っているのがわかった。

「古い金庫なら、いまだに爆薬が有効だ」ゴーストはそう言って、扉のふちに手を這わせた。「ゼリグナイトはニトロ爆発物に似たプラスチック爆弾だ。これをしかるべき場所に少量くっつければいい。別名、ジャム攻撃。両手が無事なら大成功だ」

　ゴーストは扉を開いて中を見せた。緑に染まった陽光が大小さまざまの穴から差しこんでいるさまは、なんとも異様だった。

「さっきも言ったが、新しい金庫ほど、こういう手口じゃ太刀打ちできなくなる。保護板のほかに、外壁を破ろうとすると作動する安全装置もある。物によっては金属のケーブルが張りめぐらされていてな。破壊行為によってそれが切断されると一巻の終わりだ。何もかもが使い物にならなくなる。金庫の持ち主にとってもな」

　ゴーストは扉を閉め、ぼくの手からダイヤルを奪って、もとの位置にもどそうとした。手を放したとたんに床に落ちたが、拾おうとはしない。

「要は……金庫はどれだけ作りが頑丈だろうと、手間さえ惜しまなきゃ開く。どこかの倉庫へ持っていって、じっくり時間をかければな。汗と熱さと騒音にも耐えなきゃいかんが」

　大儀そうに立ちあがりつつ、伸ばした背中の痛みにうめく。

「そうすれば、いつかは開く。どんな手荒なやり方も覚悟のうえで、事を終えたときの金庫の形を気にしないならな」

　布をつかんで両端を持ち、金庫のうえにひろげる。死体にシーツを掛けるのと同じ要領で、ふたたびそれを覆い隠す。

「言ったろう、見苦しい代物だって。おまえさんも同じ意見だといいがね。同じように感じないなら、いますぐ出ていくべきだ」

ぼくはその真意を完全には理解できなかったが、出ていくつもりはなかった。

「いま見せたのは野蛮な人間の手口だ。そういう連中は、金庫が突きつけてくる問題に正面から立ち向かえない。相手の流儀では戦えない。そこでどうする？そう、人間が何千年も繰り返してきた方法を使うしかない。暴力に訴えるんだ」

ゴーストは台車を引き寄せて、金庫の下へ台の部分を滑りこませた。

「忍耐もない。技術もない。知識もない。あるのはばか力だけだ。何かを壊さないと気がすまない。それしか手立てを知らんのさ」

台車に上から力を加えて、金庫を手前に傾けようとする。そこで動きを止めた。

「いや、おまえさんがやれ。もとのように倉庫へもどすんだ。こんなものを見るのはもう一分も耐えられん」

ゴーストはぼくが台車を動かせるように脇へ退いた。ぼくは台車の持ち手をつかんで手前に傾けようとしたが、あまりに重すぎた。

「これを建物から運びだす場面を想像してみろ。金庫を持ち帰って、あとで叩き壊すために。本気でそんなことをしたいと思うか？」

ぼくはさらに強く持ち手を引き、台車がわずかに動くのを感じた。三度目にはようやく傾いたが、こんどは勢いがつきすぎた。あと一インチ傾いていたら、金庫が倒れるところだった。

「気をつけろ、ヘラクレス。だれかを殺しちまう前にさっさとそいつを片づけてくれ」

ぼくはおおむね正しい方向に台車を転がしていった。半分進んだあたりで、前腕が焼けつくようだった。マーシュ家の裏庭であれだけ土掘りをしたんだから、ずいぶん腕が鍛えられたと思っていたのに。倉庫のドアのへりに体がぶつかって、壁全体が震えた。最後の力を振り絞って、台車を奥の隅へ押していき、ちぎれそうな両手をハンドルから離すと、傾いていた金庫が直立した。ぼくは暗がりのなかで息を整え、耳の奥で血潮が響くのをしばらく聞いていた。

倉庫の外へ出ると、ゴーストは〝金庫の園〟の中央でキャスターつきの事務用椅子にすわっていた。

「こっちへ来て、こいつらの麗しい姿を見てみろ。まさに麗しいとしか言いようがないよ。こいつらを見て何を思う?」

ぼくはその輪のほんの少し外側で、ふたつの金庫のあいだに立った。ゴーストのことばに懸命に耳を傾ける。

「金庫にふれるときは、それを女だと思え。ぜったいにそれを忘れるな。わかったか」

ぼくはうなずいた。

「世界一の難問であり、男が直面する最大の難題は、女心の謎を解くことだ」

ゴーストはひとつの金庫の前へ椅子をゆっくりと動かした。

「こいつは」左手を金庫の扉にあてる。「女だ。もっと近くへ来い」

ぼくは輪のなかへ一歩踏みこんだ。

「こいつは」右手をダイヤルにあてる。「女の心だ」

なるほど。そういうことなら付きあおう。

「こいつをあけたいとき、どうする? 棒で頭を殴って自分の部屋に引きずりこむか? それでうまくいくと思うか」

首を振るまでもなかった。

「いくわけがない。あけたけりゃ、まずは彼女を理解することだ。中がどうなってるかを知ることだ。こっちで見てみろ」

ぼくはその金庫に近づいた。片膝を突く。

「この金庫の名前はエラトだ。彼女は個性豊かで、とても正直だ。ほかの金庫とちがって、内側で何が起こってるのかがよくわかる」

ゴーストは扉をあけ、その裏側からフェルト張りのパネルをはずした。さらに、錠の機械部分を覆っている小さな金属板を取り除く。ゴーストがダイヤルをまわすと、それと完全に連動した大きめのドライブカムが三枚のディスクの奥で回転するのが見えた。ダイヤルを正しい番号に合わせることで、それぞれのディスクに刻まれた切れこみの部分がきれいに整列するが、その結果、ディスクの上にあったスライドバーが切れこみの並んでできた溝におさまり、レバーがさがってかんぬきがはずれる。そして取っ手がまわるというわけだ。

「いたって単純だ」その声はまた小さくなっていた。表の道を走る車の音がかすかに聞こえる。柵の向こうの、雑草が密生しているあたりでは、虫の羽音がしている。ゴーストが正しくダイヤルを合わせて取っ手をまわすと、十個のかんぬきがすべて扉の内部におさまった。どれも厚さ二インチの鋼鉄製で、扉の左右に三つずつ、上下にふたつずつついている。

「これが金庫のあけ方だ。世界じゅうのどの金庫も、この原理を応用しているにすぎない」

ぼくは片膝を突いたまま動かなかった。金庫は女で、名前もあるという。そんな話を聞いて、部屋から一目散に逃げだすやつもいるかもしれない。でも、ぼくはちがった。

「番号がわかってるときは簡単だ」ゴーストはそこに何かがはいっているかのように、右手を握りしめた。「だが、わからないときはどうする?」

手品師が観客に空っぽだと見せるように、手を開く。

「そこで芸術家の出番だよ、小僧。心の準備はいいかね」

ぼくはうなずいた。一度だけ、ゆっくりと。

ゴーストはしばらく何も言わずにこちらを見つめて

いた。

「覚悟が要ることだからな」ようやく口を開く。「おまえさんにとっても、おれにとっても」

　ぼくは動かなかった。どんなことであれ、ゴーストが腹を決めるのを待った。

「よし、いいだろう。しっかり聞けよ。芸術家はこうやって金庫をあける」

　さて、たぶんぼくはいま、ある掟を破っている。ゴーストはその技をぼくに教えたあと、けっして人に漏らすなと念を押した。これは専門の人間だけが知るべきことだ、いつかふさわしい者がほかに見つかったら、その相手にのみ伝えろ、と。細心の注意をもって選んだ相手に。それだけの重荷を背負える相手に。だけど、つまるところ、いまのぼくはどうなったか。この禁断の技を身につけた代償の大きさは？

　実のところ、ここでその技をただ明かすつもりはない。すでに大筋は説明したと思う。実演するところを見せただろう？　まずは、持ち主が番号を変える手間を惜しんだ万が一の可能性に賭けて、初期設定の番号を試す。

　そこから先はむずかしくなる。ダイヤルをまわしながら、ドライブカムに刻まれた切れこみを頭に浮かべる必要がある。レバーが切れこみの片側のふちにふれているのを感じとり、それからダイヤルを少しだけまわして、もう一方のふちを感じとる。その範囲が接触域だ。

　錠の内部に何枚のディスクがあるかをあらかじめ知っていれば別だが、そうでない場合はダイヤルを何回かまわしてすべてのディスクを動かし、接触域のほぼ反対側で止める。それから逆方向にダイヤルをまわし、ディスクについた突起が隣のディスクに引っかかった回数を数える。その回数こそが錠に使われているディスクの枚数だ。それは解錠番号の個数でもある。

そこまでは、たぶん二、三分あればやってみせることができる。そのつぎの手順は説明こそできるものの、実際のやり方を教えるのはまず不可能だろう。自分ができるかできないか、そのどちらかだ。たいていの人間は、たいていの金庫で、これができない。

ここではダイヤルをいったん0に合わせ、それから接触域にもどす。このときに接触域の幅を〝測る〟必要がある。感触はそのつど微妙にちがって、その番号のあたりにどれかのディスクの切れこみがあった場合、幅はほんの少しだけせまくなる。ゴーストの話では、ほとんどの金庫破りは番号ごとの幅を簡単な表に書きだすらしいが、記憶力がよければそれらを覚えていてもよい。つぎにダイヤルを3に合わせ、また接触域を測る。それから6に合わせ、同じ作業を繰り返していく。ほとんどのダイヤルは100まであるから、これにはかなりの時間がかかる。

作業が終わると、接触域のせまいダイヤル番号が出そろう。それらの近くに正しい解錠番号があるはずだ。番号を絞りこむために、その前後の数へと行き来する。たとえば、接触域がせまいと感じたのが33だったら、32で測り、34で測る。こうやって答を確定できるまでつづけていく。

最後の手順はこれまでよりやや退屈だ。というのも、正しい番号がすべてわかってもその順番がわからないため、それを特定しなくてはならない。番号が三つなら、六通りの並べ方が考えられる。四つなら二十四通り。五つなら百二十通り。六つなら七百二十通り。気が遠くなるほどの数だが、ダイヤルをすばやくまわせればどうにかなるものだ。また、正しい答にたどり着きさえすればそこで作業が終わることも忘れてはいけない。運がよければ早々にあたりが出る。

ぼくがかつて南京錠の番号をひとつひとつ試そうとしたらゴーストはいきり立ったものだが、皮肉なことに、大型の金庫の場合は、いったんそれぞれの解錠番号を割りだしてからは順繰りに試していくしかない。

以上がおおまかな説明だ。問題は、よい金庫であればあるほどダイヤルが静かだということだ。接触域を探るには、ある種の特殊な感覚を必要とする。ゴーストが言っていたように、金庫が女であるかのように慈しみ、奥深くで起こったごく些細な変化も見逃さない感覚だ。ぼくはまだこの種の感覚を持ちあわせていなかった。脳裏に響く声をだまらせようとも、金庫そのものにしっかり近づいて、ひんやりとした金属面に頬をあてて右手でダイヤルをつかもうとも……それをまわしてわかるのは、レバーが接触域をとらえたのではないかという漠たる感触だけだった。ゴーストはすべての手順を七、八回繰り返したのち、ぼくに実践させた。正確な感触をたしかめられるようにと、解錠番号を教えさえした。ぼくはダイヤルを17にまわした。接触域にさしかかった手応えがある。あいだに空白があってから、また手応えの変わるところを見つけた。よし、わかるぞ。これだな。つぎは25にまわす。さっきとは感触がちがうはずだ。手応えの変わる最初と終わりがあるはずだ。ちがいはあるか？　感じられるか？

いや、感じなかった。その最初の日には。

ゴーストはまたも宿題を出し、ぼくに金庫錠をひとつ持ち帰らせた。本物のダイヤルとディスクのセットだ。ぼくのこぶしほどの大きさで、重さは二、三ポンドぐらいしかない。どこへでも持っていって、いつでも好きなときに基本の手順を実践できる。実物の金庫と同じとはいかないけれど、手はじめに使うにはよかった。

ぼくは練習にいそしんだ。昼も夜も、ただひたすら。目が覚めているあいだずっとだった。そもそも、アメリアが帰らないなら、ほかに何をしろというんだ？

感触はまだつかめなかった。まだぜんぜん。

翌日もまた行くと、店に本物の客がいた。このころにはもう、ゴーストが意図して店に人を近づけまいとしているのを知っていた。店内を暗くして、とびきり汚いがらくたをわざわざ表に並べ、だれかがはいってくると、たいがいぼくへの態度に劣らないすばらしい愛想のよさで応対する。客が何かを買おうとしたら、とんでもない値段をふっかけて一セントも負けない。がらくたが並ぶこの店の真の目的が、道行く人々にそのがらくたを売ることではないのは明らかだった。当時のぼくが知っていたのはその程度だ。

そんなわけで、いつもどおりその客を追い払うと、ゴーストは金庫のあるところへぼくを連れていき、あらためて手順を確認した。でも、その必要はなかった。何をどうすればよいかは、しっかりぼくの頭にはいっていた。まだそれが実践できないだけだ。

「渡した錠で練習したのか」

ぼくはうなずいた。

「解錠できたのか」

首を横に振った。

「すわれ。つづけるんだ」

ぼくは従った。その後の四時間、ひたすらダイヤルをまわした。金庫から金庫へと移り、ほかより少しでも簡単そうに思えるものを探した。ダイヤルをまわし、耳を澄まし、接触域を感じとろうとした。四時には、汗だくで頭痛がしていた。もどったゴーストも、あえて調子を尋ねようとしなかった。貸してやった錠でもっと練習しろ、あすはもう少し早く来い、と言ってぼくを帰した。

つぎの日もぼくは行った。きのうと同じだった。ダイヤルをまわす。体を限界まで酷使する。アメリアを家に帰すために。

そして、翌日。さらにまわす。練習用の錠を持ち帰って、何度も何度もまわした。

その翌日は保護観察官と面会の約束があり、休まざるをえなかった。観察官はいかにも過労気味に見え、事務所でぼくに席を勧めたとき、いったいなんの話をするのか想像もつかなかった。

「けさミスター・マーシュと話したんだがね」観察官が言った。

おもしろい話かもしれない。

「相変わらず、よく働いているそうじゃないか。家のまわりと、いまはスポーツジムの仕事もか。そっちもやっているんだって？　何から何までまかされているらしいな」

ぼくはうなずいた。ああ、何から何までね。

「そう言えば、あのプールはどうなってる」

軽く肩をすくめる。ぼちぼちだね。

「完成したら、ぜひ見てみたいよ」

ああ、ぼくもだよ。

「あそこの仕事が終わったあとのことを、いずれ話しあわなきゃいけない。保護観察期間はまだあと十カ月も残っているから、きみの高校と相談することになる。無欠席が遵守事項のひとつなのはわかっているね」

うなずいて応じる。ああ、もちろん。

「じゃあ、そういうことで。きょうのところはこれでいいかな」

いいさ。いいなんてものじゃない。ぼくは握手をして事務所を出た。バイクにまたがり、また金庫破り講習を受けるため、デトロイトへ向かった。

ぼくはひたすらつづけた。店の裏で過ごした時間はあまりにも長く、そこがわが家のように感じられてきた。ある日、ゴーストが何時間か留守にしたことがあった。用足しに出かけるが、客が来ても応対するな、あきらめて帰るまで裏でじっとしてろ、と言い残して出ていった。

ぼくと金庫だけがその場に残され、数時間が経った。ふと顔をあげると、目の前に男が立っていて、こちらを見つめていた。背が高い。後ろになでつけられた黒髪は、朝にずいぶん時間を費やして整えられたらしい。青いスーツと白いシャツに、幅広の赤いネクタイをつけている。

「すまないね。驚かすつもりはなかったんだ」その男は言った。こちらは驚いたそぶりを見せた覚えはないんだが。

「店主を探しているんだがね。いるかな」

ぼくは首を横に振った。

「ところで、これはなんだ。金庫の隊列か」

ぼくはダイヤルから手を離した。椅子の上で姿勢を正す。

「みごとだな」

男は金庫のなめらかな金属面に上から下へと手を這わせた。

「売り物か？　表に並べたらいいのに」

ぼくはあたりを見まわした。どうすべきか決めかねていた。この男には何かある。わざわざ店の奥まではいってきたんだから。暗がりのなか、あの廊下を抜けてくるなんて……ふつうの客はそんなことをしない。

「わたしはハリントン・バンクス」男は名乗った。「ハリーと呼ばれることが多い」

バンクスは右手を差しだした。ぼくは一瞬だけ躊躇して、その手を握った。

「ここにいてもかまわないかな。店の一部だと思ったものでね」

ぼくはバンクスから目をそらさなかった。キャスターつきの椅子から見あげるまでもなく、その背はじゅうぶんに高い。

「きみはここを完全にまかされてるのか」

ぼくは首を横に振った。

「だろうな。どう見ても若すぎる」

バンクスはぼくのすぐ近くにある金庫の上面を手のひらで叩いた。

「さてと。きみの邪魔をしてはいけないだろうな。その……」

　金庫から金庫へと視線を移してことばを切ると、恐ろしく長い沈黙がおりた。

「……仕事の邪魔を」

　バンクスは一歩さがった。

「また寄るよ。つぎは店主に会えるといいんだが。きみの名前は……」

　ぼくは動かなかった。

　バンクスはその答を空中からつかみとるかのように、右手を差しだした。「それも次回ってことだな。そのときまで……」

　その場でゆっくりとうなずいた。それからようやくこちらへ背を向けた。

「それじゃまた。よい一日を」

　そして立ち去った。ふだんなら、ぼくはこの訪問をゴーストに知らせたはずだが、この日はすっかり忘れてしまった。その午後、もうひとつ不可解なことが起こったせいだ。ゴーストはまだ帰らず、ぼくは作業にもどって、いっこうに進歩しないことにひどく苛立っていた。何かが鳴る音が聞こえたのはそのときだった。

　顔をあげ、あたりを見まわした。かろうじて聞こえるほどの音が絶え間なく鳴り響いている。無視して作業にもどったけれど、音のせいで集中できない。腰をあげて、ひとまず裏庭を探しまわったのち、廊下を進んでいくと、音がしだいに大きくなり、奥の部屋にはいるとさらに大きくなった。ありがたいことに、そこにはおよそ七千もの品がひしめいていたので、ぼくは徐々に場所を絞りこんで、やっとのことで机の上の靴箱にたどり着いた。蓋をあけたところ、音量が二倍になった。

　そう、これは一九九九年の話だ。世界じゅうのだれもがひとり残らず携帯電話を持っているいまとはちがう。まだポケットベルが使われていた。ぼくはたぶんそれまで一度も手にしたことがなく、その靴箱から拾いあげたのがはじめてだった。それは壊れたように鳴りつづけていた。上部に小型の画面があり、十桁の小さな数字が赤く光っている。どこかの電話番号だろう。どうすべきか思案する間もなく、それは鳴りやんだ。ほかのポケットベルとともに靴箱にもどす。全部で五つあった。どれも黒だが、それぞれにちがう色のテープが貼ってある。赤、白、黄、青、緑。

一時間ほどして、ようやくゴーストが帰ってきた。ぼくは靴箱を指さし、さっき鳴っていたポケットベルを見せた。赤いテープが貼られたものだ。ゴーストはそれをぼくの手から奪って、電話番号に目を走らせた。これ以上蒼白になりようがないと思っていたゴーストの顔が、さらに青くなる。電話へ走り寄ったゴーストは、その番号を呼びだし、ぼくの視線に気づいて手で追い払った。ぼくは金庫のあたりへもどった。

数分後にもどったゴーストは、まるで本物の幽霊《ゴースト》を見たような顔をしていた。「来客があるから、出てってくれ」と告げる。

ぼくはバイクで家に向かった。真っ昼間に外へ出るのは妙な気分だ。アメリアの家の前を通って帰ることにした。理由なんかない。一家の庭は芝が伸び放題で、干し草を作れそうなほどだった。そうする者がいたら、レイク・シャーウッドの隣人たちは大喜びするにちがいない。

きょうは車寄せに一家のものとは別の車が停まっていた。赤いBMWだ。なんとなく見覚えがある。運転席に人影が見えた。ぼくはバイクにまたがったままその車を見守り、何かが起こるのを待った。しばらくして、運転席からだれかがおりてきた。ジークだ。古きよき友ジーク。

玄関へ向かうジークは何かを手に持っていた。赤いバラだろうか。そう、一輪の赤いバラだ。玄関口に着くと、それをマットの上に置いた。尻のポケットから紙切れを取りだして、バラの隣に添える。感動ものの手紙にちがいない。仰々しい愛の詩かもしれない。

ジークはドアをノックしなかった。ということは、アメリアの不在を知っているんだろう。もしかしたら、同じことを毎日繰り返しているのかもしれない。本人なりの儀式ということだ。

車にもどろうとしたジークは、バイクにまたがったぼくの姿に気づいた。ぼくはヘルメットのバイザーをおろし、出発した。尾行されているかどうかは気に留めなかった。

家の近くまで来て、メイン・ストリートへと最後の角を曲がろうとしたとき、バックミラーに何かが赤くきらめいているのに気づいた。振り返ると、BMWのコンバーティブルが猛スピードで迫っていた。来たか。

ぼくは角を曲がり、メイン・ストリートを進んだ。バイクについて多少とも知識がある人間なら、たとえ中型でも、加速ではどんな四輪車にもまさるのを知っているはずだ。ぼくはかなり引き離してからバイクを停め、しばらく待ったのちに街へと引き返した。

ここまで、むなしい日々がずっとつづいていた。アメリアに会えない。金庫をあけることもできない。ひとりきりのやりきれない時間にもひたすら耐えてきた。その唯一の見返りがこれだ。アメリアの元恋人に轢き殺されるのを免れた。やれやれ。

ジークが待ち伏せしているとは思いもしなかった。そう、そのとおりだ。ところが、コマース・ロードを曲がったところにあるガソリンスタンドにジークの車が停まっていた。それがものすごい勢いで飛びだしてきて、ぼくは虚を突かれた。またメイン・ストリートを飛ばしたが、そこは特に広い道じゃない。ちょっとでもへまをやらかしたら、ほかの車のボンネットに落下するか、歩道の上で無残な姿になっていただろう。

二台はぴたりとくっついたまま、鉄道橋まで来た。ぼくはスピードを落とし、かろうじて橋脚にぶつからずにすんだ。ジークもスピードを落とし、どうにか死は免れたものの、おぞましい音を立てて車体の片側をコンクリートにこすりつけるのは避けられなかった。火花を散らし、前輪から空気を漏らしながら、車体を振ってカーブを抜けていく。

ぼくはほんの一瞬動きを止め、ジークの車が酒店から数ヤードのところでようやく停まるのを見守った。駐車場にバイクを停め、つぎに何が起こるのかをそこで待った。

運転席のドアがあいた。ジークが脚をふらつかせながらおり立った。顔に血がひと筋流れている。それでも、バイクに乗ったぼくの姿を目にすると、バランスを取りもどして弾丸のように向かってきた。ぼくもバイクから跳びおり、ヘルメットを投げ捨てて突進した。ジークの大振りのパンチを下へかわし、もう何発か空振りに終わるのを待つ。そこで目の上に一発食らったが、それはむしろ望むところだった。殴られたいと思っていたからだ。あれこれいろんな目に遭ったいま、少しばかり自分を傷めつけて、この男と血を流しあいたいと思っていた。

ジークがふたたびパンチを放ってきたが、ぼくはもう相手の懐にはいっていた。顎へのアッパーを一発、腹に一発。そして最高のパンチを、金持ちぶったポニーテール頭の横に一発見舞った。

ぼくはジークが立ちあがるのを待った。その気配はない。そこで、背を向けて店にはいった。リート伯父が入口の脇に立ち、ガラス越しに外を見ている。顔が真っ赤だ。

「あいつは何者だ。おまえはいつから人を殴るようになった」

ぼくは奥の部屋へ向かった。子供のころに長い時間を過ごした場所だ。はじめて錠を分解し、仕組みを理解したのもここだった。自分の椅子に腰をおろし、ゴーストからもらった金庫錠を取りだした。鼓動が激しい。遠くでサイレンが鳴っている。

混乱。雑音。頭のなかで叫ぶ声。

ダイヤルを右へまわす。内側で何が起こっているのかを感じた。聞こえる。頭の隅のどこかでそれが見える。こんどは左へまわす。それから右へ。

サイレンの音が大きくなる。

頼む。お願いだ。

心の痛み、惨めさ、孤独、苦痛。まだぼくのなかにいる八歳の少年。これをやってのけられる唯一の人間。

感じる。錠のなかで金属が金属にふれる、微妙な手応えを感じる。

だからどうした? くそ食らえ。こんなものはどうでもいい。大事なのは本物だ。

いまなら、何が待ち受けているのかわかるから。

だから、ふたたび表へ出てバイクにまたがった。パトカーが一台停まっている。さらにもう一台が合流しようとしていた。ぼくはそこを離れ、バイクを飛ばした。猛スピードで車のあいだを縫いながら、なんとか事故を起こさずにグランド・リバー・アベニューを走っていく。毎日毎日、繰り返し通ってきた道。でも、いまはもう以前とはちがう。

ぼくは知っていた。

中古品店に着いた。道端にバイクを停める。盗みたきゃ盗めばいい、と思った。かまわないさ。そのとき、戸口にゴーストが現われた。店を出るところらしい。店じまいをしたところで、ぼくの姿が目にはいったわけだ。これまで一度たりともぼくの様子など気にしたことがないゴーストが、このときはじめて、ぼくを呼び止めてどうしたのかと尋ねた。なぜそんなに取り乱してるのか、とも。ぼくはゴーストを押しのけて店へはいり、暗がりのなかで邪魔なものを脇にどけながら奥へ進んだ。

金庫のもとに着いた。いつもの椅子にすわり、エラトと名づけられた金庫のそばに寄る。ゴーストのお気に入りだ。ぼくは冷たい金属面に頭を預けた。心臓が早鐘を打っている。

さあ、静かに。みんな、静かに。しっかり聞かなくては。

静かに。静かに。静かに。

そのとき、それが聞こえた。だれかが息をしているような音。規則正しいが浅い呼吸。

ダイヤルを数回まわす。0に合わせる。接触域にもどす。

その音は金庫のなかから聞こえる。

3に合わせる。接触域にもどす。

金庫のなかにだれかいる。窒息しそうだ。

6に合わせる。接触域にもどす。

あけるのが間に合わなかったら……

9に合わせる。接触域にもどす。

こいつは死ぬ。

12に合わせる。

酸素が足りなくなる。

接触域に……

こいつは金庫のなかで死に、永遠に閉じこめられることになる。

……もどす。さっきと感触がちがう。幅がせまい。

15に合わせる。接触域はもとどおりだ。

18。変わらず。

21。変わらず。

24。これだ。また見つけた。

いまのところは12と24か。

急げ。早く救いださなくては。

27、30、とつづけていく。三つごとにダイヤルを合わせる。探る。感じる。順番に試したすえ、目安となる番号が三つ出そろった。それぞれについて同じ作業を繰り返し、最後は11、25、71で確定した。

ダイヤルをリセットして、まわしはじめる。ゴーストが背後に現われた。

「落ち着け。そう急ぐ必要はない。正確にやれ」

数列をひとつずつ試していく。徐々に速くなる。

「力を抜けって。スピードはあとで身につければいい」

無視しろ。ここにはだれもいない。いるのはこの大きな金属の箱と自分だけだ。

空気が尽きた。こいつは助からない。

汗が背中を伝い落ちた。ダイヤルを左に三回まわして71に合わせ、右に二回まわして25に合わせ、左に一回まわして11で止める。取っ手をつかんだ瞬間に、あいているとわかった。

もう手遅れかもしれない。すでに死んでいるかもしれない。

九年、一ヵ月、二十八日。あの日から過ぎ去った時間だ。

九年、一ヵ月、二十八日。取っ手を引くと扉が開いた。

つぎの日、アメリアが帰ってきた。

24　ミシガン州　二〇〇〇年九月

こうしてまたミシガンにいるのは妙な気分だった。もう二度ともどれないと思っていた。大きな過ちを犯したんじゃないか、と一マイルごとに考える。それでも走りつづけた。ほんのいっときでも、アメリアにもう一度会える……この思いがけない機会を逃すことはできない。

まずはミルフォードの町なかを走った。ほとんど変わっていない。ところが、例のカーブまで来て、まずびっくりした。〈フレイム〉がない。そこには、いかにも日曜の教会の帰りに寄るような、ありふれたファミリー・レストランがある。さらに驚いたのは、伯父の酒店までもがなくなっていたことだ。よりによってワイン店に変わっている。ジュリアンの店ほど高級ではないけれど。こういうときじゃなければ、笑いだしたかもしれない。

リート伯父がまだ裏の家に住んでいるかどうかはわからなかった。もう酒店がないんだから……どこへ移っていてもおかしくない。

その建物の壁に沿って走る路地にはいり、裏の家へと進んでいく。ツートーンカラーのおんぼろなグランドマーキーは見あたらない。バイクを停め、家の玄関へ歩いていった。窓から中をのぞき見る。そこにあったテーブルと木の椅子は、いまも変わらずある。擦り切れたソファーも。

ぼくは道具を取りだし、玄関のドアですばやく仕事をした。ずいぶん昔に、はじめて取り組んだ錠のひとつだ。いまでは一分もかからない。

中にはいると、葉巻の煙とさびしさの入り混じった懐かしいにおいがした。玄関広間とキッチンを抜けて奥へ進み、自分の部屋へ向かう。ベッドの上に洗濯物がいくつも山を作っていた。そのほかは何ひとつ変わっていない。こうしてここへ帰ったことがひどく不思議に思えた。ここを出てからいろいろあった……カレンダーではたった一年でも、ぼくには一生ぶんに感じられた。

玄関広間にもどった。テーブルに置かれた新聞すべてに目を通す。競馬新聞にも。酒店をたたんだら毎日競馬場で過ごすつもりだ、と伯父がたびたび口にしていたのを思いだした。居場所はそこだろう。

でも、どうやらそう単純ではないらしい。引退して念願を果たしたわけではなさそうだ。テーブルには請求書が何枚も置いてある。支払い督促状や脅迫状も。そして、新しい処方薬の瓶が三つ。いっしょに住んでいたころにはこんなものを飲んでいなかった。

ふと、別のものに目が留まった。ぼくはキッチンのカウンターへ歩み寄った。汚れた皿の山の隣に携帯電話が置いてある。

それだけでもじゅうぶん意外だったが、伯父がそれを持ち歩いていないのも妙だった。家に置きっぱなしにするなら、携帯電話を手に入れる意味なんかないだろう？

電源を入れると、目いっぱい充電されていた。履歴を確認する。何もない。着信も発信も、ひとつもない。アドレス帳を確認する。一件だけ登録がある。

バンクス。

電源を切り、ポケットにしまった。考えられることはふたつにひとつだ。ぼくが帰ってきたら知らせてくれと言って、バンクスがこれを伯父に預けた。ぼくを捕らえるために。ぼく自身のためだと言って伯父を説得する姿が目に浮かぶ。

あるいは、ぼくに渡してくれと言って伯父に預けたか。ぼくから直接バンクスへ連絡できるように。どちらにしても、急に自分があまりにも無防備に感じられた。ぼくは正面の窓から外を見た。いまバンクスはすぐそこにいるかもしれない。監視しているかもしれない。

ぼくは外へ出て、四方に視線を走らせながらバイクに近づいた。道を歩く人影はないか。車の運転席にだれかいないか──たとえば、新聞をひろげているとか。〈ウェストサイド中古品店〉を監視していたときと同じように。

ぼくは寝ぼけまなこからけさ手渡された札束を取りだした。家のなかにもどり、キッチンのカウンターの、携帯電話があった場所にそれを置く。酒店のレジの横に長年置かれていた、古びたコーヒー豆の缶を思いだした。〝奇跡の少年に救いの手を〟。上に黄ばんだ新聞の切り抜きが貼ってあった。

やるよ、伯父さん。競馬ですっちまうなよ。

町のはずれで信号待ちをしていると、隣にパトカーが停まった。視線が注がれるのを感じる。ぼくは目を合わせなかった。信号が青に変わったので発進し、いざとなったらどこへ逃げようかと考えながら、サイレンが鳴るのを待った。けれど、そんなことは起こらなかった。

東へ向かった。かよい慣れた四マイルの道のりだ。人生でいちばん大切な四マイル。かつて空き地だったところに、新しい家々が建設中だった。互いに大きさを張りあって、一インチたりとも無駄にしまいと、折り重なるようにひしめいている。それでも道は変わらなかったし、道順もしっかり覚えていた。目隠しをしたってたどり着ける。

アメリアの家のあたりまで来ると、車寄せから本道へと十台余りの車が連なって停まっているのが見えた。何かのパーティーをやっているらしい。アメリアのためのだろうか。その真っただなかにはいっていくなんて、サプライズ・パーティーもいいところだ。

本道にバイクを停めてヘルメットを脱ぎ、歩いて玄関へ向かった。ベルを二度鳴らしたが、だれも出ないので裏へまわった。

そこにプールができていた。ぼくが掘りはじめたまさにその場所に、まぎれもないプールがあった。白い柵に囲われている。あちこちにテーブルと椅子が置いてある。緑のテーブルクロスと花。プラスチックのカップで白ワインを飲む四、五十人の人々。見覚えのある顔はない。

ひとり、またひとりとこちらに気づいた。ぼくはそこに立ったままでいた。しばらくすると、両手にワインのボトルを持ったマーシュが裏口から出てきた。元気そうに見えたのはたしかだ。日焼けした、世界の帝王然とした男にすっかりもどっている。みなが何かを見つめているのに気づき、立ち止まった。見えない線を目で追って、その先にぼくの姿を見つけた。その情報を脳内で処理する二秒のあいだ、ワインボトルを落とさずにいたのは立派なものだ。

「マイクル。ここで何をしている」

だれかにワインボトルを手渡すと、こちらへ歩み寄って肩に手をまわし、半ば押すようにしてぼくを家の前へ連れていった。

「会えてうれしいよ。ただ、てっきり……いや……元気にしてるのか」

心のこもったことばだよ。涙が出てくる。

「見てのとおり、ちょっとしたパーティーの最中だよ。ようやくふたつ目のスポーツジムを開業してね。いまは三つ目に着手してる」

車寄せまで来て、足を止めた。会場から離れたこの場所なら、だれにも話を聞かれない。

「聞いてくれ。きみにずいぶん借りがあるのはわかってる。ありがとうということばだけでは足りないと思う。それでも、ありがとうと言わせてもらうよ。きみはあの連中から逃れる機会を与えてくれた。いまはもう借金をすっかり返済して、何もかもがうまくいってる。あいつらも、もう手出しはしてこない。わたしにも、家族にも」

そのとおりかもしれないが、理由は想像もつかないだろうな。

「ジェリー・ハレイドを覚えてるな。わたしの元パートナーだ。突然姿を消してね。その後、一度も見ていない。それでよくわかるだろう。ひたすら耐え忍んで、問題に真摯に向きあうべきなんだよ。わかるな？　物事がいい方向に動きだすまで、とにかく前向きに過ごすしかない」

最低のくそ野郎だ。アメリアの父親じゃなかったら……

「ただ、きみがここに姿を見せてよいものかどうか、ちょっとわからないな。いや、それが得策かどうかを疑問に思うだけだ。でも、会えてうれしかった。そこは誤解しないでくれ。アメリアにも伝えるよ、ぜったいに」

ぼくはアメリアの部屋の窓を指さした。

「ああ、元気にしてるよ。きみが来たことはかならず伝える」

このままじっと待つぞ。帰るものか。

「あの子は美術の勉強をしている。ずっと夢だったからな。すばらしいと思わないか」

待ちつづけた。

「なんと、いまロンドンにいるんだよ。あちらの生活をとても気に入っているようだ」

ロンドン……

「きみが来たと伝えるよ。毎週電話をくれるんでね」

アメリアはロンドンにいるって？

「さて、そろそろもどらないとな。必要なことがあったら、なんでも……ほんとうになんでも言ってくれ。じゃあ、元気でやれよ」

マーシュはぼくの肩に手を置いた。それからパーティーへもどっていった。

これからどうすべきか、ぼくにはわからなかった。しばらくその場に立ちつくし、アメリアの部屋の窓を見あげていた。部屋はあのころのままだろうか、と考えながら。ガレージがあけっぱなしになっていて、氷の詰まった大きな桶がいくつか置かれていた。マーシュが持っていたワインのボトルはここに入れてあったらしい。ミネラルウォーターやソーダ飲料もある。ぼくはヴァーナーズのボトルを手にとった。このくらいの礼はしてもらおう。あの男の人生を、家を、仕事を、家族を救ってやったんだから、冷えたジンジャーエール一本くらい、かまうものか。ガレージ内の反対側にはマーシュの古いメルセデスが停まっている。スポーツクラブの新しい店舗が軌道に乗ったら、すぐさま新車に替えるにちがいない。ぼくは背を向けて立ち去ろうとした。そのとき、リアウィンドウに貼られたシールに目が留まった。

ミシガン州立大学。

その上には……ミシガン大学。

フットボールの選手である息子アダムがミシガン州立大学にかよっているのは知っていた。たしかそこはマーシュの母校でもあったはずだ。はじめて会ったときに自慢された記憶がある。それなら、どうしてミシガン大学のシールが車に貼ってある？

理由はひとつしかない。まあ、マーシュのことは評価してやろう。ロンドンで美術を学んでる？　即席でよく思いついたものだ。

責める気さえ起こらない。

これまでのきびしい道のりを考えたら、アナーバーまでの四十マイルなんて、とるに足りない。九月のそのすがすがしい午後、ぼくはミシガン大学の中心と思われる場所をめざした。たどり着くと、行き交う学生たちでいっぱいだった。肩に背負ったバックパック。

青と薄黄色のTシャツ。若々しい笑顔。

周囲の建物に目を向けながら、ステート・ストリートを進んでいく。八本の巨大な柱が正面に並ぶ建物が中でもいちばん大きく、その隣には美術館があった。この近くにちがいないと思ったけれど、芸術学部は見あたらない。しかたなくバイクを停めて歩きまわり、構内地図を見つけた。どうやら芸術学部は、この町の別の場所にある北キャンパスにはいっているらしい。もう一度バイクに乗ってそこへ向かうと、途中に大きな病院があった。どことなく見覚えがある。九歳のとき、まさにこの道を通り、声を取りもどしてくれるはずの専門家を訪れたにちがいない。

大通りを青いバスが何台も行き来している。学生たちはこれでふたつのキャンパスのあいだを移動するんだろう。しばらく走ると、ようやく芸術学部の校舎が見えてきた。夕方も近く、一面が金属とガラスのその建物には、すでに明かりがともっている部屋もあった。

またバイクを停め、中へ歩み入る。芸術学部の学生たちは、本部キャンパスの学生たちと比べてのんびりしているように見えた。そして、少しだけ服のセンスがいい。ほかの学生よりいくらか魅力的で垢抜けているということだ。卒業しても稼げないけれど、楽しく暮らせそうなのはまちがいない。

ぼくにぴったりの場所だ、と心のなかでつぶやいた。こんなごたごたに巻きこまれていなければの話だ。あと一年、何事もなく過ごせていたら、ぼくはここにいたかもしれない。

これほど規模が大きいとは想像していなかったので、つぎにどうすべきか見当もつかなかった。紙切れにアメリアの名前を書いて、見せてまわるか？

いや、まだやめておこう。とりあえず外へもどって、バイクで探しまわることにした。坂をのぼると大きな学生寮があった。北キャンパスにある寮はここだけのようだ。つまり芸術学部の近くにある唯一の寮で、それならアメリアが暮らしている可能性は高い。

中へはいると、受付にふたりの女がいた。見たところ、どちらも学生らしい。まるで、この町全体が二十代の人間によって運営されているかのようだ。受付に歩み寄り、書くものはないかと手ぶりで尋ねた。ふたりは顔を見合わせ、しばらくして一方が紙とペンをよこした。ぼくはそこに〝アメリア・マーシュ〟と書いて、クエスチョンマークをつけた。

ひとりがその紙を受けとって読んだ。「そうねえ……」もうひとりを見ながら言う。「ほんとうはこんなこと言っちゃいけないんだけど、上へ行ってその子の部屋のドアにメモを残しておいたらどう？　もしかしたら、会えるかもしれないし」

六階までの行き方を教わった。長い廊下を歩き、これから夕食をとるらしい学生たちとすれちがう。エレベーターに乗って六階にあがった。廊下を進み、教わった部屋番号を探す。あいているドアからは、どの部屋も奥から音楽が聞こえてきた。やっとめざすドアの前に着き、ノックをした。返事はない。

背中を硬い壁にもたせかけて、部屋の前にすわりこんだ。左右から音楽が耳に届き、疲れと空腹に襲われ、そもそもここへ来たのがまちがいじゃなかったかと思いはじめた。だれに対しても、こんなことをしてはいけないのかもしれない。あれから一年も経って、ひょっこり現われるなんて、平手打ちを食って当然じゃないか。ぼくは両腕で膝をかかえ、顔を深くうずめた。

時間が流れた。

「マイクル？」

アメリアだった。きれいだ、と思った。最高だ。すごい。もちろんそうだ。アメリアは少し長めの黒いショートパンツ姿だった。袖なしの黒いシャツ。黒いワークブーツ。髪は片側で結ってあったが、相変わらず手入れはいいかげんだ。

ぼくは立ちあがった。いま自分は、アメリアの住む寮の廊下で、本人としっかり向きあっている。何も言い残さずに姿を消してからたっぷり一年が経ったいま。

「ひとつ質問があるんだけど」しばらくして、アメリアは言った。

ぼくは身構えた。

「その髪の毛、いったいどうしたの？」

ぼくはベッドに腰をおろした。アメリアは机の前にすわった。ぼくは自分が描いた一連の絵にアメリアが目を通すのを見守った。ぼくのこの一年間を知ろうとするその姿を見守った。それは離ればなれになった日からはじまる。東への旅。初仕事。ニューヨーク・シティに行き着いたこと。コネチカットの例の家での惨事。西への長旅と、たどり着いたカリフォルニアで遭遇したさまざまな出来事。

当然ながら、ここ数日のことは描いていなかった。ルーシーとのあいだに起こったことも。クリーヴランドまで出かけて目の前で三人が殺されたことも。急に思い立ってアメリアを探しにここまで来たことも。

それでもじゅうぶんだった。

一ページずつ物語を追うにつれ、アメリアの頬を涙が伝い落ちていく。ぼくがここへ来たのはこのためだ。これこそがここへ来た理由だ。自分がどんな体験をしたかを知る人が世界じゅうにただひとりでもいて、それが自分を真に理解してくれる人であるなら、ほかに何も要らなかった。

見終わると、アメリアは注意深くすべてのページをひとまとめにし、それを封筒にもどした。

「これってつまり」頬をぬぐいながら言う。「あなたをこんな目に遭わせたのは父だってこと？」

ぼくは軽くうなずいた。そこまで単純な話じゃないけれど、だいたい正しい。

「あなたは……金庫破りになった。だからわたしのもとを去るしかなかった」

そうだ。

「もうやめるつもり？」

どう答えていいかわからなかった。

「そもそも、なぜ引き受けたの？」

きみのためだ。それを打ち明けるつもりはないけれど。

「ねえ」アメリアはこちらへ身を寄せて言った。「絵を見てて思ったんだけど……もうずいぶん深入りしてるみたいね」

ぼくは目をそむけた。窓の外を見ると、日が暮れかけていた。なんと長い一日だったことか。

「マイクル。こっちを見て」

ぼくは振り返った。アメリアはメモ帳とペンを手渡した。

「どうしてそんなことをつづけてきたの？」

メモ帳に書いた。ほかにどうしようもなかったんだよ。

アメリアはメモ帳を見ていた顔をあげ、こちらへ目を向けた。

「でも……ほかに道はあった。いつだってあった」

なかったよ。そう書いて、その下に線を引く。

「理由はこれだけじゃなくて……」

ぼくはごくりと唾を呑んだ。目を閉じる。

「あなたの身に起こったことと関係あるんでしょう……子供のころに起こったことと」

見抜かれたことに驚きはなかった。それができるのは世界じゅうでアメリアだけだ。

「わたしはあなたに全部話した。母が自殺したことも。去年の夏に自分がどんなだったかも。何もかも」

ぼくはかぶりを振った。ちがう……こういうつもりでここに来たんじゃない。

「あなたは前に、わたしたちにはいろんな共通点があると言ってた。覚えてる？　もしそのとおりだったとしても、わたしには知りようがないの。まだ何も教えてくれてないんだから」

ぼくはアメリアが手に持つ封筒を指さした。全部そこに書いてあるよ。

アメリアは信じていない。

「何があったの？　このままずっと、だれにも話さないつもり？」

ぼくは動かなかった。

アメリアは何度か深く息をついた。ぼくの手を握り、しばらくして放した。

「なぜあなたに対してこんな気持ちになるのか、わからない。やめようって思うのに、ただただ……どうにもならないの。だけど、あなたがこんなふうになった理由をいますぐ教えてくれないなら、あなたをここから叩きだして、もう二度と会わないつもりよ。ぜったいに」

窓の外を何台もの車が通り過ぎる。夜の散歩をする人たちもいる。ごくふつうの人々だ。そんな人たちがおおぜいアメリアを取り巻いていて、音楽を楽しんだり、会話を交わしたり、笑ったりしている。でもぼくは、膝にメモ帳を置いたまま、アメリアのベッドにすわっているだけだ。ぼくはまたペンを走らせた。

〝伝えたいと思ってる〟

「なら、そうして」

〝伝え方がわからない〟

「じゃあ、まず場所から。家の絵を描いてみせて」

ぼくはアメリアを見た。

「本気よ。あなたは八歳だった。そうでしょう？　そのころ何かがあった。どこに住んでたの？」

少しのあいだ考えた。メモ帳を置いて立ちあがる。戸口へ歩いていき、ドアをあけた。

アメリアは唇を噛みながらこちらを見ている。

「わかった、もういい。さよなら」

ぼくはドアの前から動かなかった。

「何？　どうしたの？」

メモ帳を手にとった。

〝行こう〟

「どこへ?」

〝その場所へきみを連れていく〟

あたりはもう暗くなりかけていた。こんなことをするなんてどうかしている。あそこへアメリアを連れていっても、どうにもなるはずがない。でも、この放浪生活をはじめてもうずいぶん経ったせいか、ひどく疲れていたし、特にこの数日間は一生ぶんの大変な思いをした。だから、自分の行動が理解できなくてよかったかもしれない。ふたりともまさに必要としていることなのかもしれない。

アメリアはバイクの後ろに乗った。あのころとまったく同じように。両腕を腰にまわされる感触は、相変わらず心地よかった。アナーバーを出て、まっすぐ東へ走る。行き方はわかっていた。忘れたことなんかない。たとえこの十年間、一度も近づいたことがなくても。

町の中心にさしかかる少し前に高速をおりた。スピードを落とし、川の方角へとゆっくり右折左折を繰り返す。もはや道に迷いようがない。デトロイト川に突きあたるまで、ひたすら進むだけだ。

ジェファーソン・アベニューに出たころには、あたりは真っ暗だった。道を曲がり、北をめざす。川岸に建つ巨大な製鉄所の前を通り過ぎる。目的地に近づくにつれ、煙と塵のにおいにふたりとも苦しんだ。アメリアはぼくの体にまわした両腕に力を入れた。

そのまま走りつづけた。あと少しなのはわかっている。すると、あの橋が見えた。

ルージュ川にかかる橋。

標識に目をやる。橋の直前で最後の左折をした。川までもう曲がり角はない。ヴィクトリア・ストリートにはいった。そしてバイクを停めた。

「ここ？」アメリアは言った。耳の奥でまだ風がうなりを響かせている。「ほんとにここに住んでたの？」

実のところ、問題なのはリバー・ルージュという町じゃない。この住民や、会社や、町並みや、川そのものでもない。ここは、人々が生まれ育ち、学校にかよい、やがて世に立ち向かっていく、どこにでもある町だ。ただ、ほかならぬこの通りまで来た者なら、バイクをおりてあたりを見まわし、空気を吸いこんだとき、アメリアと同じように愕然とすることだろう。ヴィクトリア・ストリートの南側には六棟の家が建っている。北側には壁材の製造工場があり、煉瓦や鋼鉄、管や煙突、給水塔や山積みの石膏が、ひとつの都市を造りだしている。

「空気はいつもこんななの？」

アメリアは手で口を覆った。石膏だけでなく、少し川上にある製塩所の塩や、ふたつの製鉄所から出るコークスとスラグも悪臭のもととなっていた。廃水処理場が排出するものについては言うまでもない。雨が降ったときの下水管についてもだ。

「どの家に住んでたの？」

ぼくは道をくだり、その家の前で足を止めた。アメリアが後ろからついてくる。単純な造りの平屋だ。小さな居間と小さなキッチン。寝室が三つ。バスルームがひとつ。修繕中の地下室。覚えているかぎりでは、そんなところだ。生まれてから一九九〇年六月のあの日まで、ここで暮らしていた。幼稚園、小学校一年、二年。空気があまりひどくない日にはせまい裏庭で、ひどい日には家のなかで遊んだものだった。

家をながめたが、空き家であることはわかっていた。十年間、ずっとそうだったはずだ。この家を買おうとはだれも思わない。ここに住もうとも思わない。このあたりの空気や、道の向かいが荒れ果てた工場だということは関係ない。ここで何があったかを知っている者なら、一秒だって立ち入るまい。

そして、だれもが知っていた。だれもが。

あたり一帯が見捨てられたかのようだった。ぼくは一方のバッグをあけ、懐中電灯を取りだした。それからアメリアの手をとり、ステップを二段のぼって玄関まで導いた。ドアノブをまわす。まわらなかった。道具を取りだし、錠をあける作業をはじめた。

「何してるの?」

時間はかからなかった。一分足らずだ。ドアノブをまわし、ドアを押しあけた。ふたたびアメリアの手をとり、中へはいる。

最初に感じたのは寒さだった。九月の温暖な一日の終わりにさえ、異様な冷気が漂っている。窓という窓から差しこむ工場の明かりのおかげであまり暗くはなかったが、それでも電灯のスイッチを探したくなった。青白い光のせいですべてが水没したように見えるこの場所を、もっとあたたかい光で満たしたかった。

アメリアは何も言わず、居間の奥へ進むぼくに従った。足もとで木の床がきしむ。絨毯が敷かれていないことは覚えていた。ほかの記憶も徐々によみがえってくる。テレビがあった場所。床でアニメを観ているぼくの横で、母がすわっていたソファーの場所。

キッチンにはいった。ところどころでタイルがめくれている。家電製品はみな当時のままだ。

「どうして家をそのままにしてあるの? 取り壊さなかったのはなぜ?」

そう、取り壊せばいい。木材も何もかも、燃えるものはすべて燃やせ。そして燃えかすを地中に埋めろ。

アメリアを連れて居間から廊下へ移ると、いっそう暗さが増した。握る手に力をこめたアメリアを導いて、バスルームの前を、主寝室の前を、そしてぼくが遠い昔に使っていた部屋の前を通り過ぎる。やがて、家のいちばん奥にある空き部屋までやってきた。

このドアは閉まっていた。ぼくはそれを押し開いた。部屋には何もなかった。窓につけられた巻きあげ式のブラインドは昔のままだ。あげようとしたところ、ブラインドごと床に落ちて大きな音を立てた。

「ねえ、ちょっとこわくなってきたんだけど」うつろな部屋にアメリアの小声が響く。

ぼくは木の床に視線を這わせ、小さなくぼみがないかと探した。凹つのくぼみ。奥の壁際の中央付近に見つかった。

メモ帳とペンを取りだす。窓から差しこむおぼろな月明かりにメモ帳をかざして、書きはじめた。けれど、すぐにポケットにしまう。こんなことをしても、あのときの自分の気持ちをアメリアに理解してもらえるはずがない。ここに来たこと自体がとんでもないまちがいだ。

「さあ教えて。何があったのか知りたいの」

ぼくは首を左右に振った。

「理由があってここに来たんでしょう？　教えてよ」

ぼくはまたメモ帳を取りだした。絵を描きはじめる。でも、紙が小さすぎた。こんなちっぽけな紙切れでどうやって伝えろと？　結局、それを壁に投げつけた。

そのとき、ひとつ思いついた。

壁の漆喰の上には、オフホワイトのペンキが塗られているだけだ。昔からそうだった。この家に明るい色はない。壁紙もない。

ぼくは懐中電灯をつけた。壁に歩み寄り、ペンで絵を描きはじめる。近づいてきたアメリアはぼくの肩越しにそれを見守った。ぼくは居間で漫画を読んでいる少年を描いた。それと、煙草を吸いながらテレビを見ている女を。母だ。その隣のソファーにすわっているのは……ここがやっかいなところだ。酒のはいったグラスを手にした男。しかし父ではない。どうやって伝えればいい？　この男は父親じゃないんだ。

「マイクル、バイクの上のバッグに何か道具はある？　ペンとか、鉛筆とか」

ぼくはうなずいた。

「すぐもどるから」

なんだって？　ここにぼくを置いていくのか？

「ほんの少しだから。そのままつづけて」

アメリアは部屋から出ていった。足音が聞こえ、玄関のドアがあいたときに空気が動くのがわかった。ぼくと亡霊たちだけが残されて、長い一、二分が過ぎた。ここに永遠に閉じこめられるんじゃないか、ドアには鍵がかかっていて、アメリアは二度ともどらないんじゃないかという思いを必死で振り払った。

するとドアがまたあいて、アメリアが帰ってきた。木でできたぼくの画材箱を持っている。本気でこの作業に取り組むための道具一式だ。

アメリアが手伝ってくれるなら、さらに役立つだろう。

最初のコマを描き終えると、アメリアが後ろに立ち、細かいところに手を加えはじめた。ふたコマ目はだいぶ早く進んだ。簡単な絵を描くとアメリアが仕上げをしてくれて、そのあいだに三つ目に取りかかれた。

そうやって進めていった。そうやって、ついにアメリアにこの話を伝えることができた。九月のこの晩に、空っぽの薄暗い部屋で、再会したぼくとアメリアのふたりきりで、壁を埋めつくしながら。


一九九〇年、六月十七日。父の日だった。あの日は過ぎ去り、いまもなおつづいている。あの日は時の流れに取り残されている。

ぼくは居間の床にすわりこんで漫画を読んでいる。母はソファーに腰をおろし、煙草を吸っている。ぼくがミスターXと呼ぶ男が、母の隣に腰かけている。ぼくの父親じゃないけれど、父の日にもかかわらず母と並んでソファーにいる。

男の苗字は実際に〝X〟からはじまるんだが、どうしても思いだせない。ジーノ《Xeno》？　ジーナス《Xenus》？　そんなところだ。とにかく、そういう理由でこの男はミスターXだ。

ミスターXは最近よく姿を見せる。ぼくはたいして気にしていない。何より、ぼくにやさしくしてくれるからだ。たとえば、漫画をたくさん持ってきてくれる。この日ぼくが読んでいる漫画もミスターXからの贈り物だ。よく持ってくる小型のスーツケースにはいっている。ミスターXは漫画を買って渡してくれ、それをぼくが読んでいる隙に、ときどき母と寝室へ消えていく。

ぼくは八歳だけど、ばかじゃない。漫画がぼくの注意をそらすためのものだってことはわかってる。こっちもわかっててそれに応じる。だって、ふたりを止めることなんかできないだろう？　どうしたってするとはするだろうし、おかげでぼくは漫画をもらえる！

父とはたまに週末に会っていた記憶がある。五歳だったか、六歳だったか。タイガースの試合や映画によく出かけたし、一日じゅう雨が降っていたのに、デトロイト川の大きな汽船に乗りにいったこともある。その後父は姿を見せなくなり、ぼくには永遠と思える時間が経った。会わなくなってからも、父から母へよく電話がかかった。電話があると、母は部屋からぼくを追いだしたものだ。終わると表へ出て、ステップに腰かけて煙草を吸った。

母は川下の工場で働いている。ミスターXは母の上役か何かだと思う。はじめて家に来たときには母と出かけていったから、ぼくはひと晩じゅうベビーシッターと過ごす羽目になったけど、つぎからは家にあがるようになって、いる時間もどんどん長くなっていった。そして、漫画を持ってくるようになった。

というわけで、問題の父の日だ。こうしてぼくたち三人が部屋で過ごしていると、玄関から物音が聞こえる。母が立ちあがって小窓から外をのぞくが、だれの姿も見えない。ソファーへもどる前に、ドアについたチェーンをかける。つまみを穴にはめてスライドさせるやつだ。でも、何歳だろうと、ぼくにはわかる。もしだれかが本気で家に侵入しようとしたら、あんなちっぽけなチェーンなんか、なんの役にも立たない。そんなことがあるとはかぎらないけど、たとえばの話だ。

キッチンには裏口があって、木の柵で囲われたせまい庭に通じている。だから家にはふたつのドアと七つの窓がある。窓の数を知っているのは、前に数えたからだ。ほかにもうひとつ、家の横手に小さな戸があって、ずっと昔、まだ牛乳の配達があったころに使われていた。それはぼくが生まれる前のことだけど、それとは別に一度だけ、鍵がなくて家にはいれなかったときに使ったことがある。当時のぼくはどうにかその戸を通り抜けられるほど小さかった。

だけど、その戸ではなく、裏口だった。そこから父がはいってきた。顔を見たのは二年ぶりだ。いつの間にか、ソファーでテレビを観る母とミスターX、床で漫画を読むぼくだけではなくなっている。三人のほかに、ごくあたりまえのように戸口に立つ父の姿がある。壁に寄りかかって脚を組んだ恰好で、父が言う。「ほう、みんなで何を観てるんだ」

ミスターXが立ちあがり、父がその横っ面を何かで殴る。キッチンから持ってきた麺棒だ。ミスターXが頭に手をやって体を折ると、父はブーツを履いた足でその顔面を蹴りあげる。母は悲鳴をあげ、ソファーから立とうとするが、コーヒーテーブルの脚が邪魔をする。ぼくはすわったまま、目の前の出来事をじっと見ている。父がミスターXの頭をもう一度殴り、それから母を追いかける。母は玄関のドアをあけようとするが、あのいまいましいチェーンのせいでうまくいかない。

父がダンスでもするかのように母をくるくるとまわし、おれに会いたかったか、と尋ねる。母は叫びながら叩き返そうともがき、やっとのことで顔面を引っ掻く。父は母をぼくの隣へ突き倒す。ミスターXが起きあがろうとするが、父は麺棒を拾いあげてもう一度頭を殴りつける。もう一度。もう一度。もう一度。もう一度。木の麺棒がミスターXの頭を打つ音は、バットがボールを打つ音を思いださせる。

母がやめてと叫ぶと、父は麺棒をテレビに投げつける。それが命中し、画面の半分が割れて、残った半分から映像が消える。母が這って逃げようとするあいだ、父はついにひざまずいてぼくに近づく。

お願いだからその子には手出しをしないで、と母は乞うが、父はぼくの手から漫画を奪ってながめるだけだ。

「息子を傷つけたりしない。なぜそんなことを考えつく?」

そう言って、手の甲で母の顔を殴る。

「自分の部屋へ行きなさい」打って変わって、やさしい口調でぼくに言う。「さあ。だいじょうぶだよ。約束するから」

ぼくはある単純な理由から、そこを動きたくない。漏らしてしまったから、それが床にひろがっているのを見られたくなかった。

「ほら」父は言う。「行くんだ。いますぐ」

ぼくはようやく立ちあがる。水たまりがあろうとなかろうと、そうするしかない。自分の部屋まで行って振り返ると、父はシャツを脱ごうとしていて、母は泣きながら逃げようとしている。ぼくは部屋にはいり、七つの窓のひとつをあけようとするが、上のほうにつけられた錠ががっちり引っかかっているせいでびくともしない。びしょ濡れのズボンを穿き替えたいけれど、どの抽斗にはいっているかを思いだせず、見つかるまで片っ端からあけてみるという考えすら浮かばない。頭がまったく働かなくなっている。居間から聞こえてくる物音のせいで。

部屋には漫画の山が積まれ、スーパーヒーローを描いたノートの置かれた机と、本を並べた棚がある。本の上にはティーボールの大会のトロフィーが載っていて、ぼくはそれを手にとり、これで頭を殴ったらものすごく痛そうだから何かに使えるかもしれない、と考える。

部屋のドアをそっとあける。夜、もうベッドにはいっていなきゃいけない時間に、テレビをのぞき見るときのように。だけどもちろん、いまはテレビの半分がなくなっているし、見えるのは居間で父が母にしていることだけだ。その様子を正確に描くこともできるけれど、それでも何をしているのかわからない。母が髪を床に垂らしてコーヒーテーブルの上に伏し、ズボンを履いていない父がその後ろから繰り返し腰を打ちつけている。

父に気づかれることなく、右手にトロフィーを持って部屋を出たぼくは、少しずつ近づいていき、父がミスターXに何をしたかを知る。父と同じようにミスターXのズボンもおろされているが、両脚は血まみれだ。父はミスターXの〝秘密の場所〟——ぼくが風呂にはいるとき、母はあそこをそう呼ぶ——を切り落としたのか引きちぎったのか、とにかくそういうことをしたようだ。

ぼくは廊下を駆けもどり、こんどは客用の寝室にはいる。そこには、ぼくが大きくなってもう使えなくなったベッドと、かつて父が使っていたが、重すぎて持ちだせなかった年代物の銃保管庫がある。

その保管庫をあけてはいけない、何があっても指一本ふれてはいけない、と母が何度か言っていた。扉のかんぬきにものすごく危ない仕掛けがあるからだ。中のばねのせいで、扉を閉めるとひとりでに鍵がかかってしまう。だけどあんなことが起こって、いまこそうってつけの機会だという気がするし、ミスターXと同じことをされてはたまらないから、ぼくは保管庫の扉を引きあけて中にはいる。持ち主の父はもうここに住んでいないし、銃だろうとなんだろうと入れるものもないから、当然そこは空っぽで、脚を折りたたんですわったぼくがぴったりおさまる。そして中から扉を閉める。

　取っ手が内側にないことにそのとき気づく。出たくても出られない。外にいるだれかがダイヤル錠の番号を合わせないかぎり。ほんとうに息ができなくなるんだろうか、自分でそうとわかるんだろうか、と考えはじめる。毛布の下にもぐったときには決まって空気が重くなり、鼻を外へ出すと、ひんやりした空気がおいしく感じられたものだ。庫内がまさにそんなふうに、空気が重く感じられてきたそのとき、蝶番がついているほうの扉の端から、細いひと筋の光が差しこんでいるのに気づく。鼻を近づければ新鮮な空気を嗅ぎとれそうだ。

　そこで、脚を折りたたんだまま鼻を扉の脇に押しつけ、じっと待つ。音がよく届かないから外の様子はわからないけれど、ひとつはっきりしていることがある。これまでの人生の何にも増してはっきりしている。静かにしなくちゃいけない、ということだ。

　待つ。

　待つ。

　待つ。

　ようやく足音が聞こえる。部屋にはいってくる。出ていく。また来る。父の声が言う。

「マイクル？」

　遠ざかる。近づく。

　保管庫のすぐそばで言う。

「マイクル？　このなかにいるのか」

　静かにしなくちゃ。

「マイクル？　おい、ほんとにこのなかにいるのか？　はいっちゃいけないとわかってるだろう」

　静かに。静かに。物音ひとつ立てるな。

　保管庫が数インチ傾けられる。

「マイクル！　おい！　まさか、ほんとにはいったなんて言わないでくれ。死んじまうぞ！　空気がないんだ！」

ズボンのなかで、また生あたたかいものがひろがっていく。

「マイクル、扉をあけろ。あけてくれ」

ダイヤルをまわす音が聞こえる。

「番号が思いだせない！　あけるんだ！」

またダイヤルをまわす音。簡単なことだ。三つの番号が父の頭に浮かべば、父はダイヤルをその三つに合わせ、それで扉は開く。

「なんだった？　くそっ！　もう二年も前だ！　覚えてるわけないだろ！」

保管庫の上を手で叩く音。悲鳴をあげそうになってこらえる。声を出すな。ぜったいに。

「よく聞け。いますぐこれをあけるんだ。手を伸ばして取っ手をまわせ。まわすんだ、いますぐ！」

静かに。静かに。

「頼む、マイクル。取っ手をまわしてくれ」

取っ手なんかない。こわくない。なあ、マイクル「約束するさ、。神に誓う。こわくなんかない。いっしょにやろう。な？　おれとおまえと、ふたりで」

静かに。

「頼むよ、マイク。ひとりじゃ無理なんだ。出てきて、いっしょにやろうじゃないか」

取っ手なんかない。静かに。取っ手なんかない。

「すぐに終わる。何も感じないって。約束する。ぜったいに誓うよ。おまえといっしょにやりたいんだ。いいだろ？」

ぼくはまだ鼻を扉の端に押しあてているが、それでもめまいがしはじめる。

父の泣き声が聞こえる。しばらくして気配が消える。やっとだ。やっといなくなった。

安堵と恐怖が同時に襲う。父はいなくなったけれど、ぼくは永遠に閉じこめられたままだ。

　すると、また足音が聞こえる。四方から、かさかさと音がする。差しこむ光が弱まっていく。

「いっしょに外へ出よう」父が言う。「そばにいるからな。もう一度会いたいんだよ。だいじょうぶだ。こわがるな。いっしょに外へ出よう」

　空気がどんどん薄くなる。意識が遠のいていく。保管庫の底には小さな穴がひとつあいていて、光が差しこんでいる。父が何を使ったにせよ、全面を覆いはしなかったらしい。空気穴をふさごうとしているようだが……

　しばらくのあいだ、真っ暗になる。意識が遠のいてはもどる。父の息づかいが聞こえる。

「まだ聞こえてるか、マイクル。意識はあるか」

　そのとき、世界が傾くのを感じる。足もとから、車輪が一定の間隔で音を立てるのが聞こえる。木の床を転がる音。ステップをおりる音。ドン、ドン、ドン、ドン。


扉の隙間から新鮮な空気がはいってくる。意識がはっきりする。ここは家の外だろう。歩道の上だ。境目を踏むたびに音がする。バン、バン、バン。平らな道に出る。車が横を通り、クラクションを鳴らす。それから、止まっているのかと思うほど動きが遅くなる。父が一インチごとに悪戦苦闘しているのがわかる。荒れ地の上にちがいない。泥と雑草と砂利だけの、道をはずれた場所だ。どこへ行くんだろう。川へ向かっているはずはない。そんなはずはない。

　そこから数フィート。動きが止まる。

「おれとおまえのふたりだ、マイクル。聞いてるか？　ずっといっしょだ」

　そして落下する。衝撃とともに、片側の壁に体を打ちつける。急に闇に包まれる。

　すると、隙間から水が流れこんでくる。冷たい。一インチずつ庫内を満たしていく。残りの空気を締めだしていく。

刻一刻と時が進む。顔が水に浸かっていくのを感じる。

息ができない。寒くて死にそうだ。

息ができない。

目を閉じて、待ちつづける。

ぼくは最後のひとコマを描き終えた。アメリアはぼくの脇で描線を重ね、壁に焼きつけたかのように絵全体を際立たせている。この夜二度目の涙が顔を流れている。

ふたりで後ろへさがり、描きあげたものを順にながめていった。かつて保管庫が置かれていた部屋からそれははじまる。絵は三方の壁を覆い、廊下へと出ていく。さらに居間へつづき、かつてソファーが置かれていた、玄関の向かいの壁で完結する。最後のコマがいちばん大きい。それは完璧な水中パノラマで、ごみの積もった川底が描かれている。古いタイヤ。コンクリートブロック。瓶。釘の刺さった木片。堆積物の下から顔を出して、水流に揺られる水草。

それらの中心に、角のひとつを砂に埋没させて少しだけ傾いた巨大な鉄の箱がある。沈められ、見捨てられている。もう二度と引きあげられることはない。

終わり。それが最後のコマだ。

「どうしてここで終わるの?」アメリアが尋ねた。「外に出られたじゃない。助かったじゃない」

たしかにそのとおりだ。アメリアの頭にあるのは現実の出来事で……そう、ぼくは助けだされた。実のところ、あの保管庫は安物だった。だから扉がしっかり密閉されていなくて、少なくとも川に沈むまで、ぼくは呼吸しつづけることができた。そして、引きあげた人々はそれをあけることができた。大きな金てこを使ったのか? それとも救出用のこじあけ機か? ぼくにはわからない。気を失っていたから、自分では見なかった。そんなのはとるに足りないことだ。ぼくの頭のなかで、あの保管庫は、いままでも、これからも、ずっと川底に沈んでいる。永遠にぼくを閉じこめたまま。それだけがぼくにとっての現実だ。ほかの何にもまさる現実だ。

「あなたはもうその箱のなかにいない」頰をぬぐいながらアメリアは言った。「もう自由なのよ。その箱はここに置いていけばいい」

ぼくはアメリアを見た。

「こうしてやりとげたじゃない。何もかもこの家に置いていくことはできないの？」

そんなふうに簡単にできたらいいのに。

アメリアはぼくにキスをした。あの日に最悪な出来事がはじまったこの部屋で、キスをしてきつく抱きしめた。ふたりで床に腰をおろし、長いあいだそこにいた。この家に、ふたりきりで。

ふたたび目を開くと……もうずいぶん遅くなっていた。夜半過ぎだ。この家であまりにも長い時間を過ごしていた。いっしょに荷物をまとめ、外へ出てバイクに乗った。アメリアを連れ帰るため、アナーバーへと出発した。

家をあとにしつつ思った。今後この家に立ち入る者がもしいたら、壁の物語を目にすることになる。そして、ここで起こった出来事の一部始終を知らされるわけだ。


寮の前でバイクを停めると、アメリアはおりて、無言のままずっとぼくの隣に立っていた。シャツのなかに手を入れ、ネックレスを引っ張りだした。一年前にぼくが贈った指輪が通してある。

「まだ持ってるのよ。毎日つけてる」

何か言いたくてたまらなかった。口を開いて話しかけたかった。

「あなたがいなくなったとき……もう忘れようと思った。ほんとうに」

またキスをした。

「いっしょにいられないのはわかった。だから、もう
……」

アメリアは口をつぐんだ。星空を仰ぐ。

「無理よ。また行ってしまうのをただ見てるなんて、できない」

ぼくは後ろに積んだバッグからメモ帳を取りだした。手にしたペンで、文をふたつ書いた。これまでだれに書いたどんな文よりも大切な二文を。

〝手立てを見つけて帰ってくる。約束する〟

アメリアはその紙を手にとって読んだ。折りたたんで、ポケットに入れる。信じてくれたかどうかはわからない……そして、信じられなくても無理はない。だけど、ぼくは信じていた。ぜったいに帰る方法を見つける。なんとしても。

「わたしはここにいるから」

アメリアは背を向けて、建物のなかへ消えた。ぼくはバイクでそこを発ち、もう二度と彼女を探さずにすむことを祈った。

ロサンゼルスへの帰路もまた長旅だった。

ゆっくり走りながら半ばまで来たところで、ぼくは心を決めた。まともじゃないかもしれない……無茶で無謀かもしれない……それでも、たぶんそれが自由になる最後のチャンスだ。

やってみせる、と自分に言い聞かせる。何があろうとやり抜こう。

最後の千マイルは猛スピードで飛ばした。

25

ミシガン州　一九九九年八月

その朝、鉄道橋の橋脚にチェリーレッドの塗料でふちどられた真新しい傷ができているのを横目に見ながら、ぼくはアメリアの家に向かった。家に着くと、本人がそこにいた。ダッフルバッグを肩にかけている。北に住む親戚のもとでちょっとした〝休暇〟を楽しんで、ちょうど家に帰ったところだった。ぼくを見るなりダッフルバッグを落とし、バイクからおりるぼくに歩み寄って、そのまま何分も抱擁をつづけた。キスを交わし、会いたくてたまらなかったと言った。ぼくは唐突に訪れた幸せに、すっかり頭がぼうっとしてしまった。

些細なことをひとつ完璧にやりとげるだけで人生はがらりと変わる。それをはじめて学んだのがそのときだった。

ぼくはアメリアの荷物を中へ運んだ。ジークからの愛のメッセージが、ひからびた何本ものバラとともにごみ箱に押しこまれているのを見て、ここでもささやかな喜びを覚えた。アメリアはいますぐぼくのバイクで出かけたいと言ったけれど、もう昼が近い。八月いっぱいは毎日耐えるしかない葛藤を、このときはじめて味わった。きょうのところはマーシュが言いつくろい、アメリアに告げた。ぼくにはスポーツジムでやってもらう仕事がある、だがきっとまた会えるだろう、と。アメリアの注意がそれた隙に、マーシュは親指を立ててすばやいウィンクをよこした。

つまるところ、ほかに道はなかった。何しろ、裁判所から義務づけられたマーシュへの奉仕活動だってまだ終わっていない。それに、ぼくがゴーストに協力しさえすれば、みなが安全で幸せでいられることもわかっている。アメリア本人はまだ知りようもないが、ぼくはこの家から狼たちを遠ざけるのに必死だった。

自分のしていることに無自覚だったわけじゃない。それはほんとうだ。いろいろ学んでいるのが、メイン・ストリートでささやかな錠前屋を開くためじゃないのはわかっていた。やつらがいずれは本物の金庫をあけさせようと目論んでいることも。もちろん、それは他人の持ち物である金庫だ。それでもかまわないと思っていた。金庫をひとつあけてやって、やつらの好きにさせてやればいい。そして自分は立ち去ればいい。そういう単純な話だ。本気でそう思っていた。

その週の終わりには、八つの金庫すべてを立てつづけに解錠することができた。金庫から金庫へと椅子を転がしていった。それには午後いっぱいかかったし、最後の金庫をあけたときには背中が濡れていて、頭がひどく痛んでいたが、それでもたしかにやりとげた。

つぎの日はゴーストが番号を設定しなおし、ぼくはまた同じ手順を繰り返した。

翌週の終わりには、死にそうな思いをすることもなく、半分の時間でできるようになっていた。携帯用の金庫錠はまだ家に置いたままだ。もちろん夕方にはアメリアに会いにいったが、家に帰ってからは、勘を失わないよう毎晩ダイヤルをまわしつづけた。

ある日、前回とはちがうポケットベルが鳴った。音だけでちがうとわかった。ゴーストが電話をかけに部屋を出ていったが、今回は帰ってきても校長先生の部屋に呼ばれた少年のように震えてはいなかった。

「ど素人どもが」ゴーストは言った。ただのひとりごとで、ぼくに話しかけたわけじゃない。「もういなくなっちまったのかね、正真正銘のプロは。万事を心得た連中は」

その手のぼやきをよく聞かされたが、ぼくにはなんの話かわからなかった。それぞれのポケットベルの向こうにいるのがどんな連中なのかもだ。ぼくはひたすら作業をつづけた。少しずつうまく速くなっていく。毎日デトロイトへかよってゴーストと過ごし、それからアメリアと夕食をとった。アメリアの部屋で腰をおろし、絵を描き、バイクで出ていく。そしてまたもどる。たまにベッドをともにすることもあった。止める者がいないとわかってからは、実のところ回数が増えていった。マーシュは出かけるといつも何時間も帰ってこなかった。家にいても書斎にいることをわざわざ強調し、けっして二階へあがってふたりの邪魔などしないと暗に伝えているようだった。いま振り返ると、なんだか不愉快になる。自分の家のなかでさえあれだけ好き勝手にさせたんだから、マーシュのぼくへの借りはずいぶんだったわけだ。

そしてようやく……その日が来た。八月の中旬だ。〈ウェストサイド中古品店〉にはいったとたん、何かが起ころうとしているのがわかった。ゴーストはぼくをすわらせて、椅子を目の前まで転がしてきた。そして口を開いた。

「第一のルール。信頼できる相手とだけ仕事をしろ。ほかはだめだ。ぜったいに。わかったか」

ぼくはゴーストを見つめた。なぜいまになって、こんなことを聞かされるんだ？

「おまえさんが話を聞いてるとわかるように伝えてくれないか。無理を言ってるつもりはないんだがね。なんでもいいから合図をしろ。いまの話は理解したのか？　どうなんだ」

ぼくはうなずいた。

「そうか。ありがとう」

ゴーストは間《ま》をとって気を静めた。それからつづける。

「おまえさんがまだ仕事相手をだれひとり知らないのはわかってる。だから直感に頼れ。連絡を受けてその相手と会ったら、自分に対してひとつ簡単な質問をするんだ。この相手を、命を懸けて信頼できるか？　命を懸けてだ。現に懸けるんだから当然なんだよ。相手の目をまっすぐ見て、自分自身にそう問いかければ、直感が教えてくれる。少しでも妙なところがあったら……少しでもあったら、そこから立ち去れ。すぐにその場を出ていくんだ。わかったか」

　ぼくはうなずいた。

「相手が少し苛立ってる程度ならいい。だが、もしも神経質が度を超してたら？　いちいち驚いて跳びあがってたら？　すぐに立ち去れ。もし酔ってたら？　スピードだかなんだかでハイになってたら？　すぐに立ち去れ」

　ゴーストは考えをめぐらせながら、首からさげた眼鏡の鎖をいじくっている。ホームレスの元図書館員まがいのこんな男からあれこれ指図されるなんて。

「向こうの人数が多すぎるときは？　すぐに立ち去れ。何人なら多すぎるかって？　状況によるさ。案内役と、警報器の処理役か何かと、見張り役と、運転手。これで、そう、四人か。五人ってこともある。いざ行ってみて、へっぽこ野郎が十人もうろついてたらどうする。みんなして仕事の見学会か？　すぐに立ち去れ。なんたって、いちばん避けたい事態じゃないか、そうだろ？　足手まといになるやつや、あとから言いふらすやつが増えるだけだ。それに、言うまでもないが、多ければ多いほど分け前が減る。いったいだれが喜ぶ？　すぐに立ち去れ」

　ぼくはゴーストに向きあったまま、膝に両手を載せてじっとすわっていた。頭がいくらかぼうっとしてくる。

「まだあるぞ。つぎのルールだ。銃を持つな。緊急事態でもないかぎり、指一本だってふれちゃいけない。わかったか」

　ぼくはうなずいた。それならなんの問題もなく約束できる。

「銃を持ち歩くのはおまえさんの仕事じゃない。おまえさんの仕事はただひとつ、金庫をあけることだ。その部屋にいる理由はそれだけなんだから、それだけやればいい。産科病棟の医者と同じだろう？　看護師たちはあれこれ雑用をこなし、出産に備えてあちこち駆けずりまわる。そしていざそのときがきたら、そのときだけ……医者が呼ばれる。そいつが登場して、いっちょあがりだ。赤ん坊が生まれ、みんなが満足する。そいつは医者用のラウンジかなんかへもどる。おれはだれよりもえらい、おれの時間ほど貴重なものはない、ってわけさ。というのも、そう、そのとおりだからだ！　真実だからだ！　そいつ自身も、まわりもみんなわかってる。そいつこそが医者であって、ほかのやつらには屁ほどの価値もないんだ」

プラスチックでできた大きな緑の日よけの下でも、じゅうぶんに暑い。夏が終わりを予告しそびれたかのような、よくある八月末の陽気だ。

「結論を言おう。そう、結論だよ。おまえさんは芸術家だ。だから、プリマドンナみたいなふるまいが許される。それこそが求められてるんだ。そうしないと、相手は変に思う。そして、何もかも振りだしにもどす。芸術家を呼んだはずが、とろいやつが来やがった。かまうものか、撤収しようぜ、ってな」

ゴーストは椅子を少しずつこちらへ近づけた。

「もうおれたちの仲間は多くない。それがまぎれもない真実だ。おまえさん抜きじゃ、どの連中も押し入ってわざわざ金庫を運びだしたり、ありとあらゆる骨折りをする羽目になる。おまえさんも見たろう、あのめちゃくちゃにされた箱を。おまえさん抜きじゃ、作戦はただの破壊活動でしかない。だからこそ、こっちが主導権を握れる。わかるか。そうすることをけっして恐れるな」

きょうのゴーストはいつにも増して疲れているようだった。ふだんより顔色が悪く、年老いて、消耗しきって見える。この仕事のせいなんだろうか、と思わずにはいられなかった。

「中身を見せてやる」ゴーストは床に置いてあった靴箱を拾いあげて膝に載せた。「とびきり大事なことだからよく聞け」

靴箱をあけ、中からポケットベルのひとつを取りだす。

「これが何かはわかるだろう。ポケットベル、ページャー、無線呼びだし器。呼び名はなんでもいい。おまえさんと連絡をとりたいだれかが、ある番号に電話をかけると、このポケットベルが鳴る。そいつの電話番号がこの小さい画面に表示される。この画面が見えるか？　履歴が残るから、番号を見落としてもあとから確認できる」

小さなボタンを押してみせる。

「念のため言っておくが、その連中が使う番号はたいがい安全だ。公衆電話かもしれん。あるいは、そのときかぎりの番号かもな。要は、足がつかない番号だ。とにかく、ポケットベルのどれかが鳴ったら、その番号に電話しろ」

そのとき生じる明白な問題にゴーストが思い至るのをぼくは待った。ゴーストは珍しく薄笑いを浮かべて、かぶりを振った。

「ああ、わかってるさ。おまえさんがめったに電話をかけないってことはな。心配するな。おまえさんを必要とする連中は、電話の相手が聞き役に徹することを知ってるはずだ。知らなきゃ、そいつも仕事をする相手じゃないってことさ。家から出るまでもない」

ゴーストは手にしていたポケットベルを置き、別のものを手にとった。

「見てのとおり、全部ちがう色で印をつけてある。しっかり管理しろよ。この緑のやつは……ここ二年間鳴ってないと思う。いまとなっては、なぜ持ってるのかもわからない」

箱にもどし、別のポケットベルを拾いあげる。

「この青いやつは……たまにしか連絡してこない。年に一度かな。二度かもしれん。たいがい東海岸からだ。この相手はプロだから、連絡があれば気をよくしていい。どうだ？ ここまでは理解したか」

そのポケットベルも箱にもどされた。また別のものが出てくる。

「つぎは黄色だ。これは鳴るぞ。問題は、相手が何者かよくわからないことだ。どこから連絡してくるかもな。メキシコあたりかもしれん。だから黄色にしたんだよ。わかるか？ 職業別電話帳《イエローページ》の黄色——ほとんどだれでもこの番号を手に入れて電話をかけられるってことだ。それと、注意して進め、の黄色でもある。わかったか」

箱にもどされ、またちがうポケットベルが出てくる。ゴーストはそれを何度か振った。

「この白いポケットベルは、なんの問題もない。こいつらは金になる。それも莫大な金だ。ほとんど西のほうにいるんだが、いささか突飛な連中だと言っておこう。何を仕組むにせよ、たいてい長期戦になる。手筈を整えてから、おまえさんが現われるまで何日もかかると知ったとしても、取り替えがきかないと心得ているから文句も言わずに待ってる。これが鳴ったら、かならず行け。いま言ったとおり、こいつらは最高の仕事相手だからな」

それも箱にもどし、最後のひとつを手にとった。そのポケットベル自体がほかよりも危険な代物であるかのような、慎重な手つきだ。ゴーストは椅子をもう一インチこちらに近づけた。

「よし、これを見ろ。赤い印だ。誤解の余地がないように簡潔に伝える。このポケットベルが鳴ったら、なるべく早く電話をかけろ。そして相手の話をしっかり聞け。どこかで会いたいと言われたら、そこへ会いにいけ。聞いてるか？」

ぼくはうなずいた。

「赤のポケットベルの向こうにいるのは、おまえさんに仕事をさせている張本人だ。それ以外のありとあらゆる出来事も、この男が裏で糸を引いてる。実を言うと、ほかのポケットベルの連中がおまえを使った場合、その報酬の一部は真っ先にこの男へ流れる。わかるだろう？　この男こそがボスだ。もし機嫌をそこねたら、人手を煩わせずに自分からさっさと死ぬことだな。さもないと、この男はおまえさんとまわりの人間を、想像もつかないような形で苦しめる。その点はほんとにわかったな？」

ぼくはまたうなずいた。その男がだれなのか、見当がついていた。マーシュの部屋で会った男だ。スーツ姿で、変わった香りのコロンをつけ、異国の煙草を吸っていた。

「赤いポケットベルが鳴ったときはどうする？」ゴーストは言った。

ぼくは親指と小指で電話の形を作って、耳へ近づけた。

「いつ？」

床を指す。いますぐだ。

「プリマドンナになれだとか、立ち去れだとか、さっき教えたもろもろと矛盾するように聞こえるのはわかってる。だが悪いことは言わない。その男から声がかかったら、応じるのが身のためだ」

ゴーストは赤いポケットベルを箱にもどし、蓋を閉じた。

「心配するな。しじゅう連絡があるわけじゃない。そう多くの助けが要る男じゃないんだ」

そう言って、箱を差しだした。ぼくが受けとるのを待っている。

「おまえさんはもうだいじょうぶだ。受けとれ」

とんでもない。だいじょうぶなものか。

「気づいてるだろうが、この期に及んでは選択の余地はない。おまえさんはもう選んだんだ。あまり重圧をかけるつもりもないけど、望もうと望むまいと、こんど赤いポケットベルが鳴るときはおまえさん宛だ」

　ぼくは箱を受けとった。ゴーストは椅子から立ちあがる。

「毎日欠かさず練習しろよ。やめたら勘を失うのはわかってるな」

　ゴーストはポケットに手を突っこんで、鍵束を取りだした。それをこちらへ投げる。

「そのでかいやつは玄関の鍵だ。銀のは奥の部屋。ほかにいくつかあるのは、たぶん奥の部屋の棚だな。いちばん端のやつは裏の門のだ。おそらくもう開きはしまい」

　ぼくはゴーストをじっと見た。なぜこんなものをぼくに？

「おまえさんにこの店を継ぐ気があるとは思ってないさ。だからよく戸締まりをしておくといい。看板を出すんだ。改装のため休業中、とかなんとかな。それでも練習の場として使える」

　ゴーストを指さす。あんたはどこへ行く？

「言ったろう。娘から呼ばれてるんだ。フロリダのな。まさに夢が現実に、ってやつさ。娘は移動住宅とやらに住んでる。しゃれた呼び名だが、要は二棟連結のトレーラーハウスだ。ずっと先に湿地があって、ワニが出てきて小犬を食いつくすんだ」

　ぼくは手ぶりでまわりを示した。

「ああ、これを全部置いて出ていく気かって？　心配するな。思い入れのあるものなんて、ほとんどないさ。そもそも、おれのものじゃない」

　ぼくは両手を差しだす。

「だれのものかって？　だれだと思う？」

　ゴーストは靴箱の蓋をとり、赤いポケットベルを指さした。

「さて、そろそろ、ご婦人がたに別れの挨拶をしたいんだがね」

もちろん、だれのことかは心得ていた。ぼくはゴーストが最後の数分間を〝金庫の園〟で過ごせるように、〈ウェストサイド中古品店〉の裏の部屋から離れた。靴箱を小脇にかかえ、歩道へとバイクを転がしていく。ほんの数ヤード先のドライ・クリーニング店の前に、満杯になったごみ缶があった。その上にこの箱を置き去ることもできる。そのまま走りだして、二度ともどらなければいい。

でも、そうはせずに、シートの後ろの収納ボックスをあけて、そこへ靴箱を入れた。ぎりぎりでおさまった。

歩道から、道の向かいに停まっていた車へ視線をやった。運転席の男が新聞で隠すより一瞬早く、その顔がちらりと目にはいった。前に店を訪れ、わざわざ金庫の前までやってきた男だ。名前を思いだした。ハリントン・バンクス。ハリーと呼ばれることが多い。

警察の人間にちがいない。じゃなきゃ、だれがこんな真似をする？　いますぐあの窓をノックして、知っていることをすべてメモ帳に書きだしてやってもいい。これ以上の大事《おおごと》になる前に。

けれど、ぼくはヘルメットをかぶり、アメリアの家へとバイクを走らせた。

マーシュはいなかった。アメリアは二階の寝室にいた。ひと目で何かあったのだとわかった。

「きょうの仕事はどうだった？」

ぼくは肩をすくめた。まあまあだよ。

「変ね。スポーツジムに立ち寄ったんだけど、あなたはいなかった」

まずい。

「みんな、あなたのことを知りもしなかった」

ぼくはベッドに腰をおろした。アメリアは椅子にすわったまま、こちらを向いた。

「父のために毎日何をしてるの？」

まいったな。いったいどう説明しろっていうんだ。

「ほんとうのことを教えて」

アメリアはメモ帳とペンを手にとった。ベッドまで持ってきて、隣にすわる。ぼくが書きはじめるのを待つ。ぼくは書いた。

〝嘘をついてごめん〟

それから線を引いてそれを消し、別のことばを書いた。

〝お父さんに嘘をつかせてごめん〟

「いいから教えて。父が何をさせてるのか知りたいの」

〝何もさせてない〟

「マイクル……何をしてるのか教えて」

数秒のあいだ考えた。それから、いま書けるただひとつのことばを書いた。

〝言えない〟

「どうして？」

〝きみを守りたいから〟

「嘘はやめて。法律に反することなの？」

それについては考える必要があった。

〝いまのところはちがう〟

「いまのところは？　どういう意味よ」

〝いつか教える。なるべく早く。約束する〟

「あなたのしてることがなんだろうと、あいつらが父に会いに来なくなった理由はそれだと思う。そうでしょう？」

ぼくはうなずいた。

「だからわたしは家に帰ってくることができた」

もう一度うなずく。

アメリアはメモ帳をぼくから取りあげた。

「こんなの、どうやって納得しろっていうの？　わたしたちをこんなことに巻きこんだ父に、腹が立ってしかたがない。父のばかげた考えに従ったあなたにも」

そう言って腰をあげ、メモ帳を机に置いた。そこに立ったまま、こちらを見ている。

「そして、あなたと一秒も離れたくないと思ってしまう自分にもね。こんなときだっていうのに」

右手をぼくの左の頬にあてる。

「いったいどうすればいいの？」

思いつくことはひとつしかなかった。ぼくはベッドへアメリアを引き寄せ、それを実践した。


〈ウェストサイド中古品店〉への毎日の訪問……それだけはアメリアに明かさずにいた。ゴーストの来ない店にいるのは不思議な感じだった。自分と金庫だけ。自分とご婦人がただけ。なんだか、アメリアに内緒で八人の情婦と密会している気分だった。

あれからバンクスが姿を見せることはなかった。店の監視をやめたのか、あるいは隠れ方がうまくなったのか。ぼくは毎日まずバンクスがいないかとあたりを見渡してから、ゴーストから譲り受けた鍵で玄関をあけ、暗がりのなかでがらくたにつまずいたあと、店の裏で何時間かダイヤルをまわして過ごした。そのあいだずっと、足音が聞こえる気がしてならなかった。

夏の最後の数日が過ぎ去った。そして、また学校がはじまった。覚えているだろうか。ぼくはミルフォード高校の三年生、アメリアはレイクランド高校の三年生になった。懐かしの旧友ジークもそうだ。休み明けの初日はつらかった。グリフィンはとっくにウィスコンシンへ旅立っていたし、マーティー先生の姿までも見あたらなかった。慢性疲労症候群とやらで仕事を休んでいて、復帰の時期はまったくわからないという。だから、美術のクラスはしばらく代理の先生が受け持つことになった。ヒッピーあがりの六十歳くらいの男で、白髪交じりの髪を後ろに垂らしている。立体作品を極端に好み、本人の言う〝平板作品〟はないがしろにされた。

そんなわけで、長い一年になりそうだった。

その日の午後、家に帰ったぼくは、ヘルメットを脱いでバイクのシートに置いた。エンジンと風の音がまだ耳の奥でとどろいている。そのせいで、あやうくその呼びだし音を聞き逃したままバイクから離れそうになった。

後ろの収納ボックスをあけ、中から箱を取りだして蓋をはずす。ポケットベルをひとつずつたしかめながら、鳴っているものを見つけだした。赤いポケットベルだ。

公園へ行こう、と思った。川まで行って箱ごと投げ捨ててしまえ。流れ去るまで見届けろ。まず頭に浮かんだのはそんなことだった。

ぼくは家のなかにはいり、表示された番号に電話をかけた。だれかが受話器をとった。聞き覚えのある声だ。〝もしもし〟とも〝どちらさま〟とも〝用件は〟とも言わない。ただ、デトロイトのダウンタウンにあるボービアン・ストリートの所番地と、十一時ぴったりという指定時刻を告げた。今夜だ。裏口をノックしろ、と男は言った。そして電話は切れた。

そのあとはアメリアと過ごした。幸か不幸か、学校生活にもどった初日を祝しての夕食の時間だ。アメリアはレイクランド高校にかようのが苦痛だと言った。ぼくがミルフォード高校にいるんだから、なおさらだという。十一時の待ちあわせがあったので、ぼくはしきりに腕時計を気にしていた。十時少し過ぎにマーシュ家を出たが……何かあるとアメリアは感づいていた。隠しとおすのは無理だった。そのときだって、いつだって。それでも、アメリアはぼくを行かせてくれた。

〈ウェストサイド中古品店〉の暗い窓の前を通り過ぎ、グランド・リバー・アベニューを走っていく。ひたすら、デトロイトの中心部まで。車輪の軸のようにあらゆる街路が集まるグランド・サーカス公園の南側を、大きな半円を描いて進んだ。十時五十分ごろ、ボービアン・ストリートに着いた。

伝えられた所番地は、グリークタウンにあるステーキハウスのものだった。今年デトロイトにはじめて大規模のカジノが開業したせいで、この一帯も景気がよさそうに見えた。店の駐車場にはいり、バイクを停めた。ごみ缶や空《から》の青果物用ケースの並ぶ前を通って、裏口へまわる。伯父の酒店と似た金属の重厚なドアだった。ぼくはノックした。

数秒してからドアが開いた。キッチンのまばゆい光が夜の闇へ漏れ、ふたつの影を形作った。ぼくと、目の前でこちらを見ている男のものだ。男は大柄で、大きな白いエプロンの上からベルトをきつく締めている。

「はいれ」キッチンに通されると、同じエプロンをつけた別の男がグリルの前で忙しそうにしていた。最初の男が食品貯蔵室のドアをあけ、ぼくがはいれるように道を譲った。中に男が三人立っているのが見えた。

部屋では、トマトの缶詰やオリーブや唐辛子、酢や調理油のはいった容器などなど、レストランの運営に欠かせないありとあらゆる保存食品が床から天井までを埋めつくしている。そこにはいるなり、その三人に見覚えがあることに気づき、すぐに裏口から走り去りたい衝動に駆られた。

「早いじゃないか」釣り帽子が言った。ペパロニの大きな塊を何切れかスライスして、ほかのふたりに手渡している。

「ゴーストの後釜がおまえとはな」ひげのっぽが言った。

残るは寝ぼけまなことの再会だけだ。すると、待ち人がこちらへゆっくりと歩み寄った。「よくおまえに出くわすのはなぜだろうな、小僧」

「落ち着けよ」釣り帽子が言った。「こいつなのさ。こいつがゴースト・ジュニアだ」

寝ぼけまなこはしばらくこちらを見つめたのち、ようやく後ろへさがった。

「おまえもどうだ」釣り帽子がペパロニの塊をこちらへ差しだした。

　ぼくは両手をあげた。遠慮するよ。

　釣り帽子がひげのっぽに視線を投げ、ふたりは笑みを交わした。

「あまりしゃべらないとは聞いてたが」釣り帽子が言う。「冗談じゃなかったんだな」

「ひとこともしゃべらないと聞いた」ひげのっぽが言う。「何があろうとな。ほんとうか」

　ぼくは一度だけうなずき、キッチンを見やった。寝ぼけまなこの貫くような視線を背中に感じる。

　それから数分のあいだ、だれも雑談さえしなかった。三人は無言でペパロニを食べながら、ぼくを見ていた。

「さて、どうする」釣り帽子が腕時計を見て口を開いた。「そろそろ仕事にかかるか」

「合図の笛はどうした」ひげのっぽが言った。

「吹いたことにしてくれ」

　ぼくは三人に従い、ふたたびキッチンを抜けて駐車場へもどった。かつてマーシュ家の車寄せにはいってくるのを見かけた黒い車に全員が乗りこんだ。運転席に釣り帽子、助手席にひげのっぽ。残った寝ぼけまなことぼくは後部シートだ。

「さて、楽しもうぜ」釣り帽子が言った。ギアを入れ、路上へ車を出す。ジェファーソン・アベニューまで道をくだり、左折してデトロイト川沿いに東へ向かった。スピードは出さず、黄信号のたびに停車した。

　寝ぼけまなこはまだこちらを見つめている。「歳はいくつだ」とようやく言う。

　ぼくは十本の指を見せ、すぐさま七本を立てたが、寝ぼけまなこは見ていなかった。

「いまはおまえが金庫破りってわけか。そう言いたいのか」

　何も言いたくなんかない。そっちがまた静かにしてくれたら、それでじゅうぶんだよ。

「きっと聴覚は抜群なんだろうな」ひげのっぽが言った。振り返ってこちらを見る。「ほんとうなのか？　抜群の聴覚なのか？　つまり、口がきけねえからだが」

「いったいなんの話だ」寝ぼけまなこが言う。

「五感のひとつを失うと、残りの感覚が研ぎ澄まされるんだとさ。聞いたことねえか」

「しゃべりは五感のひとつじゃないだろ、あほたれが」

「いや、そうだよ。ほら、見る、聞く、さわる、しゃべる……あとひとつはなんだ？　嗅ぐ、だ。それで五つか」

「どうせでたらめだろ」

「ふたりとも、だまってろ！」釣り帽子が両手をハンドルにかけたまま、道から目を離さずに言った。

「ガキと組むつもりはない。言いたいのはそれだけだ。もうじゅうぶんに問題はかかえてる」

「こいつがやれるなら、それでいいじゃねえか」ひげのっぽが言う。「ほかは関係ない」

「だまれと言ったろ」釣り帽子が言った。「心の準備をするのに、ほんの二、三分でも平和に過ごせないのか」

しばらくのあいだ、全員が黙していた。寝ぼけまなこは、やっとぼくを見つめるのをやめた。ぼくは座席の背に頭を預け、目を閉じた。

車はジェファーソン・アベニューを東に進んだ。ウォーターワークス公園の前を通ってキャディラック・ブールバードを左折し、北へ向かう。そこで釣り帽子はスピードを落とした。道の左側にある小さな両替店に全員の視線が向けられているようだ。店は閉まっているけれど、ネオンの文字が宣伝をつづけている。

〝小切手と郵便為替、換金します！　所得税の還付をいますぐ現金で！〟と。

十一時半をまわったところだった。通りはかなり静かだが、人がいないわけではない。この時間に実行するというのはうなずける。もっと遅ければ人通りはさらに減るだろうが、たまたま起きている住民や、夜勤でパトロール中の警官の目を惹きやすいにちがいない。

釣り帽子は少し先で左折すると、住宅街の一ブロックをひとまわりしてキャディラック・ブールバードへもどり、横道を右へ曲がって、さっきの店の裏手にある駐車場へ車を入れた。

店の裏には六フィートほどの高さの柵があった。裏口の上に防犯用の照明が取りつけられているが、ふつうのまるい電球で、どこか特定の場所を照らすわけではない。こちらを見通せる家は何軒かあるものの、外に出ている住人はいなかった。ぼくたちは車に乗ったまま、何分か待った。犬の散歩をしている男がひとり通り過ぎる。キャディラック・ブールバードを数秒おきに車が通過したが、横道には一台もはいってこなかった。

車中は静寂に包まれ、聞こえるのはぼくたち四人の息づかいだけだ。さらに一分が経った。釣り帽子が片手をあげた。「よし」と小声で言う。「警報器のスイッチは切れているはずだ」

「はずだと？」寝ぼけまなこは穏やかではなさそうだ。

「ああ。そう報告を受けてる」

ぼくは警報器についてまだなんの知識もなかった。というより、錠や金庫のあけ方のほかは何も知らなかったと言っていい。

寝ぼけまなこがドアをあける。ぼくも従うべきかと思い、自分の側のドアをあけた。ほかのふたりはすわったまま動かない。

裏口まで来てその理由がわかった。ぼくがドアを解錠するあいだ、残りの全員がそこに立っている必要はない。ぼくはピックを一式取りだして、テンションレンチを準備した。こういう店で使われている錠はたぶん立派なものだろう。簡単にはいくまい。金庫にはずいぶん時間を費やしてきたけれど、ピッキングは久しぶりだった。テンションレンチに違和感があり、手になじまない。おい、あけられなかったらどうする？

寝ぼけまなこが早くも落ち着きをなくしているのがわかった。立つ位置が近すぎる。ぼくは手を止めて、そちらをちらりと見た。寝ぼけまなこは一歩さがった。

「さっさとすませてくれよ」

ぼくは寝ぼけまなこを意識から追いだして、作業に集中した。これまで何度もやったじゃないか。簡単なものさ。テンションレンチを固定して、ピンを順に押しあげていく。ひとつずつ。そう、その調子だ。いいぞ。

一台の車が横道にはいってきた。ぼくたちから二十五フィートほどしか離れていないところを走っていく。停まらない。減速もしない。

ぼくはテンションレンチをそのままの位置に保っていた。力を抜け、と自分に言い聞かせる。ひたすらつづけた。

刻一刻と時が過ぎる。一本目のピン。二本。三本。四本。五本。まだあかない。マッシュルーム・ピンが使われているにちがいない。

寝ぼけまなこの息づかいが荒くなっている。頭から締めだせ。とにかく完全に締めだせ。この世に存在するのは、目の前にあるいくつかの金属片だけだ。

ほかに何もない。アメリアさえいない。

ぼくは間《ま》をとった。

「どうした」

作業にもどる。二巡目だ。一本、二本、三本、四本……

最後のピンにふれ、錠が解き放たれるのを感じた。ノブがまわり、ぼくはドアを押しあけた。

寝ぼけまなこが先に踏みこみ、尻のポケットから懐中電灯を出した。ぼくがつづいてはいり、背後から迫る足音がした。どうやら、ひげのっぽが第二の見張り役をまかされたようだ。釣り帽子は車に残っている。そういう配役でいくらしい。

金庫は裏口から十フィートと離れていないところにあった。ヴィクター社製の高さ六フィートに及ぶ巨大な品で、黒の塗装が美しい。どれほどの重さがあるのか、想像もつかない。どうりでここの店主は隠そうともしないわけだ。歩道に置きっぱなしにしても、安全性は変わらないだろう。

ぼくはダイヤルに近づいた。まず最初に、鍵がかかっているかどうかをたしかめる。かかっていた。つぎにヴィクター社の金庫の初期設定番号をいくつか試したが、どれもはずれだった。

よし、そうか。ぼくは近くの机から椅子を持ってくると、体勢を整えて作業に取りかかった。

「どのくらいかかるんだ」寝ぼけまなこが訊いた。

「ほっといてやれよ」ひげのっぽが言う。

寝ぼけまなこは店先のほうへ歩いていった。カウンターのこちら側で体をかがめているのが見える。ぼくはあらためて脳裏からあの男を追いだし、仕事に集中した。

接触域を探る。ダイヤルを何度かまわす。止める。逆方向にまわす。ディスクは一枚……二枚……三枚……四枚。そこまでだ。恐れていたとおり、四枚ある。初挑戦にしては難度が高すぎるが、とにかくやってみよう。さらに数回ダイヤルをまわす。0に合わせる。接触域にもどす。感じとれ。幅をしっかり感じろ。中で何が起こっているかを金庫に語らせろ。

そう、その調子だ。ダイヤルを3に合わせ、接触域にもどす。

ぼくは頬を金属面にずっと押しつけていた。時間がゆっくり流れる。自分と金庫のほかのいっさいが消え去る。ぼくは作業をつづけた。15、39、54、72のあたりで接触域がせばまるのを感じた。同じ手順を繰り返し、16、39、55、71という番号を割りだした。

両手を振ってほぐした。ひげのっぽが裏口のドアを片目でのぞけるぶんだけ開き、外を見張っている。寝ぼけまなこは床にすわりこんでこちらに目を凝らしている。

最後の手順だ。番号が四つということは、二十四通りの並べ方が考えられる。それをひとつずつ試すのに、まずは16、39、55、71の順番でダイヤルを合わせた。つぎは三番目と四番目の番号を入れ替える。こんどは二番目と三番目を入れ替え、というようにつづけていく。

ぼくは十二通りの並べ方を試した。十三通り目も。十四度目の挑戦で、取っ手が動いた。

それを見て、寝ぼけまなこが立ちあがった。こちらへ来て、背後から見守る。ぼくはハンドルをまわしきり、金庫の扉をあけた。

空っぽだった。

「冗談だろ?」寝ぼけまなこは背を向けて、また表のカウンターのほうへ向かった。

「どうした」ひげのっぽが言った。裏口に立ったままだ。これから自分がどれだけ不快になるかにはまだ気づいていない。

ぼくは？　ぼくはと言うと、目の前のうつろな空間を見つめながら、さまざまな思いが奇妙に入り混じるのを感じていた。ひとつ言えるのは、空っぽの金庫ほど心を空っぽにさせるものはないということだ。扉を開いて、まるで宇宙空間みたいながらんどうを目にすると、いつも妙に恍惚としたむなしさを覚える。

入り混じる思いのなかには、こんなひどい環境でも自分は耳と指先と頭脳だけを頼りに金庫をあけられる、という達成感もある。自分はたしかにやってのけた。

そして、ばか野郎、空っぽじゃないか、あの三人が怒りまくるぞ、という思いもある。厳密にはぼくのせいじゃないけれど、それでも他人事ではいられない。

ぼくの思考はそこで止まった。二、三秒ののち、すべてが崩れ去った。裏口近くの路上で、四つのタイヤが四つの黒いブレーキ跡を残す独特の音が鳴り響き、全員の耳に届いた。ひげのっぽは勢いよくドアをあけ、砲台から発射されたような勢いで夜の闇に消えた。連鎖反応を起こしたのが寝ぼけまなこで、カウンターを乗り越えて表のドアにぶつかると、掛け金をいじりまわして驚くべき速さではずし、歩道へ転がり出た。

そして残されたのは、ぼくと空っぽの金庫と、裏口から伸びる長い影だった。

寝ぼけまなこの逃げ道をたどるのが得策だと考え、ぼくは表のドアをめざして走りだした。

「止まれ。さもないと背中を撃つ」

ぼくは止まった。

「こっちを向け」

ぼくは向いた。その男はおそらく六十代だろう。険しい顔つきだ。過去に一度たりとも他人から屈辱を受けたことがない手合いで、いまもその気はなさそうだ。黒い革のジャケットは、その歳にしてはやや若すぎる気がしたが、いちばんの問題はそこじゃない。問題は、男の右手に握られている本物の銃だ。

セミオートマティック。リート伯父がレジの下に置いていた銃に似ている。まっすぐぼくの胸に向けられている。

「仲間はみんな逃げたようだな」

男の声は落ち着き払っていた。こちらへ一歩近づき、表の窓から差しこむひと筋の光でその姿が照らされる。顔がはっきりと見えた。大きな鼻の持ち主だ。頬は赤らんでいる。ひげが汚らしく伸びている。

「新しい仲間が必要だろう」もう一歩こちらに踏みだしながら、男は言った。「そう思わないか」

異論はない。

「おまえはまだほんの子供だろう。だから取引しようじゃないか。仲間の名前を教えたら、頭に弾を撃ちこむのはよそう」

　ぼくは動かなかった。男がさらに近づく。

「どうした、小僧。考えてみろ。あいつらだって、おまえを売り渡せと迫られたら、二秒ともつまい？　さあ、あいつらの名前を教えろ」

　それにはひとつ問題がある。ぼくでは力になれそうもない。

　男はかぶりを振って微笑んだ。立ち去るかのように見えたが、つぎの瞬間、ぼくを上から見おろしていた。片手でぼくのシャツの前をつかむ。もう一方の手でぼくの首に銃を押しあてる。葉巻のにおいがした。リート伯父の家の部屋を思いだす。いまは百万マイルのかなたにある。

「質問に答えないのはちょっと無礼じゃないか？　教える気はあるのか、ないのか」

　もうこれまでだ。ここで終わるんだ。

「あいつらは何者だ」

　銃身がさらに強く首に押しつけられた。少し上を向いている。弾は確実に自分の脳を突き抜けるだろう。

「わかった。わかったよ。名前は知らないのかもな。そうなのか？　どうなんだ」

　ぼくはこの男に殺される。

「どこでどう知りあったかを教えるだけでいい。それならできるか？　あいつらをだれから紹介された？」

　この世で過ごす最後の瞬間。いまがそのときだ。

「なんとか言えよ、小僧。いますぐ話さないなら、この引き金を引く。嘘じゃない」

　これよりひどいことになるのか。

「三秒やる。話すか、死ぬか」

　いまこの瞬間よりもひどいことに。

「三」

　抜けだすにはこれしかないのかもしれない。

「二」

　もう二度とアメリアに会えなくても。

「一」

せめて、さよならを言いたかった。

「ゼロ」

首に銃が押しつけられたまま、数秒が経った。ぼくは息をつづけている。車が駐車場にはいる音が聞こえた。あいたドアからヘッドライトが差しこみ、部屋を横切っていく。

男は銃をおろした。片腕でぼくの頭をかかえ、自分の肩へ引き寄せる。一瞬、首を折られるのかと思った。ところが、ちがった。男はぼくを抱き寄せた。

「よし、小僧」男は言った。「いいぞ」

釣り帽子が裏口からはいってきた。ひげのっぽがつづく。寝ぼけまなこも来る。

そして、ゴーストも。

「言ったとおりだろ」ゴーストが言った。相変わらず血色が悪く、興奮した様子で、完全にこの場から浮いていた。「おれが冗談を言ってると思ったのか？　こいつはしゃべらない。たとえしゃべれたとしても、おまえらを売ったりはしない」

「そのとおりだな」銃を持った男が言った。ここの店主にちがいない。一同に寸劇の舞台を貸し与えて自分も参加し、それによってだれかに恩を売ったんだろう。

「その金庫をあけるだろうとも言った。そうだよな」ゴーストは言った。

「それも正しかった」

振り返ってみると、たしかに何もかもが少しばかり演出過剰だった。でも、ぼくがテストに合格したのはたしかだ。そうだろう？　みごとにやってのけ、悪党たちに力量を示したわけだ。

四人はぼくをグリークタウンのレストランへ連れ帰った。ゴーストは店にははいらなかった。駐車場で足を止め、ぼくにあらためて別れを告げた。こんどこそ、本物の別れを。

「正式に決まったよ。今後はおまえさんがあの店の経営者だ」

そう言い残し、車に乗りこんで走り去った。ぼくは男たちに店のなかへ導かれ、リート伯父の店の棚で見覚えのある酒をつがれた。なんとかひと口飲みくだす。

「やりすぎだったなら謝るよ」釣り帽子がぼくの首の後ろをつかんで言った。「おまえがどう応じるか、知りたかったんだ。わかるだろ？　仕事をこなせるかどうか、たしかめる必要があった。極限まで追いこまれたときの金玉のでかさをな」

テストに通るでかさだったらしい。それがいいことかどうかは別として。それからアコーディオン式の衝立で隔離された個室へと連れていかれ、最後の幕があがった。テーブルには三組の男女がいたが、今晩の主役は見誤りようもない。一度だけ会ったことのある、あの男だった。黒い瞳、太い眉、唇からさがった長い煙草。あのときと同じように漂わせている、煙とコロンと何やらが混じりあったその香りは、どことなく異国めいて力強く、これまでに嗅いだことのないものだった。

その香りはぼくの知るべきことすべてを語っていた。ゴーストが言ったとおり、この男の機嫌をそこねてはならない。

「また会えてうれしいよ」男は言った。「きみには見こみがあると思っていた」

ぼくは動かなかった。

「しゃべらない男。すばらしいじゃないか」

テーブルを囲む一同がうなずいた。スーツ姿の男がふたり。ダイヤモンドをつけて着飾った女が三人。

「ミスター・マーシュに会ったら伝えてくれないか。残念ながらパートナーのミスター・スレイドがいまだに行方知れずだと。仕事仲間はもっと慎重に選ぶべきだと」

テーブルから笑いが湧き起こった。そしてぼくは解放された。寝ぼけまなこが少し離れたところへぼくを導き、右手に紙幣の塊を押しつけてきた。店を出て手をひろげると、しわくちゃの百ドル札が五枚そこにあった。

ポケットベルはまだバイクの後ろの収納ボックスに入れてある。それを持って、レストランのなかへ引き返したらどうなるだろう。あのテーブルの上に置いて、そのまま歩き去ったら？　どんなことになるかをくわしく思い描こうとしていると、寝ぼけまなこの呼ぶ声がした。

「こっちだ」マーシュ家の車寄せで見た、あの車体の長い黒い車へとぼくを手招いている。

「おまえにあるものを見せるようにボスから言われてる。おまえにとって――なんと言ったか――有意義なんだとよ」

寝ぼけまなこはすばやくあたりを見まわしてから車のトランクをあけた。電灯がつくなり目に飛びこんできたのは、マーシュのパートナーであるジェリー・スレイドの硬直した顔だった。あっという間にトランクが閉められ、ほかのことは何もわからなかった。どうやって死んだのかも、顔以外の部分が無事なのかどうかさえも。

「いつもなら、トランクにこんなものを積んだまま町なかに停めたりはしないがね」寝ぼけまなこは言った。「きょうになってやっとこいつを見つけだして、まあ……ちょうどよかったな。今夜のちょっとしたテストと、こいつを目に焼きつけるのと、いっぺんにすませたわけだ」

ぼくはその場に立ちつくしていた。筋肉を動かそうにも動かせなかった。

「本物の人生にようこそ」

寝ぼけまなこはぼくの頬をぴしゃりと叩き、店のなかへもどっていった。闇のなかにぼくひとりを残して。

学校へはあと二日だけ行った。それでぼくの高校最後の学年は終わった。木曜の晩、青のポケットベルが鳴り、ぼくはその番号に電話をかけた。出たのはニューヨーク訛りの強い男だった。男はペンシルヴェニアの所番地を告げた。厳密には、ペンシルヴェニアのすぐ外だ。そこに二日後に着く必要があった。ぼくはすわったまま、長々とその所番地を見つめていた。

連絡しなくては、と思った。あす学校を休むことを知らせなくては。ペンシルヴェニアまで出向いて、見ず知らずの連中が金庫の中身を盗む手助けをするために。

翌朝、ぼくは旅行用のバッグをふたつ買った。バイクの後ろの左右にひとつずつさげる。家にもどり、それに詰めこめるだけ服を詰めた。歯ブラシ、歯磨き粉、その他もろもろの日用品。金庫錠も入れた。夏にアメリアが描いてくれた何枚もの絵も。例のポケットベルも。

資金は百ドルの貯金と、やらせ強盗のすえに手渡された五百ドルだった。そこからバッグを買うのに三十ドル使った。差し引きして、およそ五百七十ドルだ。

酒店へはいったが、リート伯父が朝のうたた寝をしているといけないから、裏口を使った。店先へ抜けたところ、案の定リート伯父は両腕に頭を載せてカウンターに突っ伏していた。それでも、だれかが表口からはいってきたら一秒もせずに跳び起き、さも眠っていなかったかのようにふるまうのがつねだ。

ぼくは伯父の後ろをそっと通り抜け、レジの前に立った。魔法のボタンを押すと、レジの抽斗があいた。ざっと中身を数える。たいした額ではなく、すぐにもどした。これをとっていくことはできない。抽斗を閉めると、リート伯父が目を覚ました。

「なんだ？　何があった」

ぼくは伯父の背中に手をあてた。ふだんならこんなことはしない。

「マイクル！　だいじょうぶか」

親指を立ててみせる。絶好調だよ。

「何をしてる？　学校はどうした」

きょうのリート伯父はひどく老けて見えた。父の兄にあたるこの人は、かつてぼくの身に起こったことに責任を感じ、ぼくを引きとった。人の世話を焼く性質《たち》でもないのに。

それでも、努力した。そうだろう？　伯父は努力した。

そして、とんでもなくかっこいいバイクをプレゼントしてくれた。

ぼくは伯父に最初で最後の抱擁をした。それから店を出た。


ここからは語るのがつらい。ぼくにはもうひとつ、立ち寄りたい場所があった。ミルフォードの町にある骨董屋だ。店にはいり、ずっと前にはじめて錠を買ったときのあの老店主に手を振った。

きょうの目当ては錠じゃない。ぼくはガラスのカウンターに歩み寄り、ある指輪を手で示した。そのダイヤモンドが本物かどうかはわからない。でもとにかく、その指輪は前に見たときから気に入っていた。そして、買えるだけの金もある。値段はたった百ドルだった。

指輪を小箱に入れてもらい、それをジャケットにしまうと、ぼくはアメリアの家までバイクを走らせた。家にはだれもいなかった。マーシュは、ぼくのおかげで人生を取りもどしたいま、スポーツジムであれどこであれ、日中の居場所へ出かけているんだろう。アメリアはもちろん学校へ行っていた。ごくふつうの十七歳らしく。

玄関には鍵がかかっていた。ぼくは裏口へまわった。そっちも施錠されている。古きよき日々を思いだしながら、いま一度、道具を取りだしてそのドアを解錠した。フットボールの選手たちといっしょに、この家にはじめて忍びこんだ日のことを思いだす。その後、アメリアの部屋に絵を届けたくて忍びこんだ日のことも。どれも後悔したことはない。いまだってしていない。中にはいって二階へあがり、アメリアのベッドにしばらく腰かけた。地球上で最もすばらしい場所だ。さまざまな思い出に浸ったのち、最後にもう一度、思いとどまるべきかどうかと考えをめぐらせた。

いますぐアメリアに会いにいってもいい。学校から誘いだして、直接指輪を手渡すこともできる。いっしょに連れていけばいいじゃないか。アメリアを愛していて、彼女なしには生きられないんだから、いくらでもやっていく道はあるはずだ。それができないなら、この思いはなんのためにある？　生涯をともにしたい相手がいると感じているのに、それを実現できないなら、心を持つ意味などないだろう？

そんなふうに考えつづけた。そのすえに、ようやく正しい道に思い至った。それは日の光に劣らず明らかだった。やつらの車が家に乗りつけ、後部シートに父親の姿を見たときのアメリアの表情に劣らず明らかだった。

きみを連れてはいけない。こんなことに巻きこめない。ぜったいに。行き先さえも教えられない。

ぼくは立ちあがった。ジャケットから指輪の箱を取りだす。それを枕の上に置いた。

全部きみのためにしたんだ、アメリア。あとひとつだけ、やらなきゃいけないことがある。

26

ロサンゼルス　二〇〇〇年九月

ガナーは話に乗った。当然だ。もともとはこの男のばかげた思いつきなんだから。

ジュリアンとラモーナは乗らなかった。これも予想どおりだ。

「前にも言ったが、自殺行為だ」ジュリアンが言った。

「わかってるだろ」

「絶対確実な計画さ」ガナーが言う。「襲撃して、逃げる。証拠は残らない。それで四百万ドルだ」

「あいつらなら、二秒でだれが金を奪ったかを突き止める。あの船からこの家まで、でかい矢印のネオンサインで案内するようなものだ」

「ちがうな」ガナーは言った。「おまえはわかっちゃいない。言ったろ、あっちに協力者がいるんだって」

「前からそんなことを言ってるが、そいつは何者だ。名前を教えろ」

「おまえの知らないやつさ。名前を言ったって意味がない」

「どうやって知りあった」

「刺青を彫ってやった客が言ったんだ。知りあいがそのでかい船に乗ることになってるってな。護衛としてだ。それでいろいろ調べたんだよ。ほら、いつもおまえがやってるように」

「いかれてる」ジュリアンは言った。「頭がどうかしてるよ」

「この計画を仕込んだのがおれだってことを認めたくないだけだろ。今回完璧な計画を練りあげたのはこのおれで、おまえはそれが気に入らないのさ」

ルーシーは議論の応酬をずっと見守っていた。ぼくと同じように押しだまったままだ。やがて二階へ姿を消し、ふたたびおりてきたときには夜になっていた。そのころには、明快な結論がくだされていた。仲間の参加は大歓迎だが、ぼくとガナーのふたりだけでも実行する。ぼくはそれがはったりだと承知していたし、ジュリアンとラモーナもたぶんそう思っていただろう。それでも最後には……ふたりとも計画に加わった。はねつけるにはあまりにも大きすぎる金額だった。そのうえ、じゅうぶんに考えをめぐらせたとしても、こう思っただろう……うまくやれば、ほんとうに逃げおおせるかもしれない、と。

というわけで、それから数日はひたすら準備に費やされた。まずは小物の用意だ。ワイン、葉巻。何もかも。もちろん、ジュリアンにとっては二度目だった。前回は一式をデトロイトの男に献上していた。頭に弾を撃ちこまれることなく船から帰れる謝礼として。こんどは少しばかり助っ人を増やして、同じことをすればよかった。

向こうから頼まれたわけじゃない。契約を取り交わしたわけでもない。それでも、筋書きは上出来だった。だからこそ、ごく自然にあの船に乗りこめる。たとえ作戦が失敗して、いったい何をしているのかと問われたときにも、なんとか弁明できる。

ぼくたちはマリーナの下見をした。ジュリアンはもうその場所をよく知っていたが、成り行きまかせをきらった。例のクルーザーが停泊する正確な位置を知りたがった。正確な時刻も。いつだれが下船し、どこへ行って、いつまでそこにいるかも。その情報をもとに計画を練り、全員の行動を一秒単位で決めていった。

ぼくたちはそれを何度も繰り返し確認しあった。全員が自分の役割をしっかり頭に叩きこむまで。

そして、あとはその船が現われるのを待つばかりだった。

ルーシーの様子がおかしかった。ぼくとのこと……あの午後の一度きりの出来事……があってから、よそよそしかった。以前のように、ぼくのもとへ来て午後を過ごすこともなくなった。夕食の席ではほとんど目を合わせようとしない。ぼくはだんだん心配になってきた。ルーシーは今回の作戦に乗り気なんだろうか？自分の役割をしっかり果たせるだろうか？

本番を翌日に控えた夜、ジュリアンは家の端から端までを行き来しながら、何やらつぶやいていた。ラモーナはひとりになりたがらなかったが、口を開く気もなさそうだった。そして最後の数時間を使って、テーブルにひろげた高価な品々を贈り物のバスケットに詰めていた。ワイン、シングルモルトのウィスキー、キューバ産の葉巻、ダンヒルの煙草。そのさなかは、けっしてだれも近づけようとしなかった。テーブルから三フィート以内に立ち入った者がいたら、どんな目に遭ったことだろう。

ガナーは庭で軽くトレーニングをしていた。暗がりのなかで、ひとりきりで。ルーシーは椅子に腰かけて、イヤフォンで音楽を聴いていた。

ぼくは？　言うまでもなく、絵を描いて過ごした。この最後の夜の不毛さを、何から何まで取りこみたかった。みんなが心の準備をしていたさまを。よくも悪くも、二度ともとにはもどるまい。

夜半になった。みな眠ろうと試みた。

そして翌朝……例の協力者からガナーに電話があった。予定に変更が生じたらしい。船はマリーナ・デル・レイに停泊しない。そのままメキシコへ向かっていた。

「四百万ドルだぜ」ガナーが言った。「四百万ドルを積んでたのに、停泊しないだと？　信じられるか？」

「警告したやつがいたのかもな」ジュリアンが言った。「何かおかしいと感づいたんだろう」

「ばかを言うな。向こうは切れ者だが、超能力者じゃない」

「カードゲームに熱がはいった可能性もある」ジュリアンは言った。「ほかの予定を全部すっ飛ばしたくなったのかもしれない……陸にあがってゴルフをしたり、ベガスへ行ったりを」

「こっちも船を用意すりゃいいんだ」ガナーは言った。「とびきり速いやつをな。あいつらのところまで追っかけて、海のど真ん中でやっちまえばいい」

「ああ、うまくいくだろうな。すばらしい考えだ」

「まじめに言ってるんだぞ、ジュリアン。戯言《たわごと》じゃない」

「なら、自分で行ってこいよ。真っぷたつにされて鮫の餌にされるぞ」

「中止になってよかった」ルーシーが言った。イヤフォンはもうつけていない。この二日間ではじめて口をきいた。「いやな予感がしてたんだ」


ガナーはそれをじっと見ていた。そして、ラモーナがていねいに包装した贈り物のバスケットを部屋の向こうへ投げつけた。それは勢いよく壁にぶつかり、葉巻と、皺の寄った緑の薄葉紙と、ウィスキーのむっとするにおいとが部屋をいっぱいに満たした。

そのあとは、それぞれが別の方向へ出かけていった。夕食をいっしょにとる者はいなかった。

ガナーがベッドにはいろうとしたとき、二本目の電話があった。あすの朝、船はサンディエゴに停泊する、と協力者は告げた。サンディエゴ湾の北端のコロナドにあるマリーナだ。朝一番に着けば、間に合うかもしれない。

ジュリアンが運転した。ラモーナは助手席にいる。ガナーとぼくが後ろで、ルーシーがそのあいだにすわった。ちょうど日がのぼりはじめたところだ。

「うまくいくさ」ガナーが言う。「不意打ちだよ。よく言うだろ。相手が見てないところを攻めろって。五十万ドルずつ持った大物が八人。そいつらは何を心配する？　海賊か？　メキシコの盗賊か？　でも警戒を解くとしたら、それはいつだ？　気まぐれで決まった停泊の日さ！　アメリカでの最後の停泊だ！」

「未体験の地へ行くんだぞ」ジュリアンが言った。

「何が待ちかまえているか、まるで見当もつかない」

「人生にはな」ガナーは言った。「多少の行きあたりばったりが必要なときもあるんだ。すばやく動き、さっとはいって、さっと出る。そして消える。おれたちならできるさ」

「どう思う？」ジュリアンはラモーナに尋ねた。

「いまさら意見を聞いてどうするの。もう向かってるのよ」

「ああ。それでも聞きたい」

「届け物はすべきだと思う。何か変だと思ったらやめればいい。失うものはないわね」

「四百万ドルだぞ」ガナーが言う。「とんでもないものを失う気がするがね」

「自分の命は？」ラモーナが応じた。「失うとしたら、どう？」

「それはありえない」

「あの男に会ったことがないからよ」ラモーナは振り向いて言った。「あいつの目をまともに見たことがないから、そんなことが言えるのよ」

「みんな、だまって」ルーシーが言った。「いますぐに」

三人は従った。話すのをやめ、張りつめた沈黙をぼくとともに守った。ジュリアンはひたすら運転をつづけた。あれこれ疑念をはさみながらも、分速一マイルでぼくたちを目的地へ運んでいく。

サン・マルコス山脈から日がのぼったころ、サンディエゴ湾の北端にさしかかった。海は刻一刻とその姿を変え、陽光を浴びてきらめいている。ノース・アイランドへの橋を渡った。マリーナに近づくと、何隻ものクルーザーが並んでいるのが見えた。業務用の入口で車を停める。ジュリアンがトランクをあけ、ぼくたちは桟橋に荷をおろした。ワインケース。贈り物のバスケット。

当然ながら、全員が仕事着に身を包んでいた。ジュリアンとガナーとぼくは、そろいの白いゴルフシャツと黒いズボン。なるべく目立たず、入れ替わってもわからない服装だ。接客を仕事とする、どこにでもいる人間らしく見せる。

一方、ラモーナとルーシーは、ビキニトップに短いショートパンツという姿で、露出を多くしていた。できるかぎり人の注意をそっちへそらすために。

それぞれが腕いっぱいに荷物をかかえ、長い桟橋を歩いた。何隻もの船の前を過ぎていくと、乗組員たちがホースで水を撒いていた。デッキシューズから日焼けした足首をのぞかせた金持ち連中がはるか頭上で朝食を楽しみ、カモメがそのおこぼれにあずかろうと鳴いている。ぼくたちは歩きつづけた。

「見あたらない」ジュリアンが言った。「例のクルーザーはどこだ」

桟橋のずっと先に、長い乗船通路が渡された、マリーナでいちばん大きな船が停まっている。長さ二百フィートはあるだろう。海側を向いて停泊し、乗船通路は船尾の第二甲板へ通じている。通路の入口にふたりの男が立っていた。どちらも大柄で、黒い服を着ている。愛想のなさについてはプロ級だ。

「これじゃない」ジュリアンが言う。「これは目当ての船じゃない」

「これに決まってるさ」ガナーが言った。「調べてみようぜ」

ガナーはふたりの男に歩み寄り、自分の役にはいった。届け物を早いところ手放したい、あまり頭の回転のよくない配達人だ。

「やあ、諸君、調子はどうだい。おれたちが探してる船はこれかな」

一方の男が片眉をあげた。

「勘ちがいかもしれませんね」ジュリアンが自分の役を演じはじめる。「お客さんは〈スキュラ〉に乗ってるんです」

「それは去年の話だ」その男が答えた。「こいつが新しい船さ。失礼、新しい客船だ」

ふたりの男は顔を見合わせた。けれど、ラモーナとルーシーの存在に気づいてからは、都合よく事が運んだ。

「船内でこれだけのものを準備しなくちゃいけなくてね」ガナーが言った。「迷惑じゃなかったら……」

「わかった、わかった」一方の男が言う。「通っていい。のんびりやってくれ」

ガナーは乗船通路をのぼっていった。ジュリアンとぼくはあとを追い、ラモーナとルーシーはちょっとした顔合わせのために少し居残った。桟橋と船尾のあいだは数フィートあいていて、海の真上を渡るとき、ぼくはそれを意識せずにはいられなかった。一歩踏みだすごとに、足もとの通路が揺れる。ようやく甲板にあがると、ぼくたちはバーカウンターの上にワインケースをおろした。

「この船のことは何も知らない」ジュリアンが言った。

「それが不利になるかもな」

「かまうもんか」ガナーが言った。「やり方は同じはずだろ？　金庫を見つけるだけだ」

ラモーナとルーシーが甲板に現われた。

「ご立派な船ね」ラモーナが言った。

「去年の以上に大きいよ」ジュリアンが言う。「とにかく、もどるときは別行動だってことを忘れるな」

ジュリアンとラモーナはバーにとどまり、時間をかけてケースからワインを出しながら、あたりに目を光らせた。ルーシーとガナーとぼくは、客室が並ぶ廊下を進んでいった。ルーシーがひとつ目の部屋のドアを押しあけ、贈り物のバスケットを置く。小さいが心地よさそうな部屋だ。ベッドがひとつ。テレビが一台。あらゆるものに、上質な木と磨きこまれた真鍮が使われている。

つぎのドアをあけたガナーは、廊下を左右にすばやく見渡してから、手つかずの数室のほうを手ぶりでぼくに示した。バスケットを受けとり、ぼくを廊下に残したままドアの奥へと消える。

ぼくはひと部屋ずつ顔を入れてのぞきこんだ。これまでどおり、ベッドと、上質な木製品や贅沢品がいくつかある。でも金庫はなかった。

「あまり長居はできないぞ」廊下でぼくと合流したガナーが言った。「怪しまれるからな」

バーまでもどり、乗船通路をくだった。すれちがいざまに、ガナーがジュリアンにすばやく首を振って合図した。ジュリアンは数分待ってから下船した。車で三人がそろうと、またワインケースと贈り物のバスケットをかかえた。

「ふたりは先に行け」ジュリアンが言う。「分かれたほうがいい」

ガナーとぼくはふたたび桟橋を歩いていった。ラモーナとルーシーは見張りの男たちに親しげに話しかけている。この船はどこへ行くの、とか、だれが乗るの、とか、どのくらい鍛えたらそんなすてきな体になるの、とかなんとか。ふたりの男はしゃべるのに夢中だ。

ぼくは海を渡るときにまた注意を奪われ、通路の端へ一歩よけいに近づいて、腕の荷物の重みで倒れそうになるのを感じた。バランスを取りもどして歩を進めたものの、これまで仕事中に経験したことがないほど動揺していた。

こんどは下の階へおりた。最初にのぞいた客室はこれまでのなかで群を抜いて広かった。ビリヤード台が部屋の端に寄せられ、六台の簡易ベッドが部屋を最大限に使えるよう周到に配されている。寝ぼけまなこが話していた、護衛たちがぎゅう詰めにされて添い寝する部屋というのはここにちがいない。

この部屋のまさに目の前の場所であいつは寝たんだ。背筋に寒さを感じずにはいられなかった。

ガナーはつぎの客室をのぞきこんでいたが、ぼくの注意はすでに廊下の突きあたりのドアに向けられていた。ほかのドアよりも立派な錠が使われている。そこまで行ってドアノブをまわしたが、動かない。そこで、片膝を突いてピックを取りだした。テンションレンチを差しこむ。軽く指先を動かすと、あっという間にあいた。きょうはじめての幸運だ。

部屋にはいってまず目についたのは、海軍特殊部隊に支給できるほどの大量の潜水用具だ。もう一方の壁には、海釣り用の高性能な竿が一ダースばかり並んでいる。そして、奥の壁には金庫があった。きょうふたつ目の幸運だ。

ぼくは両手を振ってほぐし、金庫へ歩み寄った。ダイヤルがない。タッチパッドだけだ。

それは電子金庫だった。

電子金庫を破る方法はいくつかある。コンピューターが特殊な無線信号を錠の機械部分へ飛ばし、稲妻のような速さであらゆる数列を試したすえ、正しい答に行きあたる。そういうプログラムを開発した人間がいるらしい。

そんなふうに特殊な無線信号か何かを出すように設定されたコンピューターを、ぼくがこのとき持っていたはずがない。つまり、ぼくは完全に行きづまった。

現実が飲みこめるまで、しばらくその場で呆然としていた。やがて部屋から出て、ドアを閉めた。新しいバスケットを手にしたガナーが、廊下の先からちょうどやってきた。ぼくを見るなり目を大きく見開く。

「何があった」

ぼくはガナーに手招きをしてドアをあけ、金庫を指さした。

「なんだ？　どうしたっていうんだ」

タッチパッドに数字を入力するときの、指で叩くしぐさをしてみせる。ガナーは視線を何度か往復させた。ぼく。金庫。ぼく。金庫。そして理解した。

「おい、まさか。嘘だろ？　あけられないっていうのか」

ぼくは首を縦に振った。

「何か方法があるはずだ」

こんどは横に振る。ガナーはいまにも例のバスケット投げの特技を披露しそうだった。けれど、つぎの瞬間には落ち着きを取りもどした。いちばん近い客室のドアをあけ、ベッド脇の小さなテーブルにバスケットを叩きつけると、上階の第二甲板をめざした。

ぼくが着いたころには、ガナー、ジュリアン、ラモーナ、ルーシーの全員がバーに集まっていた。ガナーがすでにこの件を知らせたらしい。

「全部冗談だよな」ジュリアンが言う。「ふたりとも、からかってるんだ。ほんとうはタッチパッドなんかないんだろう？」

「ああ」ガナーが応じる。「全部冗談か。そいつはいい」

「前の船にあったのはふつうの金庫だった。まちがいない」

「ほう、そうかい。じゃあ、いまからその船を探して襲おうじゃないか。どうだ？」

「これからどうするのよ」ラモーナが言った。

ジュリアンはワインケースから最後の一本を出して、バーカウンターの上に置いた。「よい子になって、おとなしく配達を終える。そして、さよならだ」

「四百万ドルよ」ラモーナは言った。「それが金庫にはいってる。しかも船に人はいない。なのに、手もふれられないってわけ」

「船ごと乗っとる手もある」ガナーが言った。「まるごといただくんだ」

　ジュリアンは無言のまま見つめた。

「気にするな」ガナーはそう言って、ぼくの肩をいくらか乱暴に叩いた。「たしかに話がうますぎたからな」

「やめて」ラビーナが言った。「マイクルのせいじゃないのよ」

「ああ。わかってる。金庫破り教室の科目になかったんだろうよ」

　ガナーは歩き去った。乗船通路をくだって船をおり、ふたりの見張りの一方から何やら声をかけられて一瞬動きを止めたが、すぐに桟橋を歩いていった。

　ぼくたちもあとを追った。全員が車の前に集まったところで、残りの荷物をかかえてまた船へ引き返した。あとはおまえらでやれと言ってガナーが車中にとどまっても不思議はなかったが、そうはせずに大きなワインケースを船へ運んでいった。全員がまた船上にそろうと、それぞれ別の方向へと残りのバスケットを配りにいった。みな、ひとことも発しなかった。

　ぼくはバスケットを持って下の階へおりた。ある客室に立ち入ったとき、かすかに漂う香りが気になった。異国の煙草とコロンが混じったにおい。あの男の部屋だ。ぼくを支配し、今後もそうしつづけるであろう男。永遠に。

　なんとも奇妙な心地だ。あの男が毎夜寝ているベッドのすぐ横に自分は立っている。そして、その男が所有する五十万ドルが、すぐ近くの部屋の金庫にはいっている。

　ぼくはテーブルにバスケットを置いた。きょう果たした唯一の仕事が、あの男の旅をほんの少し快適にするために心づくしの品々を届けることだなんて。キューバ産の葉巻をいくらか。十六年物のラガヴーリンを一本。ドイツのビルコ社製の折りたたみ式剃刀に、ひげ剃り用ブラシとクリームを添えた一式。イタリアのラマンデ社製のタルカムパウダー。どうぞ心ゆくまでお楽しみください。喜んでお役に立ちましょう。

ぼくはその部屋を出て、廊下の半ばまで進んだ。そこで足を止める。

部屋へもどり、バスケットを見つめる。セロファンの包装を解き、タルカムパウダーの缶を手にとった。

ふたたび部屋を出る。例の端の部屋へ向かう。ドアをあけた。

「マイクル！」ルーシーの押し殺したような声が背後のどこかから聞こえた。「どこへ行くの？」

ぼくは金庫の前へ行った。タルカムパウダーを手のひらに少量振りかける。タッチパッドから二インチのところへその手を掲げ、息を吹きかけた。

「何してるの？」ルーシーがいつの間にか真後ろに立っていた。

ぼくは部屋を探しまわって、抽斗のひとつから懐中電灯を見つけた。それを持って金庫の前にもどり、タッチパッドを照らす。首を傾けたり懐中電灯を動かしたりして角度をさまざまに変え、狙った効果をようやく見てとった。

「まさかこれって……」

ぼくは振り返らずにうなずいた。

「もうちょっと時間を稼げって伝えてくる。がんばって！」

ルーシーは立ち去った。部屋にはぼくだけが残された。ぼくと、タッチパッドと、懐中電灯と、パウダーと、そして四つの数字の上にはっきり現われた四つの指紋だけが。

最後の手順は心得ていた。ダイヤル錠で、解錠番号の組みあわせを割りだしたあとにひとつひとつ数列を試していくのと似ている。数が四つなら、同じものは一度しか使われないと仮定すると、数列は二十四通りだ。ぼくはそれを順に入力して確定ボタンを押し、そのたびに小さな表示灯がつくのを待った。五度目あたりで、不正入力を繰り返すとなんらかのロック機能が作動するんじゃないかと考えはじめた。

息を呑み、六度目を試みる。

それとも、こうか？　まちがった順に何度も入力すると、耳をつんざく警報音が鳴りだす。なんとも愉快だ。

七度目の入力。

そろそろだ。つぎもまちがっていたら、何か悪いことが起こる。警報が鳴りだし、あの巨漢の男たちが銃を片手に踏みこんでくる。

八度目の入力。表示灯が赤から緑に変わった。ぼくは取っ手をまわし、扉をあけた。

百ドル紙幣の札束がどんな姿かは知っている。百枚でひと束、つまり一万ドル。百束で百万ドル。頭のなかで、空のワインケースひとつに百束は詰められると見積もった。金庫をあけっぱなしにして、急いで第二甲板にもどる。そこはパーティーの真っ最中だった。

ふたりの見張りが乗船通路をのぼってきたらしく、バーの前に立っている。どちらもメキシカン・ビールを手にしている。女ふたりは微笑や歓声を交えて役を演じつづけていたが、ラモーナと目が合ったとき、ぼくはそこにどうしようもない絶望が浮かぶのを見てとった。ジュリアンとガナーはいまもバーカウンターに置かれたものを並べなおしている。ワインボトルの位置を変えたりして、とどまるべき理由があるかのようにふるまっていた。

空のワインケースをいくつか急ぎで用意しなくてはならなかったが、下へ運んで金を詰めるのは無理だった。見張りのふたりがここにいるかぎり。

「そろそろ終わりそうか」一方が言った。

「そうですね、だいたいは」ジュリアンが答えた。

「不足がないか確認しているところです」

「船のなかを案内してもらえない？」ラモーナが言った。「ここにいられるうちに……」

「いいとも」男が言った。「それなりの見返りがあればな」

　ラモーナは小さく笑って返した。ワインボトルをバーカウンターに叩きつけたガナーの前腕に、筋が浮きあがっている。

「この上がどうなってるのか見せて」ラモーナは上甲板を指さして言った。「体を焼くのにぴったりの場所ってあったりする？」

「サンデッキを案内するよ。よかったら客室もどうかな」

　ラモーナはその男を押しあげるようにして階段をのぼった。ルーシーはもうひとりの男とともにあとを追いながら、ガナーにすばやく視線を送った。

「ほら、行くぞ」ジュリアンが言った。一行が姿を消すと、空のワインケースをふたつつかんで下へおりていく。

　ガナーは動かない。

「時間を無駄にするな」ジュリアンは言った。「こっちに集中しろ」

「ルーシーに指一本でもふれたら、あの野郎をぶっ殺してやる」ガナーはそう言って、ワインケースをふたつつかんだ。

　三人で金庫の部屋に着くと、ジュリアンとガナーが札束を詰めはじめた。そのあいだに、ぼくはタルカムパウダーの缶を最初にあった部屋へもどしにいった。バスケットのなかに滑りこませ、ふたりに手を貸すために金庫の部屋へ引き返した。

「多すぎる」ジュリアンが言った。「まだ半分も終わってない」

「四百万ドルどころじゃないぜ」ガナーが言った。

「そんなことがありうるか？」

「今年は参加費を倍額にしたとか？　八百万ドルにし

か見えないんだが」

「ポーカーだけのはずがないな。裏で何かやってる」

「どうでもいいじゃないか。とにかく手を止めるな！」

数分後、六つのワインケースはどれも満杯になっていた。金庫にはまだ二百万ドルほど残っている。

「行くぞ」ガナーが言った。「さっさと車まで運んじまって、残りを取りにもどってこよう」

「もうじゅうぶんだ」ジュリアンが言った。「六百万ドルあるんだぞ」

「どうせもどらなきゃいけないんだろ？　なのに二百万ドルを置いてくのか？」

それぞれが両腕にひと箱ずつ、つまりひとりがふた箱を持った。両方で五、六十ポンドはあっただろうから、すばやく動くことはできず、特に乗船通路をおりたあと、桟橋の端から端までの距離がきつかった。やっとのことで車に着くと、ジュリアンの息があがっていた。

「いっしょに肉体労働をやってないからそうなるんだ」ガナーが言った。ふたつのワインケースから札束をトランクにあける。「マイクとおれはルーシーとラモーナと残りの金を取り返してくる。おまえは車のエンジンをかけて、いつでも出られるようにしておけ」

ジュリアンは指図を受けるのに慣れないらしく、ガナーを少し見やった。だがすぐにうなずいて、車の鍵を取りだした。

「あいつ、ラモーナがあの見張りのやつに連れられていくのを平気な顔で見てたぜ」船へ駆け足でもどるとき、ガナーはぼくに言った。「これっぽっちも気にしてなさそうだった」

仕事だからだろう。ほかに何ができた？　だけど、そんなことはどうでもいい。あとふた箱に金を詰めこみさえすれば、ここともおさらばだ。

乗船通路をのぼる。勢いよく渡ったので、トランポリンに乗っているように足が上下に跳ねた。また下の階へおりる。最後のふた箱に残りの金をほうりこむ。そして、ようやく終わろうかというとき、上階から物音が聞こえた。

「いまのはなんだ」ガナーが言った。

ぼくが金庫の扉を閉めるあいだに、ガナーはドアまで行って廊下をのぞいた。

「行くぞ。出たほうがいい」

ワインケースをひとつずつ手に持って、廊下を途中まで進んだところで、第二甲板に例の男たちの気配がした。いちばん近い客室に逃げこむ。

「さあ、どうする」ガナーは言った。「やばいぜ、最悪だ」

ぼくはガナーの腕に手をかけた。たいした問題じゃないさ。

「待てよ、そうか。おれたちはもういっぺん船に乗りこんだだけだ。仕事はいま終わったことにする。じゃあ、このケースは？　空《から》だと思わせりゃいい」

うなずいて応じる。

「よし。行くぞ」

ぼくたちは階段をのぼった。仕事を終えたばかりの配達人がふたり。

リムジンが見えたのはそのときだった。

乗船通路の前に停車するのを出迎えようと、ふたりの見張りがおりていき、ラモーナとルーシーがそのあとを追っている。ルーシーはすばやく振り返り、ぼくたちの姿を見つけて目を大きく見開いたが、もう手助けのしようがない。リムジンのドアの一方が開くのが見えた。寝ぼけまなこが出てくる。デトロイトの男がつづく。港湾の管理者と思われる赤ら顔の男が、そのふたりのもとへ駆けていって怒鳴りはじめた。リムジンが桟橋へ乗り入れたことに腹を立てたにちがいない。その隙に、ラモーナとルーシーは感づかれることなくその場を離れたが、ぼくとガナーはなお身動きができずにいた。

「あそこからおりるわけにいかない」ガナーは言った。「あいつらはおれの顔は知らないが、おまえの顔は……」

最後まで聞く必要はなかった。あのふたりはぼくがカリフォルニアにいることを知っているが……この船に乗っている姿を見られたら……魔法が解けて、すべてが台なしになる。そんなことになるぐらいなら、いますぐ自分たちの喉を切り裂くほうがましだ。

「ほかの出口がないか探すんだ」

ガナーは階段まで行き、乗船通路の先へもう一度すばやく視線をやってから、上階へ駆けあがった。

「早くしろ。何をしてる」

望みは薄いと感じながらも、あとを追った。そもそも、この船は海側を向いて停泊している。ほかにおりられる場所なんかない。

「こっちだ。行くしかない」

ガナーに従って船べりの手すり沿いに進み、舳先のサンデッキへ達する。ガナーはその先端ぎりぎりのところに立って、下をのぞきこんだ。海面まで二十か二十五フィートぐらいだろうが、この世の果ても同然に見えた。

「金をしっかり持ってろ」ガナーは言った。そして跳びおりた。

下から水しぶきの音がした。船首から水面を見ていると、ガナーの頭が浮きあがってきた。立ち泳ぎをしながら、どうにかワインケースから手を離すまいとしている。

「おまえもさっさと来い！」ガナーは言う。「早く！」

ぼくは動かなかった。ただ水面を見おろしていた。

「マイク！　いいから跳べ！　たいして高くない！」

高さは問題じゃない。高いところが苦手なわけじゃない。

「ばか！　跳ぶんだ！」

男たちが乗船通路をのぼってくる音が聞こえた。あと数秒ここにいたら、ぼくは捕まって殺される。

「何も考えるな！　そのまま跳べ！」

もう一度、後ろを振り返る。手すりに足をかける。そして、実行した。

ぼくは跳びおりた。

まず足が水面を打ち、そのまま海底まで一気に体が沈む。目を開くと、まわりに見えるのは岩礁や緑の影ばかりだった。世界からほかのいっさいが消え去った。そこにはぼくと、四方からからみつく水だけがある。はるか昔から恐れていたものが、ついにぼくをしっかりと捕まえた。長いあいだ並々ならぬ辛抱強さで待ちつづけてきた代わりに、こんどこそ一生離すまいとして。

ぼくは水面を見あげた。あまりに遠く、まるで宇宙の果てのようだ。肺が熱い。あと数秒で耐えきれなくなる。最後は口いっぱいの水を飲みこんで、この緑に覆われた岩の上に体を横たえるんだろう。

そのとき、一匹の魚が目に留まった。

ぼくの指よりもちっぽけな小魚だ。こちらへ寄ってきて、目の前で止まる。ぼくをながめまわし、何をしているのか見定めようとしているかのようだ。あまりに近く、手を伸ばせばつかめそうだった。

だけどそうせずに、ぼくはワインケースを手放して海底を蹴った。魚は勢いよく泳ぎ去り、ぼくは水面をめざした。顔を出したとたんにぼくは咳きこみ、いくら吸っても吸い足りないという思いで、冷たい空気を猛然と取りこんだ。

「マイクル、静かに」

顔を向けると、数ヤード先にガナーの姿があった。船体に寄り添って、こちらを見守っている。

「こっちへ来い。早く」

ぼくはまた水中に軽く身を沈め、前進しようとした。

浮上し、またもぐる。そのとき、シャツの袖をつかまれる感覚があり、ガナーがぼくを引き寄せるのがわかった。

「いったいどうした？　逃げだすチャンスがくるまで、ここでじっとしてろよ」

ぼくは頭が沈まないように、両脚を動かしつづけた。船体に手を伸ばしたが、氷のように滑った。

「この船が出発しそうになったら、あそこまで泳ぐぞ」ガナーは三十ヤード以上先に平行に停まっているはるかに小さい船を指し示した。「もぐったら、あの船の向こう側へ出るまで頭を出すな。できるか」

ぼくは首を横に振った。

「できるったら。やるしかないんだ」

ぼくたちは長いこと待った。もう時間の感覚すら失っていた。一分も、一時間もわからない。ようやくエンジンがかかる音が聞こえて、動くべきときが来た。

船から泳ぎ去ろうとするガナーの姿に目をやって、はじめて気づいたが、ガナーの手は札束入りのワインケースをまだつかんでいる。それを重しに使って体を沈めながら、両脚と空いている腕で水を掻き、向こうの船へと進んでいった。

ぼくはひとつ大きく息を吸って、あとを追った。ガナーほど深くはもぐれなかったものの、その動きを真似ながらどうにか体を前へ進める。まさにこの場で泳ぎ方を学んでいた。そうしないと命を失うから。そうしないとアメリアに二度と会えないから。実現するためにきょうまで積み重ねた努力を無駄にしないために。

あの日、あの家の裏庭で、はじめてアメリアを見た。穴の端に立って、こちらを見おろしていた。いまはその様子を思い浮かべていた。日差しを浴びたアメリアの顔を。

船の向こうでガナーが待っていた。「ここまで来られるか心配したぜ」

あの大型船がマリーナから出ていくまで、ぼくたちは水のなかにとどまっていた。そしてついに海からあがるときが来た。しかし、ガナーにはまだひとつやり残したことがあった。

「どこで金を落とした。百万ドルだぞ」

ぼくは首を横に振った。わからないな。

ガナーはかぶりを振って、自分のワインケースをぼくに手渡した。

「何から何までおれがやらされる」そう言って、また海にもぐった。


ぼくは大判のビーチタオルを両肩にかけていた。海岸沿いを北へもどる車中から、窓の外を見つめる。口を開く者はいない。喜びに酔いしれる者も。全員が生きて脱出できたとはいえ、仕事はまだ終わっていない。

二時間後、ぼくたちは家に帰り着いた。ラモーナとルーシーが二階からドライヤーを持ってきて、濡れた紙幣を乾かしはじめた。ジュリアンはまた室内を歩きまわっている。ガナーはソファーに腰をおろし、携帯電話を見つめている。

「こういうのはいやだな」ジュリアンがようやく口を開いた。「自分たちじゃどうにもならない」

それでも、肝心なところだ。ぼくはそこにしか興味がない。あんな金なんかどうだっていい。

「おれの協力者が手を打ってるさ」ガナーが言った。

「大物連中は互いによく知る仲なんだろう。そのなかにだましとろうとするやつがいるなんて信じないんじゃないか」

「互いにきらう仲だよ。毎年欠かさずこの旅に参加するのは、自分以外のやつらを笑い物にしたいからに決まってる。信頼しあってるとでも思ったか」

「さあね。ただ――」

「どうしてあいつらがそれぞれ護衛をつけてると思う？　八人の悪党と八人の護衛が完全武装してるんだぜ。楽しい船旅に聞こえるか？　ちょっとしたきっかけでいい、と協力者は言ってたよ。ちょっとしたきっかけさえあれば爆発する」

「そいつは実際に何をすればいいか、わかってるのか」

「簡単さ」ガナーは言った。「ほかの護衛たちにこう言う。なあ、なんだか妙なんだ。箱をたくさんかかえて、海へ投げこんでる連中を見かけてな。遠くのほうに別の船も現われたんだ。まさか、そいつらが金庫の解錠番号を自分で見つけるはずはないよな？　と、まあ、そんな調子で話を信じこませるからだいじょうぶだ。前に説明したとおりさ。そいつはあと二、三週間したらここへ来ることになってる。分け前が倍になったと知ったら喜ぶさ」

「とにかく、ここでじっとしてるのはまずいと思う。念のため、動いたほうがいい」

「仕事は終わったも同然だ」ガナーは言った。「のんびり待てよ」


結局、ぼくたちは待ちつづけた。紙幣が乾くと、すべて金庫にしまった。ハリウッド・ヒルズでの初仕事に備えてジュリアンが買った、秘密の部屋にある練習用の金庫だ。八百万ドルぶんの百ドル札がちょうどおさまる大きさだった。

さらに待った。

ひたすら待った。

すると、夜の十時を過ぎたころ、ガナーの携帯電話が鳴った。ガナーはボタンを押し、耳を傾けた。ひとことも発せずに。

しばらくして電話を切り、ぼくたちひとりひとりの顔を見た。

「きれいには片づかなかったそうだが、それでも成功だ。鮫に食われろとおれたちが願ったふたりは、鮫に食われた」

だれも口を開かない。ここに至るまでずっと、自分のしていることに少しでも疑いを持つ者はいなかった。

だが、いま聞いたのは現実の出来事だ。ふたりの男が死んだ。もちろん、死んでも惜しくない男たちなのはたしかだ。あいつらがいなくなった地球は、これまでよりずっと快適にまわるだろう。それでも、死のきっかけを作ったのはぼくたちだ。

ジュリアンとラモーナは抱きあった。ガナーは携帯電話を見つめたままだ。ルーシーはこちらへ来て、ぼくの頰に手をあてた。ぼくは背を向けて、部屋から出ていった。

ガレージの隣のせまい自室にもどった。この一年間ぼくの住みかだったちっぽけな部屋だ。ここで起こったあらゆる出来事を思い返さずにはいられなかった。いつだってポケットベルを気にしていた。充電が切れないようにするのが欠かせない日課だった。着信はあったか。だれかに呼ばれていないか。呼ばれたら、ただちに電話した。赤いポケットベルの場合は特に急いで。

もう、その必要はない。

ぼくはもうデトロイトの男に支配されていない。どのポケットベルにも、もう二度と答えなくていい。雇われた金庫破りの日々は終わった。

自由の身だ。

つぎの日、アメリアに手紙を書いた。なんと言っても、いまは住所を知っている。アナーバーにあるあの学生寮宛に出せばいい。今回は絵で満たすことはしなかった。前の日に起こった出来事を、船や金や海中のぼくを、何もかも描きだすのはやめた。そうする時間はこの先も作れるだろう。いまはただ、これから帰るとだけ伝えたかった。

細かいことは、着いてからふたりで解決すればいい。アメリアは大学で芸術を学んでいて、ぼくにはそれをやめさせる気などまったくない。そう、また新しい身分を手に入れて、人生を一からやりなおしてもいい。

同じ授業に出ることだってできるかもしれない。そこから遠くないところに家を買って、いっしょに住むことも。なんだってできるだろう？　金も手にはいったし、もどったら実現できないはずがない。

ぼくは外へ出て、手紙を投函した。それがすむと、ひたすらバイクを乗りまわしながら、気分が以前とまったくちがっていることを実感した。ポケットベルのことや、つぎの大仕事のことを心配しなくてもいい。何も考えなくていいんだ。

サンタモニカ埠頭まで走ってバイクをおり、埠頭の先端まで歩いた。手すりから身を乗りだして、海を見おろす。

おまえにも支配されない。おまえ自身にも。

家に帰り着いたのは夕方近くだった。頭のなかではもう、荷詰めをすませてみんなに別れを告げるのにどのくらい時間がかかるだろう、と考えていた。もう二度と会うまいと知りながら出ていくのはどんな気分だろう、とも。

そして家にはいった。

すぐさま、異変を察した。新聞や雑誌が、テーブルから投げ落とされたかのように床に散乱していた。二階のどこかから水の流れる音が聞こえる。

階段をのぼるにつれ、音はしだいに大きくなった。

まずガナーとルーシーの寝室をのぞきこんだ。だれもいない。特に変わったところもない。

ジュリアンとラモーナの寝室にはいった。ベッドのマットレスがわずかにずれている。だれかがそれを押しのけてベッドの脇を通り、そのままにしたのではないか。水の流れる音はさっきより大きい。この部屋のバスルームから聞こえる。ドアをあけたくない。でも、あけた。ほかにどうしようもなかった。

ぼくはそこに立ちつくし、その光景が自分に襲いかかるにまかせた。ジュリアン。ラモーナ。すべてを目のあたりにした。蛇口から水が流れ、浴槽で血と混じりあっている。何もかもを心に刻みつけ、それからドアを閉めた。うなだれたとき、頭に血がのぼるのを感じた。その場で気を失うかと思った。しばらくすると落ち着いた。

どうしてこうなった？　だれの仕業だ？

どっちが先にやられた？

まず二階へ引きあげられた。浴槽へ身を乗りだすよう言われた。ひとりずつ。まずラモーナの頭のてっぺんが吹き飛ばされた。つぎにジュリアン。

それとも、ジュリアンが先か？

そんなことしか考えつかなかった。なぜか、それが気になった。

どちらが先に逝ったのかを知りたかった。

つぎに頭に浮かんだ疑問……ガナーとルーシーはどこだ？　あのふたりも死んだのか？

廊下をもどってふたりの部屋へはいり、ふたたび惨憺たる光景に出くわす覚悟を決めて、バスルームのドアを押しあけた。だれもいない。

一階へおり、玄関から外へ出た。通りを左右に見渡す。裏にまわって自分の部屋へ行った。やはり無人だった。

こうなるのはわかりきっていた。心の奥では知っていたはずだ。デトロイトの男と寝ぼけまなこを死へ追いやったのはたしかだ。この手で海へ投げ落としたのと同じだけの確信がある。でも、物事はそう簡単にいかないものだ。いくはずがない。なぜそれがわからなかった？

金の行方を突き止めた人間がいたんだろう。そいつはいま、ぼくを探しまわっている。相手がだれなのかはわからない。ひとりなのか、ふたり以上なのかも。まったく想像もつかない。ただひとつわかるのは、自分は死んだも同然ということだ。ジュリアンやラモーナとまったく変わらない。そして、どこにいようと、ガナーとルーシーも同じだ。

ふたりに電話をかけるのも無理だ。警告することも。何もできない。

いや、ひとつある。ひとつだけできることがある。

ぼくはポケットベルがはいっていた箱を取りだし、中を掻き分けて、ミシガンから持ってきた携帯電話を見つけた。伯父のキッチンのカウンターから持ってきたものだ。こっちへ来て以来、電源を入れるのすらはじめてだった。起動すると、留守番電話のメッセージが十件ほどはいっていると表示された。驚きはしない。ミシガンにもどったぼくがこれを持ち去ったことをバンクスが知れば、ぼくが出るまで連絡しつづけるのは当然だ。

いまこのメッセージを聞く必要はない。だいたいの予想はついていた。手遅れになる前に自首しろ、きみの力になりたい、などなど。信用したことは一度もない。でもいまは……そう、すべてが一変した。ジュリアンとラモーナのあの死にざま——ぼくもいつかは同じ目に遭う。仮にきょうじゃなくても、近いうちに。

しかも、ぼくがほんとうにミシガンへ帰るとしたら、それは自分だけじゃないかもしれない。あの光景が訪れる。アメリアとぼくの身に。

そこに登録されているただひとつの番号を指定し、通話ボタンを押した。呼びだし音が二回鳴る。バンクスが出た。

「マイクル、きみなのか？」

ぼくは電話を耳にあてたまま歩いてもどり、転がっていたガナーのバーベルをまたいだ。

「連絡をくれてうれしいよ。いまから言うとおりにするんだ。近くに警察署はあるか」

家のなかにはいり、テーブルの前にすわる。

「もしもし、マイクル？　聞いてるか？　ぜったいに切るんじゃないぞ、いいな」

そのとき、本棚の扉がわずかにあいているのに気づいた。秘密の隠し部屋の扉だ。ぼくは通話を切り、携帯電話をテーブルに置いた。しばらく目を閉じて深呼吸し、立ちあがって、その本棚に近づいた。

ドアを引くと、金庫の前にひざまずくガナーの姿が見えた。別の男がそれを見おろすように立っている。寝ぼけまなこだ。

こちらを見るなり、寝ぼけまなこは銃を抜いてぼくの胸に向けた。無用の心配だ。ぼくは驚愕のあまり何もできずにいた。寝ぼけまなこはこちらへ歩み寄り、ぼくを部屋に引き入れた。

「おまえの出番だ」ぼくに言う。「おまえの仲間はこの金庫に少しばかり手こずっているようでね」

「マイクルとルーシーは解錠番号をしじゅう変えるんだ」ガナーが言った。そのとおりだ。ルーシーがリセットし、ぼくがそれをあける。勘を失わないように。

「だから、解錠できるのはこいつだけなんだよ」

ガナーは落ち着き払っている。どうやら強制されているわけではなさそうだ。

「とにかく金庫をあけろ」その声は淡々として、なんの感情もうかがえない。「これ以上、事をややこしくするな」

「気づきもしないとはな」ぼくの苦手なあの気色悪い笑みを浮かべて、寝ぼけまなこは言った。「仲間のなかにユダがいたのに、疑いもしなかったとはな」

そのとき、すべての真相が見えた。たしかに、船にはガナーの協力者がいた。寝ぼけまなこだ。ほかのすべてはまやかしにすぎなかった。今回の計画はガナーと寝ぼけまなこの共謀によるものだ。

なぜ見抜けなかったんだろう。考えてみると、ふたりはよく似ていた。いつも損な役まわりだと不平を言うときの話し方まで似ていた。まわりの人間に腹を立てていたところも。ガナーのほうが、それを少しばかりうまく隠していただけだ。

「謝る気はないぜ」ガナーはぼくに言った。「少なくともおまえにはな。ルーシーに近づくなと言ったはずだ。言わなかったか？」

「ところで、その女はどこだ」寝ぼけまなこが言った。

「あの赤毛だろ？」

「なあ、あんたはほしいものをすべて手に入れた」ガナーは言った。「四百万ドルが懐にはいった。ボスだって始末したじゃないか」

では、計画のうち、その部分は実行されたらしい。デトロイトの男は死んだ。寝ぼけまなこにとって、きょうは大きな夢が実現した日だ。

「おれは質問をしたんだ」寝ぼけまなこは言った。

「赤毛はどこにいる」

「ここにはいない。あいつのことは心配するな」

ルーシーはかかわっていない、と思った。ガナーがこれを仕組んだのはまちがいない。でも、ルーシーはぜったいにちがう。何も教わらないまま、いざというときにほかへ移されたんだろう。いまごろガナーを待っているはずだ。どこか別の場所で。ここで何が起こったかを知ることもなく。

寝ぼけまなこはまだガナーを見おろしていた。それから、ぼくに注意をもどした。

「おまえはどうだ。とっておきのプレゼントはないのか」

あればよかった。ポケットから銃を取りだす、とか。

「ないなら、とにかく金庫をあけろ。いいな？」

ガナーが立ちあがり、ぼくに場所を譲った。ぼくは動かずにいた。

「もう一度言う」寝ぼけまなこが言った。「金庫をあけろ」

自分は何も手に入れられない、と心のなかでつぶやいた。何ひとつ。

寝ぼけまなこは銃をぼくに向けた。ぼくははじめて、それをまともに見た。先端にサイレンサーがつけてある銃はずいぶん長い。こんなものを目にするのははじめてだった。

「頼むよ」

寝ぼけまなこはそこで向きを変え、ガナーの眉間を撃ち抜いた。

くぐもった音は本物の銃声とは思えなかった。一瞬、何が起こったかさえわからなかった。ガナーは驚愕の表情を浮かべて立っていた。額の一部が突然吹っ飛び、背後の壁を赤く染める。それから、全身が床に崩れ落ちた。

「金庫をあけろ」寝ぼけまなこは言った。「いますぐに」

ぼくはその場に立ちつくしていた。はるか昔、伯父の酒店に強盗がはいったときの記憶がよみがえり、その男が銃を構えたさまを思いだした。男はぼくと伯父以上に震えあがっていた。

いまは、まるでちがう。あれから何年も経ったいま、同じように男が銃を構えているが、目の前の男は何も恐れていない。きっとテレビをつけるかのように、平然とぼくを撃つだろう。

「おまえの左脚に弾をぶちこむ」寝ぼけまなこは言った。「つぎに右脚だ。金庫をあけるまで、そんなふうにつづける。わかったか」

それでもぼくは動かなかった。

「はじめてじゃない。これまでの記録は十二発だ。弾をこめなおしたよ。そいつはコンピューターにパスワードを入れるのを拒んだんだが、要は同じことさ。きょう十三発の記録に挑戦してもいい」

寝ぼけまなこはぼくの左脚に銃を向けた。ようやくぼくは動いた。片膝を突いて、ダイヤルをまわしはじめる。

「おまえのことは、前からなんとなく気に入ってたよ。それはわかってくれ」

左に四回。右に三回。この取っ手をまわしたら最後、こいつに殺される。まずまちがいない。

左に二回。

あと一回まわすと、ぼくは死ぬ。もし寝ぼけまなこに金庫の知識があれば、この時点でぼくを殺し、あとはダイヤルが勝手に止まるまで自分の手でまわしていただろう。

ぼくは左に何度かまわした。振りだしにもどる。

「時間稼ぎはやめるんだ。さっさとあけろ」

ダイヤルをリセットし、ふたたび左に四回、右に三回、左に二回まわした。寝ぼけまなこを見あげる。

寝ぼけまなこは例の微笑を浮かべた。

ぼくはダイヤルを右にまわした。あとは取っ手をまわすだけだ。

あけっぱなしのドアのほうから声がした。「銃をおろせ」

寝ぼけまなこが顔をあげる。

「おろせ。いますぐ」

ハリントン・バンクスがその胸にまっすぐ銃を向けたまま、ゆっくりと部屋に踏み入った。その後ろで三人の男たちが、相手を真っぷたつにできるだけの武器を構えている。

寝ぼけまなこは最後にもう一度だけあの微笑をぼくに向けて、銃を落とした。

警察をここへ導いたのはあの携帯電話だった。いまならわかるが、携帯電話は電源さえはいっていれば、発信される信号からおよその位置を割りだせる。少なくとも、このときは正しい区画までは絞りこめた。それから一軒一軒あたっていき、たどり着いた。あと一軒先だったら、ぼくはもうこの世にいないだろう。

数分後、手錠をかけられた寝ぼけまなこが連行された。バンクスはぼくをテーブルまで連れていって、すわらせた。何か飲むかと尋ねた。ぼくは首を横に振った。

もうアメリアには会えないだろう。そのことしか頭になかった。約束は守れそうもない。

「きみを探すのにずいぶん手こずった」バンクスは言った。「だが、電話をくれてよかったよ」

全員が立ちあがったとき、バンクスの仲間のひとりがぼくに手錠をかけようとした。

「その必要はない」バンクスは言った。「ぶざまな真似はよそう」

27 まだ固く閉ざされたなかで、しかしその日は近い

そして、この話のはじめにもどる。ぼくはもう十年近くこの檻のなかにいる。十年だ。ぼくがはじめて逮捕されたとき、法制度のからくりについて話したのを覚えているだろうか。法にそむいた者の処遇は、たった三人か四人の意向で決められる。それ以外の何物でもない。

ぼくの場合、いくつかの要素が有利に働いた。第一に、ぼくが奇跡の少年であること。家庭崩壊の産物であり、トラウマをかかえ、心に傷を負っていること。さらに、まあ、ごくふつうに見れば、ぼくのしたことは完全な自由意志によるものじゃない。思いきり目を細めて、少し斜に構えて見れば……ぼくは洗脳を受け

て金庫破りをさせられた十代の若者だとも言える。そうだろう？　自分のおこないがどんな結果を招くかを、じゅうぶんには理解していなかった。

　というわけだ。そういう筋書きで、ぼくの弁護士は事を進めた。ぼくがはじめて不法侵入をしたときに保護観察を取りつけたあの弁護士だ。

　だけど、ぼくの最大の切り札は、自分の請け負った仕事や依頼人についての情報を提供できることだった。簡単に同行しただけの話も含めてだ。特に、あのオハイオの州議会議員の話は歓迎された。命令をくだしていたのは、むろん寝ぼけまなこのボスであり、ぼくのボスでもある男だった。ぼくたち全員を支配し、いまはこの世にいない男だ。寝ぼけまなこ本人はどうしたかって？　あいつはぼくよりずっとでかい魚だった。マーシュの部屋に掛かっていた魚にも引けをとらない。

　なんとも妙な顚末だろう？　ガナーがぼくたちを裏切ったせいで、寝ぼけまなこは生きている。そして、結局のところ、死なずにいてくれたことがぼくにたくさんの恩恵をもたらした。

　もろもろが検討され、ぼくには禁固十年以上、二十五年以下の判決がくだった。逮捕されたときは十八歳。判決が出たときには十九になっていた。そしてこの場所へたどり着いたわけだが、最初の一ヵ月はなかなか見ものだった。まわりの連中が、奇術師フーディーニでも見るように、世界じゅうのどんな刑務所からも脱獄できるかのようにぼくを扱った。ほんとうにぼくが監房のドア、区画のドア、翼棟のドアをあけ、さらにもう七つほどドアをあけて、外の世界へ抜けだすとでも思ったんだろうか。ほとんどお笑いだ。

　だけど、いま言ったとおり、刑期は十年から二十五年だ。十年のほうに近いことを願ってはいる。そしていま、十年が経とうとしている。つまり、もうすぐ圏内だってことだろう？　知らせはいつ来てもおかしくはない。

いつ来ても。

もちろん、考える時間は山ほどあった。ほかに何ができる？　あらゆることを振り返り、ほかに選ぶ道があった瞬間を思い浮かべる。別の選択をしていたら、何もかもがちがっていたかもしれない。

いまとなっては、後悔ばかりだ。でも、アメリアとのことは何ひとつ悔いていない。いっしょにいるためなら、また同じことをするだろう。

アメリアから最初の手紙が届いたのは、ここへ来て四年ほどしてからだった。そう、手紙といっても、そう呼べるようなものじゃない。一枚の紙に何コマもの漫画が描かれていた。あのころとまったく同じように。

最初のコマには、ウェディングドレスを着たアメリアが描かれていた。そのドレス姿を目にした瞬間、ぼくは死んだも同然だった。彼女は前向きに生きている。だれかほかの相手と結婚して。そんなことには耐えられない。だけど、なぜこんなものをぼくに送ったんだろう？

つぎのコマへ目を移すまで、そんな思いをめぐらせていた。

ふたコマ目のアメリアは、鏡に映った自分の姿を見つめている。ドレスのまわりであれこれ世話をする人たちに、悲しみを気づかれることもない。頭上に雲形の吹きだしがついている。〝どうしてあの人を忘れられないの？〟

そのつぎのコマで、アメリアは部屋を出る。背後では人々が右往左往したり、叫んだり、いったいなんのつもりかと問いかけている。

車に乗りこんだアメリア。どこかへと走らせている。ヴィクトリア・ストリートで停まる。そう、昔住んでいたあの家の前だ。あの夜、ふたりで壁に絵を描いた家。今回はそこにはいらず、まっすぐ川へ向かう。豪華なウェディングドレスを頭からすっぽり脱ぎ、川岸に置く。そのほかの着衣も脱ぎ捨てる。背後から描かれたアメリアは裸で川べりに立っていた。

そして、川へ飛びこんだ。

ルージュ川のなかにいる。汚れた水は濁りがひどく、先がほとんど見えない。まっすぐ川底へ向かう。泳ぎながら、両脚が消えていく。というより、両脚がくっついて一本の尾びれに変化していく。

そうだ。アメリアはそれを描いた。

尾びれを持ってからは、泳ぎにずいぶん力がみなぎっている。川のどこへでも自由に行ける。永遠にもぐってもいられる。でも、アメリアはあるものを探している。あの保管庫だ。

ようやく、それを見つける。ダイヤルをまわしはじめる。頭上にはまた雲形の吹きだしが描かれている。

〝番号を聞いておいてよかった〟と。

ばかげて聞こえるだろう。だけど、ぼくにはその意味がよくわかる。ぼくはアメリアに解錠番号を教えていた。彼女だけに。

アメリアは最後の番号にダイヤルを合わせる。取っ手をまわし、扉をあける。

中にいるのはぼくだ。

ぼくは大人になっている。二十代半ばで、少しくたびれてはいるが、たしかに生きている。扉の内側には格子がはまっている。ぼくは保管庫のなかで、小さな監房に閉じこめられてすわっている。

「遅かったじゃないか」とぼくが言う。声を出して、ことばを発している。水のなかなのに。

そこまで。それが最後のひとコマだ。

そして、ふたりの時間は動きだした。もう一度。

ぼくたちはそれから五年半、このやりとりをつづけてきた。自分たちなりの連絡手段だ。そんな架空の世界で、毎日いっしょに過ごしている。もちろん、塀のなかの暮らしは何年経っても楽にはならない。それでもなんとか乗りきれそうなのは、アメリアが待っていてくれるからだ。

ぼくは現実にはまだことばを発していない。ここにいるあいだは、そうする気もまったくない。でも、外に出たら……

アメリアと再会する日が来たら、そのときには……最初に何を言うかなんて、まだわからない。だけど、そのときが来たら、ことばは自然と出てくるだろう。ずいぶん時間がかかったけど、何か言ってみせる。

かならず。

訳者あとがき

久々にスティーヴ・ハミルトンの新作を日本のみなさんにお届けできるのがうれしくてたまらない。『氷の闇を越えて』ではじまる、〝探偵になりたくなかった探偵〟アレックス・マクナイトを主人公とするシリーズは、日本では第三作『狩りの風よ吹け』を最後に訳出の機会が得られなかったが、それから十年近くのあいだに、ハミルトンはマクナイトのシリーズを八作目まで書いたばかりか、ほかにもノン・シリーズの作品や短篇などもつぎつぎ発表し、すでにアメリカでは中堅ハードボイルド作家として確固たる地位を築いている。

この『解錠師』（原題 *The Lock Artist*）は、二〇一一年のアメリカ探偵作家クラブ（ＭＷＡ）のエドガー賞最優秀長篇賞と、英国推理作家協会（ＣＷＡ）のイアン・フレミング・スティール・ダガー賞をダブル受賞した、ノン・シリーズのクライム・サスペンスの快作である。

主人公の青年マイクルは、幼少時にある大事件に巻きこまれ、その精神的なショックから口がきけなくなって今日に至っている。周囲になじむことができない孤独なマイクルだが、得意なことがふたつあった。ひとつは絵を描くこと。そしてもうひとつは、十代で身につけた許されざる特技——解錠である。物語は、刑務所に収監されてすでに十年を迎えようとしている二十代後半のマイクルが、どんないきさつで解錠師になったのか、そしてどうして服役することになったのかを、みずから読者に打ち明ける形で綴られていく。

ここでは、マイクルの半生がおもにふたつの時間を行き来しながら描かれる。ポケットベルで呼びだされ、全米各地の泥棒たちにピッキングや金庫破りの技術を提供して過ごす解錠師としての日々。そして、八歳のときの出来事のあと、伯父に引きとられてミシガン州ミルフォードで暮らしはじめてから、若き解錠師になるまでの日々。両者をつなぐのは、恋人となるアメリアに出会い、一方で犯罪者への転落がはじまった十七歳の夏だ。この夏の出来事を中心として、ふたつの流れが少しずつ交差し、マイクルの型破りの人生経験や幼少時の事件の真相が徐々に明らかにされていく。何気ない描写の意味にあとから気づかされたり、未来を知っているがゆえにマイクルの行動にいっそう気を揉まされたりと、計算しつくされた構成の妙はみごとというほかない。特に、終盤になってふたつの時間が近接してきてからのスピード感は格別だ。

主人公のマイクルは、全篇を通じてひとこともしゃべらず、意思の疎通はほとんど即興の身ぶり手ぶりに頼っている。それでも、一人称の語りを通じ、冷めた部分と負けずぎらいで子供っぽい部分を併せ持つ等身大の少年の姿が鮮やかに浮かびあがる。ほかの登場人物たちから投げかけられることばに反応するマイクルの心の声がなんとも心地よい。犯罪に荷担するアンチヒーローでありながら、つい応援し、見守りたくなる不思議な魅力を具えている。

もうひとつ、忘れてはならない読みどころが、シリンダー錠のピッキングやダイヤル錠の解錠のシーンだ。ハミルトンはマクナイト・シリーズでも何度かピッキングの場面を描いていて、もともとその方面の知識はかなりあったようだが、今回は超一流の金庫破り（もちろん合法の！）に取材してこうした場面を書きあげたとインタビューで語っている。それらの場面では、鍵あけのマニュアル本のようにただ手順を事細かに書き連ねるのではなく、金庫破りが作業中に何を感じているのか、心の動きを生々しく表現することを心がけたという。作中に「（金庫をあけるのは）女を落とすのに似ている」という描写があるが、あくまで指先の感覚だけで精巧な錠に挑む解錠師はまさに芸術家《アーティスト》だとも言えよう。

本書は、ヤングアダルト世代に読ませたい一般書に与えられる、全米図書館協会のアレックス賞も二〇一〇年に受賞している。自分を異質な存在だと感じる疎外感や、アメリアへのまっすぐな恋情など、十代の少年の心情が生き生きと描かれた本書は、いわばサスペンスと青春小説のほどよい融合でもある。マイクルは引き返すチャンスを幾度となく意識しながらも、自分がいちばん守りたいものを守るために犯罪に手を染めていく。ここには、育った環境に左右されることが多い少年犯罪の重いテーマも内包されている。

著者のスティーヴ・ハミルトンは一九六一年、ミシガン州デトロイト生まれ。デビュー作である、アレックス・マクナイト・シリーズ第一作『氷の闇を越えて』は、一九九九年にアメリカ探偵作家クラブのエドガー賞と、アメリカ私立探偵作家クラブ（ＰＷＡ）のシェイマス賞の最優秀新人賞をダブル受賞した。こちらの主人公アレックスは、マイナー・リーグの捕手やデトロイト市警の警官といった経歴を持ち、ミシガン州のパラダイスという町で半隠居生活を送っているのだが、友情に厚いアレックスは、周囲のトラブルに巻きこまれ、しぶしぶ探偵稼業をつづけていく。『解錠師』のウィットの効いた語りや内省的な主人公の魅力を楽しんでくださったかたは、機会があればこのシリーズも手にとっていただきたい。なお、アレックスが探偵になる前の話が、二〇一一年に電子書籍の形で“Beneath the Book Tower”という短篇として発表されたらしい。今後もスティーヴ・ハミルトンの活躍からいっそう目が離せない。

二〇一一年十一月

《スティーヴ・ハミルトン長篇作品リスト》

アレックス・マクナイト・シリーズ

1　A Cold Day in Paradise（1998）『氷の闇を越えて』ハヤカワ・ミステリ文庫

2 Winter of the Wolf Moon（2000）『ウルフ・ムーンの夜』ハヤカワ・ミステリ文庫

3 The Hunting Wind（2001）『狩りの風よ吹け』ハヤカワ・ミステリ文庫

4 North of Nowhere（2002）

5 Blood Is the Sky（2003）

6 Ice Run（2004）

7 A Stolen Season（2006）

8 Misery Bay（2011）

ノン・シリーズ作品

1 Night Work（2007）

2 The Lock Artist（2010）本書

HAYAKAWA POCKET MYSTERY BOOKS No. 1854

越《えち》前《ぜん》敏《とし》弥《や》

1961年生，東京大学文学部国文科卒，
翻訳家
訳書
『さよならを告げた夜』マイクル・コリータ
『氷の闇を越えて』スティーヴ・ハミルトン
『デッドエンド』マイクル・レドウィッジ
（以上早川書房刊）他多数

この本の型は，縦18.4センチ，横10.6センチのポケット・ブック判です.

〔解《かい》錠《じょう》師《し》〕

2011年12月15日初版発行　　2012年11月25日4版発行

著者　スティーヴ・ハミルトン
訳者　越前敏弥
発行者　早川浩
印刷所　星野精版印刷株式会社
表紙印刷　大平舎美術印刷
製本所　株式会社川島製本所

発行所　株式会社　早川書房
東京都千代田区神田多町2－2
電話　03-3252-3111（大代表）
振替　00160-3-47799
http://www.hayakawa-online.co.jp

（乱丁・落丁本は小社制作部宛お送り下さい
送料小社負担にてお取りかえいたします）

ISBN978-4-15-001854-2 C0297
Printed and bound in Japan

ハヤカワ・ミステリ〈話題作〉

1838 卵をめぐる祖父の戦争 デイヴィッド・ベニオフ 田口俊樹訳

私の祖父は十八歳になるまえにドイツ人をふたり殺している……戦争の愚かさと若者たちの冒険を描く、傑作歴史エンタテインメント

1839 湖は餓えて煙《けぶ》る ブライアン・グルーリー 青木千鶴訳

寂れゆく町で、挫折にまみれた地元紙記者が追う町の英雄の死の真相とは？ 熱き友情と記者魂を描き、数多くの賞に輝いた注目作！

1840 殺す手紙 ポール・アルテ 平岡 敦訳

親友から届いた奇妙な手紙は、男を先の見えない事件の連続に巻き込む。密室不可能犯罪の巨匠が新機軸に挑んだ、サスペンスの傑作

1841 最後の音楽 イアン・ランキン 延原泰子訳

〈リーバス警部シリーズ〉退職が近づく中、反体制派ロシア人詩人が殺され、捜査が開始される。人気シリーズがついに迎える完結篇

1842 夜は終わらない ジョージ・ペレケーノス 横山啓明訳

二十年越しの回文殺人事件をめぐり、正義を求める者たちが立ち上がる……家族の絆を軸に描く、哀切さに満ちた傑作。バリー賞受賞

ハヤカワ・ミステリ〈話題作〉

1843 **午前零時のフーガ** レジナルド・ヒル 松下祥子訳

〈ダルジール警視シリーズ〉ダルジールの非公式捜査は背後の巨悪に迫る！ 二十四時間でスピーディーに展開。本格の巨匠の新傑作

1844 **寅《いん》申《しん》の刻** R・V・ヒューリック 和爾桃子訳

〈ディー判事シリーズ〉テナガザルの残した指輪を手掛かりに快刀乱麻の推理を披露する「通臂猿の朝」他一篇収録のシリーズ最終作

1845 **二流小説家** デイヴィッド・ゴードン 青木千鶴訳

冴えない中年作家は収監中の殺人鬼より告白本の執筆を依頼される。作家は周囲を見返すため、一発逆転のチャンスに飛びつくが……

1846 **黄昏に眠る秋** ヨハン・テオリン 三角和代訳

各紙誌絶賛！ スウェーデン推理作家アカデミー賞最優秀新人賞、英国推理作家協会賞最優秀新人賞ダブル受賞に輝く北欧ミステリ。

1847 **逃亡のガルヴェストン** ニック・ピゾラット 東野さやか訳

すべてを失くしたギャングと、すべてを捨てようとした娼婦の危険な逃亡劇。二人の旅路の哀切に満ちた最後とは？ 感動のミステリ

ハヤカワ・ミステリ〈話題作〉

1848 **特捜部Q**　―檻の中の女―

ユッシ・エーズラ・オールスン
吉田奈保子訳

未解決の重大事件を専門に扱うコペンハーゲン警察の新部署「特捜部Q」の活躍を描く、デンマーク発の警察小説シリーズ、第一弾。

1849 **記者魂**

ブルース・ダシルヴァ
青木千鶴訳

正義なき町で起こった謎の連続放火事件。ベテラン記者は執念の取材を続けるが……。アメリカ探偵作家クラブ賞最優秀新人賞受賞作

1850 **謝罪代行社**

ゾラン・ドヴェンカー
小津　薫訳

ひたすら車を走らせる「わたし」とは？　女を殺した「おまえ」の正体は？　謎めいた「彼」とは？　ドイツ推理作家協会賞受賞作。

1851 **ねじれた文字、ねじれた路**

トム・フランクリン
伏見威蕃訳

自動車整備士ラリーは、ある事件を契機に少年時代の親友サイラスと再会するが……。英国推理作家協会賞ゴールド・ダガー賞受賞作

1852 **ローラ・フェイとの最後の会話**

トマス・H・クック
村松　潔訳

歴史家ルークは、講演に訪れた街で、昔の知人ローラ・フェイと二十年ぶりに再会する。一晩の会話は、予想外の方向に。名手の傑作